ハヤカワ・ミステリ文庫

〈HM⑳-8〉

失われし書庫

ジョン・ダニング

宮脇孝雄訳

THE BOOKMAN'S PROMISE

by

John Dunning

Translated by

Takao Miyawaki

First published 2004 in Japan by

HAYAKAWA PUBLISHING, INC.

This book is published in Japan by

arrangement with

HAROLD OBER ASSOCIATES INCORPORATED

through TUTTLE-MORI AGENCY, INC., TOKYO.

パット・マガイアに
長年の友情、時宜を得た洗脳、
その他ミステリアスな理由で。

失われし書庫

登場人物

クリフォード（クリフ）
　　・ジェーンウェイ…………古書店経営者
リー・ハクスリー…………………クリフの友人。判事
ミランダ……………………………リーの妻
ハル・アーチャー…………………作家
エリン・ダンジェロ………………弁護士
ジョゼフィン・ギャラント………書庫の後継者
ココ・ビュージャック……………ジョゼフィンの世話人
マイク・ラルストン………………運転手
デニス………………………………マイクの妻
ディーン・トレッドウェル………古書店経営者
カール………………………………ディーンの弟
ダンティ……………………………カールとつるむギャング
ヴィンス・マランツィーノ………クリフの幼馴染み。ギャング
ランディ・ホワイトサイド………デンヴァー市警殺人課刑事
リチャード・バートン……………作家。翻訳家。探検家
チャールズ・ウォレン……………ジョゼフィンの祖父
マリオン・ホィーラー……………宿屋の娘

男はいった。「〈読書パトロール〉にようこそ」始まりはその一言だった。

こちらからは見えないNPR放送の聴取者を前にして、私たちはボストンのスタジオにいた。よせばいいのにラジオに出た私の第一声は、「とにかく専門家ではありませんので、お手柔らかに」だった。明らかに場違いなゲストであることが、これではっきりする。おかげでだいぶ落ち着いてきたが、相手は、ご冗談でしょう、とでもいうように笑った。それでまた、居心地が悪くなった。その笑いは、私が専門家、それもきわめて腰の低い専門家であることを遠回しに告げていた。それに続く言葉で、私はますます居心地の悪い思いをした。

「いつもなら新刊書を話題にするところですが、今夜は少し違う方面のお話をうかがうことになりました。すでにご承知のように、今回のゲストは、ベストセラー『アデッサの薔薇』で評判のアレン・グリースンさんをお招きする予定でしたが、残念なことにグリースンさんは先週ニューヨークで心臓発作を起こされ、スタジオにお越しいただくことができなくなりました。一刻も早い快復をお祈りしたいと思います。

代わりにゲストとしてお招きしたクリフ・ジェーンウェイさんは、ある特別な本を買うために、今週、ボストンにいらっしゃいました。急遽《きゅうきょ》、出演をお願いしたわけですが、実は前からこういう企画を取り上げてみたかったのです。新刊書の世界も興味津々ですが、古書の世界、貴重な初版本や絶版中の名作に心を惹かれる愛書家のみなさんも、だんだん増えてきていると思います。さて、ジェーンウェイさん、本論に入る前に、基本的なことをうかがいますが、本の値打ちは何によって決まるんでしょう？」

それがすべての始まりだった。他意のない率直な質問と短い返事。私の一番好きな話題で会話は盛り上がった。感じのいい相手だったので、たちまち打ち解け、古本探しの仲間と愉快に書店まわりをしてから、くつろいだ世間話を始めたような気分になった。私はいろいろな話をした。需要と供給の関係。古典とジャンル小説と現代作家の初版本のこと。エドガー・ライス・バローズの初版本の中に、マーク・トウェインの初版本より高いものがあるのはなぜか。本を探しているうちに狂気の世界に入り込んでしまった愛書家の実例。要するに、今の自分が住んでいる世界を語ったのだ。前に住んでいた世界の話を避けるのは簡単だった。これは本の話題を扱うラジオ番組であり、警察の面通しではない。私も今は古書店主であり、警官ではなかった。

「お住まいはコロラド州デンヴァーだとか」

「法律の世界と関わりを持ちたくないときには、そこに隠れていますよ」

　また品のいい笑い声が上がる。「専門家ではないとおっしゃいましたが、今週、《ボストン・グローヴ》の読書欄にあなたの専門的な記事が載りましたね」

「ネタがなかったんでしょう。あれを書いてくれた記者は本好きで、たまたまあの日はほかにニュースがなかったんです」

「その記者とは、ある本のオークション会場で知り合いになったそうですが、そのときのことを話していただけますか」

「この街には、本を買いにきたんです。声をかけられて話しているうちに、気がついたらインタビューが始まっていました」

「なんの本を買いにいらっしゃったんです？」

「リチャード・バートンの『メッカ巡礼』です」

「探検家リチャード・バートンですね。俳優じゃなくて」

　訳知り顔で、私たちは声を揃えて笑った。「その本を買うために、デンヴァーからわざわざボストンまでいらっしゃったわけですが、そんなに珍しい本なんでしょうか。ちなみに――失礼かもしれませんが、いくらで……」

　落札額は公表されている。もったいをつけるまでもなかった。「二万九千五百ドルです」もう遠慮することはないと思った。一冊の本にそれだけの大金を出すのは専門家だけだ。そうでなければ、ただの馬鹿だ。

バートンについて私よりも深い知識を持っている関係者なら、アメリカの古書業界に何人もいる。たしかにバートンのことは二ヵ月かけて猛勉強したが、本の業界でも学問の世界でも、二ヵ月で何かを学ぶのは不可能に近い。たまたま大金が手に入ったのでその本を買うことにした、といってもよかったが、それだと立ち入った説明をする必要があり、自分のことを話すだけで番組は終わってしまう。

代わりに私はバートンの話をした。語学の達人で軍人。卓越した十九世紀の文学者であり、冒険家でもあった人物。時計を見ながら話をして、奇想天外なバートンの一生をできるだけ手短に伝えようとした。だが、肝心なことをいくらもしゃべらないうちに時間がきた。

「今夜、その本をお持ちいただきましたね」

問題の本は三巻本だったが、マイクの前で包装紙を広げ、がさがさいう音で実物を想像してもらうことにした。司会者は立ち上がり、机のこちら側に回ってきた。私は簡単に本の説明をして、鮮やかな金文字が入った青いクロース装によって正真正銘の初版本だとわかること、信じられないほど保存状態がいいことを強調した。

男はいった。「まるで新刊書ですね」

「そうなんです」私は相好を崩した。

「まれに見る美本であるというほかに、もう一つ特徴があるそうですが」

一巻目を開いて見せると、男はため息をついた。「ほう。著者のサインですね。どう書

わ《・》れ《・》わ《・》れ《・》は遠く離れた世界にいて、二度と相まみえることはないだろう。だが、共に過ごした時間はいつまでも記憶に残るだろう。リチャード・F・バートン〉日付は一八六一年一月十五日です」

「〈大いなる同伴者にして最良の友。わ

いてあるか、読んでいただけますか」

「〈チャールズ・ウォレンに〉」と、私は読んだ。「〈大いなる同伴者にして最良の友。われわれは遠く離れた世界にいて、二度と相まみえることはないだろう。だが、共に過ごした時間はいつまでも記憶に残るだろう。リチャード・F・バートン〉日付は一八六一年一月十五日です」

「そのウォレンという人物は何者なんでしょう」

「さっぱりわかりません。バートンの伝記を片っ端から調べても出てこないんです」

「それにしても、献辞を見るかぎり、ごく親しい人物だったようですね」

そのとおりだと思うが、私は専門家ではない。男はいった。「そうすると、ここには稀覯本が一冊あって、謎が一つあるわけですね」それがすべての始まりだった。元をたどれば、別の時代に行き着く。そこでリチャード・フランシス・バートンは最大の賛美者と出会い、騒然たるアメリカ南部を目指して秘密の旅に出た。その旅が原因となって、私の友人が一人死んだ。そして、老婆が一人平穏を見出し、ある善人がすべてを失って、時を超えた果てしない本の世界を旅しながら、私は自分自身を再発見することになった。

BOOK I
デンヴァー

1

なんの原則もなしに始めようと思えば、どこからでも語り出すことができる。あのラジオ番組は、薄暗い過去にあったものを今のこの時代に復活させたが、バートンの物語は昔からそこにあって、私に発見されるのを待っていたということもできる。

その発見があったのは、私が三十七歳になった年、一九八七年後半のことだった。シアトルから戻ってきた私は、グレイスン事件で手に入れた大金を持っていた。業界のしきりで、貴重な古書を見つけた者には一割の手数料が支払われる。そのときの手数料は五万ドル近くになった。どの古書店主でも、一日に五万ドルといえば生涯最高の記録になるだろう。私の場合も、今のところ、それを超える仕事をしたことはない。そのとき頭にあったのは、本を一冊買おう、ということだけだった。黴のかたまりが点々とこびりついた汚らしい本を五十万冊ではなく、破損本百万冊でも、良本千冊でも、美本百冊でもない。たった一冊でいい。本当に素晴らしい最高の本、極めつけの本を一冊。そんな本の所有者になった気分を味わってみたかった。

そう思いながら、もう一つ考えていたことがあった。本の世界で自分なりに方向転換を考えていたのだ。一発屋のベストセラー作家が出てくるたびに、天才だのなんだのと褒めちぎる批評家だかバナナの叩き売りだかわからない連中にはうんざりしていた。流行《はや》りものを追いかけるのではなく、もっと伝統に沿った商売をしたい。そんな〝求めよさらば与えられん〟のモードに入って、心機一転を図っていたとき、私はリチャード・バートンを発見した。

イースト・デンヴァーのパーク・ヒルにあるレイトン・ハクスリー判事の自宅で開かれたパーティに、私は出席した。リーとは何年も前からの知り合いで、最初はおたがいに警戒していたが、そのうちにいくらか血の通った興味を覚え、最後には友人になった。リーの法廷から声がかかったのは一九七八年。私はまだ若い警官で、ある月並みな殺人事件の証人として初めて出廷した。リーもデンヴァー法曹界の一員になったばかりで、どちらかといえば若手のほうだった。職業の違いから深い溝ができていたのは当たり前で、私の付き合いは警官仲間の狭い範囲に限られていて、リーはそのはるか外側にいた。私のほうは、リーが付き合っている敏腕法律家の広い交際の輪に入ることなど想像もしていなかった。あまり重要な要素ではなかったが、年齢の違いもあったと思う。私はまだ三十前で、リーは四十代の半ば、こめかみに白いものが混じり、どうあがいても私にはなれそうもない社会の重鎮の雰囲気をすでに身につけていた。どこから見てもリーは優れた裁判官だった。

その意見は公平かつ的確で、判決が覆されることはなかった。

法廷に初めて呼ばれたあとの数年間で会ったのは、二回だけだった。一度目は裁判所のカフェテリアで鉢合わせして、おたがいに顔を憶えていることを示すため軽く会釈をした。その一年後、共通の知人が住む山の手の家で開かれたクリスマス・パーティに招かれた。裁判所の外で言葉を交わしたのはそのときが初めてだった。「きみは本のコレクターだそうだね」深みのある豊かなバリトンの声で、彼はいった。そして、私が罪を認めると、こう続けた。「実は私もそうなんだ。そのうちにぜひ情報交換をしよう」だが、同じ理由で、そのあとも音沙汰はなかった。私はまだ警察に勤めていて、いつまた法廷に呼ばれるかわからない。利害が対立することもあるだろうから、裁判官としてはややこしい関係になるのを避けようとしたのだ。私のほうは深く考えていなかった。パーティの場で適当なお愛想をいわれたのだろうと思っていた。リー・ハクスリーはそういう男だったのだ。裁判所の内でも外でも、良識のある人物として知られている。

その翌年、彼は連邦地方裁判所に配属され、ただの警官と一戦を交える恐れもなくなって、私たちの付き合いはためらいがちに少しずつ発展しはじめた。やがて、予想外の出来事だったが、リーの妻、ミランダから電話があり、「本好きの人が集まって肩の凝らないささやかなパーティを開く」ので来ないかと誘われた。その最初のパーティの夜、十数人の客が集まり、いつもは東部のどこかに住んでいるというミランダの妹、ホープが私の相手をしてくれた。東十七番通りから少し入ったところにあるハクスリー邸は、二十世紀初頭にできた赤煉瓦の三階建てで、どこを見てもよく磨かれた高級な木材やシャンデリアがあった。私が着いたときには、すでに煌々と明かりがともり、にぎやかな笑い声が響いていた。玄関に現われたミランダはブロンドの美人で、ブルーのイヴニング・ドレスを着ていた。三十歳以上には見えなかったが、立居振舞いはしっとり落ち着いていて、話にも人を惹きつける個性があった。決して夫の添え物のお人形ではなかった。リーの友人も垢抜けた紳士的な人物ばかりで、俗物を嫌うという俗物根性が染みついた我が性癖を抑え、その全員に好意を抱いた。同じ愛書家といっても、ほかの客は生活に余裕があり、かたや私は警察の薄給に甘んじていたが、そんな私を見くだす者は一人もいなかった。五千ドルの本でも欲しければ即金で買う人たちだ。私のように、五十セントや一ドルの本を血眼になって探す者の話は、興味が尽きないらしい。実際に聞くまで、そんな世界は想像もできなかったようだ。

ミランダは素晴らしい接待役だった。翌日、私が礼状を書いていると、ミランダから電話があった。「ありがとう。おかげで楽しいパーティになったわ。これからも声をかけるから、よかったらいらっしゃってね」

こうしてハクスリー邸に何度も足を運ぶようになった。最初の夜は遠慮してよく見なかったが、あとで知った判事の書斎は、まさしく理想の図書室だった。部屋は広く、四方の壁に書棚が並んで、見事な蔵書が揃っていた。著者は現代アメリカの巨匠ばかりで、本のジャケットにも汚れ一つなかった。あるとき、リーは、「下にもっと古い本があるよ」といった。だが、その本当の意味を知ったのは、それから何年もたってからのことだった。

この前のディナー・パーティには、これまでと違うところがいくつかあった。たとえば、私はもう警官ではなかったし、デンヴァー市警を辞めたときの事情が事情だったので、判事との付き合いにもひびが入るかもしれないと危惧していた。ある粗暴な犯罪者を叩きのめしたのが辞職のきっかけになったのだが、新聞やテレビは私の過去をほじくり出し、少年時代に街角で喧嘩に明け暮れていたことや、ヴィンス・マランツィーノのような連中と友だちづきあいがあったことを大々的に報じた。ヴィンスは、その後、デンヴァーの裏社会の大物にのしあがった男だ。ただし、この二十年で、ヴィンスと話ができるくらい近づいたことはたった一度しかなかったし、過去の生活とはきっぱり縁を切り、自分でいうのはおこがましいが、優秀な殺人課の刑事になった——昔の仲間に近づけば、また同じ色に染まると思ったのだ。ところが、噂によれば、リーは連邦最高裁判所の判事に指名されるかもしれないという。ロナルド・レーガンと政治的に意見が合うとは思えなかったが、リーの政治信条など、私には知りようがない。わかっていたのは、リーに出世のチャンスがあるのなら、絶対に邪魔をしてはいけない、ということだけだった。私はろくでもない事件で新聞種になり、一週間近く、第一面に名前が載りつづけた。リーがそれをいやがって、自分のイメージが悪くなる、同類だと見なされたら困る、と思っていたとしても、そんなそぶりは見せなかった。そして、電話をかけてきて、私の言い分を聞いてくれた。私は本当のことを話し、彼は信じた。「たしかに、きみの判断には問題があったかもしれないね、クリフ」彼はいった。「しかし、そのうち静かになる。今はあっちこっちから非難が飛んできて、防戦一方で忙しいだろう。落ち着いたら、またゆっくり話そう」

だが、そのあと私はシアトルに行き、気がついたら何カ月もたっていた。戻ってきたときには、思いがけず手に入った金、例の大金を持っていた。シアトルで仲間ができて、中西部で本探しをしてきたのだが、デンヴァーに帰り着いた直後にかかってきたのがミランダからの電話だった。

「ジェーンウェイさん」ミランダはわざと他人行儀なしゃべり方をしていたが、うまい芝居ではなかった。「あなた、何か理由があって避けてるの？　あたしたち、何か気に障ることした？」

私は恥じ入った。「いや、とんでもない」これは二番目の質問への返事だった。一番目は聞かなかったことにした。「そうじゃないんです」

「では、よろしかったら、その重いケツを上げて、お出ましくださいませ」ミランダはいった。「金曜日の夜七時。ノー・ネクタイで。口実をこしらえて断わろうとしても駄目よ。退屈なパーティになりそうだから、盛り上げ役、お願いね」

「ハクスリー家としては、退屈なパーティを開こうとしても、どうやっていいかわからないんじゃありませんか」

「さあ、それはどうかしら。たとえあたしが伝説的な社交の達人でも、今度ばかりは苦労しそうね。リーの子供のころのお友だちが、この街にくることになったの。ここだけの話だけど、あたし、苦手なのよ、その人。だから、ちょっと手伝ってもらえる？」

「わかりましたよ。喜んでお手伝いいたしましょう、奥さま」

「それにしても、長いこと会ってないから、あなたの顔、忘れちゃったわ。まだ結婚してないの？」

　私は笑った。

「付き合ってる人、いる？」

「いいえ、今のところは」

　なぜそんなことを訊かれたか、私にはわかっていた。ミランダは堅苦しいことを嫌うが、正式な食事では男女の頭数を合わせようとするのだ。「じゃあ、金曜日にはお似合いの女性を呼んでおくわ」

　一拍、間をおいてから、私はいった。「誘っていただいてありがとうございます」

「ありがたいのはこっちのほうよ、クリフ。なぜあなたが顔を見せてくれなかったのか、わかってるつもりだし、気を遣ってもらって感謝してるけど、そんな気遣いは無用。かえって迷惑だわ。たびたび店に寄っても、あなた、いつもいなかったじゃない」

　もちろん私もそれは知っていた。レジにはハクスリー夫妻の小切手があった。「いつも本を探しに行ってたんです」

「そのようね。でもね、友だちが面倒なことに巻き込まれて困ってるときに、知らん顔をしてたら、あたしたち、ずいぶん薄情に見えるんじゃないかしら」

「あのときは、かなり厄介なことになってましたから」

「ええ、そうだったわね。でも、そのおかげで警察を辞めて、本屋になれたんだから、悪いことばっかりじゃなかったのよ」


これまでのパーティと違って、客の数は少なかった。ハクスリー夫妻を含めて、全部で八人が食卓についていた。リーの子供のころの友だちというのは、ハル・アーチャーだった。作家、歴史家で、六年前にピュリッツァー賞を取っている。あのときは学術的にもずっと評価の高い有力な候補が何人かいたのに、場外からアーチャーが現われて、賞をかっさらっていった。それを見て、当時は痛快に思った。下積みの人間をひいきしたいという気持ちを抜きにしても、本当に立派な本だったのだ。サウス・カロライナ州チャールストンに住む平凡な二つの家族が、南北戦争中の四年間をどう過ごしたか、そのテーマをじっくり書き込んだ力作だった。最近になって発見された資料や手紙、日誌などを利用して、細かい事実の山と格闘した末に、アーチャーは過去の人物に命を吹き込み、鍛えられた職人の目で、一般の読者にもわかる言葉を使って、二つの家族の生き方を描いている。破壊された街でどうやって生き延び、家族間で、また他人との関係において、どう行動したか。その一大叙事詩には、北部の軍勢に四方を囲まれ、容赦のない砲撃を食らいつづけた苦難と勇気の物語や、三年間にわたる攻囲戦の内幕が見事に謳い上げられている。

手に汗握るこの実録を発表する前、アーチャーは歴史小説しか書いていなかったが、そのころから私は彼の実力に注目していた。何年も前に初めて読んだときから、決して時間の無駄にはならない作家だとひそかに折り紙をつけていたのだ。ちゃんと意味のある言葉を書く抜きん出た才能があり、見せかけだけの派手で空疎な文章を書くことはない。だから物語にすぐ入り込むことができる。アーチャーの小説には、私が本に期待するものがすべて含まれていた。それなのに、実際に会った瞬間、激しい嫌悪を覚えたのはなぜだろうか。

そういった猛烈な負の反応は、目から始まることがある。アーチャーの目には、人を蔑む表情が浮かんでいた。おれさまがなかなか世に出ることができなかったのは、おまえのような愚民に見る目がなかったせいだ、おまえのおかげでしなくてもいい苦労をたくさんしてきたのだ、とでもいいたげな感じだった。その考えにも一理あって、出世したあとの社会的名士を称えるのは一種の流行になっている。だが、富と名声を一気に手に入れた作家が、とんでもない俗物になるのもよくあることだ。今となっては不思議なことだが、私は無名時代のアーチャーに惹かれ、勝手に応援団長を務めた。かつての愛読者としては、初対面の印象が間違っていてくれることを何よりも願っていた。だが、パーティのあいだにその印象は強まるばかりで、消えることはなかった。

アーチャーは、四十五分遅れて最後にやってきた。八時十五分前、ミランダに案内されて部屋に入ってきたとき、若い美女が一緒にいて、その美女はエリン・ダンジェロと紹介された。アーチャーの目が離れた隙に、ダンジェロ嬢は詫びるように軽くリーに頭を下げたが、それはほんの一瞬のことで、リーの反応も短かった。ディナーの始まりが遅くなっても、ミランダは平然としていた。いつものことだが、ミランダが仕切っているかぎり、今回のパーティもちゃんと成功するだろう。彼女は客の性格をつかんでいて、ちょっとした癖も計算に入れている。つまり、アーチャー氏はいつもこうなのだ。ディナー・パーティのほかの客を一時間近く待たせても平気な人物は、それだけ自分を高く評価していることになる。

到着と同時に、アーチャーは主役の座にすわった。リーでさえ一歩うしろに下がって、旧友のふるまいを眺めていたが、面白そうに成り行きを見守っているようなところも感じられた。新作の話も出たのに、アーチャーはすぐに話題を変えた。出版されたら評判になるに決まっているが今は話せない、といわんばかりだった。ある全国的な書店の組合が今年はデンヴァーで年次総会を開いている。晩餐会でスピーチをしたり、何かの賞を受けたり、地元のメディアに出たりするため、この大先生はデンヴァーにやってきたらしい。ダンジェロ嬢はそのエスコート役だった。作家がサイン会や講演旅行に出たとき、出版社はとびきり有能な人材を世話係につける。新作の宣伝でなくても、その人物が大物であり、出版関係の用事で旅行に出る場合には、エスコートがつけられることもある。ピュリッツァー賞でアーチャーは大物の仲間入りを果たしたので、こうしてダンジェロ嬢が付き添っているのだ――いつまでもその役が押しつけられることがないように、彼女のために祈りたい。

エリン・ダンジェロという名前はアイルランド文化とイタリア文化とが混じり合った感じだが、私には生粋のアメリカ娘のように見えた。伝統的な田舎の大学の一年生か新社会人といった感じだった。糖蜜色の髪、愛らしい卵形の顔、悪戯っぽい大きな目。「彼女、もう三十歳で、弁護士なのよ」静かなキッチンでたまたま二人きりになったとき、ミランダがそう教えてくれた。「とっても優秀で、ああ見えても頑固なところがあるの」

「どういう意味です？」

「仕事に関して一直線なところがあるのよ。どこまでも突っ走る感じ」

「何か気に入らないような話し方ですね」

「ええ、心配なのよ。余計なお世話かもしれないけど、あたしから見たらエリンは妹みたいなものだし、リーのほうは娘みたいに可愛がってるわ。お父さんが亡くなったあと、あたしたちと一緒に暮らしていたことがあって、エリンは家族と同じなの。最高の人生を送ってもらいたいし、あの子ならなんでも手に入れられるわ。法律家としての才能も抜群で、どんどん出世して、お金持ちになれるはずよ」

「彼女のほうは落ち着いた平凡な暮らしを望んでいるかもしれませんよ」

「あなたにこんな話をしても無駄だったわね。お金には執着のない人だから」

「好きなことができるだけの蓄えがあれば充分です」

「エリンのお父さんもそんな人だったわ。でも、本当にお金が必要になったとき、何もできなかった。あなたも同じ轍《てつ》を踏まないようにしなくちゃね」

「何があったんです?」

「そんなこと訊かないでよ。後味の悪い話なんだから。こんなこと、話さなきゃよかったわ」

私は何もいわなかった。ミランダは、これまで見たことがなかったような悲しい顔をした。「ダンジェロのお父さんとリーは昔から一緒に仕事をしていたの。学校を出たばかりの、理想に燃える若い法律家だったころからね。ダンジェロの奥さんは亡くなっていて、あたしは遠くからリーを崇拝していた馬鹿な小娘、エリンはまだ子供だったわ」

続けるべきかどうか迷うように、彼女は口ごもった。「やっぱり、やめたほうがいいわね」やがて、彼女はいった。「お願いだから、このことは忘れて」

「わかりましたよ」

「ほんと?」

「ええ、しゃべりませんよ、誰にも──もっとも、なんの話なのかさっぱりわかりませんが」

「今、いわなきゃいけないことじゃないの。エリンが話すのならかまわないわ。でも、あたしの口からは、ちょっとね。エリンは素晴らしい子で、あたしたちも鼻が高いわ。誇りに思うのも当然よ。大学時代の成績は最高点ばかりで、今は街の一等地にある法律事務所で働いてるんですからね」

「じゃあ、なぜ作家の案内役なんかやってるんです？　たいして金にはなりませんよ」

ほんの一瞬だけ、また苛立ちが顔に現われた。「話そうとしたのはそのことよ。デンヴァー大学の法学部時代から、ずっと同じことをしてるのよ。どうしてもやめようとしないの。急に法律がいやになったのね。代わりに好きになったのが、文学。あきれたことに、暇を見て小説も書いてるそうよ」

「暇があるようには見えませんがね」

「昼間は法律の仕事で、夜はエスコートの仕事。書けるときがあったら、書く。あなた、そういう人に興味ある？」

「さあ、どうかな――興味を持ったほうがいいんでしょうか」

ミランダは憂鬱そうな顔で私を見つめた。「あなたはいい人だわ、ジェーンウェイ。ほんとよ。でも、エリンがあなたと付き合ったら、悪い影響を受けるような気がする」

ハクスリー夫妻が招いた私の相手はとても感じがよかった。ボニー・コンラッドという魅力的な赤毛の女性で、アーチャーの演説を聞いていないときは、二人で世界情勢を語り合ったりした。そのあいだも、私はエリン・ダンジェロのほうをちらちら見ていた。アーチャーの隣で、楚々《そそ》としている。一度、私の視線に気がついて、目のあたりに険しい表情を浮かべた。おそらく、こちらの考えていることを嗅ぎつけて、新しい疱疹《ほうしん》の患部でも見たように不快に思ったのだろう。だが、そのあと、私の内面の素晴らしさに気がついたらしく、にっこり微笑んだ。のぼせあがった私は、彼女の美しさを改めて意識した。母さん、この子は凄い美人だよ。

パーティを締めくくったのは、アリーン・ウェストン判事とその夫のフィルだった。フィルは形成外科医で、ハリウッド・スターの有名な鼻を何人分かいじってから、六〇年代にデンヴァーにやってきたという。最高裁判所判事の話題を口にしたのは、そのフィルだった。「アリーンに聞いたが、きみはレーガンの面接を受けたそうだね」

「駄目よ、その話は」アリーンはいった。「正式に決まる前に人に話したら、まとまる話もまとまらなくなるっていうジンクスがあるんだから」

「しゃべったっていいよ」リーはいった。「あれは表敬訪問みたいなもんで、面接じゃなかった。実際、何がきっかけでこうなったのか、今でもよくわからないんだ」

「誰かがあなたの名前を出したんでしょ。相談役の中に推薦する人がいたはずよ」

「きっと暇な午後には古い映画を見ることにしていて、そのときの話し相手を探してるんだな」フィルが茶化した。

「レーガンだったら、午後はいつも暇だよ」そういったのはアーチャーだった。

「とにかく、今はまだ半信半疑だね」リーはいった。

「そんなこといわないでください」ボニーがいった。「きっといい判事になると思いますよ」

「いいか悪いかで判事を選ぶわけじゃないんだよ」アーチャーがいった。「こういうことはみんな政治力学で動いている。適性は二の次だ」

「ハルのいうとおりだよ」リーはいった。「アカデミズムの世界も似たようなもんだろうね。立派な教師は隅っこに追いやられて、要領のいい者が出世する」

「出版界だって同じだよ」アーチャーがいった。「ちんちんをして、わんと吠えた者が賞をもらえる」

「きみがそんなことをしているところなんか見たことないぞ」

「ピュリッツァー賞の選考委員会にそういう習慣はないんだろう」アーチャーはいった。

「まあ、運がよかっただけかもしれないがね」

「二人とも運がいいのよ」アリーンがいった。「だって、すごいじゃない。大学の同じクラスから、ピュリッツァー賞作家と最高裁の判事が出るなんて」

「大学じゃなくて、ハイスクールだがね」アーチャーがいった。「リーとは古いんだよ」

「ヴァージニア州の小さなハイスクールだよ」リーがいった。「男子二十二人、女子二十二人のクラスだったな」

「ロマンチックね」ミランダがいった。「いい話だわ」

「余裕の発言ね。他人《ひと》のボーイフレンドを横取りしておいて」アリーンがいった。「あなたみたいな悪女は、ロマンチックな話が好きなのよ」

「ええ、そうよ。リーと結婚できなくて、一生泣いて暮らす哀れな女がいるかと思うと、気分がいいわ」

こうした軽口の応酬のあいだ、私は黙っていた。しばらくそんなやり取りが続いてから、十時半ごろ、例によってまた本の話になった。その前に、ほかの客のいないところで、ミランダが尋ねた。「アーチャーさんのこと、どう思う？」彼の本は昔から好きだったし、今でもその気持ちは変わらない、と私は答えた。ウェストン夫妻が一時間ほどして帰り、残りは六人になった。ミランダは、アーチャーと私が嫌いあっているのを感じ取って、勇敢にも関係を修復しようと思ったらしい。「ねえ、ハル、クリフはあなたの本が、とってもとっても好きなんですって」だが、その言葉は逆効果だった。アーチャーはこう感想を述べた。「そりゃ、うれしい。とってもとってもうれしいね」これは明らかにエチケット違反だった。いくら辛辣な男でも毒が強すぎた。いやいや冗談だよ、といいたげに、イタチのような薄笑いを浮かべていたので、かろうじて社交上の失態にはならなかったが、一瞬、私のほうに向けられた視線が、この男の本心を正直に語っていた。おまえに褒めてもらわなくても結構、好きでも嫌いでも無関心でもいいが、おれさまの本を偉そうに評価するとはどういうことだ、といいたいのだ。

いつもならここで子山羊革の手袋を投げつけ、言葉を武器にして喧嘩を始めるところだった。〝よく聞け、ハル、たしかにおまえの本は気に入ったよ。そのときには、おまえがこんな筋金入りの肥担桶《こえたご》男だとは知らなかったんだ。それがわかって、よけい気に入ったよ〟笑うコブラといった愛嬌のある顔つきでそういってから、誰もが息を呑み、沈黙するなか、こう続ける。〝そうだよ、ハル、あんたはダニエル・スティールとロビン・クックのあいだに入るくらい好きな作家だよ〟本当にそういいたかったのだ。喉から言葉が出かかったくらいだった。もっと若いころなら、まわりに誰がいようと、条件反射で口にしていただろう。そのとき、エリン・ダンジェロと目が合った。にやにやと悪戯《いたずら》っ子のように笑いながら、遠くから私の心を読むような顔をしている。その表情は、ほら、いっちゃいなさいよ、とそそのかしていた。だが、この家の主人に迷惑をかけるわけにはいかない。私が軽く首を横に振ると、エリンは小さく笑った。その笑い声は誰にも聞こえなかった。見ているのは私だけだった。

そのとき、エリンの唇が動いて、言葉を一つ口にした。その瞬間、私は初対面の相手と、表情だけの不思議なやり取りをすることになった。自信はなかったが、エリンは〝臆病者〟といったような気がした。

私は、密林の王者ターザンのような顔をした。見損なうんじゃない、あんなやつは朝メシの代わりにぺろりと平らげてやる、といったつもりだった。

エリンはしらけた顔をした。そして、爪に視線を落とし、そっぽを向いた。

調子に乗った私は、顔をしかめて獰猛な原始人のまねをした。

エリンは私を軽蔑して笑ったようだったが、本当のところはわからない。これ以上、調子に乗ったら、ほかの四人も気がつくだろう。二人とも馬鹿だと思われる。私は横を向き、暗がりに悪態をついた。

第一ラウンドはエリンの判定勝ちだった。

私たちは書斎にいて、ボニーが色目を使うように本を見ていた。そのとき、アーチャーがいった。「おい、リー、本物は見せてくれないのか」一晩のうちにあれもこれも見せびらかすのは気が引けると思ったのか、リーはためらっていたが、乗りかかった船というやつで、私たちは揃って階段をおりていった。さっきの書斎よりも狭かったが、やはり四方の壁に本箱が並び、ガラスの扉の向こうに別の時代からやってきたらしい本が並んでいた。アーチャーは一歩うしろに下がり、私たちは、新刊同様のディケンズや、マーク・トウェインや、キプリングや、ブレット・ハートや、ホーソンや、メルヴィルを驚きの目で眺めた。ヴィクトリア時代の高名な作家がずらりと揃っているのを見ているうちに、頭がくらくらしてきた。あとになって装丁しなおした偽物の革装本など一冊もない。初版のクロース装が色褪せもしないで並んでいるのは、豪華絢爛の、胸躍る眺めだった。本当の意味で官能的でさえあった。

「私の愛書趣味はここから始まったんだよ」リーはいった。「これは受け継いだ本でね」

「お祖母さんのベッツが遺してくれたんだ」アーチャーがいった。「よく憶えてるが、親切で優しいお祖母さんだったな。バートンのコレクションを見せてやれよ、リー」

あの時代の最高の作品が、そこにあった。リーの許しを得て、私は一冊ずつ手に取り、慎重にページを開いた。そのあいだに、アーチャーがバートンのことを話してくれた。その熱意が伝わって、いつの間にか私たちの胸にも火がともっていた。アーチャーはバートンの一生をそらんじているようだった。その話を聞いているうちに、アーチャーが次に出す本の中身がわかったような気がした。少なくとも輪郭だけはつかむことができた。作家とはそういうものだ。自分が追いかけているテーマを論じはじめると、狂気の光が目に宿る。

部屋は静まりかえっていた。そのとき、穏やかなエリンの声が聞こえた。

「今は、世界じゅう捜したって、そんな人物見つかりませんね」

私は異を唱えるようにエリンを見た。彼女は天井に目をやった。私はいった。「バート

ンが今、生きていたら、発狂するだろう」すると、彼女は首をかしげた。「ほんとにそう

思う？」私はいった。「そう思うよ。この精神病院みたいな世界に十分もいたら、バスの

前に身を投げて死にたくなるだろう」彼女はいった。「逆に、現代の人間、たとえばあな

たが、バートンの世界――一八五〇年代後半のインドやアラビアやアフリカの熱帯地方に

行ったらどうなると思う？」私はいった。「やってみるのも面白いかもしれないね」彼女

は納得がいかないような顔をしていた。だが、何分かたって、彼女は一枚のメモをそっと

私の手に押し込んだ。それには電話番号が書いてあり、謎めいた言葉が添えられていた。

〝わかったら教えて〟と。

第二ラウンドは私の勝ち。フットワークのよさが勝因だった。

判事の家を辞したときには深夜一時になっていた。傲慢なアーチャーへの怒りは消え、

あのお粗末な侮辱に反撃しなくてよかったと思った。これから何をすればいいのかという

人生の悩みに答えが見つかり、生まれ変わったような気分だった。一冊の本に触ったり、

一人の女の表情が動くのを見たりするだけで、なぜか男は元気になることがある。

次の日の朝、目を覚ましたとき、エリンのこととバートンのことを同時に考えた。たがいに譲らず、時間がたつにつれて、どちらもどんどん大きくなっていった。私はエリンに電話をかけた。留守番電話のメッセージが出た。彼女の声で、こちらからかけ直すといった。

バートンのほうは火にかけたまましばらく放っておくことにした。

翌日、エリンから電話があり、私の留守番電話にメッセージを残していった。「勧誘電話だったら、お断わり。でも、あたしは名簿に登録した民主党員だから、誰とでも話をするわ」

「うまい台詞だ」私は彼女の留守番電話にメッセージを残した。「気に入ったよ。ジェイムズ・ケインが三十年前に書いた小説に出てくる文句だが」

「お見事ね」同じ日の遅い時刻に、彼女は私の留守番電話にメッセージを残していた。「ケインから取ったこと、わからないかもしれないと思ってたわ。それにしても、どうしてあなたいつも留守なの？」

「今、戻ってきた」私は彼女の留守番電話に向かっていった。「きみはどこにいる？」

「残念ながら、これからワイオミングに出かけます」数時間後、最後にまたすれ違って、彼女はいった。「今度は長い裁判になりそうなの。地球の環境が危険にさらされていて、弁護士事務所の仲間が、創意豊かなあたしの若い才能を必要としてるの。あなたのお相手をする暇はないみたい。じゃあ、さようなら。もう会えないかも」

機械を通して私は不信の声を上げた。「ワイオミングの田舎に、環境なんてあるのか？」

こうして彼女は去っていった。いつか戻ってくることを私は切に願った。だが、バートンのほうもぐつぐつ煮えたぎっていた。五日目の朝、私は戦略的偵察行動を始めた。そう呼ぶ。軍事用語では、大規模な決断を下す前に、広い範囲で情報収集活動を行なうことをそう呼ぶ。軍事本の世界でも同じだ。私は電話の前に腰をすえた。参考書を何冊か注文した。安く手に入るバートンの古書を探した。まさしく戦略的偵察行動だ。いわば古書マニアの狂気。私はまた夢中になっていた。

2

一週間たたないうちに、私はフォーン・ブローディのバートン伝を読み、バートンの三大傑作にざっと目を通していた。あとは書かれた年代順に、ゆっくり読むことにした。ノーマン・ペンツァーのバートン書誌も隅から隅まで読み、バートンの初版本の競売価格や問題点を細かく洗い出してファイルを作った。

書店主や本好きにとって、立派な書誌は、何冊もの伝記を束にしたものよりはるかに役に立つものだ。たとえブローディのように勉強熱心な学究が書いた伝記でも、第三者が対象を語っている点で、もういけない。書誌ならその対象が書いた書物に対象自身を語らせることができる。バートンはしばらくのあいだ伝記作家に恵まれていなかった。一九六七年に出たブローディの本が再認識を迫るまで、バートンといえば一種の無頼漢であり、なんのこだわりもなく東洋の性典を翻訳したことから、場合によっては春本作家とさえ見なされていた。だが、書誌作成者には恵まれていたようだ。ペンツァーはバートンの熱心な擁護者だった。一九二三年に出版された書誌にはバートンの著作に関する研究の成果が見事に盛り込まれていた。しかも、書誌には珍しいことだが、バートン本人の性格も彩り鮮やかに浮かび上がるようになっている。ペンツァーによれば、バートンは十九世紀後半最大の傑物だったが、愚か者は容赦しない性格のために人から疎まれ、さまざまな業績を無視されてきた悲劇の人物だという。晩年、お情けで勲爵士《ナイト》の位を授かったものの、国からは疎略に扱われてきた。バートンは生まれてくる時代を間違えたのだ、とペンツァーは書いている。「ヴィクトリア女王ではなく、エリザベス女王を君主と仰ぐべき人物だったのである」

バートンは本の世界で八面六臂《はちめんろっぴ》の大活躍をした。ルネサンス的教養人という言葉はまだ広まっていなかったが、そう呼ばれるにふさわしい業績を残した。二十九種類の言葉を操り、方言まで完璧にこなした人物。偉大な探検家、人類学の研究者、植物学者、三十冊の著作を持つ文筆家。晩年は『千夜一夜物語』全十六巻や『カーマスートラ』を始めとする東洋の禁じられた古典の翻訳をした。フェンシングの達人でもあり、腕力、精神力ともに強かった。世界各地にある人跡未踏の砂漠やジャングルに分け入るときにはその力で困難に立ち向かった。人間についての知識は膨大で、洞察力は隅々まで徹底的に行き渡り、記憶力は百科事典並みだった。どこへ出かけても、あらゆるものを見てまわり、その場で備忘録に書き込んだので、一八六〇年、アメリカの砂漠を越え、ユタとカリフォルニアを旅してまわったときも、その直後に七百ページの大冊を出して、土地の動物、植物、住民、習慣、地誌を紹介した。二年後にはアメリカの大草原地帯を旅する者のためのガイドブックも出版する。アメリカ・インディアンについて書いたバートンの文章は、人間の頭の皮を剝ぐ長い描写も含めて、旅行記的文章の古典になっている。ペンツァーによれば、バートンは史上屈指の探検家ということになり、バートンと比べたらスタンリーの探検など王侯貴族の物見遊山に等しいという。暗黒大陸アフリカを探検したバートンの記述はまるで神話のようにも読めるが、見たものすべてを書き残そうとする膨大な細密描写には驚くしかない。

こうした業績だけでも英国の伝説の巨人といえそうだが、バートンは〝正真正銘の公的な記録によって歴史的な事実の裏づけが取れている語学の天才、それも史上に一人か二人、せいぜい三人しかいない天才〟でもあった。バートンは独学でアラビア語とヒンドゥスターニー語とスワヒリ語とソマリ語とを流暢にしゃべり、ペルシャ語やトルコ語やスペイン語やポルトガル語やギリシャ語にも通じていた。もちろん、ラテン語はいうまでもない。新しい土地に行くたびに言葉を吸収し、ほんの数週間で方言まで憶えることもあった。しかも、ペンツァーがいっているように、現地の人間と同化する変装の達人でもあった。だからこそ、現地人に混じって、異教徒の立ち入りを厳格に禁じたメッカやメディナやハーラルといった聖地に命がけで侵入することができたのだ。

バートンは、コンゴやザンジバルやシリアやアイスランドやインドやブラジルの旅行記を遺している。銃剣や刀剣や鷹狩りの本も書いている。バートンは、めったにこの世に出現することがない蛮勇が自慢の鬼才だった。人生のなんたるかを理解し、世間の良識に媚びたり、宗教的専制に屈したりすることなく、自分の見たものをあるがままに表現した。

そんな人間が順風満帆の人生を送れるはずがない。バートンは教会から締め出され、上品な社交界から爪弾きにされた。もっと運がよければ火あぶりめいた運命を避けることもできただろう。残念ながらバートンは死んだあとになって、心の狭い敬虔なカトリック教徒である妻に迫害された。その妻、レディ・イザベルはバートンの作品に火をつけ、夫のイメージを汚したくないという浅はかな考えから、四十年にわたってバートンが書き綴ってきた未発表の原稿や日記やメモを灰にした。

私が宗教に距離を置いているのはそのためだ。仮にわれわれが宇宙の秘密を知る日がきても、どこかの宗教が邪魔をするだろう。秘密を隠したいのだ。迫害して、ずたずたにして、火をつけて、ぶちこわそうとする。われわれを暗黒時代に置くことで商売は繁盛する。宗教は暗黒を売り物にしているのだ。

二週目の半ばになると、バートンの生涯やその時代を把握できたと思った。三週目の半ばには、あの五万ドルの使い途が見えてきた。あとは、書名や保存状態など、どの本を選ぶかだけが問題だった。

私は触覚を伸ばした。国じゅうの古書関係者がさまざまな情報を電話で教えてくれた。四週目の半ばになると、〈ボストン・ブック・ギャラリーズ〉のオークションにバートンが出品されるという情報が飛び込んできた。どうやら私の希望にぴったりの本であるらしい。私は飛行機で東部に向かう予定をたてた。

二万九千ドルちょっとで素晴らしい稀覯本を手に入れる喜びは、言葉ではいいあらわしようのないものだ。もちろん、業界のしきたりで手数料と称する金額を上乗せすることになるだろう。オークションの早い段階で業者が脱落し、落札予定者はコレクター二人と私の三人に絞られた。競りの額が二万ドルを超えたとき、私は行きつくところまで行ってやろうと思った。この本は転売のために買おうとしているのではない。いわば魂の糧なのだ。五万ドルをすべて注ぎ込んでも惜しくはない。シアトルの事件で手に入った金は余禄のようなものだった。インディアン居留地のカジノに出入りする客は、ギャンブルで儲けた金を〈インディアン・マネー〉と呼ぶことがある。そして、クッキーの瓶にそれを入れ、これは次の博打で負けてもいい金だ、と考える。しかし、バートン級の稀覯本を博打と同列に見なすことはできない。ルーレット台に手持ちの金を投げ出すわけではないが、要するにこれはインディアン・マネーなのだと考えたら、たちまち競争心が湧いてきて、結局は一番高い値をつけることになった。たった一冊の初版本にこれだけの大金を注ぎ込むことなど、とうてい考えられない時代もあった。そんな時代を私は笑い飛ばした。

ボストンのあと、よく笑う日が続いた。私がバートンを買ったという話は、あきれるほど遠くまで広まっていった。私が勝手に唱えていた〈出ずっぱりの法則〉をはるかに超える勢いだった。〈マスコミに注目されるのは難しいが、そのあと出ずっぱりになるのは簡単である〉という法則だ。記者や報道デスクは悲観的な連中ばかりで、新聞なら一行でも多いスペースを、テレビなら一分でも多い時間を取ろうとして、身近なところには難攻不落の壁を張り巡らせる。遠く離れた場所に蝶々のコレクターがいるとなったら、記者がどんなに文句をいってもはるばる取材に行かせるくせに、目と鼻の先でひどい不正が行なわれていても見なかったふりをする。遠くの専門家には食指を伸ばすのに、取材を受けたくてうずうずしている者はヌーディスト・キャンプに迷い込んだ伝染病患者のようにたちまち追い払われる。自分からは決して色気を見せないこと。それが難攻不落の壁の向こうに入り込む秘訣だ。うつむいてもじもじしていれば、マスコミは群がってくる。そこまで行けば、あとは何でもありだ。

私の場合は、とくに関心がなさそうな、むしろ人見知りするような態度を取っていると、一夜にしてアメリカでもっとも有名なリチャード・バートンの専門家になっていた。優秀な、とか、優れた、などというつもりはないし、賢くもなければ白くも黒くもなく、気の利いた受け答えができるわけでもない。そして、これが一番信じられないのだが、カメラ写りもよくないのだ。そのきっかけになった出来事は偶然の産物で、困ったことにちゃんとした裏づけもなかった。《ボストン・グローヴ》に載った一本の記事、熱烈なバートン・ファンの記者が非番の日に書いた思い入れたっぷりの記事がラジオ出演につながり、ある通信社のボストン支局長が部下に命じてその記事に軽く手を入れ、全国の新聞に配信した。私は自惚れていたわけではない——私の話は現代の読者への橋渡しとして使われただけで、興味の焦点はバートンにあったのだ。バートンの話はニュースではなく、百年以上も前の歴史なので、そういう操作が必要になる。だが、それによって私はアンディ・ウォーホールのいう〝十五分間の名声〟を得た。そして、自分が生まれる六十年前に死んだ巨人の肩に担がれ、マスコミに登場した。

家に帰ると留守番電話に二十件のメッセージが残されていた。そのうちの一件はミランダからだった。デンヴァーと関係のある記事だったので、ボストン発のAP電は地元の二紙にも載っていた。リーがそれを読んで、当然ながら、バートンの稀覯本をぜひ見たいと思ったらしい。ミランダはその日の〝夕食〟に私を誘った。〝ディナー〟といわなかったのは、これが身内の集まりで、三人だけの食事になるという意味だった。週日の夜なので、おたがいのために短く切り上げることにした。リーはややこしい裁判を抱えていて、私にはやらなくてはいけないことがたくさんある。ミランダも、翌朝は早く起きて、近所の老人ホームでボランティアをすることになっているという。

庭の見えるテラスで食事をしながら、アーチャーと私がこの前のパーティで一触即発の状態になったことを取り上げて、笑い話にした。「息を詰めて、じっと見てたわよ」ミランダはいった。「あなたがかっとなって、あいつを八つ裂きにするんじゃないかと思って」リーのほうに目を向けて、続けた。「そんなことになっても、クリフが悪いとは言い切れないはずよ。あなたの古いお友だちだということはわかってるし、パーティのお客さんのことをあれこれいう趣味もないけど、あいつ、ほんとに性格が悪いわ。どうしても好きになれないの」

例によってリーは好々爺《こうこうや》然とした笑みを浮かべた。「ハルは辛い人生を送ってきたんだよ。非難する前に理解してやらなくちゃ」

「どうしてこっちから理解してあげなくちゃいけないの？　最初から気心の知れた人と付き合うほうがずっといいわ」

「まあ、そういうなよ、ミランダ。ハルは作家になることを家族から反対されて、初っ端《しょぱな》から苦労の連続だったんだ。初期の作品は、今でこそ〝モダン・クラシック〟と呼ばれているが、最初はどこの出版社からも相手にされなくて、何年も宙に浮いていた。いわゆる〈呪われた作家〉——才能があるのに何十年も世間から無視されてきた作家の苦しみを味わったんだよ。あの男が嫌味に見えるとしたら、近ごろの風潮に腹をたててるからじゃないのかね。ベストセラー重視の傾向とか、子供でもわかるようにわざと易しい文章で書いたとしか思えない文学作品とか」

「それはわかるけど、そんなこと昔からある退屈な話じゃない？　評価されなかった作家は、ほかにもたくさんいるわ。才能があるのに認められなかった人は何人いると思う？　そんな人たちが泣き言いうのを見たことある？　せっかくみんなが褒めようとしてるのに、毒舌をふるって騒ぎを起こす人なんている？　苦労したからって、傍若無人なふるまいをしていいことにはならないのよ。自分の耳でも切り取って、本当の痛みを体験してみればいいんだわ」

私は休戦調停に乗り出した。「彼には毒舌をふるった自覚もないと思いますよ。少なくとも、こちらには通じなかった」

それを受けて、これ幸いとリーは話題を変えた。「さて、きみの本を拝見しようか」私たちは家の中に入った。リーは、畏敬の念を込めてその三巻本を手に取り、自分の目を疑うようにしばらくながめていた。「すごいもんだね」彼はいった。「いったいどこにあったんだろう」私にはわからなかった。オークション・ハウスには委託者の名前を明かす義務はない。ミランダは、チャールズ・ウォレンとは何者だろう、と疑問を口にした。バートンからこれほど心のこもった献辞を捧げられている人物なら、伝記に出てきてもよさそうなのに、伝記作家はなぜか誰もこの人物には触れていない。やがて、リーが自分の本を持ってきて、私の本と比較した。リー所蔵のバートンも美本に近く、百年前の本を集めているコレクターが見れば軽く合格点をつけるだろう。だが、私の本はそれ以上だった。美麗、極上、超一級。二つを並べてみれば、稀覯本――めったに見られない稀な本という言葉の意味がよくわかった。

「いい買い物をしたね。これなら三万ドルでもいい」リーはいった。「ところで、この本を売って、手早く現金にしたいと思ったら……」

「いいや、当分これは手放しませんよ。老後の生活費にでもします」

その夜、エリンのメッセージが留守番電話に入っていた。「今、ロック・スプリングズとかいう惑星《ほし》にいて、頭がおかしくなりそうなの。すべての希望が失われたときに何が起こるか、身に沁みてわかったわ――希望という泉は永遠に人の心に湧く。ところがここは、岩の泉《ロック・スプリングズ》。もう絶望よ。人にいったってわかってもらえないでしょうけどね。あなたに電話をかけたら救われるんじゃないか、そんな考え違いをするほど落ち込んでるわけ。やっぱり、あなた、留守だったわね。でも、おかげで救われたわ」

私はエリンの留守番電話にメッセージを残した。「だからワイオミングはやめとけっていっただろう」朝になって、電話を見ると、もう返事が入っていた。「それはそれは失礼いたしました。でも、ここが火星だって、あなた、いってなかったわよね。あと二、三週間で仕事は片づきそうだけど、ここにいるとその二、三週間が永遠の時間に思えるわ。帰ったら、歓迎会を開いてもらいたいもんだわ」

その日はエリンのことをずっと考えていた。こうして意味のない親しげなやり取りを続けているものの、私たちはまだ手を握ったこともないし、面と向かって交わした言葉は一言か二言だけだった。ベッドに入ってから、あの憎たらしい留守番電話に新しい攻撃をしかけた。「デートしないか。二人で。この機械の相手をするのはうんざりなんだ。会おうじゃないか。なまで。生きているうちに。二つ合わせて、なまいきという駄洒落《だじゃれ》だが、べつにきみのことをいっているわけじゃない。紳士的にふるまうことを約束する。白いスポーツ・ジャケットを着ていく。ボタン穴にピンクのカーネーションを挿す。十三日の夜だ。早めにきて、うちの本屋に寄ってもらってもいい。こられないときは電話をくれ」

彼女から電話はかかってこなかった。代わりに気の触れた連中からまた電話がかかってきた。

ボストンから帰ってきて以来、私は一日じゅう、奇人変人からかかってくる電話の相手をすることになった。実際には持っていないのに、本物のバートンの本を持っているという者がいる。マイアミやポートランドやアフリカの奥地から電話をかけてきて、疑うなら自費で飛行機に乗って現物を見にこい、という馬鹿もいたし、震える声で、酒だの麻薬だのが欲しいので、ぼろぼろになったバートンの本やブローディのバートン伝を買ってくれという者もいた。どれも品のない装丁の再刊本で、チェーン・ストア式の本屋の店先に今でも転がっているようなものばかりだった。バートン直系の子孫と名乗るある男は、何年も前から夢の中でバートンと話をして、千二百ページの原稿を書いたという。バートンの語る言葉をそのまま書き記した原稿で、今でもまだ発見されていないアフリカに眠る黄金の王国の所在地が記された地図までついているらしい。フロリダからコレクトコールをかけてきた女性は、リチャード・バートンの自伝を持っているといった。カバーつきで、バートン本人とエリザベス・テーラーのサインがあり、ヴァージニア・ウルフとかいう女の人の名前も書いてあるのだそうだ。現物を見ないで今すぐ返事をもらえるのなら千五百ドルで売ろう、と彼女は続けた。そうでなければ、ほかの心当たりに電話をかけるので、値段はもっと上がるかもしれない。シカゴや、フェニックスや、ミシガン州グランド・ラピッズからも電話があった。ボルティモアの老婆は、そちらの手もとにある本は、うちの家族の蔵書から盗まれたものだ、といった。〝あの人たち〟に盗み聞きされるかもしれないので、といって、老婆は小さな声で話をした。献辞に名前のある人物はその老婆の祖父で、リチャード・バートンが南北戦争のきっかけをつくったときその場にいたという。私は失礼にならないように気をつけて、丁寧に電話を切った。一つだけ、たしかなことがある――次の郵便で、掘出し物と称するものがまた届くのだ。電話のベルが鳴って、受話器を取れば、同じような変人がまた何かを売りつけようとする。

私が経営しているデンヴァーの書店には、なんの前触れもなしに小包が届く。たいがいは価値のない本ばかりなので、送り返すことになる。デトロイトのある男が送ってきた箱にはバートンの初期の再刊本が何冊か入っていて、これは喜んで買い取った。だが、バートン著『聖者の町』の正真正銘の初版本が届いたときには、さすがに気味が悪くなった。小包にはセントルイスの消印があるだけで、外にも中にも送り主の住所氏名はなかった。追って電話がかかってくるか、別便で手紙が届くかするだろう、と思っていたが、音沙汰はなかった。

四、五週間たつと、ようやく騒ぎも収まってきた。十三日になり、奇人変人は姿を消したが、ロック・スプリングズにいる私の新しい友人はまだ電話をかけてこなかった。待たされることがこれほど甘美なものとは知らなかった。彼女をどの店に連れて行こうか、あれこれ考えているうちに、例のボルティモアの老婆がやってきた。そして、あの素晴らしい献辞の謎が息を吹き返したのだ。

3

年齢もさることながら、アメリカ杉のような老婆だった。運転手が外に出てきたのを見て、どの時代の人間かもだいたい見当がついた。車は六〇年代中期の名車フォード・フェアレーン。運転手は黒人の大男で、兵士のような防弾服を着ている。老婆がすわっている側のドアに近づき、運転手は警護するように立ちはだかった。騒々しい子供たちが、スケートボードに乗って通りすぎた。十七、八の少年が、全部で六人。元気に跳ねまわる年ごろだが、まだ分別を身につけるほど大人ではない。

イースト・コールファックスはそんな通りだ。不作法で、粗野で、予想のつかない出来事が起こる通り。少年の一人が「気ぃつけろ、くろんぼ！」と叫ぶのを聞いたとき、その態度の悪さに腹がたち、同じ白人として同類の性懲りもない頭の悪さを改めて恥ずかしく思った。少年たちの罵声は店の中まで届いたが、運転手は背筋を伸ばし、威厳ある態度で、我慢強くそれを無視していた。すっきりした顔立ちで、手入れの行き届いた短い口ひげを蓄えている。その折り目正しさや物腰が気に入った。一目で人の性格がわかることもある。

少年たちは散らばり、運転手は車のドアを開けた。まず最初に灰色の頭が現われ、続いて全身が見えた。ひよわな感じの女性で、色褪せた古風なドレスを着ている。運転手の腕につかまって外に出た老婆は、体のバランスを取るようにしばらくじっとしていたが、そのうちに小さくうなずくと、運転手の腕をつかんだまま、一歩一歩、歩道を踏みしめて、私の店への長い旅を始めた。やがてまた立ち止まり、体のバランスを取った。そのとき、運転手が警戒の表情を浮かべて顔を上げるのが見えた。またスケートボードに乗った無軌道な少年たちがやってきて、次の瞬間、私の店のガラス窓すれすれのところを走り去っていった。運転手は手を上げて「止まれ!」と叫んだ。危うくぶつかりそうになるほど近いところを旋風《つむじかぜ》のようなものが通りすぎて、老婆は身を縮めた。それを見て、私は店の出口に急いだが、それよりも早く大男の黒人は腕をまっすぐ突き出して、次にやってきた少年のタックルを防いだ。少年はもんどり打って歩道に転がった。

私がドアを開けたとき、いくつものことが同時に起こった。馬鹿がもう一人、すれすれに通っていった。私はそのスケートボードに片足を引っかけ、乗っていた少年を転がした。スケートボードは車道に飛んでいった。通りかかった車がそれを粉々に砕いた。最初に転んだ少年は、手足をついて体を起こそうとしていた。肘から血を流しながら、血まみれの鼻に手を当てている。黒人を侮辱する聞くに堪えない言葉が耳に届いた。いつの間にか仲間が二人やってきて、歩道で私たちを威嚇《いかく》していた。通りかかったさっきの車は縁石のところに停車し、太った男がおりてきて、ボンネットに傷がついたじゃないかとわめきながら喧嘩に参加した。このてんやわんやの中、大男は私の店に老婆を避難させていた。路上には私一人が取り残され、混乱の後始末を引き受けることになった。

鼻血の少年は、両わきに仲間を従えていた。「こんちくしょう、吠え面かくなよ」あまりの常套句《じょうとうく》に、笑いが込み上げてきた。「ふざけるんじゃない。脳みその足りない仲間二人に、そうやって両側から支えてもらわないと、マスもかけないくせに、吠え面をかくなとはおこがましい。面倒なことに巻き込まれないうちに、子供は帰れ」

飛びかかるふりをしてフェイントをかけると、三人は重なり合うように後ずさりして、縁石の外に出た。これもまたお笑いぐさだ。こいつらは超弩級の馬鹿だったが、このまま帰ると面目が立たないと思ったのか、ちょっとした余興を始めたので、拝見することにした。結局、中指を立て、こちらを侮辱するような仕草をしただけで、ふくれっ面をして三人は去っていった。

今度は、太った男を相手に、同じ歌をうたい、同じダンスを踊る番だった。男はいった。「どうしてくれるんだ、おれの車。修理代、払うのか？」私は店の看板を指さし、字が読めないのか、といった。看板には〈本〉と書いてある。〈ステート・ファーム保険会社〉と書いてあるわけではない。男は、店のウィンドウに煉瓦を投げつけたら面白いだろうな、といった。私は、車のナンバーをこれ見よがしに眺めて、あんたが煉瓦《れんが》を探しているあいだに、店に入って警察に電話をかけることにしよう、といった。店のドアを開けようとしたとき、車を急発進させて男が逃げてゆくのがわかった。私は店に入った。

老婆は椅子にすわって目を閉じていた。私は運転手に話しかけた。運転手の上着には軍隊式に名札が縫いつけてあった。「ラルストンさんですね」

「マイクと呼んでください」

握手をして、私はいった。「クリフ・ジェーンウェイです」そして、老婆に向かって軽くお辞儀をした。「イースト・コールファックスにようこそ」


電話がかかってきて、しばらく仕事が忙しくなった。それが片づくまで老婆は椅子にすわってじっと待っていた。居眠りをしているはずなのに、不気味なほど体はしゃんとしている。ときおりラルストンと目が合うと、眉を吊り上げ、老婆のほうにあごをしゃくってみたが、ラルストンは肩をすくめただけで、次々にかかってくる電話が途切れるのをそのまま待っていた。ようやく静かになると、手招きして、カウンターまでラルストンを呼んだ。「さて……マイク……これはどういうことで？」

「私にもさっぱり。とにかく、ゆうべデンヴァーに着いたようですが」

「どこから？」

「東部のどこかから。よく一人旅ができたもんだと思いますよ。いつも体が震えてるでしょう。手持ちの現金もほとんどなかった。ここまでくるのは大変だったと思いますよ」

「じゃあ、あなたはどうしてこんなことに」

「人助けでしょうかね」ラルストンは苦笑した。自分の親切心に戸惑っている控え目な男、といった感じだった。「別に人助けを商売にしてるわけじゃないんですが、このお婆さんはとても困ってたみたいで。近所の安ホテルに泊まってたんですよ。たまたまうちのかみさんがそのホテルに勤めてましてね。自分の祖母さんが泊まりたいといったら、絶対にやめさせるようなホテルで……それをいうなら、かみさんが勤めたいといってもやめさせなきゃいけないんですが……まあ、短期間だけならと」

「それで？」

「それで、デニスから電話があって、泊まり客の中に困っているお婆さんがいると。デニスというのは、かみさんですが」細君の名前を口にするときには、いかにも愛おしそうな口調になったので、会ったことのない私でもなんだか愛すべき女性のように思えてきた。

「あなた、結婚してますか？」

私は首を振った。

「既婚者ならみんなやることですが、要するに、家庭の平和のため、というやつです。いつか、あなたにもわかる日がくるでしょう」

私は笑い、ますますこの男が好きになった。

「はっきりしてるのは、この老婦人が、あなたに会うために遠路はるばるデンヴァーまでやってきたということです。私はたいしたことをしたわけじゃない。この店までほんの数マイル、車に乗せてきただけです」

ラルストン氏の人柄は気に入ったが、その話はむしろ迷惑だった。一文無しのよぼよぼの婆さんが店に転がり込んできたのだから、私は、その面倒を見る責任を負ったことになる。だが、この婆さんにはなんの借りもない――と、皮肉屋の声がいう。そして、私は筋金入りの皮肉屋なのだ。否定的な言動を取ってもよかったが、この婆さんをどうするかは私が決めなければならない。

「寝てるようだから、起こしましょうか」

「それはあなたが決めてください。私はただの運び役です」

まさかと思ったが、老婆は聴き耳を立てていたらしい。急に目を開けると、私の顔に視線を向けた。その瞬間、私たちのあいだに何か強い絆があるような感覚に襲われた。遠い過去、この老婆は、私の人生で重要な役割を果たしたことがあるのではないか。だが、初対面の相手であることもたしかだった。顔はほとんどミイラ化して、目は落ちくぼみ、潤んでいる。髪の毛にはまだ艶があり、美しかった。よく見ると、その髪は灰色ではなく純白で、柔らかくウエーブして額にかかり、その髪でハート形に縁取られた顔は、深いしわが刻まれているにもかかわらず、優美で繊細に見えた。私はスツールを引き出して、いった。「で、なんのご用でしょうか」さっきからずっとこちらに向けられている薄い灰色の目は、外から射し込んでくる厳しい午後の太陽に戸惑っているようだった。いや、違う。そのとき、不意に気がついた。この老婆は目が見えないのだ。顔を上下に動かすにつれて、瞳孔が閉じたり開いたりしているのはわかる。膝には分厚い眼鏡があり、弱々しく手に持っていたが、それをかけようとはしなかった。眼鏡などもう役に立たないのだ。この老婆は視力を失っている。大変な難行だったはずだが、彼女は一人で遠い旅をしてきた。よろよろと体を震わせながら……ほとんど目も見えずに。

その思いはいつまでも頭から離れなかった。この老婆に感じた淡い親近感もまだ残っていた。それはただの相性かもしれない。初対面でも気が合い、たちまち意気投合する相手がいるものだ。だが、私にはほとんどそんな経験がなく、この感覚は不気味なくらいだった。もう一つ不思議に思ったのは、私に対する老婆の反応が、まるで正反対に見えたことだ。老婆は、まるで長い生涯の果てにようやく決算のときを迎え、天国に行くか地獄に堕ちるかを決める相手の前に引き出されたように、ひどく不安そうな顔をしていた。

「ジェーンウェイさん」

その声は落ち着いていて、力強かった。これもまた驚きだった。老婆は眼鏡をかけ、分厚いレンズ越しに目を細めながらあたりを眺めた。私の想像は当たっていたようだ。光と陰、色、通りを歩く人影などは見分けがつくのだろう。私のほうを見て、黒い髪をした恐ろしげな男がスツールにすわっている、という程度のこともわかるはずだ。つまずいて転んだりする危険はあるが、手探りで歩道を歩くこともできるだろう。だが、法律的に分類して〈目が見えない人〉になるのは間違いなかった。

「わたし、ジョゼフィン・ギャラントという者です。そちらの手もとにあるのは、わたしの本です」

セントルイスから届いた謎めいた『聖者の町』のことをすぐに思い出した。これは吉報かもしれない。あの本だったら、千ドル出してもいい。いや、二千ドルで買っても元は取れるだろう。彼女の人生にとっては、千ドルであろうが二千ドルであろうが、もうどうでもいいことかもしれない。だが、少なくとも私は最善のことをしたという満足を得て、自分の人生に戻ることができる。そのとき、老婆はいった。「わたしの祖父はチャールズ・ウォレンです」あの頭のおかしな女、盗聴を心配していたボルティモアの女のことが記憶によみがえった。本の世界では、こんなふうにして希望はたちまち潰《つい》え、悪態だけが残る。

私がまだ呆然としているうちに、相手は続けた。「わたしの本、というのは、前に持っていた本、といいかえたほうがいいかもしれません。ずいぶん昔のことですが、どの本にもまだ愛着があって」

「どの本にも、とおっしゃいましたか」

「ええ、何冊もあるんです」

また私はこの老婆と通い合うものを感じた。相手もそれを感じたらしく、急に震えだした。「あなたは怖い人ですね」そういってから、ふと小声になった。「そうじゃありませんか、ジェーンウェイさん」

私は面食らい、ほとんど言葉を失っていた。老婆は、さっきよりも確信を込めて同じ言葉を繰り返した。「あなたは怖い人よ」いきなり怒鳴りだした私に殴り飛ばされるのを、半ば予期しているような口調だった。穏やかに私はいった。「こう見えても、女性には優しいんですよ」気まずい間があったので、場を盛り上げるために軽口を叩いた。「今週はまだ一回も銀行強盗をやっていません。それに、ドラッグには手を出さない。犬も蹴飛ばさない──小さな犬だったら蹴るかもしれませんが、小さな子供は食べたことがない。それだけは自慢できます」

老婆は目を見開いていた。私はいった。「ほんとですよ」老婆が震える手を目もとにあてがったとき、私はお粗末なおちを口にした。「そういう噂はみんな商売敵の本屋が流したものなんです」

ほんの一瞬、本当のことを話したいという狂気の衝動に駆られた。私は女性には優しい。だが、この老婆の介護を引き受けるのはごめんだった。

すると、老婆はいった。「このあいだは、忙しいときに電話をかけてしまいました。配慮が足りませんでしたね。あとになって気がついたのですが、わたしのこと、変だと思ったでしょう?」

「あの人たちに盗み聞きされるかもしれない、というのが効きましたよ」

口にした瞬間、後悔して顔が赤くなったが、その嫌味な言い方にも老婆は腹をたてていないようだった。

「わたしはボルティモアの老人ホームで暮らしています。医療扶助《メディケード》を受けているもので、収入があったら報告しないといけないんです。だから、ホームの職員にあの電話を聴かれたくなかったんです。こっそり貯めたお金をみんな使って、ここまできました」

どうもまずいことになった、と思った。〝あの人たち〟の謎解きは、こちらがたじたじとなるくらい明快だったので、私はもう一つの疑問を投げてみた。「リチャード・バートンが南北戦争のきっかけをつくったという話にも戸惑いました」

「頭のおかしな女だと思ったのですね」

私は肩をすくめた。「気を悪くしないでください。あのときは変な電話がいっぱいかかってきてたんです」

「もちろん、リチャード・バートンのせいで南北戦争が起こったわけではありません。そういったのは、一種のたとえです」自分に対してなのか私に対してなのかわからないが、老婆は興奮していた。手の震えが広がり、頬の肉まで震えていた。一瞬、倒れるのではないか、と思った。

「大丈夫ですか。裏に寝台がありますから、よかったら横になってください」

老婆は震えがちに深呼吸した。「いいえ、結構です」

結構そうには見えなかった。その顔は死に神のようだった。「バートンのやったことや、やらなかったことを、すぐに信じろといっても無理でしょうね」ほとんど息も継がずに老婆は続けた。「バートンがアメリカで何をしていたか、どこまでご存じ?」

「一八六〇年にユタに行って、モルモン教のブリガム・ヤングと会ってますね。バートンは一夫多妻に興味があって、自分の目で実例を見ておこうと思ったんです」

「教科書にはそう書いてありますね」

それは教科書ではなく、バートンの著書に書いてあることだったが、私はうなずいた。

「しばらくイギリスに戻りたくなかったんです。バートンはスピークに裏切られて、ヴィクトリア湖発見の栄誉を独り占めされた。よくわかりませんが、アメリカにきてインディアンと戦いたかったという説もありますね」

「もちろんバートンが大物スパイだったことはご存じでしょう？」

「インドでは国王のために情報収集をしていましたね」

「アメリカにきてから、バートンは三カ月行方をくらましていました。そのあいだ何をしていたと思います？」

「それは誰にもわかりません。アメリカの南部でインド時代の旧友と再会して、ずっと酒を呑んでいたんじゃないか、という説が有力ですね。ただし、そういうことを書いた文書は見つかっていない。二人で酒を呑むつもりだ、というバートンの言葉は残っています。記録によれば、アメリカ全土を回ってから、突如、セントジョゼフに現われて、ユタに向から長い駅馬車の旅を始めています」

「その説はもう訂正されていますね。イギリスで何ページ分かの日誌が見つかったという話を聞きましたよ。それによると、バートンと旧友のスタインハウザーは、やはり一緒に行動していたようですね。ところが、アメリカの南部にいた時間より、カナダにいた時間のほうが多かった」

「参りました。詳しいですね」

「謎の多いその時期に書かれた別の日誌があって、ぜんぜん違う話が語られているとしたら、どうします？」

「まず疑ってかかるでしょう。伝記作家が十数人いるのに、そんな日誌はまだ見つかっていません」

「どこを探せばいいか、わからなかったのかもしれませんよ」

それは考えられることだった。人はさまざまな道を旅する――フォーン・ブローディのような勤勉な伝記作家でもすべてを知ることはできないだろう。それでも、まだ私は信じられなかった。「日誌類は未亡人がみんな焼いたと思っていましたが」

相手を見ると、老婆らしい表情の裏に、激しい怒りが煮えたぎっているのがわかった。

「その日誌は、あの女の手が届かないところにあったのです」

「本当にあるなら、ぜひ見てみたいですね」

「ありますよ、本当に。安心してください」

また震えが走りそうになるのを必死でこらえてから、老婆は繰り返した。「本当にあるのです」

「はっきりおっしゃいますね……まるで実物をごらんになったことがあるようだ」

夢見るように老婆はうなずいた。私はうなじの毛が逆立つのを感じた。「遠い昔のことです」老婆は話しはじめた。「遠い、遠い、別の時代の話です。たぶん信じてもらえないでしょうね。あなたの落札した本、あれは、もともとうちの蔵書の一冊で、人に盗まれたんだということをいっておきたかったのです。まあ、どうでもいいことかもしれませんが」

「どうでもいいことじゃありませんよ。でも、証拠がないと、なんともいえないんです」外では救急車が悲鳴を上げながら通りすぎていった。私は、老婆の話に客観的、学問的な敬意を払おうと決心していた。こんな老齢になるまで生きてきたのだから、それだけで尊敬に値する。だから丁重に接しようと思った。嫌味や皮肉は、それにふさわしい相手が現われたときのために取っておこう。

メモ帳を手にすると、警官時代に戻ったような気がした。「その蔵書というのは、たくさんあったんですか」

「たくさんありましたよ」老婆はいった。私が急に興味を示したので、胸が高鳴っているらしいのが手に取るようにわかった。老婆がここにきた目的は私の興味を惹くこと。それがようやくかなったのだ。

「ええ、膨大な蔵書でした」彼女はいった。「図書館並みといってもいいでしょう。大型の本棚にぎっしり本が並んで、飾り棚には手紙や書類が詰まっていました」

「それだけの蔵書を盗むのは楽じゃありませんよ」私はいった。「腰のポケットに入れて盗み出そうとしても、入りませんからね」

「こそ泥が夜中に忍び込んだわけではないのです。嘘と欺瞞《ぎまん》によって奪われたのです」

それを聞いて、ただちに私は、法律の問題を左右する基本的な質問をした。「そのとき、金銭の受け渡しはありましたか？」

老婆はいった。「わかりません、よくわからないんです」だが、その返事は早すぎたし、目もそらしていた。老婆は嘘をついている。そして、嘘がばれたことにも気がついている。だが、次にいったことは事態をさらに悪くした。「金銭の受け渡しがあったとしても関係ないでしょう。取引そのものが不正だったのですから」

　これが嘘の困ったところで、一つ嘘をつけば、また嘘をつくことになる。根底に嘘がある言葉はそれ自体、嘘以外のなにものでもない。この老婆は、金銭の受け渡しがあったとしても関係ない、とは思っていない。あの深遠で明快な知性の権化、ガートルード・スタイン風にいえば、嘘は嘘であり嘘である、ということになるだろう。ジョゼフィン・ギャラントは薄暗い過去に逃避することで嘘の罪から逃れようとした。意外なことに、それはうまくいき、当人も私も驚いた。

「その蔵書は、わたしの祖父が百年以上も前に集めたものでした。祖父と本の思い出がわたしの一番古い記憶です。色も、手触りも、よく憶えています。わたしの記憶の中にしか存在しない家には、あの書庫もちゃんとあります。淡いブルーの壁。台所の戸口のすぐ上は漆喰の壁になっていて、隅っこにひびが入っている。ぴかぴか光るオーク材の床。わたしは、本を読む祖父の膝にすわっている。外の通りからは馬の蹄《ひづめ》の音が聞こえてくる。ゴミを集めてまわるディラードさんの馬車がきたのです。ディラードさんは気のいい小父さんで、端っこが垂れた、縞みたいな模様がある口ひげを伸ばしていて、馬車を引く馬の名前はロバート。夏には窓をみんな開け放すので、外の雑音が入ってくる。でも、祖父は気にしないで読書を続けている。本に没頭したら、まわりのことなんか気にならなくなるのです。おねだりしたら、わたしが眠るまでずっと本を読んでくれた。目が覚めて、続きをせがんだら、また読んでくれる」

老婆は深呼吸した。「バートンの本は、ほかの本とは違って難しい。読めばわかります。でも、風景が鮮やかに広がってくるような描写もあって、子供ながら印象に残っています。祖父はバートンをたいへん褒めていました。飾り棚には二十四年分のバートンの手紙がぎっしり詰まっていました。本にはみんなバートンの献辞が入っていたし、長年にわたってバートンから送られてきた興味深い異国の話、本にはならなかった原稿もたくさんあったのです。本には小さなメモがはさまれていて、二人が会ったときの話が書いてあったりしました。たいがいの本の余白には、バートン自筆の、細かい注釈が書き込んであったのを憶えています」

老婆は微笑んだ。「祖父はよくわたしに尋ねましたよ。おまえはバートンの本が好きかって。わたしはいつも好きだと答えました。すると、祖父は、大きくなったらみんなおまえにあげるよ、というのです」

老婆は、ごめんなさい、わたしにはそれしかないの、といいたげに小首をかしげた。

「それが一番楽しい思い出。バートンの書いた文章を祖父が朗読するのを聴いている。冒険の舞台は、インドや、アフリカや、アラビアや、アメリカの西部……」

老婆のかすかな笑みは、移ろいやすく、悲しげで、宇宙から見る砂漠の風景のように美しかった。その瞬間、小さな嘘などどうでもいいことのように思えてきた。それと同時に、これまで感じていた形のない不安が焦点を結び、はっきり意識にのぼってきた。

この語り口。これは頭のおかしな女がしゃべる言葉ではない。

彼女は正気なのだ。

不意に私は彼女の言葉を信じた。

容疑者の尋問という仕事を何年も続けてきた私は、ほとんどの場合、嘘を一目で見抜けるようになっていた。真実を聞き分けられるようになれば警官は一人前になる。

私は細部に感心した。壁の色のような細かい部分……。

淡いブルーの壁。台所の戸口のすぐ上が漆喰の壁になっていて、隅っこにひびが入っている。ゴミを集めにくる男のひげには縞みたいな模様があって、馬車を引く馬の名前はロバート。ロバートなどという馬の名前を思いつくのは難しい。実際にそういう名前の馬がいたのなら、話は別だ。

彼女への疑いは不意に逆転した。

疑いは不意に承認へと変わった。主導権を握っているのはもはや私ではなかった。この老婆の話を聞かなければならない。そして、希望的観測による証言と本来の推測に基づく証言とを選り分け、私自身も希望的観測をしないように心がけなければならない。私は不意に真実を知りたくなった。オークション・ハウスの人たちに訊いてはっきりさせたい、と思った。

だが、おおかたの予想はついた。本のオークションとは、元来なんの保証もないものだ。

まず最初には、冷たい軽蔑が返ってくるだろう。古書の世界に住む者は、象牙の塔の住人のように、お高くとまって人を見下すのを得意とする。だが、しつこく騒げば調べてもらえるかもしれない。〈ボストン・ブック・ギャラリーズ〉は高級なオークション・ハウスで、評判も悪くない。私が買った本の出所も問題はないとされていた。しかし、最近では、超一流のオークション・ハウスでも詐欺の被害に遭うことがある。なかには魂を売って自分から詐欺を働く者もいる。だから、本の由来を調べてもらっても罰は当たらないだろう。そして、調査は、リチャード・フランシス・バートンが、チャールズ・ウォレンという人物のために献辞を書いた当日にまでさかのぼる。

老婆はじっと私を見ながら、霧の彼方を見通そうとしていた。そして、無言の問いかけに改めて気がついたようだった。私の手が遠くに離れてゆくのを感じていたのかもしれない。彼女のために一肌脱ごうにも、この話には致命的な欠点がある。なんとなく老婆もそのことに気がついたのだ。ほとんど希望も持たずに長い旅をしてきたあげく、たった数分で私たちは重大な転機を迎えた。老婆は深呼吸した。私たちは、さっき彼女が避けて通った問題に立ち戻った。老婆は微笑もうとしたが、うまくいかなかったらしい。そして、最後には、自分がそもそもここにやってきた理由を口にするしかなかった。

「わたしの祖父は一九〇六年に亡くなりました。書庫にあった本は祖父が亡くなってすぐに盗まれました。たった一晩で、すべての本が奪われたのです。それ以来、行方は知れません」

私は咳払いした。失礼にならないように気を遣ったつもりだった。強い絆で結ばれているような感覚がまた戻ってきて、私は老婆の望みを完璧に理解していた。私が買った本を取り戻したいだけではなく、すべての本を取り戻したいのだ。八十年以上も前に祖父の書庫は失われた。そして、ジョゼフィン・ギャラントは、その人生の終わりに、失われた書庫を取り戻す仕事を、私に依頼しようと思っている。

4

そのあとしばらくは、時計の針が時を刻む音しか聞こえなかった。老婆がじっと待つあいだ、私はその言葉の絶望的な可能性に思いを馳せていた。

この種の事例をほかに知らないわけではないので、法律的にはかなり曖昧な問題であることもわかっている。たとえ売り手に悪意がなくても、過去に窃盗がからんだ物件であれば、所有権は成立しない。それが慣習法の考え方だ。〝買い手の危険負担《カヴィアト・エンプトア》〟というのはラテン語の文句で、ラテン語はもはや死語だが、その考え方自体は充分に理由があって世の中に広まっている。リチャード・バートンも物心ついたときからちゃんとわかっていただろう。

だが、今のアメリカでは、ことはそれほど単純ではない。州によって法律がまったく違うし、長い歳月が過ぎると、法の意図を無視して本来の所有者の権利が侵害されることもある。人が死に、何十年かたてば、以前は明らかにその人物の財産であったものに、新たな所有者の一覧ができあがる。そうなったら、その一覧に嘘があっても、一目見ただけではわからなくなる。

八十年といえば長いが、この老婦人はまだ生きている。まるで人間の遺物のようだが、私の前にすわって、こちらがなんらかの意思表明をするのをじっと待っている。当てにしているのは、ほんの少しの希望と、ちっぽけな私の良心だ。私が知らん顔をして、いそいそと世の不徳義漢の仲間入りをしたら、この老婆はどうするのだろう。私だって別に不正な方法であの本を手に入れたわけではない。何をいわれても突っぱねることができるのだ。この老婆に訴訟を起こす金銭的余裕があり、絶対に勝つことが保証されていても、時間が味方をしてくれない。何しろ高齢だし、どちらの側の弁護士も審理を引き延ばそうとするだろうから、本を取り返す前に寿命が尽きてしまうのだ。

どうも老婆自身そのことに気がついているような予感がした。運転手のラルストンでさえ同じことを思っているらしい。視界の隅の、芸術・美術の棚の端っこに立っているラルストンは、興味を隠そうともしないで、熱心に成り行きをうかがっている。三人とも相性が合うのか？　そうかもしれない。だが、それですべてが説明できるわけではない。私がどうすればいいかはみんな知っている。だが、どうするかは私が決めることだ。

「何を考えていらっしゃいますの、ジェーンウェイさん」

「道徳的ジレンマをいかにして切り抜けるか、手探りでその方法を探しているところですよ、ギャラントさん」

激しく揺れ動く老婆の心が見えるようだった。私のジレンマをできるだけ少なくし、道徳にかなった選択ができるような、小さな一言を探しているのだ。だが、適当な言葉は見つからず、暗闇に向かって質問を放っただけだった。「ほかに何をお知りになりたいのです?」

私は、いつの間にか椅子の横に落ちていたメモ帳を拾い上げた。「お祖父さんの名前はウォレンで、あなたはギャラントですね。そのあたりから話してみてください」

「ウォレンは母方の苗字で、ギャラントは七十年以上も前にわたしが結婚したろくでなしの名前です。風格のある響きが気に入って、今でも名乗っています」

その答えもまた本当らしく聞こえたが、老婆は私の問いから疑いめいたものを感じたようだった。「一度でも結婚相手が見つかったなんて、わたしには不似合い?」

「いや、そんなことは」

「昔からこんなしわくちゃ婆さんだったわけではないのですよ。あなたのように若くて立派な殿方から、可愛いと思われたことだってあったんですから。でも、それは昔の話。どこか別の世界の出来事みたい」老婆は、涙を探すように頰に手を当てた。「ギャラントという名前を初めて聞いたとき、なんて美しい響きだろうと思いましたよ。タッカー・ギャラント。ほんとにまあ、死んでからもう六十年になるなんて。ひょっとしたら、名前のためだけに結婚したのかもしれないわね」

「そんなことをするような女性には見えませんが」

「わたしがどんな女だったか、誰にもわかりませんよ。あの人と会ったときには、まだ小娘だったし」

手が震えはじめ、老婆はそっぽを向いて、外から入ってくる光に目を眇《すが》めた。希望は気まぐれだ。今、希望は遠のき、現実が迫り出してくる。「わかってましたよ、無駄足になるだろうということは。ジェーンウェイさん、あなた、いい人ぶることはないんですよ。わたしは何事にも幻想なんか持っていません。自分のいっていることが本当だと証明できても、まあ、それだけのことですからね。あとが続きません」

「理想をいえば、私が本を返品し、代金を払い戻してもらえばいいわけです。オークション・ハウスは正当な所有者であるあなたに本を返す」

「でも、現実にはそうはならない、とおっしゃりたいのですか」

「オークション・ハウスが絡んでくるのが、まずありえないんです。返品や交換はお受けいたしかねますという立場ですからね。理想的には、本をオークションに出した人物が見つかる、という展開もありえますが、そうなったら、本を取り返すためにあなたがその相手と争うことになります」

「オークションの会社の人たちは、どう思ってるんでしょう」

私は肩をすくめた。「何も考えていないでしょうね」

「理想の話はそれでおしまいね。ほんとにどうしたらいいんでしょう」

私は何もいわなかった。私は弁護士ではないのだから、ああしろこうしろといえる立場にはない。私としては、誠意を持ってあの本の出所を突き止めることはできるが、それ以上のことを要求されても困る。

「ほんとに、八方ふさがりとでもいうのかしら」

そのとおりだったが、私には何もいえなかった。

「あなたが本を返品しなかったら、わたしの負け。返品しても、わたしの負け」

ここまでは正確に把握しているようだった。

「あとはもう、あなたにお願いして、じかに譲ってもらうしかないわけですね」

かなうはずのないことを願っているという、自嘲の響きが、その声にはあった。リチャード・バートンの亡霊がよみがえり、相手に剣を突きつけて、盗まれた本を奪い返す。そんなことがあればいいのだが、まあ、絶対に無理だろう、といわんばかりだった。

「でも、そんなことをするのは馬鹿だと思います」老婆はいった。

その判断は正しかった。生き馬の目を抜く世の中で、この老婆に義理立てをする必要はない。私から見れば、邪魔で厄介で不吉な存在にすぎない。だが、なぜか切り捨てることはできなかった。

「冗談をいってはいけませんでしたね」老婆は続けた。「金額を見ても大変なものだし、やはり茶化すのはよくありません」

「その話、もう少し詳しく聞かせていただけますか」

老婆が冗談をいったのには気がつかなかったが――そんなこと、わかるわけがない――自嘲気味の笑いの中に、かつての少女の面影を見たように思った。泣いた男がたくさんいたことは間違いない。狂乱の二〇年代の春爛漫に、彼女は人生の第一歩を踏み出し、世界は扉を開きはじめる。その瞬間、金のことなどどうでもいいように思えてきた。どうせインディアン・マネーではないか。あの本を手放せば、腎臓を切り取られたような寂しさに襲われるだろうが、あんなあぶく銭を失って惜しいと思うだろうか。スツールに腰かけたまま体の重心を移し、私はいった。「困りましたね、どうすればいいかわからないんです」老婆は深呼吸し、そのまま息を殺していた。

「お手上げとしかいいようがない。何もかもはっきりして、疑問点がなくなったら、そのときは、まあ、考え直してもいいんですが」

老婆は首を振った。「あなたは頭がおかしいのですよ」

「それは誰でも知っている事実です」

老婆は目を細くして、覗き込むようにこちらを見た。「あなたの顔がもっとよく見えたらいいのに」だが、不安はもう消えたようだった。恐れはすでになく、私たちのあいだには不思議な共感が広がろうとしていた。彼女の顔に浮かんでいるのは、信頼だろうか。

「いったいどういうことになるか、見当もつかずに、わたしはこちらに参りました。それでも、信義を重んじる紳士には会えないだろうと思っていましたよ。そういう生き物はもう絶滅してしまいましたからね」

「そう先走らないでください。私はまだ何もしてないんですよ」

だが、いつまでも核心を避けているわけにはいかなかった。この数分間で、私たちの関係に何か根本的な変化が起こったのだ。老婆はかすかに身震いし、ドレスの襟を合わせた。

寒いのか、と尋ねたが――奥にアフガン編みの毛布がある――彼女は首を振った。

「ラルストンさん」

「はい、なんでしょう」運転手が近づいてきた。

「車から、バッグを持ってきてくださらない？」

ラルストンがバッグを持ってきて、老婆が中に入っているものを出すようにいったとき、クロース装の本らしきものが出てきて、今度は私が身震いする番だった。バートンの本だ。それ以外に考えられない。菫色の布のカバーに指を走らせ、題扉を開いた瞬間、この老婆に対する最後の疑いは消えていた。超美麗本。一八五六年にロンドンで発行された『東アフリカ初踏査』の見事な初版本だった。私は献辞に手を触れた。〝チャールズ・ウォレンに。我が最良のアメリカの友チャーリー。願わくば再び相まみえんことを。リチャード・F・バートン〟。一八六〇年の日付があった。

「これはとても珍しいものでしょう？」老婆はいった。「隠しておいたのですよ。何十年も守ってきたのです。禁断の補遺がそっくりそのまま残っているものは、まだ見つかっていないと思いますよ」

禁断の補遺とは、いわゆる〝陰部縫合〟補遺として悪名高いものだ。五百九十一ページを開くと、四ページ分のラテン語が貼り込まれていた。ブローディのバートン伝によれば、当時の人の目には内容が卑猥すぎて製本の際に綴じ込むのを拒否されたという部分だった。

「ソマリ族の性的習慣」老婆はいった。「それを赤裸々に書き綴ったら、一般大衆は眉をひそめるでしょうけど、何しろ偽善的な時代だったから、一人でこっそり読んで興奮する者も現われる。ペニス・リングとか、女性の外性器切除とか——当時は口にできなかったことばかり。今の人なら大好きな話題ですけどね」

「見たものをそのまま書くのがバートンの信条で、絶対に手加減しませんでしたからね」

「そのあげく、こんなことになったわけですね。ほんの二、三冊しか残っていないと思います」

「なぜこれだけが手もとに」

「運がよかったんでしょうね。調べものに必要だったらしくて、チャーリーはこの本を書庫から持ち出していました。だから、祖父が亡くなった夜、この本は書庫ではなく二階にあったのです。あとで母が見つけて隠しました。母は誰にもそのことを話しませんでしたが、母の死後、遺品の中から見つかりましてね。なんの値打ちもない思い出の品や、着古したドレスに混じって、これが……母の一生はそんなものでした。でも、わたしにとって、この本は素晴らしかった過去の象徴なのです。わたしたち一家そのものなのです」

私はメモ帳の新しいページを開いた。「どういう一家だったんでしょう」

「決して裕福ではありませんでした。まずそういっておきましょう。でも、生活は楽で、祖父が生きていたころは中流そのものといった家庭でした。あの当時は、裕福か貧乏か、はっきり分かれていた時代で、中流の人はあまり多くありませんでした。中流でもけっこういい暮らしができたものです」

老婆はまた夢見るような顔になった。「何不自由ない暮らしは、チャーリーに始まりチャーリーに終わったといっていいでしょう。子供の目から見て、祖父は心の温かい、威厳のある人でした。友人はチャーリーと呼んでいましたが、もちろんわたしには昔も今もお祖父ちゃんです。それ以外の呼び方をすると、神聖なものをけがすような気がしていました。ところが、八十の誕生日を迎えたとき、気がつくと、わたしはお祖父ちゃんより年上になっていました――祖父が死んだのは七十九のときで、死んだ人はそれ以上年を取りません。そのときから、お祖父ちゃんというより、なつかしい友だちのような気がしてきたのです。だから、ときどきチャーリーという名前で思い出すようになりました」

「お父さんはどんな方だったんでしょう」

「父ですか。それは……」老婆は言葉を探したが、見つからなかった。沈黙が続き、緊張が広がった。「だけど、何をお知りになりたいの？　わたしは父を愛したかった……でも、父のほうから拒まれました。悪い人ではなかったのですよ……ただ、性格が弱かっただけなのです」

「お酒は呑みましたか？」

驚いたように、びくっとするのがわかった。

「読心術を操ったわけじゃありませんよ。なんとなくそんな気がしたんです」

老婆は居心地悪そうに身じろぎした。退路を断たれ、長いあいだ立ち入るのを避けてきた領域に追い込まれようとしているのがわかったのだろう。ようやく彼女は私の問いに答えた。「祖父が死んだあと、父の飲酒癖がたたって、母は救貧院に入ることになったのです。その施設に入ったまま、誰にも看取られることなく、結核病棟で亡くなりました。ほんの四、五年のあいだにみんな死んだのです。チャーリーも……母も……あの人も」

父親の飲酒癖はしばらく置いておくことにした。いずれまた話題になるはずだった。

「じゃあ、天涯孤独の身になったんですね。そのときはおいくつでした？」

「十三歳でした」

「住んでいたのはボルティモアですか？」

「ええ。でも、母が病気になると、母方の叔父の家に預けられました。アイダホ州のボイシです」

「そちらでの暮らしぶりはいかがでした」

「それはひどいものでしたよ。叔父はなんの取り柄もない肉体労働者でした。収入が少なかったので、生活のために叔母は他人の洗濯を引き受ける内職をしていました。子供は五人。そこに六人目がきたものだから、もう大変でした。わたしはみんなから邪魔者扱いされていました。はっきりそういわれたわけではありませんが、態度でわかります。血のつながった親類だから、面倒を見てくれたのです。その点は今と違って立派なものですね。それでも、お荷物になるのはいやだったから、二年後にわたしは叔父の家を出ました。それ以来、一度も会っていません。わたしがいなくなったとき、みんな助かったと思ったでしょう」

老婆は、ゆっくり外を見て、少女時代の思い出が映し出されているのを眺めるように、店のウィンドウに目を向けた。「きっと、もう生きてないわね、叔父の家族は」

「それはどうでしょうか。あなたもまだお元気ですから」

意味ありげな沈黙があった。私はメモ帳をめくった。「そのあとはどうなったんです？」

「いろいろありましたよ。でも、ここで話す必要はありません。わたしはすぐ自活することを覚えた――それだけで充分でしょう。ボルティモアに戻ったわたしは、一九一六年にギャラントと結婚しました。わたしには物事を悪いほうに運ぶ才能がありましてね。結婚生活でもしっかりその才能が発揮されましたよ。まあ、大昔の話ですから、もう恨みも何もありませんけどね。ギャラントという名前は立派なのに、期待をして損しました」

苛立ったように老婆は手を振った。「もうこの話はやめましょう。辛い時期のことは思い出したくありません。それに、今度のことはギャラントとは関係のない話です。わたしは、ギャラントと一緒にいるあいだに、本という言葉を口にしたこともありません。でも、うちにあった本のことはいつも考えていましたよ。辛い時代でも、頭から離れなかったのです」

「お話を聞いていると、長かったようですね、その辛い時代は」

老婆は喉の奥で笑うような音をたてた。「そりゃね、聞くも涙の物語ですよ。二〇年代は楽しかった。わたしたちもそれなりに裕福になって、波風の立たない生活を送っていました。ところが、一九二九年の株の大暴落で、タッカーも全財産を失って――そのあと……勝手に死にました。一九三一年の冬は、ゴミ捨て場の段ボールの家で過ごしましたよ。警察に追い出されないですむのは、ゴミ捨て場だけでしたからね。毎晩、腐った肉の臭いを嗅いだり、鼠が走りまわる足音を聞いたりしながら、やっと寝たものです。わたしの手もとには、小さな銀色の鍵しかありませんでした。本を預けてあるタッカーの貸金庫の鍵です。でも、そんな話、もうどうでもいいわね。どうにかあの時代を生き延びることができたし、タッカー・ギャラントが埋葬されて五十八年たっても、まだ生きているのですから。タッカーのお葬式は、埋葬役の男が二人立ち会っただけの寂しいものでした」

老婆は生唾を飲み込む仕草をして、店の隅の暗がりを見つめた。「あの本がみんな残っていたら、わたしはまったく違う人生を送ることができた。そう思うと、本当に辛い気持ちになります。あれはみんなわたしが相続するはずの本でしたから」

「本があったらどうするつもりでした。売ったでしょうか」

「そんなことはしなかったと思いますよ。いってみれば、わたしの人生の一部ですから」

老婆は肩をすくめた。「でも、本当にひもじい思いをしていたら、人はなんでも売るでしょうね。もちろん今のほうが高く売れるでしょうが、一九三〇年代でもかなりの額になったでしょう。もしかしたら、そのお金で大学に行けたかもしれません。ずっと大学に行きたいと思っていたのです。勉強が大好きで……」

「どんな勉強をしたかったんです?」

「笑うでしょう、あなた」

「いや、笑いませんよ。絶対に」

「今思うと馬鹿みたいだけど、あのころは何か大きなものを学びたかったの。たとえば、哲学とか」

老婆は自分の愚行を笑うように目を天井に向けた。「ほんとにまあ、哲学だなんて偉そうに」

私は笑わなかったが、老婆は笑っていた。

「だって、そうでしょう。ねえ、ジェーンウェイさん。こんな馬鹿な話、聞いたことあります?」

客が二人入ってきた。テキサスからやってきた金離れのいいお得意さんで、一年に一度、何かのついでにデンヴァーに立ち寄ってくれる。しばらくはその二人の相手で忙しくなり、高値がついている現代物を見せたりした。二人はどうでもいいような本を買ってくれた。こういうものが売れると嬉しくなる。同じ金額でマーク・トウェインの美本が二冊買えるのだが、代わりに二人はラリー・マクマーティやハンター・S・トンプソンなどを何冊か買った。マーク・トウェインの名前は今でもよく知られているが、こうした作家たちの名前が将来まで残るかどうかはわからない。ラルストンは、二人の客が百ドル札の束から八枚を抜き取って代金を払い、本の袋を持ってのんびり外に出て行くのを見ていた。

「へえ。私は商売を間違えたようですね」

「いつもあんなふうにいくとはかぎりませんよ」

「いつもだなんて、そんな贅沢はいいません」

ミセス・ギャラントと最後に言葉を交わしてから、一時間近くたっていた。老婆は疲労困憊《こんぱい》した様子で、目を見開き、虚空を見つめていた。その頭の中を覗いてみたいものだ、と思った。だが、それよりも、一つだけ願い事がかなうなら、彼女の祖父が死んだとき、その場に立ち会っていたかった。いっても仕方のない傲慢なことだが、その場にいれば彼女の人生を救うことができたかもしれない。少なくとも、父親が本を売るのをやめさせることはできたはずだ。

「ギャラントさん」私はスツールを引いて、すわり直した。「お疲れとは思いますが、少しだけお父さんの話を聞かせてください」

不意に老婆は両手で顔を覆い、嗚咽《おえつ》しはじめた。私はその肩に手を置き、しばらくじっとしていた。動揺が収まると、彼女は真実を語りはじめた。もちろん、彼女に遺された本を、愚かな父親が売り飛ばしたのだ。父親から見れば、そんな本などなんの価値もないものだった。「父は生まれてから一冊も本を読んだことがないような人でした」老婆はいった。「だから、さばさばしたものでしたよ。全部売って、手に入れた三十ドルを、一週間で呑んでしまいました」

「本を売ったときの書類や証書のようなものはありますか」

「いいえ、見たことありません」

当たり前の話だ。三十ドルの取引に、わざわざ書類を作る者はいない。だが、金銭のやり取りがあったからには、正当な取引だったといわざるをえない。八十年たって、実はそうではなかったと証明することはできるだろうか。

「相手は値打ちのない本だといったのです——屑みたいな本だと。それは詐欺になりませんか。それに、父には、それを売る権利なんてなかったのです。父の一存で売れる本ではなかったのです」

それを考えると、また法律の迷路に迷い込むことになる。女性にまだ選挙権もなかった一九〇六年に、妻の財産を夫が処分することについて、法律にはどう述べられていたか。しかも、ボルティモアのあるメリーランド州は、遅れた時代の保守的な地方だったのだ。

頭が痛くなってきた。まだいろいろ訊きたいことはある。訊いたところで何もわからないかもしれないが、とにかく訊かなければならない。メモを取って、顔を上げたとき、ミセス・ギャラントは椅子にすわったままうとうとしていた。私がその腕に触ると、ラルストンが飛んできて、老婆の体を支えた。「今はここまでにしておきましょう」ラルストンはいった。有無をいわせぬ口調だった。これで終わりにするしかないのだ。

私たちは今後の相談をした。「私の家に連れて帰りますよ」ラルストンはいった。「ブラウン・パレス・ホテルみたいなわけにはいかないが、デニスが帰ってくるまで休んでもらいます」

二人がかりで老婆を車に運んだ。ラルストンは電話番号を書いた紙を私に手渡し、あとで連絡をください、といった。私は身をかがめ、開いた窓から老婆に声をかけた。「最後に一つだけ教えてください。その蔵書を買い取った相手に心当たりはあるんですか？」

「ええ、ありますとも。とにかく父はすぐお金が欲しかったのです。だから、どこかの本屋に売ったと思います」

このお先真っ暗の話の中で、それがただ一つの光だった。もしも本屋が蔵書を丸ごと買い取って、三十ドルしか払わなかったのなら、貨幣価値が違うといっても、立派な詐欺になる。しかし、今さらどうなるというのだろう。リチャード・バートンも、チャールズ・ウォレンも、あの老婆の両親も、ゴミを集めていた男も、その馬も、ボイシの叔父一家も、みんな死んでしまったように、その本屋もとっくの昔に死んでいるのだ。

そのとき、老婆が口にした言葉に、私は頬を叩かれたような衝撃を受けた。「あのトレッドウェルというひどい本屋のことを考えると、いつも腹がたちます。よくもまあ、平気な顔をして生きていられるものですよ」

そこで使われている現在形の時制に、思わず振り返った。

「ギャラントさん……つまり、まだあるんですか、その本屋は？」

「ええ、ありますよ。昔から続いている本屋ですから。トレッドウェル書店って、聞いたことありません？　あの連中は泥棒ですよ。堕落した一族がずっと経営していて、代々の店主はならず者ばかり。それがもう、百年も続いているのです」

5

もっと頻繁に仕入れの旅に出ていたら、トレッドウェル書店の噂も耳に入っていただろう。よく旅をする古書店主は、行く先々でゴシップを仕入れる。その回数が増えれば、誰彼についてあらゆることを知るようになる。悪評はすぐに広まるし、信頼できる同業者がいれば古書店主は腹を割って話をする。

全国各地の知り合いに、一時間で六本電話をかけると、トレッドウェル書店の情報がメモ帳で五、六ページ分集まった。所在地や電話番号はすぐにわかったし、店の規模もだいたいつかむことができた。職業別電話帳に載せている広告によれば、ボルティモアのダウンタウンに古い煉瓦造りの店を構え、三つの広いフロアに二百万冊の在庫を誇っているという。場所はサウス・ブロードウェイのそばのイースタン・アヴェニューで、ジョンズ・ホプキンズ病院からもそんなに遠くない。何年も前から似たような書店をたくさん見てきているので、中の様子も想像がついた。暗い階段、きしむ床、狭い通路、奥行きの深いほこりだらけの棚。その棚に二重、三重に本を詰め込み、縦にも重ねて、いっぱいになった書棚の上にも本を載せ、各セクションの端には並べきれなかった分が床に平積みにされている。本のテーマは多岐にわたり、中には誰も想像できなかったような題材を扱った本もある。そういう店では、各セクションの棚の奥を覗けば、何十年も人間の手が触れていない本が何冊も隠れている。

店には毀誉《きよ》褒貶《ほうへん》にまみれた長い歴史があった。創業は二十世紀の初頭にさかのぼり、何世代にもわたって書店人を生んでいる。初代のデドリック・トレッドウェル老人は、二十世紀初頭の本の世界で〈ならず者の王〉として知られた人物だった。トレッドウェル一族の評判はどの時代でもあまり芳しくなかった。〝いい本をほかの業者と取り合っているときには、まっとうな金額を払う〟トレッドウェル一族をよく知っているワシントンDCの古書店主がいった。「ところが、ほかの業者が絡んでなくて、お屋敷いっぱいの本を相続したばかりのかわいそうな素人が相手だったら……他人の悪口をいうのは気が引けるが……まあ、とかくの噂がある、とだけいっておこう」

創業当時、トレッドウェル老人はいろいろなところに小さな店を出していた。三〇年代の初期になると、買取りの優先権つきでイースタン・アヴェニューにビルを借りた。明らかに大きな獲物に照準を合わせたのだ。老人とその息子は東海岸じゅうを走りまわって何十万冊もの本を漁った。満たされることのない食欲を持つ猛禽《もうきん》類が本の世界に現われたように、二人は貪欲だった。「今なら古典と見なされて、四桁の値段をつけても売れる本が、ほんの十セント二十セントで売り飛ばされて、捨てられていったんだよ」ある書店主はそういった。回転を速くすれば儲けが出る。それがトレッドウェル一族のモットーだった。

安く買って、安く売って、現金が入ると、次を仕入れる。

実をいうと、私はそんな書店が好きだ。ほこりっぽく薄暗い地下牢のような店。何時間いても飽きないし、何千ドル使っても惜しくない。だが、賃貸料が上がり、取引量も売上げも桁違いの大企業がダウンタウンを占領するようになると、トレッドウェル書店は存続が危うくなってきた。マーガレット・ミッチェルが描いた古い南部の人々のように、半ば忘れ去られた夢のような存在になろうとしていた。

初代は何十年も前にこの事態を予想していたらしい。初代がビルを買い取っていてくれたおかげで、二世代目も同じ場所で栄えることができた。大恐慌時代を乗り切り、戦時中も順調に業績を伸ばし、戦後はさらに発展した。二世代目の人々が世を去り、三世代目の時代になった。書籍販売の業界に残った者は少なく、大半はもっと明るい未来を求めて他業種に去っていった。今のトレッドウェル書店は、四世代目に当たるディーン、カールという兄弟が経営している。この二人については、シカゴのある本屋がわかりやすく説明してくれた。「ディーンはがっしりした体つきの大男で、あごひげを伸ばしている。カールは小柄で、物静かだが、腹の底にはいろんなものを溜め込んでいそうな感じがする――怒りみたいなものもあるだろうし、独創的な考えもときどき思いつくらしい。水面は静かだが、意外に深い河、といったところだな。ディーンのほうは、愛想がよくて、人に親切なのが売り物だ。純朴な田舎者のふりをしているが、だまされちゃいけない。当たり障りのない世間話ばかりしているようで、実は二人ともかなり狡猾《こうかつ》だ。おまけに、本のことをよく知っている」

そうかもしれない。だが、今の代になって、トレッドウェル書店は急に業績が悪くなった。「カールが元凶だよ」そういったのは、ワシントンの男だった。「ここだけの話だが、悪い仲間と付き合うようになったらしい——ギャンブラーとか、チンピラとか、ボルティモアの犯罪組織絡みの連中とな。店の一部はもう組織が乗っ取っているかもしれない。なんでも、去年ポーカーに負けたのが、けちのつきはじめだったらしい」「トレッドウェル一族「あんた、もっと外に出たほうがいいぞ」シカゴの友人はいった。

のことなんか、みんな知ってるのに」

次の一時間をかけて、私は集まった情報を検討した。この業界にはいつも何人か怪しからぬ業者がいる。ある古株の本屋の親父がいったように、どの街にも腐ったリンゴが一個はある。人をだます気満々の、わかりやすい詐欺師。そうでなければ、正真正銘の泥棒で、コナン・ドイルの十巻本を万引し、ズボンや上着やシャツの下に突っ込んで、署名入りの一巻は暗く湿った股ぐらのあたりに隠し、そのまますぐ別の店を探して、興味を持った店主に売りつける。ただし、相手も盗品とわかっているので、かなり買い叩かれることになる。掘出し物に関しては目ざといライバルの書店がその〝リンゴ〟になることもある。いわば最盛期のロン・チェイニーよりも多くの顔があるのだ。まだあどけない若者がブッククラブ版のカバーの隅をちょん切り、初版と称して純真無垢なコレクターに売りつけることもある。ときには、車のトランクを店代わりにして、押し売りめいた商売をする背教者も現われる。性格はまちまちだが、道徳に欠けたところがあるせいで、誰もが通りの暗い側で商売をすることになる。その特徴は、豹《ひょう》の体の斑点のようにいつまでも変わらない。

　この商売に馴れてきたころ、私もその曖昧さに辟易したことがある。美は見る者の目の中にあり、というが、本の場合もその値打ちは見る者によって変わる。そして、悪いやつはそれを利用するのだ。本を買い取るときの最低代金――詐欺行為と見なされないための最低の代金はいくらか。同じ二百ドルの値打ちがある本で、すぐ売れるのとなかなか売れないのとがあったら、売れないほうは安く買い取ってもいいのではないか。本の状態を測る基準があるわけじゃないから、汚れた本はどんどん買い叩け。誰も認めたくはないが、そんな悪徳業者になる要素はどの本屋にもある。要するに、いいか悪いかは程度の問題で、どこまで自分を甘やかすかは人によって違うのだ。

　不思議でもなんでもないが、この業界は、下等生物にとって、餌が豊富で暖かく、棲むには絶好の環境になっている。ただし、どういうわけか、実際に蛭《ひる》やナメクジを見かける機会は多くない。大半の業者は売値の三割から四割の値段で本を買い取る。諸経費を考えれば妥当なところだろう。買ったものが長いあいだ店ざらしになることを考えて――いつまでたっても売れない本だってあるし――買い叩く者も多い。だが、われわれはやはり悪徳業者とは違う。買い取るときも、売るときも、決して嘘をつかない――その一点で違うのだ。悪徳業者は嘘をつく――買い取るときも、売るときも、売り買いには関係のないときも。

私の人生もどちらに転んでいたかわからない。今、自分が軽蔑しているような人間にならずにすんだのは、私の性格にちょっとした癖があったからにすぎない。それさえなければ、犯罪で手に入れた金で優雅な生活を送っていたことだろう。少年時代以来、ヴィンス・マランツィーノとはめったに会わなくなったが、会うチャンスはいくらでもあった。ある日の夜、大きなツードアのセダンが停まり、いかにも凶悪そうな顔をした用心棒を一人従えて、ヴィンスが降りてきた。不安を隠しながらドアを開けた私を、ヴィンスは、マリオ・プーゾの小説に出てくるゴッドファーザーのように抱きしめた。私のほうは彼の背中を叩いた。ヴィンスはいまだに強持《こわも》てのする猛者《もさ》だった。その昔、若いちんぴらに割れたビール瓶で斬りつけられた顔の傷は、前よりもいっそう深くえぐれたように見えた。今、ヴィンスのことを思い出しながら、顔の傷で私はリチャード・バートンを連想した。

用心棒を歩道で待たせ、ヴィンスは私と話をした。今の彼は「ヴィニー」と呼ばれているようだが、私は「ヴィンス」にこだわった。昔の借りを思い出したらしく、私がどう呼んでも彼は気にしなかった。〈おれを昔の名前で呼べるのは、あんただけだよ、クリッフィー〉

会いにくると私がいやがるのを彼は知っていた。だが、どうしても会っておきたかったのだという。私の転落を報じる新聞の記事を読み、その後の生活が気になって会いにきてくれたのだ。

彼は店内を見まわした。〝本屋をやるのは好きか？〟

〝ああ、好きだな〟

〝もっといい本を買いたいとは思わないか〟

〝ちょっと待てよ、ヴィンス。交換条件があるんだろう?〟

〝仕事を回してやろうと思ってるんだよ。おれだって今じゃビジネスマンだ。あんたにやってもらいたい仕事は、一週間もあれば片がつく。五万ドルから七万五千ドルになる。それだけあったら、いい本がたくさん買えるだろう〟

〝うん。ありがたいね、それは〟微笑みながら、私はいった。

だが、仕事の内容を聞かないうちに、断わった。

ヴィンスは落胆の表情を浮かべた。〝なあ、おまえ、おれは借りを返したいんだよ。ちっとはこっちの身になってくれよ〟

〝貸し借りなんてないんだよ、ヴィンス。そんなことは考えなくていい〟

だが、前に私は彼の命を救ったことがある。彼は悲しげに首を振った。ヴィンスのような男にとって、借りは言葉だけで消えるものではなかった。

彼は私の腕を握った。〝相変わらずだな、クリフ。まあ、見てろよ〟

私は笑った。〝ああ、見てるよ〟

ふたたび顔を上げたとき、午後の日はだいぶ傾いていた。五時十五分。エリンから連絡はなかった。やはりこないのだ、と思った。

ボルティモアとの時差は二時間。トレッドウェル書店に電話をかけるにはもう遅すぎる。しかも、ちゃんとした理由があるか、適当な口実をでっち上げるか、何かもっともらしい言い訳を考えるかしなければならない。そのとき、刑事時代と同じ衝動に突き動かされた。重要な関係者の声は、じかに聞いておきたいという衝動だ。だから、私は受話器を取り、番号を押した。

呼出し音が五回鳴り、六回鳴った。誰もいない。まあいいか、と思って受話器を置きかけたとき、かちりと音がして、女性の声が出た。「はい、トレッドウェルです」

「トレッドウェルさんはいらっしゃいますか」

「どちらのトレッドウェルでしょう」

「お手すきのほうでけっこうです」

相手はいった。「ちょっとお待ちください」電話は保留になった。さて、とうとうここまでやってしまった。あとはこのまま続けるか、ここで受話器を置くか、だ。警察に勤めていたときも、よくこんなふうに、勘だけに頼り、出たとこ勝負で無計画に電話をかけたものだった。だが、これが功を奏することもあるし、トレッドウェル兄弟を避けて通る実際的な理由もなかった。

長いあいだ待たされてから、またかちりと音がした。こんどはぶーんとかすかなハム音も聞こえる。すぐに男の声が聞こえた。「はい、ディーンです」

「ああ、どうも」私はできるだけ人なつこい声を出した。「今、本を探してるんですが、あなたの店を紹介されましてね」

「誰に紹介されたか知りませんが、その人には見る目がありますね——たしかにうちには本がある。一キロいくらで買いますか？　それともトン単位で？　ひょっとして、何か特別にお探しの本があるんでしょうか」

これも礼儀だと思い、私は面白そうに笑った。「私が最後にトン単位で買ったのは、勃起不全に関するオックスフォード大学出版の教科書でした」

ディーンのけたたましい笑い声が耳もとで響いた。そのしわがれたような笑い声に続いて、喫煙者らしい咳が聞こえてきた。「勃《た》たなくて困ってるんだったら、本を読んでも治りっこない。いっそのこと、ちょん切って医学研究センターに献体したらどうです」

「それは誤解だ。本は、友人に頼まれて買ったんです」

彼はまた笑った。「なるほどね。で、ご用件は？」

「リチャード・バートンの本がそちらにあるという話を聞いたんです。いわゆる本物が」

返事が戻ってくるまで間隔があいた。意味ありげな感じだった。また咳をして、彼はいった。「そんな話、どこから聞いたんです？」

「いや、まあ、あちこちからですよ。本当かどうか知りたいんです」

今度の沈黙は、ローズ・ボウルのハーフ・タイムくらい長かった。しばらくして、私はいった。「もしもし。聞こえますか」

「ええ、聞こえてます。今ちょっと在庫に何があるか考えてたんです。何しろ在庫の数が多いもんで、管理に手が回らなくて」

「この種の本は、ちゃんと管理されてると思うんですが。部屋を一つ用意して、稀覯本を保管してあるんでしょう？　そこにどんな本があるか、ご存じですよね。誰でも手が伸ばせる棚に並べた二百万冊の本とは違うんですから」

「口でいうのは簡単ですよ。二百万冊の本、管理したことありますか」

「いや、さいわいありません」

私は待った。煙草に火をつける音がした。そして、煙を吐く音。「そちらは今どこです？」

「出先にいるんです。時間と燃料の無駄にならなければ、大西洋岸まで出ようかとも思ってるんですが」

「じゃあ本気で探してるんですね」

「ええ、そちらもいい商売になると思いますよ」私は正しいことのために少し嘘をついた。

「私の探しているものをお持ちなら、一カ月分の稼ぎにはなるんじゃないでしょうか」

「まだあるかもしれませんが、よくわかりません」

まだある？　大事なところだ、と思った。彼はいった。「調べたうえで、折り返し電話しましょう。お名前は？」

ええい、どうにでもなれ、と思った。これも出たとこ勝負だ。「クリフ・ジェーンウェイです」

「デンヴァーの？」

「噂というのはこわいですね」

「いや、まったく。次に教えてもらわないといけないのは、広報係の名前でしょうか」

「うちの広報係は〈運〉というんですよ。下の名前は〈任せ〉。二つ合わせて〈運任せ〉」

「あやかりたいもんですな、その運に」

「ご利益はもうすでに現われてますよ」私は少し傲慢にいった。

「なるほど、そうきましたか。ご存じかと思いますが、もしうちにそういう本があったとしても、卸し値では売れませんよ。何しろ本が本ですから、利ざや目当てではるばるこちらにこられても困るんです」

「わかってますよ。いつものことですからね。ボストンで手に入れた本も、卸し値で買ったわけじゃない」

「わかりました。で、いまどちらに？　あとでまた電話をいただけますか」

「ええ、そうしましょう。いつごろがいいですか」

「明日の今ごろはどうです」

「わかりました。とにかく、話ができてよかった。ではこれで」

私は受話器を置き、その場にすわったまましばらく考えていた。

十分ほどして、電話が鳴った。出たが、誰も答えなかった。

いや、電話線の向こうに誰かがいたのは間違いない。一瞬、息づかいが聞こえ、受話器を手で押さえて咳をするのがわかった。回線からは例のかすかなハム音も聞こえていた。ディーンだ。

私の新たな知友、ディーン・トレッドウェル。名高い一族の末裔が、私のことを調べようとしている。

やつは私の嘘を一つ見破った。私は〝出先〟にいるわけではないのだ。

やがて、向こうで受話器を置く音がした。ハム音は消え、回線は切れた。

夕暮れ時だった。暗い闇をゆく夜ごとの長旅が始まる刻限になっていた。トレッドウェルの件は、ひとりでに行きつくところまで行ってしまった。このまま放置しておくつもりはなかったが、今は不満足なまま置いておくしかない。自宅にはまだ帰りたくなかった。友だちに電話をかけたり、映画を見たり、クロスワード・パズルを解いたりするのも気が進まなかった。あの輝かしいエリン・ダンジェロと会えなかったことの穴埋めに、見知らぬ相手だらけのバーで夜を過ごすのもいやだった。何もすることがないときには、たいがい本の仕事をすることにしているが、今夜はその気にもなれなかった。

正直にいって、自分が何をしたいかわからなかったのだ。古書の業界の人間として、私は大きなターニング・ポイントを迎えたようだった。今振り返ると、その時期の私は、殺人課の刑事から、ほとんど後先も考えず、一足飛びに古書店主になったときよりも重要な、一つの分岐点に立っていた。私は、その半年で今の自分が出来上がったと信じている。当時も予感めいたものがあり、本の小売りを離れて、新しい事業のかたちを模索していたが、眠ってしまえばともかく、起きているあいだはずっと新しいことなどできるはずがないと思っていた。手探りで本を書きはじめるときの作家も同じような思いをするのではないだろうか。たしかE・L・ドクトロウがいったように、本を書くのは夜中に車で田舎道を走るのに似ている。目に見えるのはヘッドライトに照らされたところだけ。そして、目的地にたどり着くまで、その状態がずっと続く。古書の売買も似たようなものだ。私は昔から頭のいいほうではなかったが、自分がたどり着いた広大な世界を何ヵ月も歩きまわった末に、突如その一端を理解するという経験を何度も重ねた。そうか、そうだったのか！　わかった瞬間、感動で胸が詰まることもあった。

一九八七年のその二週間ほど勉強になった時期はない。私はバートンを一冊買った。今でこそいえるが、それが触媒になって、いろいろな出来事が起こった。秘書のミリーは休暇中。仕方なく私は店番という面倒な仕事をしていた。リチャード・バートンが私に火をつけ、ミセス・ギャラントが私を駆り立てた。だが、意識のレベルでは、今夜は徹夜で仕事をすることになりそうだ、とか、あしたディーンに電話をかけたときにどうやって嘘をついた言い訳をしよう、とか、俗なことを考えているだけだった。

仕事場は奥にあったが、一人でいるときには街灯が見える部屋にいたかった。カウンターのうしろに陣取り、仕事を始めようとしたが、なぜか集中できなかった。バートン関連の参考書をじっと見つめながら、長いあいだ気分が変わるのを待っていた。

一九八七年当時の本の世界は、今とはかなり違っていた。小さな疑問を解くことさえ大仕事だった。インターネットは始まったばかりで、やがて訪れるはずの大変革はまだ影も形もなかったし、あの輝かしい混沌とも縁がなかった。あまり一般的ではない本の問題点や価格の基準を調べるときには、昔ながらの書誌や特別な研究資料に当たるしかなく、最後は直感に頼って値段をつけたりした。知識のあるなしがそのまま我が身に跳ね返ってきた。本に値段をつけて売りに出す。もっと知識のある古書店主がそれを買えば、同じ本で一儲けすることもできる。今ではずぶの素人でもコンピュータを検索して本の値段を決めることができる。値段のつけかたは適切か、版は同じか――かつては大事だったそんな問題は、古本ハンターや、フリー・マーケットの主催者や、極端な場合には廃品回収業者がインターネットで古書販売サイトを開く時代になって、急速に色褪せていった。〝インターネットのおかげで誰でも同じ場所に並べるようになった〟というのがその連中の好きなお題目だが、実際には、出所の怪しい本を、おたがい同士が怪しげな値段で売ったり買ったりして、共食いをしているにすぎない。始末に負えないのは、払うべき代償も払わないで遊ぼうとしていることだ。参考書など一冊も持っていないので、自分のつけた値段の裏づけをとることができない。しかも、小銭程度の金しか動かそうとしない。たしかに商売はしているが、頭にあるのは値段だけだ。コンピュータのおかげで同じ場所に並べるというのはそのとおりで、ある本に対して世界じゅうの人が何を求め、いくらなら買うか、すぐに調べることができるが、この世知辛《せちがら》い世の中で、『百年の孤独』のアメリカ版の初版をどうやって正しく見分けるか、などという疑問には、コンピュータは答えてくれない。

インターネット揺籃期のその時期、私は机の前にある格言を貼りつけていた。〝本は鏡であり、ロバが鏡を覗き込んでもキリストの使徒が覗き返すわけではない〟リヒテンベルクというドイツの風刺家の言葉だ。この〝鏡〟を〝コンピュータの画面〟に置き換えれば今でも通用する言葉だと思う。

夕食として〈ピザハット〉に出前を頼んだあと、ウィンドウをこつこつ叩く音が聞こえた。振り返ると、そこに彼女がいた。アメリカ人が理想とする一八九〇年代風の女性の生まれ変わり。信じられないほど魅力的な目。悪戯心にあふれた愛らしい笑顔。思わず立ち上がった拍子に、スツールをひっくり返した。正気をなくした私の心も同じようにひっくり返った。私にこんな狂おしい思いをさせた女性は、これまでに一人しかいなかった。偉大な愛の冒険。銃を持った男よりも危険な胸躍る冒険。それをまた自分が知ることになろうとは、夢にも思っていなかった。

6

鍵を取ろうとして指がもつれ、床に落とした。拾わなければと思ってしゃがんだ拍子に、暗闇で鍵の落ちた場所を見失い、尻もちをつきそうになった。床を手探りし、あわてて探した。これまでのところ、私の姿は、女性に見てもらいたいと思っているクールなイメージからは懸け離れたものだった。彼女は外に立ち、待ちきれなくて苛々していることだろう。ほら、時計を見た。ほら、足踏みをした。私は鍵穴に鍵を差し込み、ドアを開けた。

「悪いが、もう閉店だ」落ち着きを取り戻し、私はいった。

「夜分恐れ入ります。ガスの検針です」

思わず吹き出しそうになったが、咳払いをしてごまかした。「じゃあ、早く片づけてくれ。来客の予定がある」

「特別なお客さんじゃないようですわね。その服装からすると」

「ガス・メーターだけ見て、ファッション・チェックはやめてくれ。今日は大変な一日だったんだ」

「そのようね。白いスポーツ・ジャケットが聞いてあきれるわ」

「さっきまで着てたんだが、ピンクのカーネーションが窒息して、色も緑に変わって、口をぱくぱくしはじめたんだ。夢にまで見た女性はついに現われなかったんだなとあきらめたよ」

「信じてなかったくせに。一目見てわかったわ。あなたは意気地なしの、口先男よ」

「一時間前までは信じてたよ。プルデンシャル保険の岩（その保険会社のシンボルマーク）のような揺るぎない信念を持っていた」

「その程度の信念なの、見損なったわ。あなたの服装からすると、今夜は高級レストランに連れて行ってもらえそうね。バーガーキングか、タコベルか。あたしが選んだほうがいい？」

「いや、実は、その……さっき、ピザの出前を頼んだところなんだ」

彼女は声を出して笑った。

「キャンセルできるはずだ」私はいった。「注文したばかりだから」

「ピザね。どうせ一人前しか頼んでないんでしょ」

「もう一人前追加してもいいよ」私はわざと世にも情けない声を出した。

彼女は深々とため息をついた。「仕方ないわね。そうしてちょうだい。おお、騎士道よ、今いずこ。はっきりいうけど、サー・リチャード・バートンがお墓の中で笑ってるわよ」

私が電話をかけるあいだ、彼女は店の書棚を見ていた。

「アンチョビ抜きでお願いね」〈新しく入荷した本〉の棚から、彼女はいった。

私は彼女のそばに近づいた。「裁判はどうなった？」

「負けたわ。でも、予想どおり。勝ってたら、みんなショックで入院してたかもしれないわ。これでまともな裁判所に上訴できるのよ。カウボーイ天国はもうたくさんだわ」

「愚痴をこぼしたい気分なのか」

「今はやめとく。とりあえずあそこから脱出できてほっとしてるから、そのことはしばらく考えたくないの。ロック・スプリングズからまっすぐ車を飛ばしてきたのよ。ゆうべの今ごろから、休暇が始まったの……原稿を書いたり、考え事をしたり、疲れを癒したりする、楽しい三週間の休暇がね」

一瞬、間を置いて、彼女は続けた。「三時ごろに電話しようかと思ったのよ。間抜けな白いスポーツ・ジャケットを着て、ほんとにここに立ってたら悪いから。でも、このほうが面白いと思ったわ。絶望した瞬間に颯爽と現われる。まだいるかしら？　ちょっとからかってやろう。どう、ご感想は？」

「本当のことをいうと、かなり腹がたっていたところだ」

「ミランダから聞いてなかったの？　あたしは全米狂人協会の正会員なの。世界はでっかい精神病院だというのがあたしたちの主張。すべてを笑い飛ばすのがその活動。このめちゃくちゃな世の中に笑いの種が見つからなかったら、泣くしかない。それはいや。だから、障害者をからかうの。人種差別ネタのジョークを口にするの。死にたがっている人の足を引っ張るの」

ふと口をつぐんでから、彼女はいった。「冗談よ」

「わかってる」

「でしょうね。あなただって、けっこう頭がおかしいから」

「きみがあの晩エスコートしていた大先生といい勝負だろう」

彼女が何もいわなかったので、私は続けた。「仕事にけちをつけられたようで、気分を害したかな」

「気になる？」

「もちろんだ。アーチャー氏は世界で一、二を争ういやなやつかもしれないが、今はもう批判するつもりはない」

「お客さんの悪口をいうのはやめてちょうだい。顧客の悪口をいうエスコートは顧客から見放される。それだけは忘れないで。人をこき下ろして、言葉でバラバラ殺人をするのは勝手だけど、一人でやってね」

「仰せのとおり。もう何もいわない」

「わかってくれたのなら、ちょっとだけいうけど、ニューヨークから吹いてくる迷惑な風に乗ってこちらに飛ばされてくるお客さんの中でも、アーチャーくらい威張り散らす人はいなかったわ」

「こんなことをいうのは残念だが、彼はとてもいい作家だよ。今の作家の中では好きな一人だった……」

「実際に会うまではね」

「たしかに会うと魅力がなくなる。きみのやっている作家のエスコートという仕事がどんなものか教えてもらえないか」

「もうミランダに教わってない？　彼女、あなたに訊かれたっていってたけど」

「ミランダにはめったなことは話せないな」

「あら、そういう意味じゃないわ。作家のエスコートは大学時代に小遣い稼ぎで始めたから、もうずいぶんになるわね。お小遣いに困らなくなっても続けてるのは、知的刺激を求めてるからかしら」

「『腹を空かせた男のためのダイエット読本』とか、『来るべき核戦争で一儲けする六つの方法』といった本の著者と付き合って、どんな知的刺激があるんだ」

「そういう人たちのエスコートはしないわ」

「選り好みができるとは大物だね」

「派遣会社の女社長と仲よくなったのよ。顔触れがわかってて、その中に気に入った人がいると、希望が通るの」

「あのときはアーチャーを割り当てられたわけか」

「こっちからお願いしたの」

「性格が気に入ったんじゃないだろう。判事の昔馴染みだから引き受けたわけか」

「そんなことといった憶えはないわ。あなた、早合点するたちね」

「きみのことを正しく理解しようと思っているだけだが、協力してもらえないから早合点になる。尊大な男だとわかっていて、エスコートを申し出たのか？」

「人生は理屈どおりにはいかないものよ」ほこりを見つけて、払いのけてから、彼女はいった。「この店、女の人がいないと駄目ね」

私が答える前に、彼女は続けた。「あの夜、あたしが会いたかったのがアーチャーじゃなかったとしたら、誰に会いたかったのかしら？　あなたかもしれないし、あなたじゃないかもしれない」

私が高鳴る胸を押さえるような仕草をすると、彼女は笑った。

「アーチャーさんとは初対面じゃなかったのよ。子供のころにリーとミランダの家にお世話になってたから、あの人のことは知ってたの。その話、ミランダから聞いてない？」

私は、記憶にないという身振りをした。

「変な人」彼女はいった。

「変かどうかはきみの心の持ちようで決まる」私は咳払いした。「じゃあ、気に入った作家を受けもったつもりなのに、いやな相手だとわかったときにはどうするんだ」

「そんなときでも、失礼にならないように、ちゃんと仕事をするわ。やる気が出ないこともあるけど、そんなときには誰に雇われてるかを思い出すことにしてるの。あなただって、アーチャーに罵声を浴びせたくなったとき、リーやミランダのことを思い出して我慢したでしょ。派遣会社に迷惑をかけたくないの」

「相手を選べるのに、アーチャーを選んだのか？」

「優しくしてくれたら、そのうちに教えてあげるわ」

「きみたち弁護士の言い草じゃないが、先に進もう。きみはうちの本を見ていてくれ。そのあいだに、これから始まる豪華絢爛なディナーのために、安ワインを仕入れてくる」

私は高級ワインを買うつもりだったが、いつもならコルク抜きがついてくるのに、その日はなかったから、瓶の口がねじ蓋になっている安ワインで我慢した。高級ワインも一緒に買ったのは、けちったわけではないことを示したかったからだが、どちらにしても誰かにからかわれているような気がして仕方なかった。うまく話が進みすぎて、私の打率は十割だった。


店の正面の部屋で食事をした。明かりは遠いところにあったので、通行人には二つの黒い影しか見えなかっただろう。冗談めいた気分は消え、私たちは慎重に探り合いを始めていた。きみは本当に小説を書いているのか。ええ、真剣に取り組んでるの、きのうは五万語も書けたわ。彼女は眠りが浅いほうで、ロック・スプリングズの淋しい夜は執筆活動もはかどったという。昼間は法律の仕事をする。エスコートの派遣会社をやっているのはリサ・ボーモントという女性で、急な仕事はほかのメンバーに割り当てるという。

彼女は昔から本が好きで、新刊書でも古書でも同じように愛読した。そして、十四、五のころから、私が今やっているような仕事にあこがれていたという。「知り合いの男の人に、古い本の魅力を教えてもらったの。その人は、あなたみたいな古書店主になりたがっていたわ」だったら、私はどうだろう。本を扱って、何が面白いのか。たしかに、ひどく退屈なこともある。だが、次の瞬間、どんな客がやってくるかわからない。その客のおかげで、退屈な一日が波瀾万丈の一日に変わることもある。彼女は首を傾けて熱心に聞き入っていた——たとえば、どんなふうに変わるの？　気がつくと、私は、ミセス・ギャラントの話をしていた。ボストンに出かけたことから始めて、その一部始終を語っていた。話が終わると、彼女は驚嘆の声を上げた。「それで、これからどうするの？」

「できるだけのことはするつもりだが、たいしたことはできないかもしれない。八十年は長いからね」

「そう、長いわね」彼女はいった。「でも、消えた本が見つかったら、すごいと思わない？」

「そのとおり。ノーベル平和賞を取るのもすごい」

「茶化さないで。その本がまだ一カ所にあったら、本当に見つけられるかもしれないわ。そうなったら栄光に包まれて引退ね。やることなんか、もうなくなるでしょうから」

「やることはあるよ。生活のために日銭を稼がないと」

「それだから困るのよ。今はお金が万事の世の中だもの」

「金持ちは語る、か」

「意地悪なことといっちゃ駄目よ。あなたが会社をつくって、設立の理念を表明するときのために、文案を考えてあげてるんだから」

私たちは慎重な探り合いに戻った。そうよ、あたし、お金には困っていないわ、と彼女は怒ったようにいった。〈ウォーターフォード、ブラウンウェル、テイラー&ウォーターフォード法律事務所〉から高給をもらい、正面に山を望む二十三階のオフィスで仕事をして、近い将来、事務所のパートナーに格上げしてもらうことも確実だという。みんなから気に入られていて、至れり尽くせりの扱いを受けているのだが、それでも最近はその仕事から心が離れていくのを意識しているらしい。「あなたみたいなこと、やってみたいな」

そういわれても、こちらとしては悩むところだ。いくら頭がよくても、わからない者には絶対にわからない――本には思いがけないからくりが隠されていることがあるし、正真正銘の稀覯本を巡って二人の人間のあいだにすさまじいドラマが生じることもあるが、そんな話をしても理解できないだろう。私はローゼンバック（二十世紀前半に活躍した高名なアメリカの愛書家、書籍商）の言葉を引用した。〝リングで相手を倒すスリルも、本を巡るいさかいで相手を倒すスリルにはかなわない〟。すると、彼女はにっこり笑った。もちろん、本の世界には、もっと静かな喜びもたくさんある。まず、底なしかと思えるほど奥が深い。知り尽くしているつもりでも、必ず驚きがある。不意に啓示が訪れ、なんの前触れもなしに歴史の穴が開いて、熱狂的な興味をそそる新しい分野に開眼させられる。リチャード・バートンを発見したとき、私にもそんなことが起こったのだ。

「好きになれそう」彼女はいった。「パートナーは欲しくない？」

「欲しいよ。共同経営者として利益を半分ずつ分け合えば、少なくとも、そうだな、三十ドルか四十ドルになる。二十三階のオフィスは用意できないがね」

まるで本気で共同経営を考えているように、彼女は仕事場を見学したいといった。私は店の中を案内した。特徴や短所を一つひとつ説明しながら、隈なく見てまわるのに二十分かかった。最後には店の正面の暗い一隅に戻った。そこには私の最高の本が並んでいる。

彼女は私を見上げた。「共同経営の契約を交わす前に、おたがいのことをもっと知ったほうがいいわね。あたしから始めるわ。ミランダからどこまで聞いてるの？」

「何も聞いていない」

「嘘をついたんじゃ先に進めないわよ。それに、あなた、嘘がうまくないし」

「必要があれば上手な嘘をつくこともできる」

「時間稼ぎも上手みたいね」

「きみは反対尋問がうまそうだな」

「そのとおりよ。だから、論点をずらさないで。ミランダから何を聞いたの？」

「ミランダは何もいわなかった。内容のある話はいっさい聞いていない。何一つ聞いていない」

「ミランダはあたしの父の話をしたんじゃないかと思うけど、気のせいかしら」

「よくわからないが、きみは疑り深いたちで、本能的に人を信用しない性格なんだろう。

きみのお父さんはリーと一緒に仕事をしていて、お父さんが亡くなったあと、きみはリーとミランダの家でしばらく暮らしていた。ミランダから聞いたのはそれだけだ」

彼女は明かりの中に身を乗り出した。「父は横領犯だったのよ」そして、また影の中に戻り、深淵から声を出した。

「それはまた容赦のない言い方だね、エリン」

「あたしの父は犯罪者なの」

「父のやったことは絶対に許せないわ。依頼人のお金を盗んだんですもの」

深々と息を吸ってから、彼女は続けた。「あたしが小さかったころ、父はヒーローだったわ。ユーモアがあって、頭がよくて、不正は容赦しない。大きくなったら、絶対、弁護士になろうって思ったわ。父みたいな弁護士に」

それは残念だ、と私はいった。ときとして人は自分にかけられた期待を裏切ることがある。

「事件が明るみに出たのは、あたしが十三のとき。その年ごろにそんな経験をするなんて、最悪のタイミングね。学校では毎日ひそひそと陰口を叩かれるし、恥ずかしくて耐えられなかったわ。どこかへ逃げて名前を変えようかと思ったけど、リーに説得されてやめたわ」

「リーは賢い男だ」

「とっても素晴らしい人よ。名前を捨てるんじゃなくて、名誉を挽回することが大事だって教えてくれたわ。二人のおかげで法科大学《ロー・スクール》を卒業できたってこと、知ってた？」

私は首を振った。「ミランダはきみのことを誇りに思うといってたよ」

「それだけのことはやったわ。大学時代の成績は一番。有名な法律事務所に就職して、学費も返した。父は死んだけど、思い出さなくてもいいように、ちゃんとお墓に埋めたの。もう終わったことなの」

彼女は急に話題を変えた。「今度は、あなたの番。警察を辞めてさばさばしてるんでしょ？」

「警官も悪くはない。立派な警官だって何人もいるよ」

「わかってるわ」

気まずい沈黙のあと、彼女はいった。「前に何があったか、あたし、知ってるの。新聞や雑誌の記事はみんな読んだし、批判するつもりなら今ここにはいないわ。あなたのこと、気に入ってるの。笑わせてくれるしね。ついでにいうと、警察だって好きよ。たまに嫌いになるけどね」

「じゃあ、われわれは仲間だ」

彼女はあの愛らしい笑みを浮かべ、ふざけた。「そうさ、仲間だぜ」

しかし、どんな種類の仲間だろう、と思ったとき、電話が鳴った。

ラルストンだった。まだ店にいるかどうかわからなかったが、かけてみたのだという。

「ちょっとうちにきていただけませんか。ギャラントさんが会いたいといっています」

「いいですよ。あしたの朝一番ではどうです？」

私には暗い予感があった。その予感は、次のラルストンの言葉で裏づけられた。

「今、きてください。ギャラントさんはもう死ぬかもしれません」

7

ラルストンから聞いた住所は、さまざまな人種が住んでいるノース・デンヴァーの一画、グローブヴィルにあった。住民の大半は、かろうじて極貧の生活を免れたメキシコ系の人人か黒人だった。同じように人種が混在していても、パーク・ヒルと違って仲よく同居しているわけではないが、隣のファイヴ・ポインツ地区で数年前にくすぶっていたような抗争の火種はない。グローブヴィルには独自の特徴がある。地理的には州間道路の二五号線と七〇号線とにはさまれていて、住人は日々の生活に追われ、一番目立つ建物は、角張った田舎臭い現代建築としかいいようがない設計士建築家養成学校で、四角く区切られた数十の街区に、金網塀のある四角い家が最大限まで効率よくぎっしり詰め込まれている。

エリンはグローブヴィル地区に詳しかった。「前、相談にきた人が、あそこの家に住んでるの」車がノース・ワシントン通りからわきに入ったとき、指さしながら彼女はいった。「同居の男がいなくなれば解決する、という古典的な事例だったわ。ところが、その男に出て行けといえる者は一人もいなかった」

「そこにきみが登場したわけだ」私は、偉いものだと感心した。

「デンヴァーの保安官事務所の人と一緒にね。裁判所から接近禁止命令は出てたんだけど、誰もそれを執行しなかった。その女性が黒人だったからよ。貧しかったからよ。だから、あたしがあいだに入って、警察を動かしたの」

「〈ウォーターフォード、ブラウンウェル〉向きの事件とは思えないね」

「奉仕活動よ。誰もいい顔はしなかったけど、ときどきそういうのを引き受けることにしてるの。邪念を追い払って、なぜ法律の仕事を始めたか、初心を確認するためにね。そうしておけば、なんの脈絡もなしにロック・スプリングズみたいなところに行かされるのも減ってくると思うわ」

彼女が同行を申し出たのは、ミセス・ギャラントの話に興味を惹かれたからだった。それともう一つ「あなたとデートしたらどうなるか、最後まで確かめたかったの」という気持ちもあったらしい。ラルストンの家は、東四十七番アヴェニューから半ブロック離れたノース・ペンシルヴェニア通りにあった。西の空にもう夕日は残っていなかった。ラルストンの車のうしろに駐車したとき、ラルストン本人の熊のようなシルエットが玄関に現われた。私たちがポーチに上がると、ラルストンはスクリーン・ドアを押し開けた。

私はエリンを友人と紹介した。エリンとラルストンは握手をした。最低限の家具や調度しかない狭い居間——テレビもない——を通り抜け、キッチンに入った。足もとがぐらつきそうなテーブルが一つ置いてあり、質素な椅子が四脚あった。あとは、戸棚が一つあり、正面には裏庭に通じるドアがあった。右側にはバスルームに通じる短い廊下が見える。その先にあるのは、この家の最後の部屋、夫婦の寝室だろう。

「ミセス・ギャラントはあそこですか」

ラルストンはうなずいた。「デニスが付き添っています。すわってください。あなたがきたことは、ミセス・ギャラントも知っています」

私たちがテーブルにつくと、ラルストンはコーヒーをいれてくれた。私がみすぼらしい室内を見まわしているのに気がついて、ラルストンはいった。「ブラウン・パレス・ホテルとは違うっていったでしょう」

「そうじゃないんです」私はいった。「あなたたち夫婦は今夜どこで寝るんだろうと思いましてね」

「なんとかなりますよ。前にも床で寝たことがある」

私はドアのほうをあごの先で示した。「何があったんです？」

「急に倒れましてね。心臓が自分でもう駄目だと判断したんでしょう」

「医者は呼びましたか」

ラルストンは首を振った。「呼ぶなといわれましてね」

長い沈黙があった。

「わかりますよ、あなたの考えてること」ラルストンはいった。「電話一本で助けが呼べるのに、このまま死なせるとは何事か。でもね、よく考えてください。今、助けてどうなるでしょう——また施設に戻されて、今死ぬ代わりに、一カ月後に死ぬんです。ミセス・

ギャラントはあの施設を嫌ってるんですよ」

「私もそう思ってたところです。まったく同感です。でも、警察官をやった経験があると、こういう状況では、つい刑事みたいなことを考えてしまうんです」

「刑事告発の対象になる、ということですか。そりゃ大変だ」

「過失致死を扱った経験はないが」私はエリンを見た。「これは過失致死になるだろうか」

彼女はうなずいた。「ええ、過失致死が適用されるでしょうね」

「おやまあ」ラルストンはエリンを見た。「あなた、弁護士さんですか」

彼女がうなずくと、私はいった。「本物の弁護士ですよ。こういうときには頼りになる」

「単純明快な解釈です」彼女はいった。「何も手を打たずに人を死なせてしまったら、第五級の重罪として告訴される場合がある。実際に告訴されることはないでしょうが、その可能性があるということは頭に入れておいてください」彼女は肩をすくめた。「たとえば、地方検事の虫の居所が悪いときとか……」

「おやまあ」ラルストンはまたいった。「あのお婆さんは、寿命だからこのまま死にたいといってるだけですよ。鼻にチューブを突っ込まれて、三カ月長生きしたって仕方ないでしょうが。法律は関係ないでしょう」

「あなたは私の同類ですね」私はラルストンにいった。「興奮しはじめたら止まらない。

見る前に跳ぶほうだ。なるだけかっかしないように気をつけているが、胸の底ではいつも火がくすぶっている」

ラルストンは窓に近づき、裏庭に目をやった。「そんなに動きまわられたら苛々してきますよ」私はいった。「話をしましょう。すわってください」

ラルストンが椅子にすわると、私は、身振りで話を促した。だが、彼の口から出てきたのは、生き死にに関する話ではなく、老婆が探し求めてきたものの話だった。「あのお婆さん、本当は何が欲しいんでしょう。こういうことをして、何が手に入ると思ってるんでしょう。あの本が今夜みんな見つかって、法律の問題も解決して、ちゃんと売れたとしても、何かいいことがあるんでしょうか」

「ミセス・ギャラントの考えてることはわかりませんが、誰かに譲ろうとしてるんじゃないでしょうか」

「でも、結局は誰に譲っても同じですよね。ミセス・ギャラントがあなたに頼んでいることとは、希望も何もないように思えるんですが」

私はため息をついた。「まあ、そうですね」

ディーン・トレッドウェルと話したことを伝えると、ラルストンは目を輝かせたが、その方面からは何も出てこないだろうということで私たちの意見は一致した。何をしゃべっても憶測でしかなく、無駄に言葉を費やしているだけだったが、ほかにすることもなかった。用意ができたら、ラルストンの細君が寝室に呼んでくれるはずだったが、まだその気配はない。

「このコーヒー、おいしいわ」エリンがいった。「どうやっていれたんです？」

ラルストンはにっこりした。「それは秘密です。本職はコックですからね」

「今夜はあなたのことがいろいろわかりましたよ」私はいった。「奥さんとの話も知りたいもんだ。これまで何をしてきたんです？」

ふたたび彼は乾いた笑い声を上げた。「時間はありますか？」

とても簡単に答えられることではないのだろう。だが、彼はいった。「簡単にいえば、何をやっても駄目になる人生だったんですよ。酒、博打。最後には何もかも失った。この家を見ればわかるでしょう。私たちは一からやり直そうとしてるんです。あの寝室で、老婦人が寝ているベッドのわきにすわっている女、私の財産は彼女だけですが、それで充分なんです。そんな人生でしたよ。訊かれたので答えたまでですが」

そのとき、物音がして、戸口にデニスが現われた。年齢は若く見ても四十代の後半で、ラルストンより少なくとも十歳は年上だった。長身で、手足も長く、夜のように黒い肌をしている。平凡な顔立ちだが、世間の美人の基準がどうであろうと、エキゾチックな美しさも感じられた。ルイ・アームストロング並みに唇は厚かった。笑うと、部屋に明かりが灯ったようだった。

「ジェーンウェイさん、お呼び立てして申し訳ありません」

私は立ち上がった。「初めまして、ラルストンさん」

私はエリンを紹介した。二人は心のこもった挨拶を交わした。ミセス・ラルストンは、これからはデニスと呼んでくれといった。握手をすると、その手は温かかった。デニスの目も私は気に入った。すでに気に入っている心の優しさをそのまま映しているような顔立ちもよかった。彼女はいった。「すぐ寝室に入ってください」ほんの少しだけフランスの訛りが感じられるその声は、同時に、でも落ち着いて、あせらないで、と告げているようだった。

「時間はあまりなさそうです」

エリンは戸口から一歩うしろに下がった。「あたし、テーブルで待ってるわ」

寝室は涼しく、ベッドのわきのランプが心の落ち着くオレンジ色の光を投げていた。ミセス・ギャラントは半分目を閉じていたが、第二の感覚というか、本能のような何かで、私が部屋に入ってきたことに気がついたようだった。目蓋が細かく震えた。わたしは横に立っているデニスの存在を意識し、その瞬間、不思議なことに、この慈愛に満ちた女性と一体化して、肉体を離れた一つの精神になってその場に立っているような気がしてきた。デニスは私の腕に手を当て、ベッドのそばまで案内した。ミセス・ギャラントはいった。

「ジェーンウェイさん」私はわきの椅子にすわった。

「どうですか、熱は出てませんか」

「ええ、大丈夫。わたし、みんなに迷惑をかけるばかりで」

「いや、おかげでみんな興味津々ですよ。お目にかかれてよかったと思っています」

「そうかしら。でも、信じましょう」老婆は顔の向きを変えた。「デニスはいる?」

「私のすぐうしろにいます」

「そんな遠くは見えないわ。ラルストンさん?」

影の中からラルストンが現われた。「はい、なんでしょう」

「一つだけ約束してちょうだい。余計なお世話かもしれないけど、年寄りの特権でいわせてもらえば――あなた、ちょっとお節介なところがあるわよ」

「困っている人を見たら黙っていられないんです」

「それはいいけど……この素晴らしい奥さんを困らせちゃ駄目ですよ。ちゃんと面倒を見るのよ。こんないい奥さん、めったにいないいんだから」

「わかってます」

「デニス?」

彼女は、近づいてきて老婆の手を握った。

「写真のこと、ジェーンウェイさんに話した?」

「まだです」

「わたしの本には写真が一枚はさんであったのです。その写真が証拠になります。チャーリーとリチャードが一緒に写った写真で、チャールストンで撮られたものです」

「その写真はどうなったんですか」

老婆は動揺した。「わからないの。かなり前になくしてしまったの。ほかのものと一緒に。でも、よく憶えてるわ。ココが知ってるはずよ」

「ココ？」

「ええ、ココに訊けばわかります」

老婆は顔を上げ、デニスを見た。「あなたは本当にいい人ね。あなたみたいな人が娘だったら、どんなによかったか」

デニスはにやりとした。「ほんとに娘かもしれませんよ」

ミセス・ギャラントは笑うように喉の奥を鳴らし、悲しげな音をたてた。「そんなこといったら、頭の固いボルティモアの実家は、死ぬほどびっくりしますよ」

一瞬、間があって、老婆は続けた。「それに、わたしの娘には若すぎます」

また間があった。「本はどこ？」

「ここにあります」デニスはベッドのそばのテーブルから本を取り上げた。

「ジェーンウェイさんに渡してちょうだい」

私は本を受け取り、膝に載せた。

「それ、差し上げます」

私は抗議しようと口を開きかけたが、デニスが私の腕をつかみ、首を振った。ミセス・ギャラントはいった。「受け取ってください。でも、ただ差し上げるのではありませんよ。できればほかの本も見つけてください」

「わかりました」私は慎重に答えた。

「失われた本は、みんな一緒にして、祖父の名前がついた図書館の一室に保管したい。昔からわたしはそう思っていました。もしそうしていただけるのなら、できるだけの努力をしていただけるのなら、その本は差し上げます。でも、それを売って利益が出たら、半分はデニスに渡してくださいね」

「わかりました」私は繰り返した。

「それだけです」老婆はいった。

だが、それだけではなかった。私には重い責任がのしかかってきた。わかりました、わかりましたと、馬鹿みたいに繰り返している場合ではなかった。死にかけた老婆に安らかな死をもたらす機会が与えられたのだ。あとはそれだけの度胸が私にあるかどうかだった。勇気を振り絞り、私はいった。「なくなった蔵書は、必ず見つけます。約束しますよ、ギャラントさん。絶対に見つけます」

老婆は微笑んだ。「あなたならできると思っていました」

不意に、老婆はいった。「疲れたわ、デニス」

老婆は手を差し出した。「あなたと知り合いになれてよかったわ、坊や」

それが最期の言葉だった。老婆はそのまま眠りに落ち、三時間後に死んだ。

8

人の死には繁雑な事務手続がつきものだ。まず医者が呼ばれる。そして、たしかに死んでいること、死因が自然死であることを確認する。検視官にも連絡しなければならない。そして、順調にゆけば、死体は葬儀社に引き渡される。私はラルストン家のかかりつけの医者に感心した。こんな時間でもちゃんと連絡が取れて、すぐにきてくれたのだ。到着したのは午前零時ごろ。まだそれほど年を取っていない黒人の医者で、見るからに有能そうだった。ラルストンとは古い友だちだという。リー・ハクスリーとハル・アーチャーのように子供のころからの付き合いで、だからこそ深夜にわざわざきてくれたのかもしれない。デニスに案内されて医者は寝室に入り、ラルストンとエリンと私はポット二杯目のコーヒーをテーブルで飲んでいた。タクシーを呼ぼうか、とエリンにいったが、ちっとも疲れていないので、このままここにいる、と彼女は答えた。やがて、医者とデニスも私たちのところにきた。デニスから説明を聞いたらしく、医者は、老婆がなぜここにきて、そのあと何があったか、ちゃんと把握しているようだった。いくつか質問を受けて、私はバートンのことを話した。そのあいだバートンの本は、テーブルの見えるところにずっと置いてあった。

「値打ちのある本ですか？」

「ええ、かなりあります」私はいった。「たぶん、二万から二万五千ドルといったところでしょう」

「老婦人はそれをあなたがたに渡して、二人で分けるように、といったんですか？　でも、署名の入った念書があるわけではありませんね」

「ジョージ」デニスは苛立ちをこらえるようにいった。「そんなことできると思う？　死にかけた女性から念書を取るなんて」

「いや、そのとおりだ」医者は苦笑した。「とにかく、トラブルの原因になりそうなことは先に確認しておこうと思ってね。じゃあ、何か言い残したことはありませんか」

「あたしが証人になります」エリンがいった。「老婦人の言葉はぜんぶ聞いています」

医者はいくつかメモを取り、ようやく納得したようだった。そのあと、検視局の二十四時間電話に連絡し、医者の見解に従って死体は引き渡されることになった。よほど怪しいことがないかぎり、九十歳を超えた女性の死に異議を申し出る者などいないのだ。医者がもう一本電話をかけると、ほどなく霊柩車に乗って男が一人やってきた。手を貸そうか、というと、男は答えた。「いや、一人でかつげます」男は、自分を可愛がってくれた大叔母の世話をするように、優しく老婆を腕に抱え、霊柩車に運んだ。

次に書類を出してきた。費用を負担するのは誰か？　「私が払います」私はいった。

「施設で暮らしていたそうだから、そちらにも連絡を取ってください。施設のほうで何か取り決めか、法的な制約を伴う契約をしていたかもしれませんが、費用の点は私が保証します」

デンヴァーが最期の地になって、施設には送られないことがわかったら、どんな葬儀をしよう、と私たちは話し合った。合板の安い棺に入れられて、共同墓地の片隅に葬られることになっても、記念の銘板をつくり、名前を刻んでやりたかった。葬儀などにはあまり興味のない私がそんなことを考えたのだから、不思議なものだった。私が死んだときには、どこに葬られてもいいと思っている。死んだあとには永遠の時間が流れるのだから、そんなことを気にしても仕方がない。だが、料金は四桁になり、それを私が払うことになった。葬儀社の男にクレジットカードの番号を教え、医者は帰り、当面はそれで片がついた。エリンと私は、ラルストン夫妻と一緒に夜明け前の歩道に立ち、霊柩車が去ってゆくのを見送った。

四人とも立ち去りがたいものを感じていた。今この場で別れる気にはなれなかった。ラルストンは簡単な通夜をしないかと提案した。「死者を冒瀆するつもりはありませんが、もう腹がへって腹がへって」

みんなそうだった。エリンとピザを食べていたのが遠い昔の出来事のように思われた。デコールファックスに行けば二十四時間営業のレストランがある、と私はいった。だが、デニスは聞かなかった。「うちで何か用意しますよ。ご存じないかもしれませんが、マイケルはコックなんですから」

「それは話したよ」ラルストンはいった。「家にある材料だと、ろくなものはできませんが、卵とミルクでオムレツをつくりましょう。でも、それだけですよ。ちょっと待ってもらえば、何か材料を仕入れてきます」

「買い出しはまかせてください」私はいった。「火の用意でもしていてください。買うものがわかっていれば、私が買ってきます」

近所にある二十四時間営業の〈セーフウェイ〉の場所を教えてもらった。「高級食材はありませんが、なんとかなるでしょう」

四十分後、私たちはミセス・ギャラントに別れを告げていた。誰もがほんの数時間の付き合いだったが、あの老婦人はそれぞれに思い出を残してくれた。まったく付き合いのなかったエリンさえ老婆の話に感動していた。

「ごめんなさい、寝室の前で立ち聞きしてたの」彼女はいった。「でも、役に立つような気がしたの。公平な証人がいれば、あとあと楽だから」

それを聞いて、ラルストン夫妻は感謝の表情を浮かべた。そのあと、本物の通夜の伝統に従って、私たちは信じられないくらい美味なオムレツを食べた。

「こりゃうまい。本物の味ですね」私はいった。「これだったらコックで自活できるでしょう」

「仕事の口があるときにはちゃんと勤めてますよ。長く続けられるかどうかが問題で」

「マイケルは偉そうに口出しする上司が駄目なんです」デニスがいった。

「実は私もそうなんですよ」私はいった。「ますます他人とは思えなくなったな」

「あなたの場合は、馘首《くび》になる心配はないでしょう。私は今週、解雇されましてね。どっちにしても転職しようと思っていたところです。でも、借金の返済が終わったら、自分で店を持ったほうがいいかもしれない」

「だったら、問題はない」私はいった。「あれで借金を返せますよ」

私は、テーブルにあるバートンの本、何時間か前に私が置いたところにそのままある本を手振りで示した。

「売らないと金にならないでしょう」ラルストンはいった。

「たぶん売ることはないと思いますが、店に出したときにつく値段の半分をお渡しします。よかったら、今夜にでも払いましょう。さっき医者《せんせい》にいったように、二万ドルから二万五千ドルにはなるはずですから、そちらの取り分は一万二千五百ドルですね」

「え、そんなになるんですか」ラルストンはいった。デニスは何もいわず、小さく首を振っていた。

「オークションで買ったばかりの『メッカ巡礼』は二万九千ドルちょっと。バートンの代表作です。文学的にも価値のある本ですが、これだって同じですよ。どちらも保存状態は最高で、これ以上いいものはありえない。古本屋も年を取ると世界一を連発するようになるものですが、これほど状態のいい本は世界じゅう探しても見つからないと思います。著者自筆の献辞もあるし、二冊一緒だと、さらに値打ちが出てくるはずです」

　二人は顔を見合わせた。

「まあ、急ぐことはありません」私はいった。「ゆっくり考えてください。ほかの本屋を呼んで見積もりを取ってください。その本屋がつけた値段の半額を払います。仮に私がこれを手放すことになって、三万ドル以上で売れたとしたら、差額を山分けにしましょう。差額がいくらになっても、です」

「それはありがたい話だな」ラルストンはそういって、期待に満ちた目で妻を見た。

　デニスは私を見ていた。「あなたのことは最初から信用しています。気になっているのは、そのことじゃありません」

　何を気にしているのか、私にはわかっていた。死の床で私が口にした約束が、まだ宙に浮いているのだ。「ほかの本が見つからなくても、あなたのせいじゃありませんよ」ラルストンはいった。

　デニスは首を振った。「駄目よ、あなた、最初からあきらめてちゃ」

　長い沈黙のあと、私はいった。「あの約束は、軽い気持ちで口にしたんじゃないんです。見つけられるのなら、きっと見つけてみせます。そのためには、この本が私の手もとにあったほうがいいような気がしてるんです。もちろん、お望みなら、売ってもいいですよ。でも、その前に、どこを探せばいいか、どんなふうに動けばいいか、決めておきたいんです」

「この人は警察にいたんだよ」ラルストンがいった。

「ほんとに？　意外だわ。とても優しそうな方なのに……暴力の世界に関わっていたなんて、とても信じられない」

「これまでいろいろなことをいわれてきましたが、優しそうな方、というのは初めてですね。私も進歩してるのかもしれない」

「なぜ退職したんです？」

「長い話ですよ。態度が悪かったんですね。いつも優しいとはかぎらないんです。本の世界のほうがもっと好きだった、ということにしておきましょう」

「テキサスからきたお客さんの相手をしているところを見せたかったよ」ラルストンは妻にいった。「太った男が二人、テキサスから本を買いにきたんだが、ジェーンウェイさんが相手をすると、百ドル札を八枚置いていったよ」

「あの二人には自分の欲しいものがわかっていたんです」私はいった。「納得して代金を払ったんですよ」

ココという言葉に心当たりはないか、と私は尋ねた。

「見当もつきません」デニスがいった。「ミセス・ギャラントの子供のころの友だちでしょうか」

「だとしたら、とっくに死んでるね」ラルストンがいった。

デニスは本に手を伸ばし、慎重にページを開いた。「これまで生きてきて、まったく縁がなかった世界、自分の経験とは懸け離れた世界の出来事なんです。こんな本があるなんて、今の今まで想像もできませんでしたわ」一瞬の間があって、彼女は続けた。「よかったら、一晩、預かってもいいでしょうか。一日か二日、手もとに置いておきたいんです。その……感触をつかむというか……もしよかったら、ですけど」

決してよくはなかったが、断わるわけにもいかなかった。「扱いには気をつけてくださいよ」結局、そういっただけだった。

「わかってますわ」

「ほんとに気をつけるんだぞ、デニス。染みが一つ付いただけで、五千ドルの損害になる」

「わかってますよ」

今度は深い沈黙が全員を包んだ。デニスは窓に近づき、裏庭に目をやった。ラルストンは首を傾けて私に笑いかけた。そのからかうような表情は、うちのやつはこうなったら梃子でも動かないんです、しばらく待つしかないでしょうね、といっているようだった。

だが、時がたつにつれてそわそわしはじめたのはラルストンのほうだった。「かなりの大金になるんだぞ」ひび割れた床に視線を落として、彼はいった。「それだけあれば、二人で一からやり直せる」

彼は顔を上げて私を見た。今すぐに金を受け取る口実をもう一つ見つけたらしい。「ほかの本の行方を調べるとして、その答えはこのデンヴァーにはないわけですよね。つまり、旅費などがかかることになる。その必要経費は、本の値段から差っ引かれる。まあ、それはそれでいいんですが」

デニスは、何かに思い当たったように深呼吸した。私は、旅費と称して、本の値段の二万ドルだか二万五千ドルだかを使い果たすことができる。そんなことをする理由はないのだが。

エリンはじっと私を見つめていた。私はエリンに微笑み、窓辺から振り返ったデニスに笑いかけた。「お二人で決めてください」私はいった。「分け前を受け取ってそれでおしまいにするというのなら、それはそれでかまいません。私のほうは、とにかくほかの本を探すだけです」

「あてもないのに、ですか」ラルストンはいった。「いくらかかるかわからないのに、ですか」

デニスは困ったような顔で私を見た。「難しい問題だわ」一瞬、間があって、彼女は続けた。「ごめんなさい、ジェーンウェイさん……マイケルと二人だけで、少し相談させてください」

エリンと私はポーチに出て、外で静かに待つことにした。「最初のデートがこんなことになるなんて、面白い展開ね」彼女はいった。

「今度はデンヴァーの質屋巡りに連れて行ってやるよ」

「それも楽しそう。あたしの貞操を質草にできる店を探してたの」

冗談心を刺激されて、気の利いた返事が五つか六つ頭に浮かんだが、次の瞬間、そんな気分は消えていた。ドアを振り返って、私はいった。「二人はどうするんだろう」エリンは答えた。「きっとあなたのやり方に賛成してくれるわ。人間なんて急に変われるものじゃないわ。初めて会った人だけど、あの奥さんには思いやりと真心があるような気がするの」

月明かりの中で、私は傷ついたような顔をしようとした。「おれにだって思いやりはあるし、真心もある」

「そうね。でも、あなたは初めて会った人じゃないわ。ミランダからいろんな話を聞いてるのよ。会う前からあなたのことは知ってたわ」私は、内心で歓声を上げた。第三ラウンドは思いやりでこちらの勝ち。さらに真心が加点される。

「デニスは特別な人ね」エリンはいった。「うまくいえないけど、そんな気がするの。育ってきた環境を超えた何かがあるのよ。自分が何をするべきか、もう心は決まっていて、これから旦那さんを説得するところ。旦那さんのほうは、デニスのいうことを聞くわ。デニスのためなら死んでもいいと思ってるはずよ」

「ラルストンは賢明な男だ」

「そうね。二人ともいい伴侶に巡り逢えて運がよかったのよ」

少し間があって、私はいった。「とにかく、きみは荒野から戻ってきたわけだ。これからどうする?」

「明日から一週間、本当の荒野に行って姿を隠すつもりよ。山小屋にこもって、小説を書いて、ほんの少し食事をして、たくさんお酒を呑んで、瞑想にふけって、自然と対話するの。行くだけでも大変なところにある山小屋よ。道はない、電気もない。一番いいのは、電話がないこと。お風呂に入るとしても、水風呂ね」

「おれも行っていいか」

「人がいたら山小屋にこもる意味がないでしょ。あなただって、下界でやることがたくさんあるはずよ」

「下界に残っても、きみが熊の餌になるんじゃないかと思って、一週間やきもきすることになる」

「大丈夫。毎年やってることだから」

私が拗ねたふりをすると、彼女はいった。「帰ってきたら電話するわ」

「誰でもいう台詞だな」

私は庭に出て、空を見上げた。あの老婆のことがまだ気にかかっていた。いつまでも心に引っかかって、もっとよく話を聞いておけばよかったと後悔した。彼女は何か大事なことを私に伝えようとしていた。だが、私はその半分しか聞こうとしなかった。おかげで意味のない断片しか手もとには残っていない。バートンは南北戦争とどんな関係があったのか？　彼がアメリカにきたのは一八六〇年、戦争が始まる前の年だ。そのときの行動や発言が時限爆弾のように一年後に爆発したというのだろうか。

馬鹿ばかしい。とても信じられない話だ。

だが、本当だとしたら、これほどすごい話はない。

私はこの庭にバートンがぶらりと入ってくるところを想像した。過去からやってきたばかりの、まだ若い男。ほんの少し前まで、未知の大陸アフリカのジャングルにいた男だ。私たちは気が合うだろうか？　チャーリー・ウォレンとたちまち意気投合したように、それは最初の数分で決まるだろう。バートンは好悪をすぐに決める男だ。私もそうだった。

エリンが近づいてきて、隣に立った。長いあいだ私たちは空を見ていた。子供のころの一九五〇年代後半に見て以来、デンヴァーでは見たことがないような空だった。あのころは煌々と明かりを灯す高層ビルはなく、カリフォルニアやメキシコや東海岸からこの州に人が押し寄せてきて、風景を汚し、空気に毒を撒き散らすこともなかった。シティ・パークに立って空を見上げれば、満天の星が目に入ったものだ。ルックアウト山に登れば、あの偉大な女神が世界を粉々に砕いて果てしない虚空に放り投げる前に見た光景がそのまま広がっていた。あのときの私には信仰があったのかもしれない。少なくとも何かを信じていた。なぜ今ではそれをなくしてしまったのか？　神にまつわる話を信じなくなったのはいつからだったか。悩むほどのことではない。いつから神を信じなくなったか、私ははっきり憶えている。蒼ざめたあの少女の死体を見た夜からだ。実の父親に犯されて絞め殺されたあの少女の死体を。

それ以来、私は信仰を冷笑し、神を信じなくても気楽に生きていた。だが、そのとき、ミセス・ギャラントのことを思った瞬間、私は西の空に流れ星が落ちるのを見た。山の彼方にその星が消えるのを眺めながら、暖かい朝だったのに、私は全身に震えが走るのを感じた。

9

エリンとは私の店で別れた。自分の車に乗り、エリンは疲れた顔で帰っていった。私はしばらく椅子にすわって、人通りのない街路を見ながら、慎《つつし》みについて考えていた。慎みという言葉は、性解放の六〇年代に、ほとんど死語になってしまった。当時、私は大人になりかけたところで、誰もが初対面の相手に体を擦り寄せていた。私もその恩恵にあずかったが、時の流れか、年齢のせいか、もうそんな行為に魅力は感じなかった。もっと若ければ、エリンの悪ふざけを自分勝手に解釈して、泥沼に飛び込んでいたかもしれない。今夜、私たちのあいだに特別な感情が通い合ったのはわかっている。それだけで充分だった。

明け方に自宅に着いた。あと四時間でまた店を開けに行かなければならない。眠れない夜を過ごしたあと、いつもすることを、そのときもやった。トレーナーを着て、へとへとになるまで公園を走るのだ。二十分で三マイル走り、少しスピードを落として二マイル走ったあと、少し歩いてクールダウンした。走りながらデニスのことを考え、私があんなことをいったせいで、さぞ悩んだことだろうと思った。デニスならあの本から得られるはずの金を全部使って調査をしろ、というだろうし、私もそれでいいと思った。

私たちは今夜また会って作戦を考えることにした。デニスは私が名案を思いつくことを期待しているようだったが、何か思いついてもすべて暗礁に乗り上げた。時間の壁があるのだ。八十年という時間の壁が。いったいどこから始めればいいのだろう。飛行機に飛び乗って、まだ準備不足のままボルティモアに行くこともできる。トレッドウェルの店にぶらりと入って、間の抜けた質問を二つ三つする。だが、そのあとは？　こちらがほとんど情報を持っていないことや本当の狙いが別にあることを見破られたら、私は嘲笑を浴びながらすごすごと引き返すことになるだろう。

しかし、馬鹿は馬鹿なりに、調査の第一歩を踏み出さなければならない。十一時、数人の客の相手を終え、取引の電話を何本かかけたあと、おそらく収穫はないだろうと思いながら、ミセス・ギャラントが暮らしていたボルティモアの施設に電話をかけることにした。そこに残された手がかりが、別の手がかりにつながるかもしれない。ただし、施設の名前はラルストン夫妻も知らなかったし、ボルティモア市の情報センターに問い合わせても新しいことは何一つわからなかった。老人施設の番号を教えてくれ、で通じれば世話はないが、あいにく〝養護老人ホーム〟と分類される施設だけでも二十や三十はあり、当たって砕けろ式に電話をかけていったら、目指す施設に行き当たるまで、三日や四日は覚悟しなければならない。

そこで、攻める方向を変え、また袋小路に行き当たるかもしれないが、情報センターで社会奉仕局の電話番号を教えてもらい、何度かたらい回しにされた末、あの老婆を担当していた福祉課の職員にたどりつくことができた。あの老婆も福祉行政の恩恵を受けていたはずだ、と考えたのだが、その狙いは的中した。

福祉のケースワーカーは自分が担当した相手の情報を電話で漏らしたりはしない。それはわかっていたが、とにかく訊いてみることにした。担当者はロバータ・ブリューワーという女性だった。私は、ミセス・ギャラントがデンヴァーで亡くなったことから始めて、事実をありのままに話した。その知らせはまだ届いていなかったらしく、相手は悔やみながらも感謝していた。そのあと、私は本題に入った。ミセス・ギャラントから本を預かったことや、ほかにもまだあるはずのその仲間を探していることなどを説明すると、彼女はすぐに理解して、信じてくれた。「ちょっとお待ちください。今うかがった話、電話で確認しますので」彼女はいった。「そのあと、ジョーが入っていた施設に連絡してみます。その施設のほうからそちらに電話がいくかもしれません」

今の段階では願ってもない成り行きだった。私は礼をいって電話を切り、幸運が転がり込んでくることを祈った。

二時間後、メリーランド州ケートンズヴィルにある〈パーキンズ・マナー〉のグウェン・パーキンズと名乗る女性からコレクトコールがあった。ミズ・パーキンズは言い訳がましく、ミセス・ギャラントが突然いなくなってみんな困っていたところだった、といった。もちろん、とても心配していたし、こんなことになったのは残念で仕方がない、ともいった。ミズ・パーキンズは、今度の出来事が自分の責任になるのを恐れているのだ。〈パーキンズ〉では入居者を囚人扱いするようなことはしないし、親類や友人の家に泊まりに行く入居者もよくいるという。よくわかります、と私はいった。精一杯、同情と理解に満ちた声を出したつもりだった。そして、最後にこう尋ねた。

「ミセス・ギャラントの持ち物の中に日記や手紙はありませんか」

「持ち物は衣類だけでした。うちのような施設には、何もかも失ってからいらっしゃる人が多いんです」

まるで慈善事業をやっているような口ぶりだったが、本当は州から補助金をたんまりもらっているのだ。次の質問は、あまり期待せず、祈るような気持ちで口にした。「定期的にミセス・ギャラントの世話をしていた人はいますか。そんな人がいれば、ミセス・ギャラントから身の上話を聞いたことがあるんじゃないかと思いまして」

「このあたりに住んでいるボランティアが何人か手伝いにきてくれます。入居者と親しくなって、打ち明け話を聞かされる人もいるようですね」彼女は、余計なことまでしゃべりすぎたと思ったのか、きまりが悪そうに口をつぐんだが、最後にこう付け加えた。「ジョゼフィンの場合は、ビュージャックさんがよくボランティアでお世話をしていました」

「そうですか。そのビュージャックさんと連絡は取れるでしょうか」

相手は考え込んだ。どうやら気に入らないようだったが、返事を拒む理由も見つからなかった。

「ちょっとお待ちください。電話番号を調べます」

BGMを聞きながら待った。長くかかっているのは、あとで抗議されないように、まずそのボランティアに電話で許可を取っているからだろう。

「お待たせしました」彼女は戻ってきた。

そして、電話番号を読み上げた。「名前はビュージャック。B・U・J・A・Kです」

「ファースト・ネームはわかりますか」

「ええ、ココです。ココ・ビュージャック」


最初の呼び出し音で相手は出た。電話機の前にすわって待っていたのだろうか。彼女は「もしもし」ではなく「はい」といった。声は穏やかで耳に心地よかった。年齢は二十かもしれないし、五十かもしれない。

「ココ・ビュージャックさんですか」

「ジェーンウェイさんですね」

「パーキンズさんからお聞きになったと思いますが」

「ええ、聞きました。あんまり楽しい知らせじゃありませんね。ジョーはほんとにいい人だったんですよ」

「私は短い付き合いでしたが、元気なお婆さんだと思って好感を持ちました。大変ですよ、あんなに長い一人旅をするなんて。施設の人は誰も気がつかなかったようですね」

「今朝はみんなぴりぴりしてましたよ。問題を起こすと、州から補助金がもらえなくなるんです。その心配をしてたんでしょう」

「たった一回、問題を起こしただけで、ですか？」

「小さい問題ならしょっちゅう起こってるんです。ああいう施設はどこも人手が足りないんですよ。だから、あたしなんかがお手伝いしてるんです。週に二回行ってるんですけど、こういうことは施設側の責任じゃありません……少なくとも、責任をみんな押しつけるのはかわいそうです。パーキンズさんはいい人で、好感を持ってます。施設の経営者には何もしない人もいるのに、パーキンズさんはとにかく努力してるんです」

「でも、事故は何度か起こってるわけですね」

「ジェーンウェイさん」言葉に少しとげが感じられた。「あなた、調査報告書でも作っていらっしゃるんですか？　損害賠償の訴えを起こしたい人に頼まれたんですの？　なんか、そんなふうに聞こえますよ。どういう前提でこの会話をしているのか、はっきりさせておきましょうよ」

「やり直します。施設の話は忘れてください。私の目的は人を攻撃することじゃない。ミセス・ギャラントのことを訊きたいだけです。それから、彼女のお祖父さんのことも」

「〝チャーリー〟ですね」彼女はいった。それを聞いて、私は椅子にすわりなおした。その声には心からの親しみが感じられたのだ。

「まるで知り合いの話をしているようですね。ミセス・ギャラントもお祖父さんのことを話すときにはそんな口調になりましたが」

「知り合いじゃありません」

「でも、まるで生きているような話し方ですよ」

「それは、そんなふうに感じられるからでしょうね。ミセス・ギャラントに思い出してもらって、二人でよくお祖父さんの話をしたんです。テープもたくさんあります……あたしたち二人がおしゃべりしているだけのテープですが」

「テープがあるんですか」思わず声がうわずった。

「ミセス・ギャラントから聞いた話を書き残しておこうと思ったんです」彼女はいった。

その瞬間、心臓がひっくり返ったような気がした。

彼女は続けた。「全部テープに録ってあります」ぼろぼろになった心臓に、また命が宿るのを感じた。

さらに彼女はいった。「催眠術を使って、普通なら思い出せないようなことも思い出してもらったんですよ」

「催眠術ですか」虚ろな声で、私はいった。「ミセス・ギャラントに催眠術をかけたんですか」

「ええ、いけなかったでしょうか」

「いや、ちょっと驚いただけです。うまくいきましたか？」

「どの程度をうまくと呼ぶかで答えは違ってきますね。うまく催眠術にかかったかどうか、ということなら、うまくかかりました。催眠術は昔からある技術で、二百年前にはもう出来上がってたんです。あたしも、大人になってからずっと使ってます。自己催眠、年齢退行、自己暗示。だいぶ前に禁煙できたのも、催眠術のおかげなんです。一日に三箱も吸うヘビー・スモーカーだったのが、ぴたっとやめられました。今は、人の話を聞くのに使っています。今のうちに年配の人から話を聞いておこうと思ったんです」

「なんのためにやってるんです？　趣味でしょうか」

「趣味といえば趣味ですね。二年前に引退して、有意義に時間を使いたいと思ったんです」

「引退するようなお歳なんですか。声はそんなふうに聞こえませんが」

「お世辞は無駄ですよ。たぶん、あなたのお母さんぐらいの歳だと思います」

「まさかそんなことはないでしょう。何をなさってたんです？　専門的な仕事ですか？」

「図書館の司書でした。最後の十年は郊外の小さな分館で館長をやっていました。引退してから、こちらに越してきたんです」

「こちらというのはどこでしょう？」

「今はエリコット・シティに住んでますよ。パーキンズさんの施設から数マイル先の、川を渡ったところです」

「お年寄りに催眠術をかけて話を聞く。なかなか面白いと思います。もう少し詳しく聞かせていただけますか」

「一日がかりの話になりますよ。大事なところだけ、かいつまんでお話ししましょう。優秀な被験者は、自分の人生のどの時代にも戻ることができます。そのときの生活をもう一度体験して、事細かに話すことができるんです。自分がもらった手紙を暗記している人だっています。子供のころにもらった手紙でも、ちゃんと憶えてるんです。これは超自然現象ではありません。そういう情報はみんな脳に保存されているんです。立派な学者の研究もあります。だから、言い訳めいたことはいいません。信じるか信じないか、どうぞご自由に」

「疑っているわけではありません。勉強になります。ジョゼフィンは優秀な被験者だったんですか？」

「ええ、とっても優秀でした。うちの椅子にすわったら、たちまち催眠術にかかりました」

「催眠術はお宅でかけてたんですか」

「そうですよ。施設じゃとてもできませんから、週に一、二回、連れにいって、こちらにきてもらったんです。ミセス・ギャラントは外出が好きで、催眠術のセッションもそのうちに気に入ってくれるようになりました。あとになって、テープを再生したら、〝あらまあ、そんなこと忘れてたわ〟なんていうんです。その意味では、とてもうまくいっていたと思います。これからは、物的証拠を集めて、話の裏づけを取ろうと思っています」

「話のつじつまは合ってるんでしょうか」

「ええ、矛盾はほとんどありません。同じセッションを繰り返しても、話の内容は変わりませんでした。文章にして丸暗記する、という次元の話ではないんですよ。一回のセッションは一時間かそれ以上かかる長いものです。催眠術にかかったふりをしていたのなら、きっとぼろが出たと思います。そう思いませんか、ジェーンウェイさん」

私は深呼吸した。自分の幸運が信じられなかった。

「ミセス・ギャラントの記憶とは別に、古い記録も調べてみました」彼女はいった。「一族にはどんな人がいたか。どんな生涯を送ったか」

「ミズ・ビュージャック――」

「ココと呼んでください」

素晴らしい名前だ、と私は思った。ココ・ビュージャック。気品のある素晴らしい名前だ。

私は、前の日にジョゼフィン・ギャラントが店にきた事情から始めて、さっき福祉課の職員に伝えた話の長いバージョンを語った。私がリチャード・バートンに興味を持ったきっかけ、オークションのこと、ミセス・ギャラントが私のことを知った経緯などを。相手は黙って聴いていた。やがて、彼女はいった。「何かあるな、とは思っていたんです。打ち明けてもらえたら、あたしがコロラドまで連れて行ったのに」

「なぜ彼女は黙っていたんでしょう」

「わかりません。やめろといわれるのが怖かったんでしょうか。ボランティアで知り合って、おたがいに好意は持っていましたが、結局、州の側の人間だと思われていたのかもしれません」

「あなたが一緒でも一人でも同じことで、ミセス・ギャラントの寿命は尽きていたでしょう」

「ええ、それは自分でも感じていたようですね。あたしもなんとなく気がついていました。この半年で、ずいぶん弱っていましたから。だから、ミセス・ギャラントの思い出話を一生懸命原稿にしていたんです。彼女に読んでもらおうと思って」

「その原稿、どうするつもりです？」

「もちろん、完成させます。介護のためだけに始めた仕事じゃありませんから」

「完成した原稿はどうするんです」

「仕上がりを見て、内容によって決めます。内容がよければ、誰か作家に書き直してもらって本にします。そうでなければ、州の郷土史協会に預けますよ。この土地で生きていた人の記録には興味があるはずですからね」

「何を基準にして決めるんですか……作家に書き直してもらうかどうかは」

「全国の人が興味を持ってくれるか、この地方の人にしか興味がないか。それが基準になるでしょうね。もしも彼女のいうことの半分でも事実なら、重要な本になると思います。そう思いませんか？」

「思います。お話をうかがうかぎり、ミセス・ギャラントはいい人に巡り逢ったようですね」

一瞬、間があった。まるでその賛辞を真に受けていないようだった。やがて、彼女はいった。「あたしにも予感があるんです。これまで聞き取りをした自分史より、ずっと大事な記録になるんじゃないかっていう予感が。今、本当に充実した時間を過ごしてるんですよ。でも、ここにいたんじゃ片づかない問題もあるんです。チャールストンに行って調べ物をすることになると思います。これまで避けてきましたが、さすがにもう……」

「これまでどの程度裏づけが取れてるんでしょうか」

「かなりのところまで進んでます」彼女はいった。私の心臓はまたときめいた。

「バートンのことはどのくらい出てくるんです？」

「結局、それが一番の謎ですよね。ミセス・ギャラントが真実だと思っていたことは、どこまで本当なのか。何十年もたった今、どこまで真相がわかるか」

私たちは微妙なところにきていた。それだけははっきりしている。「ゆうべ、ミセス・ギャラントが亡くなる直前に、あなたの名前が出てきました。その昔、チャールストンで撮られたチャーリーとバートンの写真のことを話していて、それはあなたが知っている、ということになったんです」私は気まずい沈黙に耐えて続けた。「ぜひ協力していただきたいんです。あつかましいお願いだということは承知しています。あなたが時間をかけて調べてきたことを教えてくれというんですからね。こちらのほうは、教えてもらったことはあなたの許可があるまで絶対に口外しない、という約束しかできません」

「結局、あなたの言葉を信じるしかないわけですね」

「そういうことになると思います」

「とにかく、電話ではできない話です。こちらにきていただけますか。まず、あなたの顔を見てから、どうするか決めましょう」

「わかりました。喜んでうかがいます」

「ただ、原稿はまだ未完成だということを忘れないでいてくださいね。話はしますが、それ以上のことはお約束できません」

「それは百も承知です。来週あたり行けると思います」

「では、お待ちします。住所はヒル・ストリートです。右側の五番目の家。郵便箱に名前があります」

後ろ髪を引かれる思いで、痛みさえ感じながら、私は受話器を置いた。


時刻はもう六時を過ぎていた。遅くなったが、トレッドウェル書店に電話をかけることにして、番号を押し、相手が出るのを待った。前日と同じ、どこかぼんやりした声の女性が出た。名前を訊かれたので教えると、「少々お待ちください」といって、回線は保留になった。

出たとこ勝負でやることにした。だが、続いて電話に出たのはディーン・トレッドウェルではなかった。もっと深みのある、平板な声……これほど冷酷な声を耳にしたのは初めてだった。

「はい？」

「ディーン・トレッドウェルさんをお願いしたんですが」

「ディーンはいない」

「じゃあ、かけなおします」

「あんた、名前は？」男はぶっきらぼうにいった。

「そちらさまは？」笑いを含んだ声で、私はいった。無言のまま数秒が過ぎた。私はいった。「カールか？」だが、電話は切れた。

愛想のいい男だった。トレッドウェル兄弟は前評判どおりの人物らしい。

その夜はラルストン家で食事をして、これまでに調べがついたことを報告した。ココの正体がすぐにわかって、デニスは驚喜した。そして、思ったよりも早く手がかりがつかめるかもしれない、と期待を口にした。「これからどうするの？」

「来週、向こうに行ってきます。ココと会って、トレッドウェル書店に揺さぶりをかける。そのあとは、まあ、様子を見ましょう」

デニスはすがるような顔をした。「来週って、まだだいぶ先ね」

「店番を頼んでいる女性がもうじき帰ってくる。来週の月曜に飛行機を予約しましたよ」

私たちはもうしばらく話を続けた。デニスは老婆の本を持ってきて、大袈裟な身振りで私に手渡した。「表紙に染みはついてないでしょ。雨の中にも出さなかったし、ページも折ってません。中にクレヨンで名前を書いたりもしていません。ほんとはそうしたかったけど」

「いやあ、申し訳ない」私はふざけて平身低頭した。「汚されると一大事だから、注意しておきたくなったんです」

「わかってるわよ、クリフ。本当のことをいうと、もう一日だけ手もとに置いておきたかったんだけど、この本が家にあると、マイケルったら、気になって仕方ないらしいの」

画期的な名案は三人とも思いつけなかったので、八時ごろ、私はラルストン家を辞した。早めにベッドに入って、今日は少し前進することができた、と思った。ただし、自分が何に向かって前進しているのか、どこまで進めば目的地にたどり着けるのか、肝心なことは何一つわかっていなかった。

10

正午の少し前、ラルストンが店にやってきた。現代作家の初版本を見せてもらえないだろうか、という。午前中の客足が途絶えたところだったので、私もそのコーナーに置いてある丸いテーブル席に着いた。

「古本の掘出し屋になりたいのかい」

「仕事をしたくてね。何をしようか、迷っていて……こういうのもいいかなと思ったんだが」

「じゃあ、レクチャーしてやろうか」

「この初版本というのはどういうことなんだ。ここに鉛筆で〈初版（first edition）〉と書いてあるが、これはあんたが書いたんだろう？　本そのものを見ると、初版とは書いていないものもある」

「あったりなかったりするんだよ。今は奥付に何桁かの数字を並べて〈初版〉と表記するのが普通だが、それでもまだ落とし穴がある。昔は出版社ごとにやり方が違っていてね。それでも、同じ出版社は同じやり方をした。少なくとも、四、五年のあいだは変えなかった。ところが、本を出すごとにやり方を変える出版社もある」

初版の見分け方を知りたいか、と尋ねてから、一時間かけて、出版社ごとの違いを説明した。ハーコート＝ブレイス社は、数字ではなく文字を並べたあとに〈初版〉と表記する。ところが、やり方がいかにも気まぐれで、一九八二年まではBで始まる文字列を添えていたが、どういうわけか、それ以降はBのあとにAを付け加えるようになった。「その切り替えの時期に、『カラーパープル』のような重要な本が出たわけだ」私はいった。「まだ初版の文字列がBで始まる時期だったが、Bのあとに空白が入っていた。最初のころ刷った本には、そこにAが入っていたんですよ、といわんばかりだが、そうじゃない。これは大事なことだ。古書店主にもそのことを知らない者がいる。だから、Bで始まる文字列を見て、BAじゃないから初版じゃない、と早合点する。おかげで、こちらは三百ドルの本を六ドルで買えることになる」

続いて、ダブルデイとリトル・ブラウンとクノッフはだいたい信用できること、ランダム・ハウスの場合は〈初版〉とも〈初刷（first printing）〉とも表記され、2で始まる何桁かの数字が添えられているが、それには例外もあって、ミッチェナーの『トコリの橋』やフォークナーの『尼僧への鎮魂歌』のような作品は、有名作なのに初版を判別する表記や数字がまったく入っていないこと、などを話した。私は、初版コーナーにある実物を見せながら、各出版社の癖を説明した。それが終わると、ラルストンはいった。「うん、だいたいわかったよ。これから外に行って、あんたのために本を探してきてやろう。どこに行けばいい本が見つかるか教えてくれ」

私は中古品専門店を回る道順を教え、一つだけ警告した。「あせっちゃ駄目だぞ、マイク。掘出し物が一冊もない日だってけっこうあるんだから。この商売では気をつけないと金をどぶに捨てることになるし、出版社を憶えるのも時間がかかるぞ」

「うん、がんばって憶えるよ」自信たっぷりにラルストンはいった。

五時間後、ラルストンは店の入り口に車を停め、本の入った箱を二つ下ろした。初めての本漁りなので、あまり期待はしていなかったし、一番上にシドニー・シェルダンやジョン・ジェイクスが載っているのを見て、やはり駄目かと思った。ラルストンは二十冊の本を買っていた。十冊はどうしようもない屑本、八冊はまずまず。あとの二冊が当たりだった——ジョン・ファウルズの『アリストトス』と、ジョン・アーヴィングの『ガープ』。どちらも初版で、保存状態もいい。私が百三十ドル払うと、ラルストンは収支計算をした。彼が使った金額は、ガソリン代税金抜きで、二十二ドル五十セント。差引金額は丸一日働いた日給より少し低い程度だった。

「どの出版社が初版か、ちゃんと憶えていたようだな」私はいった。「たいしたもんだ」

「おれに取り柄があるとしたら、記憶力なんだ。一回、レシピを読んだら、一週間たっても、読み直さないで料理ができる」

「そりゃすごい。古本の掘出し屋向きの才能だ」

五時を過ぎていたが、ラルストンはもう一度本探しに行こうとした。「デニスから電話があったら、もう少しで帰るといっておいてくれ。でも、おれが何をしているかは内緒だぞ」彼は私の小切手を手に取った。「デニスをびっくりさせてやりたいんだ」

私は新しいルートを教えた。今度は街の南の地区を回るルートで、そこなら九時まで開いている店が何軒かあった。ラルストンは張り切って出かけていった。

ずっとあとになって、私はそのあとに起こったことを、いろいろな証言をもとに再構成した。


二度目の古本漁りはあまりうまくいかなかった。これはよくある話だ。どういうわけか、つきっぱなしの一日でも、あいだに休憩をはさむと、幸運の女神は逃げ出して、また女神が戻ってくるまで、掘出し屋は運に見放されることになる。理屈ではなく、自分の経験からいえるのだが、そんなことはしょっちゅうあるのだ。賭博場のギャンブラーと同じで、古本の掘出し屋も浮き沈みが激しい。そして、海千山千のギャンブラーは、運が回ってきたときには絶対にゲームをやめようとしない。

ラルストンはブロードウェイの店を覗きながら南に進み、そのあと西に曲がって、アラマダ通りに入った。そこでは二軒のリサイクルショップが通りをはさんで競い合っている。一度、私はそこでラリー・マクマートリーの『ラスト・ショー』を二冊買ったことがある。一軒の店で一冊目を買い、その五分後に向かいの店で二冊目を買った。薄気味悪いような偶然だが、それ以来、どちらの店でもそんな大当たりを経験したことはない。その夜のラルストンは低調で、さらに西に向かった。

やがて行き着いたのはゴールデン通りの端っこで、古いスーパーマーケットの建物を利用して、そこには新しいフリー・マーケットができていた。ラルストンもすぐにわかったはずだが、そういう場所ではあまり収穫は期待できない。掘出し屋がわずかな場所代で自分の店を持つと、たとえそれが露天の屋台でも、一人前の本屋になったような気がして、高い値段をつけるようになるものだ。ラルストンは、自宅に戻った私に電話をかけてきて、一冊の本について意見を求めた。保存状態のいいロバート・ワイルダーの『カロライナの風』が十ドルで出ているがどうだろう、というのだ。私は、買わないほうがいいという助言をした。六時以降にラルストンが見つけた本は一冊だけだった。アーウィン・ショーの『ローマは光のなかに』の美本。掘出し物とはいえないが、二十五セントなら上出来だ。

その店のすぐ外にある公衆電話で、ラルストンはデニスに電話をかけた。だが、話し中だった。

すでに通りは暗くなっていた。ラルストンは、街を大きく一回りしてグローブヴィルに戻ろうとしていた。わざわざ遠回りしたのに、見返りはあまりなかった。私が手渡したリストには、まだ二軒の名前が載っている。ラルストンは午後の成功が忘れられず、その店にもふらふらと立ち寄った。〝もう一冊欲しい、いい本が欲しい〟それが掘出し屋にかけられた呪いなのだ。

店は九時に閉まり、ラルストンは州間道路七〇号線を、自宅に向かって東に走りはじめた。

　日が暮れてからはついていなかったが、その日の出来事にラルストンは満足していた。本当にこれが新しい仕事になるかもしれない。この仕事なら、何よりも望んでいた自由が手に入る。そして、こつを呑み込んで稼げるようになったら、デニスが働かなくてもよくなるのだ。あのくだらないモーテルの仕事を辞めさせることができるのだ。もう白人におべんちゃらを使わなくてもよくなるのだ。

　州間道路を離れ、ワシントン通りに入ってしばらくすると、自宅のそばにきた。まだ明かりがついていて、ラルストンは温かい期待が心に満ちてくるのを感じた。門をくぐり、ポーチに乗り上げる。

　玄関を開けると、ラジオのクラシック専門局からデニスの好きな音楽が流れていた。電話の受話器がフックから外れていたが、それは珍しいことではない。持病の頭痛が出ると、デニスはよく受話器を外しておくのだ。だが、その瞬間、ラルストンは黒づくめの男が目の前を横切るのを感じた。ミセス・ギャラントのもとを訪れた死神がまだこの部屋に居残っているようだった。彼は震えた。小刻みな震えが、だんだん大きくなっていった。そして、何も考えられないという状態を初めて生々しく体験した。

「おい、帰ったよ」彼は、がらんとした部屋に声をかけた。その声は喉でひび割れた。

　彼は急いで居間を通り抜け、寝室を覗き込んだ。その瞬間、血の気が引いてゆくのがわかった。

11

朝まで電源を切っておこうと思い、電話に手を伸ばしたとき、呼び出し音が鳴り響いた。

「クリフだな」

「誰だ、こんな時間に」私は、わざと怒ったような声を出した。

もちろん、電話の相手はわかっていた。人混みにいても、この変に落ち着いた声は聞き分けることができる。だが、夜のこんな時刻にこの男が電話をかけてくるとは、何かよくないことが起こったに違いない。ニール・ヘネシーは殺人課時代の相棒だった。数年前までは親友だったし、私が急な事情でデンヴァー市警を辞めてからも、しばらくは何も変わらないようなふりをしていた。昔のよしみで私が昼食をおごることもあったし、ウェスト・コールファックスの〈ロッキー・マウンテン・ニュース〉社のそばにあるお気に入りのバーで一緒にビールを呑むこともあった。だが、そんなふうに会う機会はだんだん少なくなり、最近ではほとんど会わなくなった。ニールの肉づきのいい顔とはもう何カ月もご無沙汰しているが、今の私は部外者なのだ。警官は、部外者とはあまり付き合おうとしない。

「北地区で事件《やま》があってな」ヘネシーはいった。「おれの担当じゃないが、あんたの名前が出てきたらしくて、捜査責任者からこちらに連絡があった。おれたちがその昔ダイナマイト・コンビと呼ばれていたのを思い出したらしい」

私にはまだよく事情が呑み込めなかった。北地区には、知り合いなどいないはずだった。数年前までは地元の犯罪組織が跋扈《ばっこ》していた地域で、私も大物を一人刑務所にぶち込んだことがあるが、あの一件がまだあとを引いているとも思えない。

そのとき、ヘネシーはいった。「ラルストンという男を知ってるか？」その瞬間、吐き気が込み上げてきた。

「何があった？」

「かみさんが死んだ」

全身の力が抜け、私は動けなくなった。その沈黙を読み取って、ヘネシーはいった。

「じゃあ、知り合いだったんだな」

「そうだ。しかし、なんでこんな」

今の私は、脱力に続いて、不信という二つ目の反応に襲われていた。そして、ヘネシーの言葉を反芻《はんすう》するたびに、目の前が暗くなっていった。ヘネシーは今でも殺人課にいる。自然死なら彼が電話をかけてくるはずがない。

「何があったんだ」改めて私は尋ねた。

「それは今調べているところだ。旦那は動揺がひどくて、とても捜査に協力できる状態じゃない。ほとんど口も利けないくらいだそうだ」

「ショックだったんだよ、それは。おれだってショックだ。かわいそうに、今、どんな気持ちでいることか」

電話線の向こうから、ヘネシーの息遣いが聞こえてきた。やがて、彼はいった。「誰がやったか、心当たりはあるか」

私はデニスのことを考えた。あのにこやかな顔が頭に浮かんだ。震える声で、私はいった。「いや、ない」

「何か情報を持っているようなら、本署にきてもらいたいそうだ」

私は部屋の暗い隅を見つめた。

「何か知っているなら、今夜、事情聴取をしたいといっている。迎えの車を差し向けるそうだ。都合が悪ければ、あしたきてもらえばいいそうだが」

「担当は誰だ」

「ランディ・ホワイトサイド。あんたのお気に入りだよ」

それはいい、と私は思った。あの有名人か。

私は時計を見た。「マイクはどこにいる？」

「マイク？　そりゃ誰だ」

「被害者の旦那だよ。なんの話をしてると思ってるんだ」

「おい、八つ当たりするなよ。おれはただの電話連絡係だ」

気がつくと、私は謝っていた。「すまん」そして、一瞬、間を置いて続けた。「ちくしょう、いやなことになったもんだ」

「深い付き合いだったのか？」

「いや」

なぜかヘネシーは話の続きを待っているような気がした。

「うまくいえないが」仕方なく、私は続けた。「デニスとは……」そこまでいってから、あきらめることにした。「二人とは最近知り合ったばかりなんだ」

「あんたの質問に答えれば、旦那がどこにいるか、おれは知らない。まだ現場で事情を訊かれてるんじゃないだろうか」

私は不意に怒りが湧いてくるのを感じた。「おい、ヘネシー、まさかあんたたち殺人課はラルストンを容疑者扱いしてるんじゃないだろうな」

ヘネシーは気を悪くしたようだった。「容疑者に決まってるだろうが。現場に行ってみたら、旦那しかいなくて、おまけに、その旦那は何もしゃべらないんだぞ」

「そんなことをするような男じゃないんだ」

「あんたにはわかるかもしれんが、おれはまだその男と会ったこともないんだ。しゃべれないのは、悲しみに打ちひしがれているせいかもしれない。その悲しみは百パーセント本物だろう。それでもまだ女房を殺した可能性は残ってるんだ。悲しんでいる夫が妻殺しの犯人だった、という実例なら、指を折りながらいくつも挙げることができる。そういうやつらを、おれたち二人で逮捕してきただろうが。取調室にぶち込んで、嘘ばっかりつく相手から自白を引き出してきただろうが」

それならよく憶えている。堕落した犯罪者の顔が次々によみがえってきて、一瞬、身震いが出た。そして、私のような警官くずれがラルストンに言葉をかければ、その傷口をさらに広げるようなことになりかねないと思い、鳥肌が立つのを憶えた。そのとき、私は、ある事件のことを思い出した。私が取り調べたハロルド・ウォーターズという男は、自白調書にサインをして、終身刑に服すことになった。ところが、その直後、真犯人が些細なミスを犯して逮捕された。ハロルド・ウォーターズは、私たちが何を訊いてもうなずいて、犯人でもないのに自白したのだ。なぜか？ 妻が殺されたあと、生きることにまったく関心をなくしていたのだ。

私がその事件をいつも気にしていたことは、ヘネシーも知っている。「ひとつ、頼みを聞いてくれないか、クリフ」彼はいった。「あのハロルド・ウォーターズの話はしないでくれ。ああいう事件はこれまでに何件あった？」

「実際に起こったことは間違いないだろう」

「ああいう事件は、一件しか起こっていないんだ」

「わかったよ。問題はラルストンだ。彼を締め上げるのはやめてくれ」

ヘネシーが受話器から顔をそむけて咳をするのがわかった。

「わかったな。彼は絶対に犯人じゃないんだ」

ヘネシーは何もいわなかった。かつて似たような状況に置かれたとき、私も同じことをしてきたのだ。

「昔のよしみで頼む」私はいった。

警官にそんなことをいうのは失礼な話だった。やはりヘネシーもちゃんと腹をたてた。

「そんなことをいっても無駄だということがわからんのか。さっきからいってるように、おれは担当じゃない。捜査に口出しはできん。これは昔の戦友が親切でかけた電話だと思ってくれ。それだけのことだ。こんなことなら、ほっときゃよかったな。あんたが夜中に叩き起こされることになっても、知らん顔をしてればよかった」

「わかったよ」私は少し穏やかな声になっていった。「おれの意見に興味はあるか？」

「ホワイトサイド刑事が聞いてくれるよ。適当なときにな」

私たちのあいだにはすでに大きな溝ができていた。私と同じように、ヘネシーもそれを気にしているようだった。洟《はな》をすすってから、彼はいった。「意見はおおいに結構だ。あんたは何事に対してもちゃんと意見を持っている。それも、かなり立派な部類に入る。だがな、あの男は何も話そうとしないんだ。帰ったらかみさんがベッドで死んでいた、といっただけだ。そのあとは訳のわからんことばかりしゃべっている。ただ、あんたの名前を口走ったのだけは、どうにか聞き取れたらしい」

「ラルストンは、家に帰る三十分前に、おれと電話で話をした。そのとき、彼はゴールデン通りにいた。現場からはだいぶ離れている。いつ彼女が……」私は深呼吸した。「いつ彼女が死んだのかはわからないが、ラルストンがあれから三十分以内に家に帰るのは不可能だ」

「本当にその場所から電話をかけたとしたら、の話だよ」

また沈黙が続いた。ヘネシーの立場なら、私も同じことをいっただろう。

「悪い知らせですまなかった」彼はいった。

「まあ、そういうもんだ。とにかく、ありがとう」

「いつかビールでも呑もうじゃないか」だが、私はデニスのことを考えていて、ヘネシーの言葉はほとんど聞いていなかった。

教えてもらえないだろうとは思ったが、念のために訊いてみた。「死亡時刻は割り出せたんだろうか」

「もう少しかかりそうだ。まだ現場には人がいて、しばらく帰れそうもないらしい」

「死因はわかったか？」

「まだはっきりしないらしいが……」

そのあと、昔のよしみで教えてくれた。「……どうやら、窒息死らしい」

12

ラルストン家の近所には自動車が何台も停まっていた。よくないことが起こった場所ではいつも見かける光景だった。パトロール・カーが二台、普通の車両が何台かあった。緑色のシボレーが一台目に入ったが、それはウィリー・パクストンという検視官補の車だった。ラルストンの古いフォード・フェアレーンもある。だが、報道関係者がきている様子はない。頭の足りないテレビ局の連中はこの事件を取り上げないことにしたらしく、通行の邪魔になるケーブルや、カメラや、髪をブローしてきたばかりの女レポーターの姿はなかった。チェリー・ヒルズで起こった殺人なら真夜中でも飛んでくるだろうが、これは取るに足りない事件なのだ。ジーンズ姿のみすぼらしい男が二人いた。どちらも知っている顔で、一人は《デンヴァー・ポスト》の記者、もう一人は《ロッキー・マウンテン・ニュース》の記者だった。そして、一般人も集まってきている。こんな時刻なのに、噂はもう広まっているようだ。二十数人の隣人が現場を遠巻きにし、向かいの家の屋根では子供たちが横並びにすわって見物していた。

歩道で、若い制服警官に呼び止められた。「ここからは立ち入り禁止です」

「ホワイトサイドはいるか？」

「今、手が離せません。情報提供ですか？」

「そんなところだ。ジェーンウェイという者だが」

その警官は別の警官を呼んだ。そちらは知っている男だった。「中に入って、ジェーンウェイが会いにきたとホワイトサイド刑事に伝えてくれ。手が空いたときでいいから、話がしたい」

私は待った。

数分後、その警官が出てきて、ポーチのところで手招きした。最初の警官はうなずき、門を開けて扉を手で押さえた。ポーチのところで、二番目の警官がいった。「こういうときの慣例は知ってると思いますが、決まりですからいっておきます──現場には手を触れないでください」驚いたことに、私はすぐ居間に通され、作業の邪魔にならないところで椅子にすわっていた。

部屋の様子はすっかり違って見えた──ほんの数日前の、友情が芽生えかけたころにマイクやデニスと会った場所とはとても思えなかった。今は無情な白いストロボの光に照らされ、部屋の隅やひび割れをほじくり返す男たちの事務的な声が響きわたっていた。開いた戸口をホワイトサイドが通りかかり、私に目で挨拶をしてから、ベッドのまわりに集まった捜査員たちの中に入っていった。先入観を捨て、最高の結果を期待することにした。ホワイトサイドには前から腕のいい警官という印象があった。検挙率はたぶん私と同じくらい高く、だからこそ私たちはたがいにあまり好意を抱いていなかった。彼がこちらにきたのは五年前で、東部の街のどこかの部署では優秀な人材として知られていた、というのが売り物だったが、一日目から私は見かけ倒しだと思っていた。ある意味で、アーチャーに似ている。いわば警官のバッジがピュリッツァー賞で、それがあるために下々の者を見下しているのだ。何年も前にヘネシーにいった言葉を、私は今でもはっきり憶えている。

「あいつはきっと、夜もパジャマにバッジをつけて寝るんだぜ」

しばらくすると、彼は奥の部屋から出てきた。「まったく、ジェーンウェイ、こんなところであんたに会うことになろうとはな」ホワイトサイドは、私がすわっている椅子に覆いかぶさるように立ったが、これはお馴染みの尋問テクニックなので、威圧されることはなかった。彼の影の一番深いところから見上げると、背後の明かりと天井の照明を受けて、その顔は黒々と浮かび上がっていた。「さて、話とやらを聞こうじゃないか」私は、ラルストンがその日一日、古本探しをしていたことを話した。ホワイトサイドも忙しいだろうから、私が知っていることをかいつまんで手短に伝えた。「ラルストンから電話がかかってきたのが夜の九時だ」最後に、私はいった。「まだゴールデンにいて、本を一冊見つけた、といっていた」次に何を訊かれるか、だいたい予想がついた。そして、思っていたとおりの質問がきた。「どんな本を見つけたんだ」私が答えると、ホワイトサイドはいかにも彼らしいことをいった。「じゃあ、まだ車にその本があるはずだ」そして、制服警官を呼び、アーウィン・ショーとかいう作家の本がラルストンの車にあるかどうか見てこい、と命じた。

私は自分が出したカードに自信を持っていた。本は絶対にある。ゴールデンの店とも簡単に結びつけることができるはずだ。運がよければ、日付と時刻が入ったレシートも見つかるだろうし、本の背には値札がついている。その値札に刷り込まれたカラーコードを見れば、店頭に並んだ時期もだいたいわかる。その手の店は週単位で値札を色分けしている。確定的な証拠ではないが、ラルストンが嘘をついていないという小さな裏づけにはなるだろう。

これまではホワイトサイドに主導権を握らせていたが、やり方を変えることにして、私はいった。「ラルストンはどこだ?」ホワイトサイドは光の下を離れ、自分の顔を闇に隠して私の顔を見た。

「おれがいいと思う場所にいてもらっている」

「そうか、わかった」私は怒らずにいった。

「ラルストンとはどんな関係なんだ。本を探してもらって買い取るという関係は別にして、どういう付き合いだ」

「友だちだよ」

「そりゃいい。これからあいつに必要なものは、その友だちだ」

怒りが煮えたぎってくるのがわかったが、私は我慢した。物音が聞こえ、さっきの制服警官が本を持って戻ってきた。物干しロープにズボンを干す要領で、横にした鉛筆に開いたページをはさんでいる。見ると、カバーにはリサイクルショップの青い値札があり、ページの上からレシートの端が覗いていた。あんな持ち方をしてよくレシートが落ちなかったものだ。本の神さまに感謝したいくらいだった。

しばらく私は何もいわなかった。ホワイトサイドが自分で気がつくのがずっといいと思ったからだ。だが、いつまでたっても警官が本をぶらぶらさせているので、私はいった。

「そこに端っこが見えてるのはレシートじゃないのか」すると、ホワイトサイドはいった。

「袋に入れておけ」警官はレシートごとビニール袋に本を落とした。

「さて、わざわざきてもらって、すまなかったな。また訊きたいことがあったら、こちらから連絡する」

とげのある言い方で追い払おうとしているのはわかっていたが、理性のかたまりである私はうなずいて、こういった。「ところで、ラルストンに会いたいんだが」

ホワイトサイドは高慢ちきな顔で小さく笑った。いよいよ戦闘開始か、と思った。

「何かの容疑でラルストンを罪に問うつもりか？」

「それはこれからの状況次第だ。違うかね」

「まだはっきり決まっていないのなら、勾留する権利はないぞ」

「容疑者じゃなくても事情聴取はできるぞ」

「勾留するのなら、まず権利を読んで聞かせるんだな。あんたがいきり立っても、ラルストンには答える必要はない。おたがいそんなことは承知だろうが、ランディ」

彼のことをランディと呼んだのは生まれて初めてだった。交戦の意志がないことを告げるために、私は手を上げた。「いや、ラルストンなら事情聴取には応じるはずだ。きっと話す。だが、彼は細君を亡くしたばかりなんだ。落ち着くまでもう少し待ってやってもいいじゃないか。で、会いたいんだが、会えるか？」

「まずおれが話をしてからだ」

「じゃあ、あんたが話を聞くとき、おれも立ち会う、ということでどうだ。あんたがやんちゃなことをしなければ、おれもおとなしくしている」

「無理だな。そんな取引を持ちかけてくること自体あきれた話だよ。あんた、何年、警察にいたんだ」

嫌味がバッジをつけて歩いているようなものだ、と思ったが、私はいった。「ラルストンがやったんじゃないことはおれが保証する。気が動転してるだけなんだ。もっと気が動転するようなことをあんたが訊きはじめても、おれは何もいわない。おとなしくしてるよ」

「おまえの指図を受けるいわれはない」

「それはそのとおりだが、あんたが署に戻るまでに弁護士を差し向けることもできるんだぞ。そしたら、尋問もくそもない。ラルストンから話は聞けなくなる」

「ふざけるな」彼はいった。だが、しばらく考えていた。

「その場に立ち会うだけで、口出しはするなよ。いいな？」

「仰せのとおりにいたします」バスター・キートンのように無表情に、私はいった。

キッチンのテーブルに移動し、捜査員の作業を見守った。これだけの人が入るには、この家は小さすぎるようだ。寝室を覗いたとき、胸が潰れるような悲しみに襲われた。寝室では、ウィリー・パクストンが、私の知っている女性、やはり検視局からきたジョーン・マーティンスンと話をしていた。ベッドの端からだらんと垂れたデニスの腕が見えた。断腸の思い、というやつだった。くそ、誰がやったんだ、と心の中で毒づいた。こんなことをやるのは馬鹿だ。たぶんこのあたりのろくでなしの仕業だろう。小遣い稼ぎでやったのだ。こんな事件は何度も起こっている。家に帰ったとき、空き巣と鉢合わせして、凶行の犠牲になる。急に私は心の中で刑事に戻っていた。

寝室からパクストンが出てきた。マーティンスンもすぐあとに続いていた。

「やあ、クリフ」二人はほとんど同時に挨拶の言葉を口にした。「調子はどうだ?」

「よかったり悪かったりだな」今は悪くなる一方だったが、何もいわなかった。世間話をしているうちに、ホワイトサイドがキッチンを出て寝室に入っていった。そのときを狙い、私は声を低くして尋ねた。「それで、死因はなんだったんだ?」

「枕を押しつけられたことによる窒息だな」パクストンがいった。「そのうちにもっと詳しいことがわかるだろうが、今のところはそういった感じだ」

「死んだのは何時ごろだろう」

「さあ、それはまだちょっとわからないが、五時から七時のあいだ、といったところかな」

「つまり、七時以降じゃないわけだ」

「そう、それは考えにくい。われわれが到着したときには、もう死後硬直が始まってたよ」

ジョーンがパクストンを見て、いった。「二人とも、古い付き合いなのはわかるし、クリフ、あなたのことも気に入ってるけど、でもね、ウィリー、あなたちょっと不謹慎よ。しゃべりすぎじゃない？」

「どうせ報告書に載ることだ」パクストンはいった。

「じゃあ、クリフにも報告書が出たときに読んでもらえばいいわ。みんなと同じように」

私は二人に向かってうなずきかけた。「そうだな。おれが余計なことを訊いたおかげで、ウィリー、あんたが責められちゃかわいそうだ。とにかく、助かったよ」

夜の七時でも外はまだ明るい。仕事先から帰ってくる勤め人も通りを歩いている。それなら犯人を目撃した者がいるかもしれないし、ホワイトサイドはすでに目撃者を確保しているのかもしれない。

あとは待つしかなかった。現場での警察の仕事は長時間かかることもある。しかも、別に急がなければならない仕事でもない。私はラルストンのことを考えた。焦熱地獄に閉じ込められて、一人で苦しんでいるラルストン。これからも地獄の日々は続くだろう。私にできるのは、なるべく苦しまないでその最初の数時間を過ごせるように気を配ることだけだった。

しばらくすると、二人の係員が担架を寝室に運び込み、死体の搬出が始まった。一番見たくない場面だったが——ただの死体ではない、友だちの亡骸《なきがら》なのだ——しかし、私は立ち上がり、その場から動かず、寝室のほうに目をやった。あれはもうデニスではない。デニスはいなくなり、抜け殻だけが残っているのだ。パクストンが死体搬出の指揮をとっていた。発見されたときのまま、腕の位置を動かさないように、指示を出している。ジョーンに何かいわれたのを受けて、パクストンはベッドを見ると、鉗子状の細長い器具を取り出し、ベッドの上掛けをめくった。彼はいった。「おい、ホワイトサイド、死体の下に何かあるぞ」そして、同じ器具を使い、シーツのしわのあいだから紙幣のようなものをつまみ上げた。私は目がいいので、離れていても、紙幣にフランクリンの顔が印刷されているのがはっきり見えた。百ドル札だ。

ビニール袋を持ってホワイトサイドがやってきた。パクストンは器具を差し出し、袋に紙幣を落とした。そのとき、ジョーンがいった。「もう一枚あるわ」パクストンは慎重にまたそれをシーツのあいだから抜き取った。

「ほら、まだある」ジョーンはいった。

「この夫婦は貧しいはずだが」ホワイトサイドがいった。「細君は何か内職をしていたようだな」

私は椅子のそばを離れないように踏ん張っていた。その瞬間、ホワイトサイドに激しい憎しみを感じたが、ほかの紙幣が回収されるのをじっと見ていた。死体の運び出しが終わると、現場の点検が始まる。ベッドには掃除機がかけられ、繊維や髪の毛が吸い出された。ベッドのまわりの床を調べると、小さな敷物にも掃除機がかけられた。やがて、腕時計を見て、ホワイトサイドはいった。「よし、これからラルストンを署に連れていって話を聞くことにする」

彼に続いて、私も庭に出た。

「向こうで落ち合おう」いまいましそうにホワイトサイドはいった。「道はわかるな?」

「迷ったら人に訊くよ」

「おれの好意で事情聴取に立ち会えるんだ。そのことを忘れるんじゃないぞ。さっき自分でいったように、口出しはするな。わかったな」

ホワイトサイドの仕事ぶりを見るのは初めてだったが、これまではたいして高い評価もしていなかった。もしも私が彼の立場にあり、彼が私の立場にあったら、事情聴取に立ち会うことは絶対に許さなかっただろう。その前に現場を見せることもなかったはずだ。弁護士を呼ぶといわれても、私なら突っぱねたに違いない。こちらの言い分が通ったのには理由がある。明らかにホワイトサイドには何か目論見があるのだ。私をうまくあしらう自信があるのか、もっといえば私に恥をかかせてやろうと思っているのか、私が立ち会えばラルストンの自白を引き出して数時間で事件の幕引きができると踏んでいるのか、とにかく誘惑に抗しきれなかったのだろう。そんな警官もいないわけではない。知り合いのレポーターにいわせれば、ジャーナリズムの世界にも似たような連中がいるらしい。どちらの記事が一面を飾るかで競い合う大物記者と、誰よりも早く事件を解決したがる警官。同じ穴の狢《むじな》だ。私がいなくなった今、ホワイトサイドは誰と競い合っているのだろう。

署に着いて通された部屋には、尋問ではなく、事情聴取に適した雰囲気があった。私は隅にすわり、ラルストンとホワイトサイドは机をはさんで向かい合った。ホワイトサイドがコーヒーを勧めたが、ラルストンの反応はなかった。私はまたハロルド・ウォーターズの事件を思い出した。背筋が寒くなるほど状況が似ていた。ウォーターズは大男の黒人。その細君はしっかりした性格の女性で、ウォーターズは彼女を生き甲斐にしていた。ホワイトサイドをちらりと見た瞬間、まるで猛獣を目にしたような気がした。

速記者がきて、ラルストンのすぐうしろで部屋の隅にすわった。「この会話はテープに録音している。速記も録ることになっている」私を一瞥して、ホワイトサイドはいった。「今、部屋に入ってきた青年はジェイ・ホルトという名前で、これからわれわれが口にする言葉をすべて書き取ってくれる。それが通常の手続きだ」

ラルストンは湿った目で部屋を見まわした。そのとき、私と目が合った。私は、これで勇気づけることができればいいが、と思いながら、大きくうなずいて見せた。ラルストンは私の名前を口にした。「ジェーンウェイ」最初にそういってから、こう続けた。「おい、ジェーンウェイじゃないか」そして、また涙を流しはじめた。ホワイトサイドがいった。

「私と話をしてください。ジェーンウェイさんとは話さないように」そのあと、事情聴取という名目の尋問が始まった。

最初は決まり切った質問から始まった。記録のために名前と住所を述べてください。きのうの昼から夜にかけてどこにいたか話してください。奥さんと最後に話したのはいつですか。家に帰ったのは何時ですか。何かトラブルに巻き込まれたような話は聞いていませんか。家のまわりで不審な人物を見かけませんでしたか。しばらくそんな質問が続き、ラルストンはぽつりぽつりと返事をしていた。二度ほど泣き崩れることがあり、そのたびにホワイトサイドは婦人警官を呼んで水を運ばせた。

ホワイトサイドは経済状態を尋ねた。震える声で、ラルストンは、生活が苦しかったこと、ほとんどその日暮らしだったことを話した。

そのとき、ホワイトサイドはいった。「現場で千百ドル見つかりましたよ、ラルストンさん。どういうお金か説明できますか？」

「そんなことありえません」

「なるほど。奥さんが日記をつけていたのはご存じですか」

ラルストンはうなずいた。

「声に出して答えてください」

「知っています」

「何が書いてあるか知っていましたか」

今度もホワイトサイドは質問を繰り返さなければならなかった。いいえ、読んだことはありません、とラルストンは答えた。

「日記はドレッサーにそのまま置いてありましたが、いつもそこにあったんですか」

ラルストンはうなずいてから、改めて言葉にした。「そうです」

「普通のノートで、すぐ見えるところにありました」ホワイトサイドはいった。「鍵のかかる場所に置いてあったわけでもなければ、日記帳そのものに鍵がついていたわけでもない。それなのに覗いてみようとは思いませんでしたか」

ラルストンは、意味のない質問をされたように、訳のわからない顔をしていた。

「一度も読んだことがない、というんですか。一緒に暮らしていて、一度も読んだことがない、と」

ラルストンはうなずいた。「そんなことをするのは……」

「そんなことをするのは？」

「よくないと思ったんです」

「よくない」ホワイトサイドはいった。「そうですか。まあ、信じましょう。あなたは一度も奥さんの日記を見たことがない。思いもよらないことなので、覗いてみようという気持ちにさえならなかった、とおっしゃるわけですね。二人で暮らしていて、どんなことが起ころうと、日記を読むことなど考えられない。そんなことは絶対にしていない。そうですね、ラルストンさん」

「そうです」

「そうですか」ホワイトサイドはうなずいた。「だからあなたは奥さんが日記に何を書いたかご存じないわけだ」

ホワイトサイドは立ち上がり、机の向こう側まで歩いて、椅子を引き出し、ラルストンのすぐそばにすわった。「二日前の日記には、寝室で亡くなった老婦人が、臨終のときにあなたがたに贈り物をしたことが書かれていました。とても珍しい本で、ジェーンウェイさんによれば何万ドルもの値打ちがあるという。ここまでは間違いないですね」

「デニスが望んでいたのは……」

ホワイトサイドは待った。ラルストンはまた言葉に詰まり、涙を拭った。

「奥さんが望んでいたのはなんだったんですか、ラルストンさん。何が望みだったんでしょう」

「あの老婦人の願いを聞くことが、デニスの望みでした」

「つまり、ほかの本を探すこと、ですね」

「そうです」

「しかし、あなたはそうしたくなかった。違いますか？　あなたはお金が欲しかった。それで奥さんと口論になった。そうですね」

「口論なんかしたことはありません。一度もないんです」

「じゃあ、これはどういうことでしょう。奥さんは日記にこう書いていますよ」ホワイトサイドはポケットから手帳を取り出した。「〝マイケルはお金が欲しいという。意見が食い違ったのは初めて。でも、こうするのが一番だとあの人もわかってくれるはず〟。さあ、どう解釈します？」

ラルストンは首を振った。「でも、口論とは違う」

「しかし、それがきっかけだったことも考えられる。最初はただの意見の食い違いで、それがだんだん大きくなっていったのかもしれない。わかりますよ。私だって家内とはしょっちゅう意見が食い違う。ときには腹がたって、顔に枕を押しつけてやりたいと思うこともある」

「おい、ちょっと待て」私はいった。「なんだ、その言い草は」

ホワイトサイドは椅子にすわったまま私のほうを向いた。「これ以上何かいったら出ていってもらうぞ」そして、またラルストンのほうに向き直った。「そういうことがあったんでしょう。違いますか？」

「答えなくていいぞ、マイク」

ラルストンは恐怖にすくんだ顔をしていた。

「最初はそんなつもりじゃなかったんでしょう。よくわかりますよ」ホワイトサイドは続けた。「あなたは大柄で、力も強い。つい手が出たら、途中でやめるのは難しい」

「もう何もしゃべるな、マイク。こいつには情けというものがない。あんたをぼこぼこに叩こうとしているだけだ。どんな証言をしてもねじ曲げられる。こいつは人でなしの悪徳警官だ」

ホワイトサイドは椅子から跳び上がり、私の腕をつかんだ。「警告はしたはずだ。出て行け。それとも、一晩、留置所に泊まるか。さあ、早くしろ。弁護士を呼びたければ呼べ」

私は手を振り払った。「二度とおれに触るな。触ったら叩きのめしてやる」

「口ばっかりのくせに」

「じゃあ、やってみるか」私は速記者を見た。「ちゃんと書いてるか、ジェイ。ホワイトサイド刑事は勝手に人を容疑者にしている。おまけに、容疑者の権利を読み上げようともしない。ちゃんと記録に残しておいてくれ」

「このくそが。出て行け」ホワイトサイドはいった。

「速記録ができたら見せてくれ。〝くそ〟までちゃんと書いてあるかどうか確かめたい」

「公務執行妨害だぞ、ジェーンウェイ。五秒やる。そのあいだに出て行け」

「おまえさんは公務のなんたるかを知らないようだから、おちんちんに針の先で公務と刻んでおいてやろうか」

「ジェイ、マシューズを呼んできてくれ」

「どうする気だ。特攻野郎Aチームでも呼ぶか。まあいい。そこまですることはない。出て行ってやるよ。だが、おとなしく出て行くわけじゃないぞ。ニューヨークの鬼弁護士を連れて戻ってくる。その弁護士にかかったら、おまえなんか乾いた牛の糞になって、燃料代わりに燃やされるだろう。いいか、マイク。この小便小僧に何をいわれても、絶対にしゃべるなよ。ちゃんと書いてるか、ジェイ。正確に記録しておけよ。こいつは容疑者の権利を読み上げなかった。はっきり書いておいてくれ。ランディ・ホワイトサイド、別名、糞袋玉太郎はラルストン夫人の日記に二度と手をつけてはいけない」

私は椅子を蹴り、速記者を指さした。「糞という字は書けるか、ジェイ。ちゃんと書かないと、今度はおまえが糞袋と呼ばれるようになるぞ」続いて、啞然としているホワイトサイドに顔をくっつけた。「ここに何が入っているかわかるかね、糞袋くん」私はポケットを叩いた。「ここには、これまでの会話を録音したテープが入ってるんだ」

私はホワイトサイドを押しのけた。ラルストンは、信じられないものでも見たように目を丸くしていた。少なくとも外界への関心を取り戻したらしい。出口に向かいながら、私はラルストンを見おろした。「いいか、マイク。どんな書類を見せられても、絶対にサインはするな。何をいわれても黙ってろ」

外に出て、ドアを叩きつけた。ハロルド・ウォーターズの生き霊も私と一緒に外に出てきた。

屋外に出ると、私は深呼吸をひとつして、まるでそこに本当にテープがあるように、ポケットを軽く叩いた。

13

私の友だち、ロバート・モーゼズは、代々ニューヨークで弁護士をやっている家系の出身だった。ラガーディア市長の時代にニューヨークの公園を改革した有能な官吏、ロバート・モーゼズにちなんでつけられた名前だが、デンヴァーに移り住んでもう何年にもなる。私は、オートバイ警官をやっていたときに彼と知り合った。いつでも目覚めたばかりのような潑剌としたしゃべり方をする男で、夜中に叩き起こしても闘志満々だった。

「なぜすぐに呼んでくれなかったんだ。きみの友だちを尋問する話が出たときに、電話をかけてくるべきだったな」

「あとになってどうこういうのがあんたの悪い癖だよ」

「笑い事じゃないぞ、クリフ。頼むから弁護士のまねをするのはやめてくれ。どうせあんたに勝ち目はない。運がよかったとは思わないのか。留置所にぶち込まれてもおかしくない状況だったんだぞ」

それはわかっていた、と私は答えた。一悶着起こる前から、そのことは考えていたのだ。しかし、何年も警察のめしを食ってきた私は、ホワイトサイドがただの事情聴取以上のことをやりたがっていたのを知っていたし、その場に立ち会わなければラルストンに不利なことが行なわれるのもわかっていた。

「あんたはホワイトサイドとの約束を無視した。口出しはしないといっておいて、そのやり方はないだろう」

「相手がちゃんと事情聴取をやっていれば、口出しはしなかったよ。向こうのやり方はあれでよかったというのか？」

電話口でモーゼズは大きくため息をついた。「わかったよ。すぐ警察に行って、様子を見てくる。運がよければ、あんたの友だちと一緒に帰ってこられるだろう」

一時間後、署から電話があった。モーゼズが着く前に、ラルストンは釈放されていたという。今のところ罪に問われることはなさそうだ。動機があるというだけで、人を裁くことはできない。ただし、警察はその動機を重視していた。ラルストンのように波瀾万丈の生活を送ってきた者にとって、二万五千ドルが大金であることに変わりはない。

「現場付近で不審者を見た者がいないか、聞き込みはやったんだろうか」

「そこまでは教えてもらえなかったが、聞き込みをやっても収穫はなかったと考えるのが順当なところだろうね」

「それは、誰も見ていなかったし、誰も聞いていなかったというだけのことだ。見たり聞いたりしていても、警察にしゃべる気はない、ということだろう。目撃者はいたのに、警察が見つけられなかったという可能性もある。どっちにしても、不審者捜しをやめる口実にはなるな」

「警察は、ラルストンがギャンブルや女遊びをするために金を欲しがっていた、と考えている。細君が意見を変えなかったので、ラルストンは暴走した。正直にいって、ラルストンのように金に困っているまだ若い男、それなりの過去のある男が、ごく平凡な年上の女に惚れて結婚生活に入るとは、ホワイトサイドも信じられないらしい。醜い関係、という言葉をホワイトサイドは使ったな」

「おれの前でそんなことをいったんなら、ただじゃおかないよ」

「そういうことになったら、にっこり笑って、ホワイトサイドの麗しい顔を見つめながら、ありがとうございます、刑事さん、とでもいっておくことだ。弁護士からの忠告だよ」

私は車でグローブヴィルに戻った。前に縁石のところで見かけたラルストンの車はなくなっていた。通りは暗闇に包まれ、静まりかえっている。私はポーチに上がり、ドアを叩いた。返事はなかった。庭にまわって、ラルストンはどこにいるのだろう、と思いながら、しばらく突っ立っていた。最後にようやく気がついたが、ラルストンの行方を捜そうにも、付き合いが浅すぎて、私には手がかり一つないのだった。

帰ろうとしたとき、隣の家のポーチで人影が動くのが見えた。続いて、火のついた煙草がオレンジ色の線を描くのが目に入った。

私はフェンスに近づき、声をかけた。

「なんだよ」ぶっきらぼうな返事があった。黒人だ。子供ではない。もっと年を食っている。

「マイクとは知り合いか？」

「ああ、知ってるよ」

「どこに行ったかわかるだろうか」

「まあな。あんた、誰だ。何しにきた」

「マイクの友だちのジェーンウェイという者だ。彼の力になりたいと思ってね」

「そりゃ無理だろうな。誰も力にはなれないよ」

私が返事をする前に、男は続けた。「あいつは血を流してるんだ。体じゅうの毛穴から血が出てるんだ。ひどいことになったもんだ」

「そうだな。デニスは立派な人だった。深い付き合いはなかったが、いい人だと思ったよ」

男は何もいわなかった。

「二人のこと、よく知ってるのか？」私はいった。

「あんたと同じくらいだろう。長い付き合いじゃないが、深く付き合う気もなかった。あの二人はまだここにきてそんなに長くないし、このあたりじゃ人のことには誰も首を突っ込まないようにしてるからな」

「警察が話を聞きにきただろう」

「ああ。みんなから話を聞いてったよ」

「あんたは何か見たかい？」

「なんにも見てないよ。昼からずっと寝てたんだ。救世軍の軍楽隊が行進してってもわからなかっただろうな」

一瞬、間があった。「おれは夜、仕事をして、昼に寝るんだ。今日は非番でね」

「それじゃあ、ラルストンがどこへ行ったか、心当たりはないか？　できることなら、助けてやりたいんだ」

「だったら、車を飛ばして追いかけたほうがいいぞ。マイクはここから出て行ったんだ。ラスヴェガスに行ったんだよ」

BOOK Ⅱ
ボルティモア

14

夜明けの直前の淡い光を受けて、イースタン・アヴェニューは南軍兵士の軍服の色に染まり、南軍が消滅したように人影もなかった。そのブロックを占領しているトレッドウェル書店は煉瓦の要塞のようだった。屋根がついたタイル張りの玄関や、鉛組みのステンドグラスが入った玄関の扉などを見ると、昔はさぞ立派な建物だったに違いないと想像がつく。今、タイルはひび割れて剝がれ落ち、扉の細かいガラスは釣り合いの取れない粗悪なものに置き換えられている。まず〈本〉という看板が目に入り、玄関に近づくと、同じようにペンキが剝げかけている色褪せた看板がドアにかけてあった。〈営業時間　午前十時～午後六時　年中無休〉。まだ四時間以上も時間を潰さなければならない。

透明な窓を一つ見つけ、手をかざして中を覗いたが、よく見えなかった。正面のレジ・カウンターが輪郭だけぼんやり浮かび上がっている。今にも倒れそうな本棚は、廉価本コーナーらしく、〈一冊一ドル〉の貼り紙がついている。そして、ドアのすぐ内側には、ブックフェアの開催を知らせるポスターが一枚貼ってあった。ウィルミントンでは来週、ワシントンでは来月、ボルティモアでは晩夏に図書展が開かれるらしい。まともな本が並んだ書棚は奥の闇の中に黒々と折り重なっていた。

私はサウス・ブロードウェイまで戻り、湾に向かって歩いていった。こんな早朝でも営業しているカフェを探したが、見つかったのは市場の向かいにある薄汚い店だけだった。さすがに市場はもう目を覚まそうとしている。私は朝食を注文し、隣の空いた席に手つかずのまま置いてあった《ボルティモア・サン》を読みながらコーヒーを飲んだ。体の芯に疲れが残っていた。睡眠不足が続いていた上に、デンヴァーから夜の便でこちらにきたのがこたえたらしい。マウンテン・タイムとイースタン・タイムの時差が二時間ある。トレッドウェル書店からそれほど離れていないホテルにチェックインしたときには真夜中を過ぎていた。ここ数日の出来事が頭の中で渦を巻いていたが、どうにか四時間近く眠ることができて、夜が明ける前に外に出た。

傷ついたレコードのように、ウィリー・パクストンの言葉が繰り返し再生されて耳を離れなかった。枕を押しつけられたことによる窒息……枕を押しつけられたことによる窒息……枕を押しつけられたことによる窒息……。

ラルストンの絶望が手に取るようにわかり、私自身の絶望も感じた。

こんなときにどうすればいいのか、私はいつも迷う。もしもラルストンが本当にラスヴェガスに行ったのなら、見つけるのは難しくないだろう。ああいった人間はとにかく目立つのだ。ラルストンがヴェガスに馴染むのを待って捜しに行けばいい。

だが、デニスは別の問題だ。ホワイトサイドが犯人を見つけられなかったら――たぶんそうなると思うが――私が捜査に乗り出してもいい。警察で一騒動起こしたばかりで、当局の協力など期待できない元刑事がそんなことをいうのは、大胆すぎるかもしれない。しかも、最初の直感――ただの空き巣が帰宅したデニスと鉢合わせして凶行に及んだという直感が正しければ、難しい捜査になることは目に見えていた。被害者と面識のない、住所不定の素人の犯行だとしたらどうなるのか。たとえ大都会の警察が全力で捜査したとしても、そんな事件はほとんど解決できない。指紋があっても犯人に前歴がなければそれで終わりだ。

犯人は列車に飛び乗り、あしたになればピッツバーグあたりに出没するかもしれない。ひょっとしたら、どこにも行かないで、目と鼻の先にいるかもしれないが、それでも絶対に見つからないのだ。

現役の警官に手助けをしてもらえる見込みはなかった。警官の結束は固い。ホワイトサイドに楯突いたことが広まったら、誰にも相手にされなくなるだろう。

だが、デニスの事件の二日後、私はラルストン家の近所を歩き、一軒一軒聞き込みをして、出会った隣人から話を聞いた。現役時代に気がついたことだが、二日ほど時間をあけて聞き込みをすると、意外に収穫のあることが多い。二日あれば噂は充分に広まるし、表に出る気のなかった目撃者もいぶし出されて、新しい事実に光が当たる。時間がたてばたつだけ犯人の痕跡が薄くなるという説があるのは理解しているし、それはだいたい正しい。だが、同じ場所を歩き、同じ目撃者の話を聞いているのに、四十八時間たつと、なぜか新事実が出てきた、という体験を私は何度かしている。ラルストン家から三軒離れた家で、私は十二歳ほどの少年に会った。その少年は、暗くなる少し前に、ラルストンの家から男が一人出てくるのを見たという。記憶は曖昧だが、二つだけはっきり憶えていることがあった。一つは、男がとてもあわてていたこと。もう一つは、男が白人だったこと。

土曜日の夜、また二日間悩んだ末に、私はホワイトサイドに電話をかけ、その少年の名前と住所を留守番電話に残した。

こうして週末は去っていった。月曜日、予約して料金も払っていたので、私はボルティモア行きの便に乗った。

しばらく歩くと狭い公園があったので、ベンチに寝そべって一時間ほど睡眠を取った。十時になると、トレッドウェル書店に戻ることにした。開店直後は避け、できるだけ目立たないように、時間を見計らって行ったつもりだったが、まだ〈閉店〉の札が出たままで、店は暗かった。トレッドウェル書店の職業倫理のいいかげんさを嘆きながら、あとしばらく待つことにした。

通りの角に近い別のカフェで待っていると、一人の若い女が早足で近づいてくるのが窓から見えた。あの電話の声がそのまま人間になって現われたようなものだった。二十代後半の女で、髪は漂白したブロンド、肌に密着したレザーのパンツをはき、地元の野球チームの名前が真っ赤な文字でプリントされている、破廉恥なほど薄いTシャツを着ていた。歩きながら揺れているノーブラの胸を見れば、ボルティモア・オリオールズの得点は○対○だった。

私はもう一杯コーヒーを飲み、女が開店の準備をして、どんなものかは知らないが、仕事に取りかかるのを待った。そのあと、ぶらぶら歩いて店に入った。

「いらっしゃい」女はいった。「探し物があったら手伝うわよ」

真正面に女の胸があり、ぜひ手伝ってくれといいたくなったが、私は首を振った。「いや、結構。ちょっと見てまわりたいだけだから」すぐに女は仕事ともいえない仕事に戻り、私の存在を頭から締め出した。私は店の奥に入っていった。ほこりだらけでみすぼらしいが、やたらと広い店。あの日、電話で話を聞いたときに思い浮かべたイメージそのままだった。一階の正面の部屋には、遠い昔に誰かが本の分類に取りかかろうとした痕跡が残っていた。少なくとも、棚は分野や種類別に仕切られている。おそらく、その誰かは二世代ほど前に死に、代々の書店関係者と一緒にトレッドウェル家の墓に埋葬されていることだろう。〈初版〉と記されたコーナーもあったが、文学書の初版の意味なら、何年も前からすでに有名無実になっているようだった。三十年代の通俗科学解説書に混じって、たしかにマーシャ・ダヴェンポートのモーツァルト伝や、カザンザキスの『その男ゾルバ』のニューヨーク版の初版はあったが、どちらもぼろぼろで、カバーなどは面影もなかった。

暗い書棚を見てまわりながら、二階にあがり、三階にあがった。本を探しているふりをしていたが、店の感じをつかむのが本当の目的だった。棚のあいだには、かなり間隔を置いて電灯がぶら下がっていたが、どのフロアにも向かい合った壁に大きな窓があり、そこから外の光が入ってきていた。歩くと、床はきしんだ。どこへ行っても黴やほこりの臭いがついてまわった。

ゆっくり階段をおり、さっきのブロンドが砦を築いている部屋に戻った。そして、書架のうしろから、仕事をしている女の様子をうかがった。仕事といっても仕入れた本の分類がほとんどで、売れそうな本を抜き出し、そうでない本はあとで店主がきたときに見てもらうため別の山に分けている。といっても、店主が屑本を選り分けるほど仕事熱心かどうかはわからなかった。客は一人もこないし、電話も鳴らず、宝物を売ろうと行列している人の姿もなかった。だが、火曜日の朝は、どの街のどの本屋でも商売にならないのだ。私は、運動をして血の巡りをよくするためだけに棚のあいだを歩きつづけた。床のきしむところは避けて通った。あの女性店員が私のことを忘れているのなら、わざわざ思い出させてやることもない。

やがて、客が数人やってきた。売れた本が一冊、買い取った本が二冊。買い取る本が売れる本より多いのは、この商売の宿命だった。珍しいことではない。

正午前にディーンがやってきた。

大きな男で、熊のような巨体に、もじゃもじゃの赤いあごひげを蓄えている。一目見ただけでは、その性格はつかめなかった。親しみやすいのか、高圧的なのか、あるいはその中間なのか。人の話を聞いて私が作り上げたディーン・トレッドウェルの肖像には、何かが欠けていた。電話で声を聞いても、その欠けた部分は埋まらなかった。もう一度、ディーンの顔を見て、それが何か、わかったような気がした。ディーンは役者なのだ。誰にも自分の本性を見せないカメレオンなのだ。

　ディーンは店員のブロンドに挨拶の言葉をかけなかった。女はディーンなどいないかのようにカウンターで作業を続けた。ディーンは店の棚をながめ、部屋の奥までずらりと並んでいるほこりだらけの本に批判めいた目を向けていた。出し抜けに彼はいった。「おい、ポーラ、少しは店の掃除でもしたらどうだ。はたきでもかけたら、たまには本が売れるかもしれんぞ」

「どこから手をつければいいかわからないわ」

「まずこの本をみんな外に放り出すことだな」

　ディーンはカウンターのうしろにまわり、領収書を一枚見て、女性店員が買った本に目を向けた。『ガールスカウトのオナニー読本』題名を読んで、彼は続けた。「これは冗談か？」

「あなたが好きそうだと思ったのよ」にやにや笑いながら、女はいった。

　ディーンはぱらぱら本をめくり、三つ折りのイラスト・ページらしいものを広げた。

「こんな本にいくら払ったんだ」

「一ドル五十セント。気に入らないなら、あたしがもらっとくわ」

だが、ディーンは本を持って去っていった。そして、店の奥にある専用の事務室らしい部屋に姿を消した。

四十分ほどたってから、カールがやってきた。ブロンド女は一瞬のうちに態度を変えた。全身に緊張がみなぎり、首を伸ばして、入口に近づいてくるカールをじっと見ている。私もそちらに目を向けた。外で立ち止まったカールのわきには、一緒に歩いてきたらしい男の連れがいた。これまで交わしていた秘密の話を打ち切るように、玄関の屋根の下で二人は抱き合った。予想どおり、カールはいかにも狡猾そうな男だった。連れの男はどう見ても犯罪組織の人間で、話の主導権はその男が握っていた。私のレーダーは、男のコートの下に拳銃が隠されているのを察知した。本当にやばい男なのだ。格好をつけているだけの相手なら、はったりをかませば逃げていくが、こいつは違う。警察にいたときの経験から、すぐにわかった。ブロンド女が警戒するのも無理はない。

話がすむと、二人は店に入ってきた。カールは奥の事務室に直行した。カポネ野郎はぶらぶらとカウンターに近づき、ブロンド女のおっぱいが覗ける位置に立った。女は顔を上げ、にっこり笑おうとした。「探し物があったら手伝うわよ」

男はカウンターに身を乗り出した。コートの前が開いた。「手伝うわよ、か」男はいった。「じゃあ訊くが、いったい何を手伝ってくれるんだ」

拳銃が見えたらしく、女は震え上がった。

「ほら、質問に答えろよ」

女は蒼白になった。私のいるところからでも、顔から血の気が引いてゆくのがわかった。

「本探しとか、そんなことです」

「ああ、本探しか」男はいった。「おれは本を探しているように見えるか？」

「見えません」

「見えません？　そうか、じゃあ、おれを見て、字が読めないいんじゃないかと思ってるんだな。違うか」

「はい、その、いえ、違います。そうじゃありません。字が読めないなんて、そんなこと」

「あんたは自分で何をいってるかわからないのか」

「すみません」

そのとき、女は相手の肩越しに目をやった。男はびくっとして、うしろを猫が通ったように、カウンターから振り返った。書架の向こうとこちらで目が合った。私は顔をそむけたが、遅かった。足音が近づいてくるのがわかった。私は深呼吸した。

「おい、おまえ」

私は振り返り、書架の先にいる男を見た。

「そうだ、おまえだよ。何を見てるんだ」

「何も」

「なんだと？　見えないのか、このおれが」

「あんたを見てたんじゃないよ」

男は二、三歩近づいてきた。私は胃のあたりが引き締まるのを感じた。戦闘開始か。

「じゃあ、おれが嘘をついたというのか」

「おれは本を見てたんだよ。たまたま目が合っただけだ」

「へえ、そうか、そうきたか」男は歌うようにいった。

「すまん」私はいった。「気に障ったのならあやまる」

「いい心がけだ。目は大事だぞ。盲導犬を連れて杖をつきながら歩きたくないだろう。わかったか？」

「わかったよ」

私の口調が気に入らなかったのか、男はもう一歩近づいてきた。

「ちっともわかってないようだな」

「わかってるよ」私はうわずった笑い声を上げ、相手に敬意を払いつつ、怯えているところを示そうとした。「ほんとにわかってるって」

私たちはにらみあった。そのまま続くとどっちに転ぶかわからなかったが、そのとき、奥の事務室からカールが出てきた。「おい、ダンティ」

男はかすかに頭を動かした。「今行くよ」

男は、私に向かって指を一本突き出し、くるりと背を向けると、カールと一緒に店の外に出て行った。

私は書架のうしろを離れた。ブロンド女は椅子にへたりこみ、自分がばらばらになって床に散らばるのを恐れるように、胸のところで腕を合わせていた。私を見ると、震える声で彼女はいった。「こんな仕事、辞めてやる」

「大丈夫か?」

「まさか。大丈夫じゃないわよ。あの男、見た? あの目、見たでしょ? あの拳銃、見たでしょ?」女はまばたきをした。「いったい、どうしちゃったのかしら」

「あいつは人を脅すのが好きなだけだ。相手が縮み上がるのを見て、快感を覚えるんだよ。人が何かいうと、因縁をつけて怒る。それしか芸のないやつだ」

「あの男のことじゃないわ。どうしちゃったのかしら、というのは、カールのことよ。あんなやつを連れてくるなんて」

「気になるなら、カールに訊いてみるんだな」そういってから、別れの挨拶に会釈をして、私は店を出た。ぐずぐずしていたら、ディーンが出てきて顔を見られる。

外に出ると、一分ほど立ち止まって態勢を整えた。暗いムードにつきまとわれながら通りを進み、さっきのカフェに入った。そして、トレッドウェル書店が見えるさっきと同じ窓際の席にすわった。軽い昼食を頼み、また気を引き締めた。ああいういじめっ子に出会って、尻尾を巻いて逃げ出したのは、小学生時代が最後だった。そのころ、私は一つの素晴らしい人生の指針を得た。先にまばたきをするな、脅しに屈するな、という指針だ。しかし、はるばるデンヴァーからやってきて、一日目からトレッドウェル書店で命に関わるいざこざに巻き込まれるとは因果なものだった。

命に関わる、というのは大袈裟ではない。ああいう男と一戦を交えるときには、本気でやらなければならない。そして、戦いが始まったら、手段を選んではいけない。

ダンティ。

いずれまた会うことになるだろう。

会いたくはなかったが、そんな予感がした。

サンドイッチを食べたあと、公衆電話でココ・ビュージャックと連絡を取ろうとした。ココは電話に出なかった。テーブルに戻り、本物のコーヒー、濃いブラック・コーヒーを飲んだ。睡眠不足にカフェイン抜きのインチキ・コーヒーは役に立たない。三杯飲んで、体調を点検した。そして、これなら大丈夫だ、と判断した。

昼過ぎになるとトレッドウェル書店も景気がよくなって、本を手にした客がひっきりなしに出入りするようになった。掘出し屋らしい男が一人、重そうにふくらんだ厚地のバックパックを背負って外に出てきた。そういった光景はどこも同じだった。

二時にディーンが現われた。通りに立って、しばらくじっとしていたが、やがて私がいる店のほうに近づいてきて、せかせかとブロードウェイを渡った。私はテーブルに三ドル置き、急いでそのあとを追った。

ディーンは数ブロックのあいだ北に歩き、ゴフ通りに入って西に進んだ。そのあたりはイタリアン・レストランやバーがあるにぎやかな一画だった。そのバーの一軒に彼は入った。私は外で待っていたが、さすがにつまらなくなったので、中に入り、入口のそばの暗がりで店内を見渡した。午後の客で混み合っていたが、ディーンの姿はどこにもなかった。もっと奥に進もうと歩き出した瞬間、私は足を止め、壁際に身を寄せた。すぐそばのテーブル席にすわっている男に見憶えがあったのだ。ここにいるはずのない男。しかも、その男は私の顔を知っている。静かにその場を離れながら、念のためにそっと覗いてみた。

その男はハル・アーチャーだった。

15

いつまでもドアのそばに立っているわけにはいかなかった。客がどんどん入ってくる。そこで、アーチャーのうしろのカウンターに近づいた。うまくいけば大勢の客に紛れることができるはずだった。最後に一つだけ残っていたスツールに腰かけたとき、トイレからディーンが現われ、アーチャーと同じテーブル席にすわった。二人は一時間ほど世間話をしていた。ディーンは六杯ほどビールを呑み、アーチャーは二杯のカクテルをゆっくり呑んでいた。一杯のビールをちびちび呑みながら見張っていた私は、不思議な取り合わせだ、とか、世間は狭い、などと考えていた。世間は狭い？　そんなことはない。この二人が知り合いだとすると、ますます怪しい雲行きになってくるわけだが、これが偶然だとはとても思えなかった。

先に帰ったのはアーチャーのほうだった。彼は立ち上がり、ディーンに何か言葉をかけて、トイレに入り、数分後、バーから出て行った。ディーンはまたビールを注文した。どうやら夜まで呑みつづけるつもりらしい。ディーンが酔っ払うのを見ているより、アーチャーを尾行したほうがよさそうだったので、私も外に出た。これからは用心をしなければならない。一度でもへまをしたら、尾行していることがばれてしまう。だが、考えてみれば、アーチャーに見つかっても、それほど困ることはないはずだった。この街にいられる時間は限られている。いつかは正体を明かさなければならない。

アーチャーがタクシーに乗り、私は一人取り残されて呆然とする、という展開を半ば予期していたが、今度も私は運がよかった。アーチャーは一度も振り返らずに歩きつづけた。五分後、彼はホテルに入った。続いてロビーに入ると、アーチャーはエレベーターに乗り込むところだった。エレベーターは十階で停まった。

さて、これからどうするか。

少なくともしばらく待ったほうがいい。新聞を手にしてロビーにすわって待つことだ。運がよければ、アーチャーがまたおりてくるまで、見とがめられることはないだろう。また私はついていた。一時間が過ぎて、フロント係が胡散臭そうな目をこちらに向けはじめたとき、エレベーターの扉が開いて、アーチャーが出てきた。

彼は着替えをして、黒っぽいイブニング・ジャケットに派手なタートルネックという格好になっていた。新聞越しに見ていると、彼はダイニング・ルームに入った。マーフィの法則まがいの格言が頭に浮かんだ。〝機械に物が詰まって動かなくなったら、無理にでも動かせ。もし壊れたら、それは交換する時期がきていたということだ〟。私はある奇策を思いついた。〝相手の領分にずかずか入り込むこと。本の話をずばり切り出すこと。鉄は熱いうちに打て。今すぐにやれ〟

アーチャーに続いて、私もダイニング・ルームに入った。このホテルは普通のメニューのほかに、ビュッフェ形式の食事も提供している。アーチャーはビュッフェを選んでいた。

私は、アーチャーの数人うしろで列に並んだ。

近かったので、会計のときアーチャーが部屋の番号を伝えるのが聞こえた。彼は部屋の隅のテーブルを選んだ。ピュリッツァー賞受賞者が寂しく一人で食事をしている。その栄光には誰も気がつかない。ピュリッツァー賞にはたしかに魅力があるが、付き合って楽しい相手ではないらしい。

私は二十ドル払って、アーチャーのほうに近づいていった。

「おや、アーチャーさん。こんなところで会うとは奇遇ですね」

彼は顔を上げた。「失礼だが、どなたでしょう」

そういいながら、ちゃんと知っているのだ。表情を見ればわかる。だが、私はいった。

「クリフ・ジェーンウェイです。リリー・ハクスリーの家のパーティで会ったじゃないですか」あの夜、一目で意気投合したようなふりをして、親しげに声をかけた。そして、図々しくも彼のテーブルにトレイを置き、席についた。「よろしいですか？」

「人がくるんだが」

「いやいや、その女性がきたら、すぐに消えますよ。あのパーティ以来、気になっていたことがあって、話をしたいと思っていたんです。あんなことをいってすみませんでした。初対面の相手にお世辞めいたことをいわれるのは迷惑だったでしょう。朝から晩まで褒め言葉ばかり聞かされると、いいかげんうんざりするもんですからね」

「そんなことは気にしていない」彼は冷たくいった。

「そういっていただけるとありがたい。とにかく、あの節は失礼しました。それをいっておきたかったんです」

「もうわかったよ」その顔は無表情で、無関心で、無感動だったが、最後に少し怒りの色がよぎった。「じゃあ、これでもう……」

だが、私はすでに食事を始めていた。「あなたの本が好きだといったのは嘘じゃなかったんですよ。賞を取る前から、大ファンでした」

「ちょっと待ってくれ」彼はいった。「私の書いたものを気に入ってくれたのなら、おたがいにとっていいことだ。しかし、今は――」

「あなたには感謝してるんです」

彼は悲しげな目でこちらを見た。いったいどういうことだ、と尋ねるのを期待されているのがわかって、うんざりしているようだった。

「あなたのおかげでリチャード・バートンに興味を持ったんですよ」

彼は何もいわなかったが、目の表情から察すると、話がどう転ぶのかわからなくなって、困っているように見えた。

「私は古本を扱っています」

「憶えてるよ」

「あなたのおかげで、バートンに賭けてみようという気になりました。古書店主がこれほど夢中になれる対象に巡り逢える機会はめったにないんです」

彼は冷たくこちらを見た。

「あの夜以来、バートンの生涯やその時代について、いろいろ勉強をしましてね。人の知らないような事実も、二つ三つ、掘り起こしましたよ。あなただって、何年も前から取材をして、バートンのことを本に書いてるところなんでしょう？　私が調べてみると、これまで誰も知らなかった話が出てきましてね」

作戦は功を奏したようだった。急にアーチャーは動揺した。一瞬、こちらをにらみつけてから、彼はいった。「そんなこと誰に聞いた？」

「本を書いている、という話ですか？　あの夜の話を聞いたら、誰にだってわかるでしょう。でも、秘密は誰にも漏らしません。出版界はなんでもありですからね。ハル・アーチャーがサー・リチャード・バートンの本を書いているという噂が伝わったら、陳腐な材料で同じようなバートン本をでっち上げる自称作家が何人も出てくるでしょう。それがどんな駄作でも、あなたの本の売り上げに影響する。拙速で書いた本は駄作に決まってますがね」

「ちょっと待て……ジェーンウェイ……」

「大丈夫です」私は気安くいった。「誰にもしゃべりませんから」

「私はバートンがどんなに偉かったかを話しただけだ。本を書いているとは一言もいっていない」

「わかります。わかりますよ。こう見えても口は堅いんです」

「きみはなんにもわかっていない。内緒にするようなことは何もないんだ。わかったか？　秘密も何もない」

「なるほど」私は、納得したような顔をした。いかにもわざとらしい納得の仕方だったので、アーチャーにも私の本心は伝わったに違いない。嘘はちゃんと見抜けるんだぞ。私は暗にそういったのだ。片目をつむって、ウィンクしてみせれば完璧だったが、さすがにそこまではやらなかった。そのあと、私自身も嘘の傑作を口にした。「いや、どうもお邪魔しました。時間を割いていただいて、申し訳ない」

私が立ち上がろうとすると、予想どおり彼はいった。「ちなみに、一つだけ訊きたいが……さっきの話はどういうことだ」

「バートンのことですか」

彼は、科学者が下等生物を観察するような目で私を見た。おあいにくさま、女王の性生活のことだよ、この無知蒙昧《むちもうまい》の輩《やから》め！　とでもいってやったらすっとしただろう。いたるところにスパイがいるように、私は身を乗り出した。「未発見のバートンの資料を見つけたんですよ。バートンがアメリカにきたときの事情を直接知っている人物がいます」

「それは何者だ」

「ミセス・ジョゼフィン・ギャラント。心当たりはありますか？」

「いや、ないね」彼はいった。

「まあ、あなたは学術的な興味でバートンを調べているんでしょうから、関係ないかもしれませんね」

沈黙が続いた。私はコーンブレッドを一口かじり、罪のない悪意を込めていった。「連れの人はなかなかきませんね。交通渋滞に巻き込まれたんでしょうか」

また私は席を立つそぶりを見せた。彼はいった。「その女性はどういう人物なんだ」

「ジョゼフィンですか？　彼女だったら、先週デンヴァーで亡くなりました」

「じゃあ、それでおしまいか」

「そうは思いません。遺品の中に面白いものがあったんです」

「というと？」

「今ここで話せるようなことじゃないんです。とにかく、まだ書いていないその本をもし書くことになったら、私の話を聞いてから書いたほうがいいでしょうね」

彼は片頬に皮肉な笑いを浮かべた。「それには交換条件があるわけだ……引き替えに何が欲しい。その話に意味があれば、だがね。どうせないだろうが」

「そういうふうにいわれたら、傷つきますよ。まるで金目当てみたいじゃないですか。私は本屋なんですよ。傑作が現われるのを期待しているだけです。自分では書けないが、誰かに書いてもらうだけの価値がある材料だ。あなたが書かないのなら、ほかの人に相談しましょう」

「たとえば……誰だ」

「何人もいますよ。個人的に知っている作家もたくさんいる。なかなか優秀な人もいますよ。本の商売をやっていると、作家と知り合いになる機会も多いんです」

アーチャーの頬の肉が少しだけ垂れ下がるのがわかった。それを見ることができただけでもボルティモアまで飛行機代を払った価値があった。

「じゃあ、これで」不意打ちに、私はいった。

傲慢な態度を装いながらこんなことをいうのは大変だったと思うが、とにかく彼はこういった。「きみはまだ食事がすんでないじゃないか」

「でも、別のテーブルに移りますよ」入口のあたりを見ると、連れのいないブルネットの美人が一人、入ってきた。「お友だちがきましたよ」

「あれは待ち合わせの相手じゃない」

「それは残念でした。すごい美人なのに。とにかく、もうじき連れの人もくるでしょう。思っていた以上に長いこと邪魔をしたようで、すみませんでした」

ちょっと待て、とか、席を立ったらぶっ殺すぞ、などとアーチャーがいいだす前に、私は去っていった。ダイニング・ルームの反対側の窓際にすわったが、そこからでもおたがいの顔は見ることができた。私はがつがつと食事をしたが、アーチャーはフォークの先で料理を突っついているだけだった。ときどき目が合うと、私はにっこり笑って会釈した。

店内を歩きまわっているウェイターがやってきて、コーヒーを勧めたので、もらうことにした。といっても、一日のカフェインの許容量はとっくに過ぎて、その三倍がすでに体内に入っていた。私はビュッフェに戻り、デザートを取ってきた。それもまた余計なものだったが、チーズケーキだけは避けることにした。リンゴの砂糖煮はなかなかうまかった。やはりアーチャーは食が進まないようだった。しばらくすると、彼は椅子を引いて立ち上がった。いよいよ決定的な瞬間が訪れたのだ。彼はこちらに近づいてきた。

そして、私の前にすわった。

「このリンゴ、なかなかのものですよ」私はいった。「一口どうです」

アーチャーがしゃべりはじめたとき、私たちの芝居は終わっていた。

「まったく、きみは腹のたつやつだな、ジェーンウェイ。どんなにいやなやつか、自覚はあるのか」

「あるよ。こういうのは得意でね。だから、せいぜい利用することにしている」

怒りを抑えているアーチャーの前で、私はリンゴの最後の一切れを食べた。

「さて……これからどうする？　腹を割って話をするか」私はいった。

「私の部屋にきてくれ。一〇一五号室だ」

「知ってるよ」

「まず電話をかけたい。十五分たったらきてくれ」

「わかった。でも、ちゃんと話を聞いてくれよ。妙なことは考えるな。ディーンの代わりに、カールがちんぴらの用心棒を連れて現われたら――おい、ハル、聞いてるのか――はっきりいっておくが、そのときは、まず最初にあんたが怪我をする」


十五分後、私は十階でエレベーターをおりた。アーチャーに通されたところは、合成樹脂がふんだんに使われた中程度の料金の部屋で、世界じゅうにあるホリデイ・インやラマダの部屋と区別がつかなかった。バスルームとクローゼットを覗いた。バルコニーのドアを開けて、外を調べた。ベッドの下も調べたかったが、それは我慢した。ドアがロックされていることを確かめ、チェーンをかけてから、ベッドにすわった。アーチャーは腹立たしげにそれを眺めていたが、かすかながら警戒の表情も浮かべていた。「いったいどうしたんだ。誰かに追われているような感じだな」

「ここまで生きてこられたのは、少しくらいへまをしても大丈夫なように、用心をしてきたからだ、とでもいっておこう。何時間か前には、ダンティにも会ったことだしな」

「ダンティ？　誰のことだ」

「もうちょっと素直になったらどうだ。何か訊くたびに、一から説明するのは大変だ」

「きみのいうことは訳がわからん」

「じゃあ、今度だけは説明してやろう。ダンティというのは、カール・トレッドウェルと一緒に行動している大男のギャングのことだ。人を脅すのが好きな男で、馬鹿力もありそうだ。ちょっとした野蛮人だよ」

「カールの仲間のことは知らない」

私は疑わしげな目を向けた。

「信じないならそれでいいが、カールには近づかないようにしている」

「ディーンはどうだ」

アーチャーは机に近づき、スコッチの小瓶を取って、自分のグラスに少しだけ注いだ。彼が瓶を片づけようとしたとき、私はいった。「おれもストレートで頼む」彼は、食えないやつだ、といいたげな顔で、軽蔑するようにこちらを見たが、酒は注いでくれた。

私はそれを一口呑んだ。「ディーンの話の途中だったが」

「そもそもなぜここで話をすることになったか、当初の目的を忘れてもらっちゃ困るね」

私はため息をついた。「こういうことは腹を割って話さないと意味がない。こっちもわかったことを洗いざらいしゃべるつもりだ」

ようやく彼は答えた。「ディーン・トレッドウェルには仕事で必要な資料を探してもらっている」

「あんたはまだチャールストンに住んでるのか」

「それがどうした」

「遠い街の本屋と取引しているのを不思議に思っただけだ」

「それは私の勝手だろう」

私はスコッチを呑んだ。

「チャールストンで本を探してみるとわかる」彼はいった。「稀覯本が見つかるまで、どれだけ時間がかかるか」

「たまたまこのボルティモアでディーンを見つけて、それ以来、仕事を頼んでいる。欲しい本を探してもらうだけで、それ以上の付き合いはない、ということか」

「そういう言い方をしても間違いではない」

「今はどこに電話をかけた？」

「そんなことはきみの――」

「いや、こっちにも関係のあることかもしれない。何かの陰謀に巻き込まれたような気もする。ちょっと不安になってきた」

「陰謀？　何をいいだすかと思ったら、きみは――」

「ミセス・ギャラントの本のことはいつから知っていたんだ」

「その名前は今、初めて聞いた」

「嘘をつくのはやめてくれ。嘘をつくにしても、もっとうまいやり方があるだろう。ディーンやおれのように真面目に嘘をつく人間はそれなりに評価されるが、あんたのような冷酷な嘘つきは嫌われる」

「よくもそんなことを」怒りがたぎっているのがわかった。

「怒りたければ怒ってくれ。上品な連中は、ちょっと怒ってみせるということを聞いてくれるかもしれないが、おれから見たら、そんな怒りん坊は怯えたどぶ鼠と一緒だ」

「いいかげんにしろ！」彼は怒鳴った。

「おや、ほんとに怒ったな。仲よくなれると思ってたんだが。何か気に障ることをいったか？」

「こんな話をしても時間の無駄だ。きみは何も知らないんだろう」

「何も知らない？　おれが何を知っているか聞き出すのが、この部屋に呼んだ目的だったんじゃないのかい。びっくりするかもしれないが、実は、あんたが何を知っているか聞き出すのが、おれがこの部屋にきた目的なんだ」

彼はスコッチを一気に呑んで、考える時間を稼いだ。怒りを鎮めて、彼はいった。「はっきりいっておくが、私には関係のないことだ。その老婦人のことも、その……」

彼は、危うく口を滑らせるところだった、といいたげに、まばたきをした。

私はにっこりした。「何をいおうとしたんだ？」

「その本のことも、だ。そういう話をしていたんじゃないのかね」

「うまい返事だが、あんたは別のことをいいかけたんだろう。そんな気がする」

「きみの勘ぐりに付き合っている暇はない」

「ちょっと待ってくれ。人間としてあんたのほうが上等なのは認めるが、おれだってそんなに馬鹿じゃないぞ」私は咳払いした。「いや、たしかに馬鹿かもしれないが、馬鹿でも馬鹿なりに、あんたの話に怪しいところがあるのはわかる」

「怪しいところ？　謎かけみたいなことをいうのはやめてくれ」

「その老婦人のことも、その本のことも、といいたかったようだが、今でもその主張を変える気はないか。わざわざおれを部屋に呼んだのは、ジョゼフィンとその本のことを知りたかったからだ、というのか？」

にらみ合いが続いた。

「あきれたよ」私はいった。

彼はまだ時間稼ぎをしようとしていた。「きみのいっていることはさっぱりわからんね」

「あんたはこういいたかったんだろう、その老婦人のことも、その祖父のことも、と。ひょっとしたら、祖父じゃなくて、その母親のことも、かもしれない。娘が継ぐはずだった蔵書を、インチキ本屋と呑んだくれの夫に騙し取られた母親のことだ」

「きみには小説家の素質があるね。私には学術的な興味しかない。仮に誰も知らないバートン関係の資料があって、仮にきみがその資料をどうにかできるとしたら――これまでの話からすると、それは疑問だが、仮にそうだとしたら、たしかに興味のある話だ。詳しく知りたい」

「バートンの本を書いているわけでもないのに、か」

「そうだ。こんな馬鹿ばかしいやり取りを、いつまで続けるつもりなんだ。興味を持つのは当然だろう。歴史の研究者なら、そういう資料を見たくないわけがない」

「とすると、取引ができるかもしれないな」

「きみに取引の材料があるのか？　どうして私が取引をしなくちゃいけないんだ。きみの話は時間の無駄でしかないのに」

「まあ、勝手にわめいてくれ。さっきの質問にはまだ答えてもらってないぞ。どうしてトレッドウェルと付き合っている？　トレッドウェル書店がこれまでやってきたことや、ミセス・ギャラントの本を騙し取ったことを考えたら、疑問を持たれても仕方がない。稀覯本のディーラーを探していて、六百マイル離れたところにいるディーン・トレッドウェルを見つけた、しかもこの時期に、というのは、偶然とは思えないんだ」

「騙し取った？　偶然？　どういうことだ」

「トレッドウェル書店のことを知らなかったとでもいうのか？　八十年前にジョゼフィンが蔵書を巻き上げられたことも知らなかったのか？」

彼はわざとらしく笑おうとしたが、出てきた声はまるで甲高いハイエナの遠吠えだった。

「八十年前！　気はたしかか？」

「そんな茶番で人がだませると思ってるのか。おれはドアを蹴破って入ってきたわけじゃない。招かれて入ってきたんだ。話したいことがあれば自由に話してもらって結構だが、ディーンに稀覯本探しを頼んでいるという出鱈目《でたらめ》はもうたくさんだ。こう見えてもおれは素人じゃない。稀覯本とはなんだ？　ディーン・トレッドウェルじゃないと見つけられない本があるのか？　だったら、ディーンはよっぽど優秀な古本屋なんだろう。今朝、ディーンを見かけたが、おれにいわせれば、あいつは稀覯本どころか、小便をするときに自分の大事なものも見つけられないようなぼんくらだ。まあ、間違ってるかもしれないがね。とにかく、探してもらった本の題名を教えてくれ。場合によっては、参りましたとディーンに降参してもいい。だから、稀覯本中の稀覯本の題名を教えてくれ」

「そんなことをきみに教える筋合はない」

「あんたが探していて、ディーンが見つけた本の題名を、二冊でいいから教えてくれ」

「きみは何様のつもりだ」

「じゃあ、一冊でいい。一冊だけ題名を教えてくれたら、あんたの話を信じる」

「もう話は終わりだ」

「話？　最初から話になってなかったじゃないか」

「出て行ってくれ！　出て行かないと、ホテルの警備員を呼ぶぞ」

「おれはもっと立派な礼儀作法を身につけたほうがいいらしい。近ごろ、いろんなところからよくつまみ出される」私は悔い改めたような顔をしようとした。「その前に、スコッチを空けてもいいか？」

突然、部屋は静まりかえった。その深い沈黙の中で、私は初めて、自分が刑事のように物事を考え、刑事のように行動していたことに気がついた。先週、デニスの事件でホワイトサイドに会ったときから、これは始まっていたのだ。質問の仕方や問い詰め方だけではない。刑事根性が体に染み込んでいるのだ。優秀な警官はあらゆる人間を疑い、あらゆる事実に疑問の目を向ける。

そのとき、これまでの出来事が脳裏をよぎった。ジョゼフィン、ラルストン、トレッドウェル兄弟。そして、検視局の担架で寝室から運び出されていったデニス。やがて、ある考えが、ふと頭に浮かんだ。あまりにも強引で、単なる直感に過ぎず、言葉の裏づけさえ欠いていたが、その考えはたちまち一つのところに焦点を結んだ。ラルストンの家から白人が逃げていったという黒人少年の言葉を思い出した。アーチャーは白人だ。トレッドウェル兄弟も白人だ。ダンティもそうだ。そして、デニスはジョゼフィンの遺品のバートンを持っていた。ただし、手もとにあったのは一晩だけ。そのことを知っていたのは誰か？もしも何者かがジョゼフィンを尾行していたとしたらどうだろう。その何者かはラルストン家でジョゼフィンが死んだことを知った。そして、同じ者がデニスを殺した……。デンヴァーまでは三時間の距離だ。飛行機を使えばすぐに行ける。

私はベッドに身を乗り出し、アーチャーを見つめた。「先週の今ごろの時間、あんたはどこにいた？」

「それもまた余計なお世話だが、サウス・カロライナで仕事をしていたよ」

「それを証明できる者はいるか」

「なんのつもりだ、この質問は」

「簡単な質問だよ。そこで仕事をしているのを誰かが見ていたか、ということだ」

「それくらいわかっている。なぜそんなことを訊くんだ。自分の行動をいちいち証明する必要があるのか」

「証明はできない、ということか……それでも、いちおう返事をしてくれ」

「証明できる者はいない、というのが答えだ。仕事中は誰にも会わないし、電話も取らない。それで満足かね」

「なるほど。仕事に集中しているわけか。だからいい本が書けるんだな。しかし、先週の水曜日の夜、あんたはデンヴァーにいたんじゃないかと思うが」

「なぜそう思う」

「よくわからない。ただの直感だ。デンヴァーには行かなかったというんだな」

「もちろんだ。アメリカ大陸の端から出発して、真ん中のところまで行ったのに、忘れたとでもいいたいのか」

「忘れたとはいっていない」

「どうして隠すことがある？　先週の水曜日に銀行強盗でもあったか」

「そう、そういうことだ。あんたが銀行強盗の犯人だということを証明したい」

彼は窓に近づき、夜の闇を見つめた。「もうそろそろ帰ってくれないか」彼は静かにいった。「この話し合いはあまり役に立たなかったようだね」

「こっちも同じことを考えていたところだ」

私は立ち上がり、戸口に近づいた。きっとまた彼は声をかけてくる、と思った。

「これからどうするつもりだ」彼はいった。

私は振り返って部屋の中を見た。「まだよくわからないが、あんたの生活を引っかきまわすことになるかもしれない。《パブリッシャーズ・ウィークリー》の女性記者に知り合いがいる。あんたがバートンの本を書いていることを教えたら、興味を示すだろう。確認の電話をかけるかもしれないが、もちろんあんたは嘘をつく。否定されるだろうということは、前もって彼女にいっておくよ。大きな記事にする必要はない。〝もしかしたら書いているかもしれない〟というだけで、世界じゅうに知れ渡るんだ」

「いいかげんにしないか。私はリチャード・バートンの本なんか書いてないんだ」

「じゃあ、どんな記事が出ても平気だな」私は遠い過去を振り返り、小学校三年生のときに好きだった、ソバカスのあるお下げ髪の女の子の名前を思い出した。「その記者の名前はジェイニー・モリスンだ。《パブリッシャーズ・ウィークリー》を見たら、署名記事があると思う。あんたは気に入ってもらえるはずだ。彼女は嘘つきが大好きなんだ。《ニューヨーク・ポスト》で記者修行をした女性だからね。悪質な嘘つきはすぐに見抜く」

私はドアのチェーンを外し、覗き穴から無人の廊下を見た。背中に視線を感じ、最後にもう一度だけ振り返ると、彼は窓際から離れ、鞭打たれた犬のように哀れな目でこちらを見ていた。「ほんとに残念だよ」私はいった。「あんたがこんな大馬鹿者だとは思わなかった。昔はあんたの本を愛読したものだ。まれに見る鬼才だと思った。才能にあふれていた。もっと謙虚だったら、幸せに生きられたかもしれないのに」

「幸せ？　偉そうに何をいう。きみは幸せか？」

「好きなように生きてるんだから、幸せじゃないわけがない。いろいろ気に入らないこともあるかもしれないが、この世の中に完璧なものはないんだ。まあ、それが幸せというものだろう」

　彼は何もいわなかった。

「どうした。何かいってくれよ。まだ仲よくなれるチャンスはあるんだ」

　彼は顔を上げ、私の目を見た。「あまり期待しないほうがいい」

「期待はしてないよ。とにかく、気が変わったら連絡してくれ。おれはボズマン・インに泊まっている」


　エレベーターで下におりながら、表示された数字が一つずつ減っていくのを見ていた。その数字が三で止まったとき、壁に背中を押しつけて身構えた――考えすぎだった。

　老年の夫婦が乗ってきて、胡散臭そうに私を見た。

　神経が高ぶっていた。急に震えがきた。最初はいい作戦だと思っていたが、アーチャーが沈黙を保ったおかげで、危険に満ちた重苦しい緊張が残っただけだった。最初は直感から始まり、ほかのことは考えられなくなった。

　じっくり考えろ。そう考えるとうまく解けるかどうか。

　そのやり方で、私は殺人事件をいくつも解決してきた。まず、事実の裏づけもなければ論理のバックボーンもない一つの考えが頭に浮かぶ。それを芯にして、事件を考え直す。奇想天外な直感に従って殺人者を追いかけているうちに、事件があっさり解決することもよくあった。

はるか昔に知ったことだが、殺人は決して論理的なものではない。ときには筋の通った殺人もあったが、そんなものは簡単に解決できた。夫が妻を殺す。子供が父親をナイフで刺す。売春婦が客を撃つ。それに対して、難しい事件はどれも常識を超えていた。

私は涼しい夜の中に出た。世界は平和で穏やかに見えた。安らぎという言葉の同義語をずらりと並べることができる夜だった。私は西に歩き、南に折れて、インナー・ハーバー地区をまわってフェデラル・ヒルに向かった。そして、湾を見おろすベンチにすわった。

さっき思いついた考えが、また頭に浮かんだ。もしデニスを殺したのがあの連中なら……。

そもそも、デニスのことをどこで知ったのか？　考えられる動機はあの本だけだ。そして、デニスの手もとにあの本があったことは誰も知らない。知っていた者は、デニス本人と、ラルストン、あの医者、エリン、そして私。

もう一つ、思いついたことがあった。面倒なことにつながりそうな不吉な予感だった。突然、ココのことが心配になってきたのだ。ほかには誰も知らないことを、ココは知っている。

刑事根性が全開になった。デニスを殺した犯人が、小銭目当てのデンヴァーの空き巣ではなかったとしたらどうだろう。もしも動機がバートンの本なら、もっと大物が関わっているかもしれない。ひょっとしたら、デンヴァーではなく、この街ですべてが始まったのではないだろうか。だとしたら、アーチャーが一枚かんでいるのは間違いないだろう。トレッドウェル兄弟も仲間だ。ダンティは二人に頼まれて汚い仕事を引き受けている。私は自分をゴキブリの餌に差し出そうとしたのだ。

ココは大丈夫か？

もう日が暮れてだいぶたっていたが、この際、そんなことはいってられなかった。私は最初に見つけた公衆電話に近づき、ココの電話番号を押した。

「頼む、出てくれ」

呼び出し音が二十回鳴ったところであきらめ、闇に向かって私は悪態をついた。

16

四十分後、タクシーの運転手が肩越しに振り返り、声をかけた。「エリコット・シティのどこに行けばいいんです？」

「よくわからないんだが、広い町か？」

「そんなに広くありませんよ。町なかの人口は数千人。目抜き通りが一本あって、曲がりくねった狭い通りが何本もある。だいたいどのあたりかわかると助かるんですがね。もう暗くなったし」

私はメモを出し、対向車のヘッドライトで自分の字を読んだ。「ヒル・ストリートというのはどこにある？」

「それならわかります」

「ダウンタウンから歩けるだろうか」

「よっぽど歩くのが好きならね。行きも帰りも上り坂。うちの子供がよくそんな言い方をします。それだけきついということですがね」

川を渡ると、そこはもうハワード郡だった。鉄道の線路を渡り、石造りの大きな建物のわきを通りすぎると、道は上り坂になった。「うちのかみさんはこのあたりの出身なんですよ」運転手はいった。「親父さんがガソリン・スタンドを経営してましてね」

郊外のゆったりとした光景を予想していたが、思惑は外れた。道は狭く、曲がりくねっている。あらゆるものが石でできていて、しかも百年以上も前に造られたような印象があった。フレデリック・ロードはいつの間にかメイン・ストリートと名前が変わり、通りの両側に石造りの建物が並びはじめた。夜の中に浮かび上がった町並を見て、私はコロラドを思い出した。とくにセントラル・シティと似ている。

曲がり角を過ぎてしばらくすると、運転手はいった。「このあたりがダウンタウンです。ヒル・ストリートはまっすぐ進んで左側。距離は四分の一マイルぐらいでしょう。なんだったら、そちらまで行きましょうか？」

「それはありがたいが」私は少し考えた。「やっぱり、ここで降りるよ。自分の足で歩くことにする」

メイン・ストリートの影の中に立って、タクシーが坂道を下ってゆくのを見ていた。時刻は十一時になっているはずだった。知らない土地を手探りで歩くには遅すぎる。いやな感じはなかなか消えず、尾行されているかもしれないという不安を拭いきれなかった。パブや食堂や何時間も前に閉店したさまざまな商店などが並ぶ通りを歩いていった。暗くなった窓から常夜灯の光が漏れ、通りのうしろにもときおり明かりが見えている。丘の中腹に家があるのだろう。やっぱりセントラル・シティに似ている、と思いながら、チャーチ

・ロードという通りを抜け、丘をのぼっていった。
消防署とバーがあった。立ち止まって、うしろを見た。車が何台かあって、通行人も何人かいる。私の様子をうかがっている者、私を監視している者、私を尾行している者はいないようだった。

そろそろ丘をのぼりきるあたりに教会があった。ヒル・ストリートは左に続いていた。まるで石版画の光景、月明かりの田舎道といった光景だった。

月明かりだけを頼りに、あと少し坂をのぼった。家の明かりが見えることもあったが、ほとんどの家は闇に包まれていた。住人はもう寝ているのだろう。懐中電灯は持っていなかったが、ココの話は憶えていた。右側の五番目の家。郵便箱に名前があります。

やがて、見えてきた。広い土地に平屋が建って、木々がまわりを取り囲んでいる。意外なことに、明かりがついていた。ほの暗い明かりは、カンテラか、ガス灯のようだ。私道に入り、ポーチに足を踏み入れると、ドアをノックした。

一度だけ物音が聞こえた。そのあと、ずいぶん長いあいだ家は静まりかえっていた。わきの窓を影が横切った。手が見えて、顔のシルエットが見えた。

ポーチに明かりが灯った。小さな窓から黒い人影がこちらを見ている。女性の人影のようだったが、はっきりしたことはわからなかった。

「すみません。デンヴァーのジェーンウェイです」

小窓のそばから影が離れ、ほんの少しだけドアが開いた。顔はわからなかったが、眼鏡の縁にポーチの明かりが反射するのが見えた。だが、声は聞き憶えのあるものだった。

「ジェーンウェイさん？」

「こんな深夜に申し訳ない。何時間か前に電話をかけたんですが」

「瞑想中だったのよ。あの部屋に閉じこもると、電話は聞こえないの」

「あした、出直します」

相手が引き留めてくれるのを期待していたが、返事はなかった。

一瞬、間を置いてから、思いきっていってみることにした。「実をいうと、今夜、今すぐに話しておきたいことがあるんです。先日、電話で話をしてから、妙な雲行きになりましてね」

大きく息を吸い込むのがわかった。「こんな夜中にいらっしゃるんだから、いい話ではなさそうね」

「友だちが殺されました」

ドアに寄りかかって、彼女はいった。「お気の毒に」ドアの細い隙間に沿って顔の影が動き、右の目が私を見た。

「その彼、どんな事件に巻き込まれたの？」

「彼ではなく、彼女です。警察は居直り強盗だと考えているようです」

「あなたはそう思っていないのね」

「本当のところはわかりませんし、いもしないお化けを想像して怖がるのはよくないと思いますが、ボルティモアにきてから突拍子もない考えばかり浮かんできて、ちょっと不安になってるんです」

「ジョゼフィンと関係があるのね」

私が、そうだ、と答える前に、彼女はいった。「ごめんなさい。玄関に立たせて。入ってちょうだい」

私は暗い玄関ホールに足を踏み入れた。真っ暗な家の中で、私の右側にある部屋だけに、あまり明るくないオレンジ色のランプが灯っていた。ココはまだただの影でしかなかった。案内されて居間と思われる部屋に入ったとき、うっすらとその姿が見えてきた。ショールを肩にかけて本のあいだに立っているほっそりした少女、というのが第一印象だった。ランプの明かりに浮かんだショールは、黒っぽい色をしている。電話で聞いた話によると、私より年上だということだったが、部屋の奥に進んで明かりの中に入っても、少女っぽいイメージは消えなかった。

部屋には香が焚かれているらしい。芸術映画の一シーンのように、室内はうっすらと靄《もや》がかかったようになっていた。彼女は振り返り、手ぶりで椅子を勧めた。本当に細い体をしていた。顔立ちは若々しく、しわもなかった。年齢をうかがわせるものは、眼鏡と髪の毛だけだった。オレンジ色の明かりの中で、黒い髪に白髪が交じっているのがわかった。いわゆる胡麻塩頭でも、三十五歳以上には見えない。首から下と同じように、顔も細かったが、柔らかな光を受けて、穏和そうな感じがした。家の中は涼しいのに、うっすらと額に汗が浮かんでいる。「すわってちょうだい」そういうと、彼女は私の正面の椅子に腰をおろした。

瞳を覗くと、青い色をしているようだった。「思っていたよりも若いんでびっくりしました」

彼女はかすかに笑った。「残念でした。それは幻想よ。実際の年齢より若く見えるとしたら、もう三十年も前から、ちゃんと対策を取ってきたからでしょうね。でも、たいしたことはやってないわ——人にいわれたことを守ってるだけ」

「人というのは？」

「ハーブ療法家、インディアンのお医者さん、呪《まじな》い師。ストレッチをして、ウォーキングをして、思いっきり暴れて、いつでもいいから一日のうち何度か激しいエクササイズをする。今もそれをやってたところよ。食事に気をつける。煙草は吸わない。一番健康に悪いのは煙草ね」

彼女の微笑みは優しかった。目から始まり、顔全体に広がってゆく。そんなふうに微笑みながら、彼女はいった。「あたし、来月、六十二歳になるのよ」

「へえ！」

「あなたも健康そうね」

「気が若いせいでしょう」

「三十五歳くらいかしら。皮肉屋みたいなしゃべり方をする人ね」

「三十七歳です。ランニングはよくやります。たまには酒も呑む。カフェインは中毒ぎみ。言葉を屑かごに捨てるみたいにしゃべりまくりますが、皮肉屋というのはそんなところでしょうか。煙草は吸いません」

「それはよかったわ。何か召し上がる？　お茶をいれようとしていたところなの」

「こんな夜中にですか？」

「あたしはもう引退しているんですよ。時間なんか気にする必要はなくて、好きなときに眠ればいいの。なんだったら一晩じゅう起きててもかまわない。どんな時間でも、お茶を飲むのは大好き」

「真夜中のお茶というのもいいかもしれませんね」

「じゃあ、ちょっと待って」

彼女がいなくなると、私は立ち上がって部屋を見まわした。いたるところに本棚がある。東洋思想、インドやエジプトやイスラム神秘主義に関する本。そして、催眠術の本。詩集もあれば文学書もあり、個性的な一般書もあった。ラビンドラナート・タゴールの作品。ガンジーの伝記。リチャード・バートンのありとあらゆる著書や研究書。本棚の端には、小さな額に入ったタゴールの言葉が飾られていた。〝現代文明は富を蓄えて幸福を失った〟。暗い廊下を見ると、そこにも両側に本棚があった。

「よく本を読むのよ」湯気の立つポットとカップを載せたトレイを持って、いつの間にか、彼女がうしろにいた。

「猫みたいに音をたてないで動くんですね」

「この家は頑丈なの。床板がきしんだりはしないわ。家の中では靴もはかないしね」

私は蔵書を見た。「よく集めましたね」

「これを見て持ち主の性格はわかる?」

「わかりますよ。本くらい、人の性格をはっきり表わすものはないんです」

「本がない家だと、何を判断の基準にするの?」

「わかりません。とにかく、その場にあるものを見るでしょうね。でも、本のない家は……なんというか……」

「哀れな感じがする?」

「それはちょっと強すぎるし、価値判断が入ってきますね」だが、私は少し考えて、こう続けた。「でも、やっぱり、本のない家は哀れな家だ」

「本がないと生きていけないの。でも、平気で生きていける人もけっこういるのね。びっくりしちゃうわ。本を一冊も持っていない作家だっているのよ。信じられないわ」

私には信じられた。そういうタイプの作家も何人か知っている。そういう連中は、本を書いて金と名誉を手に入れようとするが、自分で本を買おうとは思わないらしい。

「冷める前にお茶をどうぞ」

一口飲んで、私はいった。「これはなんです? お茶じゃありませんね」

「薬草茶よ。気に入った?」

「これを飲むと胸毛が生えるわよ」

「ええ、まあ」

私は笑った。「その問題で悩んだことはないんですが」

そして、ココ・ビュージャックという名前の由来を尋ねた。

「あたしの父は白系ロシア人で、母はボルティモアの出身なの」

私たちは顔を見合わせた。「それで、どういうことかしら」

私には彼女に借りがある。お返しに、本当のことを話さなければならない。そこで、事実も憶測も含めて洗いざらい話をした。

彼女は何もいわずに最後まで聞いていた。椅子にすわったまま、身じろぎもしなかった。その目は、じっと私の目を見つめていた。しゃべりながら、その目に思わず引き込まれそうな気がして、彼女に催眠術の心得があることを改めて意識した。三十分もかかったのだから、当然まばたきもしたはずだが、彼女がまばたきするのを見た憶えはなかった。しばらくすると、その目はエネルギーの集中点になり、顔のほかの部分はだんだんぼやけていった。私が話をしたというより、彼女が私の話を引き出したのだ。だが、意思に反したことではなかったので、それでもよかった。意識が操られている実感はなかった。その気になれば、話を中断して立ち上がり、外に出て行ったり、デンヴァーに戻ったりすることもできただろう。気分はよかったが、話の内容は別だった。誰かがデニスを殺した。犯人はデンヴァーではなく、ボルティモアにいる。急にそんな気がしてきた、と私はいった。

のを感じた。

「だから夜中にお邪魔したんです」そういいながら、彼女の顔に元どおり目の焦点が合う

　このあと彼女はどうするのか、この会話はこれからどういう方向に進むのか、私は何も考えていなかった。

「じゃあ、その犯人が今度はあたしを狙うかもしれない、というのね」

「まだよくわからないんです。突拍子もない話ですね」

「一週間前ならそれで片づけたかもしれないけど、今は現実性があると思うわ」彼女は深く息を吸い込み、その息を鼻から出した。「実は、五、六日前から、誰かに見張られてるような気がしてたの」

「不審な人物でも見かけましたか」

「ゆうべ、家のまわりを誰かがうろついてたわ。でも、その前からずっと人の気配を感じてたの」

「うろついていたというのは、音でも聞こえたんですか？」

「音だけじゃなくて、人影が見えたの。裏の庭にいたわ」

「人相風体はわかりましたか」

「よく見えなかったわ。木のあいだにいるのが、ちらっと見えただけだから」

「何時ごろの出来事です？」

「夜中の、今ごろだったかしら」

「人がいることに気がついたのは何がきっかけだったんでしょう」

「猫がそばにいると、気配でわかるでしょ。そんな感じがしたのよね。裏口に行ってみたら、庭に人がいたわ」

「向こうはあなたに気がつきましたか」

「ええ、気がついたと思うわ。庭をこちらに近づいてきて、家を見ているときに、あたしが出てきたんだから。たぶん外からだと、こっちは影にしか見えなかったでしょう。でも、あたしには見えたし、その男にも見えたはずよ。そいつは棒立ちになって、木のあいだに飛び込んで、逃げていったわ」

「警察は呼びましたか」

「そんなことをしても仕方ないでしょう？　電話しようにも、もう逃げたあとなんだし。それに、警察は何でもかんでも黒人のせいにするのが気に入らないわ」

「どういうことです？」

「マウント・アイダ・ドライヴをのぼったところに、黒人専用の公営住宅があるのよ。低所得の黒人世帯。犯罪の巣。何かあると、警察はそこの住人のせいにするの」

「その怪しい男を見たとき、ひょっとして、肌の色に――」

「白人だったわ。このあたりの黒人の若い人には見えなかったわね。よく見えなかったけど、今夜と同じで、月が出てたし。間違いないはずよ」

「ほかには？」

「ほかの出来事ということ？　何も気がつかなかったわ」

「どんなことでもいいんです」

「さっきもいったように、一週間くらい前から変な感じがしてたの。ほんとは一ヵ月くらい前からそうだったのかもしれないけど、先週、あなたと話してから、なんだか……よけいに気になってきて。珍しく、夜も眠れなくなったしね。二、三時間寝ただけで、誰か家に入ってきたような気がして目が覚めるの。気のせいかもしれないわね。でも、それだったら庭で人影を見たのも気のせいかもしれないし……。たとえば、夜中の二時に目が覚めるでしょう？　そのあと、裏口に行ってみるの。誰かが裏口をノックしたんじゃないかと思って」

「ところが、誰もいない」

「ええ。でも、一回だけ、変なことがあったわ。あれは火曜日で……」彼女は急に震えだした。

「どうしたんです」

「なんでもないわ。今もちょっと気配を感じたの。こんな話をしてるせいかもしれないわね」彼女は立ち上がり、窓に近づいた。「ほら。誰もいない」

戻ってきて椅子にすわった彼女は、まだ神経が震えているようだった。

「火曜日に何があったんです」

彼女は弱々しく微笑んだ。「あなた、けっこうしつこいわね。まるで警察の人みたい」

「以前、長いこと警察に勤めていたんです」

少しでも安心させることができれば、と思って、私は警察時代の話をした。そのあと、また火曜日のことを尋ねた。

「食料品を仕入れるために、街道沿いの店に行ったの。留守にしてたのは一時間くらいね。家に帰って、車から出る前に、また気配を感じたの。誰かがいる、そう思ったわ。でも、そのときはただの気配じゃなくて、絶対に誰かが家にいるような気がした。車にすわったまま、家に入らなくちゃ、確かめなくちゃ、と思いながら時間がたって、最後に勇気を振り絞って家に入ってみたら、誰もいなかったの……でも、気配はずっと残っていた」彼女は窓を見た。「今でもそれが続いてるのかしら。まだ変な感じがする」

「何かなくなっているものとか、ものを動かした形跡はありませんでしたか」

「それならちゃんと調べたわ。あれが空き巣だったとしたら、ずいぶん用心深い男だったんでしょうね。なくなっているものは何もなかった。最初に調べたのは、バートンの資料よ」

「なぜです」

「直感ね。もうわかったかもしれないけど、あたしは直感で行動するタイプなの」

「じゃあ、バートンとジョゼフィンのことが原因だと、最初から考えていたわけですか」

「それだけじゃないと思うわ。ジョゼフィンからトレッドウェル書店の話、聞いた？」

「何代か前のトレッドウェル家の人間が、八十年前にバートンの本を盗んだ、という話なら聞きました」

「ジョゼフィンはそのことを信じていたみたい。催眠術を始めて、最初に出てきた言葉がトレッドウェル。店のことを調べて、びっくりしたわ。よく今でも商売ができるものね。ジョゼフィンはその言葉に取り憑かれていた。取り憑かれるというのは大袈裟な表現じゃなくて、何十年も前にトレッドウェル家の人からあんな仕打ちを受けたおかげで、自分の人生は悪いほうに傾いてしまった——本気でそう思い込んでいたみたい。そんな考えに凝り固まっていたら、催眠術をかけるときの障害になる。避けて通れないことだったから、店に行ってみないかって、思いきって誘ってみたの。ジョゼフィンは飛びついてきたわ。あたしもあんな危険なことだとは思ってなかったの」

「何があったんです」

「ある日の午後、二人で店に出かけて、最初は予定どおり、店内を見てまわった。ジョゼフィンのバッグはあたしが持っていた。重たいバッグだったわ。女店員がいたので、ジョゼフィンがここはトレッドウェルの店かと尋ねたら、そうだという。ジョゼフィンは、じゃあトレッドウェルに会いたいといいだした。すると、奥の部屋から男性が一人出てきたの」

「どんな男です?」

「小柄で……冷たい感じで」

「カールだ」

「知ってるの？」

「顔だけは――ちょっと話もしましたが」

「そのときには、何が起こるか、ジョゼフィンが何をするつもりか、あたしにはわからなかったわ。この人に本を見せて、とジョゼフィンにいわれて、バッグを開けたら、すごく立派な古い本があって――アフリカのことを書いた本だとわかったけど、あたしもびっくりしたし、トレッドウェルもびっくりしてたわ。ジョゼフィンがこんな本を持ってたなんて知らなかった。〝この本、いくらで買い取っていただけます？〟と、ジョゼフィンが切り出したら、トレッドウェルはぶるぶる震えはじめたの。ほんとに全身が小刻みに震えだして、〝どこで手に入れた？〟って、まるで責めるみたいにいうのよ。ジョゼフィンが〝いくらになります？〟と繰り返したら、トレッドウェルは値踏みするみたいにじっとジョゼフィンを見て、最後に〝二千ドルですね〟っていったわ。すると、ジョゼフィンは薄笑いを浮かべた。皮肉たっぷりの、馬鹿にするみたいな笑い方だったわ。そして、ジョゼフィンはこういったの。〝そうだと思ってましたよ。この店は今でも盗っ人の巣窟ね〟」

「すごい」

「まったくよ。でも、そのあとがまた怖かったの。今でも背筋が寒くなるくらいだわ。トレッドウェルは身を乗り出し、本に手を置いて、こんなことをいいだしたの。〝ちょっと待ってください。たぶん、この本は盗品だ。出所がはっきりするまで、うちで預かります〟」

「それもまたすごい話だ。で、そのあとは?」

「ひったくるようにして本を取り返して、こういってやったの。〝これは、この人の本なんですからね。横取りしようなんて思わないで。警察を呼ぶわよ〟」

「トレッドウェルはどう答えたんです?」

「黙ってたわ。あたしたちは、バッグに本を戻して出て行ったの。でも、トレッドウェルはあたしたちのほうをじっと見てたわ。車もしっかり見られたみたい」

「ナンバーも控えたんでしょう。つまり、それ以来……」

「ええ、それからずっとあの変な感じが続いて。気のせいかと思ったけど、これまでそんなことはなかったし」

「食料品を買いに出かけた日に、バートンのことが真っ先に頭に浮かんだのも、そういうことがあったからですね。本が無事だったのは間違いないですか」

「隠してありますからね」

「でも、この家の中に、でしょう?」

しばらく迷っていたが、やがて彼女はいった。「徹底的に家捜しをしたら、たぶん見つかります。でも、家に忍び込んだ者は、そこまでするのはやめようと思ったんでしょう。とにかく、今はやめておこう、と。家に忍び込んだことを知られたくなかったんだと思うわ。鍵を壊さないでどうやって入ったかわからないけど、でもたしかに入ってきた人がいた。あたしはそう思ってるわ。何者かがこの家に侵入した。その男は、棚に並べてあるバートンの本を調べた。そのあと、いろんなところを探しまわって、動かしたものを元の場所に戻しておいた。男が出て行ってから数分後に、あたしは帰ってきた。でも、侵入者の気配――体温のようなものが、まだ残っていた。そう思ってるの」

彼女は真剣な顔で私を見た。「あなた、どう思う？　気休めはいわないでちょうだいね」

「そういうことも充分に考えられますね。他人の家に忍び込むのは簡単だ――私だって、この家の鍵なら開けることができます。どこにあるか知りませんが、大事なものをこの家に置いておくのはまずい。外に持ち出して、コピーを取って、貸金庫にでも入れておくんですね。幸運は二度続かないかもしれない」

彼女はうなずいた。「考えとくわ」

「そうしてください。庭で人影を見たあと、何か手を打ちましたか」

「銃を買ったわ」

背骨がこわばるのを感じた。「どんな銃です？」

「小型の三八口径。さっき、あなたが玄関にきたときも、実は手に持ってたの」

「今どこに？　見せてください」

「なぜ？」

「理由はありません。気に障ったのなら、忘れてください」

「いいわ、見せてあげる」彼女は、ショールの中から剣呑そうな銃身の短いピストルを取り出し、私の掌に載せた。「弾丸《たま》は入ってます」

「そのようですね。失礼かもしれませんが、使い方は知ってるんですか?」

「買ったときに店の人から教えてもらったわ。安全装置とか、そういったもののこと。ほかに知ってなくちゃいけないことある? 撃鉄を起こして、狙いをつける。そして、侵入者をぎゃふんといわせる」

私は銃を返した。「基本的にはそれだけです。でも、私を撃ったりしないでくださいよ。新聞配達や、郵便配達や、魂を救いにきただけのエホバの証人を撃つのもまずい」

彼女は唇をすぼめた。「なんだか、あなた、気に入らないみたいね」

「銃なんか持たなくていいような時代がくればいい、世界がもっと安全な場所になればいい、と思ってるだけですよ」

「でも、怒ってるみたい」

「あなたにこんなものを売りつけた馬鹿が気に入らないんですよ。私が超越瞑想法を知らないように、あなたは銃のことを知らない。この無邪気な道具で一ポンドの肉が吹っ飛ぶんですよ」私は心臓の大きさの握りこぶしをつくった。

彼女は、それくらい想像がつく、というような顔をしていた。「心配しないで。人を殺したりしないわ。脅すのが目的よ」

「そりゃもっと悪い。相手に奪われたらどうするんです」

しばらく沈黙があった。ココはテーブルに銃を置いた。

「銃は相手を殺すときに使うもんです。それをいっておきたかっただけです」

彼女は不満そうだった。「あなたのいうとおりよ。ただ、不安で仕方がなかったの。じゃあ、どうすればいいの？　夜中の二時に訪ねてくるエホバの証人なんていないでしょう？」

「わかりませんよ。布教に熱心な連中ですから」

私たちのあいだのテーブルに銃が転がっていた。彼女は何かいおうとして、また窓に目を向けた。

「ここにくるときも、私は用心していました」

「どうして？　誰かに尾行されてると思ったの？　同じ気配を感じたの？」

「用心に越したことはないんです。理由はわかってるでしょう」

「ええ、そうね。でも、本当に尾行されてたんじゃない？」彼女は立ち上がり、窓に飛びついて、カーテンの隙間から外を見た。「ほら。いるわ。あそこにいるわ」

私も窓に近づき、体が触れ合うくらい寄り添って、彼女の横に並んだ。

「何も見えませんよ」

「さっきはいたのよ。通りの向こうに。木のあいだに隠れたわ」

「この前の男ですか？」

「わからない。そんな気もするけど」

「行って見てきます」

「やめて。行っちゃ駄目」

「大丈夫なもんですか。警察を呼びます」

「お好きなように。でも、庭に人が入ってきたわけじゃなくて、通りにいるだけなんですよ」

「警察に笑われる、といいたいのかしら」

「真面目に受け取ってもらうのは難しいでしょうね」

「あなたはどう？　あなたも気のせいだと思う？」

「人がいたのは間違いないでしょう。でも、無関係な通行人だったのかもしれない」

「あの男だったらどうするの？」

「よほどのことがないと、ここまで尾行することはできません」

「でも、尾行してきたとしたら？」

「まあ、完全に尾行をまくことはできませんからね」

「いくら用心しても無駄よね。前もって行く先がわかっていたら、少なくとも見当がついていたら、尾行もずっと簡単になるんじゃない？」

「そうですね。それだったら、あとからつけてくる必要もない」

「先まわりすればいいだけですものね。だとしたら、どうなるのかしら？」

「私とあなたは接触した。あなたは私の話を聞いた。そして、用心するようになった。相手はそう思うでしょう」

「つまり、今度この家に忍び込むときは……」

「こっそり探しまわる必要はない」

彼女は窓のそばを離れ、椅子にすわって銃を見つめた。

「まあ、それは最悪の場合です」私はいった。「でも、あえて危険を冒すことはない。よかったら、私も協力します」

彼女は顔を上げた。「一緒に考えてくれる、ということ？」

「ええ、こちらはそのつもりです」

「どういうことなのか、まだよくわからないけど、とにかく力を貸してもらえるのはありがたいわ」

「じゃあ、これで決まりだ。べつに見返りは期待していません。いつまで続けるかはあなた次第です」

彼女は感謝の目でこちらを見た。そして、また不安げに部屋を見まわした。「朝まで何もすることはなさそうね。でも、この家には侵入者が入ってきている。じっとしてると、頭が変になりそうだわ」

「じゃあ、今から外に出ましょう。車はどこにあるんです？」

「裏のガレージよ」

「出かけるのなら、荷物をまとめることですね。キーを貸してください。車を玄関に回します。荷物を積み込んだら、出発だ」

「でも、どこへ行くの？」

「ボルティモアに行けば、夜中でも明るいし、人もいる。夜が明けるまでぐるぐる走りまわってもいいでしょう。九時になったら、あなたの取引銀行で貸金庫を借りる。銀行なら、ノートのコピーもできます。そのうちに、テープのコピーもとったほうがいい」私は肩をすくめた。「ポーが探偵小説を発明したことと比べたら、たいしたアイデアじゃありませんが、とにかく今はこれが最善の策でしょう。気が変わって朝までここにいたい、というのなら話は別ですが」

「それはちょっと……どういえばいいのかわからないけど、それはちょっといやだわ」

彼女は私にキーを預けると、部屋を出た。階段をおりる足音が聞こえ、続いて真下の部屋で動きまわる気配がした。私はいくつかある窓の外を順番に見て、庭に人がいないことを確かめた。裏庭は何事もなく月影を浴びていた。その真ん中にある掘っ建て小屋がガレージだ。地所のまわりは林と下生えに取り囲まれている。ここからだと隣の家はまったく見えなかった。

キッチンから外に出て、狭いポーチを抜け、裏庭に出た。不審な気配はない。物音も聞こえなければ、木のあいだにあわてて逃げ込む人影もなかった。想像力が旺盛すぎるとココを責めるのは簡単だったが、今では私もいやな予感にとらわれていた。ポーチに寄りかかり、これでいいのだろうか、と思った。外で夜を明かすことを提案したのは私だが、彼女も賛成したのだから、このまま続けるしかない。私は不安を覚えながら家を離れ、ガレージに向かった。

途中まで進んだところで、凍りついた。林の中で、何かが動いたのだ。人かもしれないし、犬かもしれない。あるいは、ココに負けないくらい神経過敏になっているのか。風が吹き、木の葉を揺らしている。たぶん、あれは葉ずれの音だったのだ。

私はおそるおそる前に進んだ。まるで怯えた子供じゃないか、とおかしくなった。

ガレージの前について、あたりの様子をうかがった。すぐ先に扉がある。車用の扉と、人が出入りする扉があった。小さな窓を覗くと、中は真っ暗だった。私は壁に沿ってゆっくり進んだ。いやな予感がふくれあがり、懐中電灯を持ってくればよかった、と後悔した。ココの銃があれば、もっとよかった。

大きくきしむ扉を開けて、中に入った。暗かったが、窓の月明かりで車の一部が見えた。月の光がフェンダーに反射して、のっぺりした壁を照らしている。

素早く戸口を離れ、奥の壁に体を寄せると、聴き耳を立てた。馬鹿なことをやっているのはわかっていた。いつまでも戻らないと、ココが心配するだろう。だが、私は動かなかった。

誰かがいる。息遣いを感じた。人の気配を感じた。どこにも動くものはなく、どこからも物音ひとつ聞こえなかったが、私の体内の警報装置はけたたましい音を響かせていた。

そのとき、動いた。かすかな物音。鼠が動いた程度の物音だった。

扉の外を影が横切った。これは想像力のせいではなかった。身を乗り出し、外を覗くと、林に向かって何かが走っていた。今度は窓の外で何かが動いた。三人。少なくとも三人いる。私は壁際をゆっくり進みながら、指の先で武器になりそうなものを探していた。タイヤ交換用の鉄棒でも、レンチでも、ハンマーでもいい。だが、指先に触れたのはほこりだけだった。

このままやるしかない。私は素早く二歩進んで壁を離れ、硬く冷たい車のドアをまさぐり、取っ手を見つけて引き開けた。次に起こることを私は予期していた。だが、相手はそうではなかった。車内灯がついたのだ。その瞬間、相手が見えた。三フィートほど先にしゃがみ込んでいた。一声叫ぶと、男は飛びかかってきた。私は上半身をひねり、ベルトのすぐ上のあたりに左パンチを食らわせた。国会議員の倫理のように、男は地に堕ちた。その男がかすれた声で悪態をついたとき、外から二人が飛び込んできた。私は車のドアを閉めた。真っ暗になれば立場は同じだ。人影が回り込んでくるのを見て、私は腕を振りまわした。だが、腕は空を切った。

突然、強力な懐中電灯の光に目を射られた。麻布の袋の臭いがした瞬間、その袋を頭にかぶせられていた。そして、腕のところまで袋に包まれた。「このくそ野郎」ささやく声がした。「思い知るがいい」

私は必殺のキドニー・パンチをくりだした。すると、また袋をかぶせられ、ロープかベルトのようなもので腕を固定された。脚をばたつかせているうちに、宙に浮いた。気がつくと、床の土を舐めていた。血液風味の麻布サンドイッチのできあがりだった。激しい痛みを感じ、目の奥に火花が散った。誰かに後頭部を踏まれたらしい。怪我をしたのがわかった。何年ぶりかで命の危険を感じた。立ち上がってこの拘束着から逃れようと、じたばた暴れた。

結局、それも無駄に終わった。男の足は容赦なかった。手加減もせず、どこに当たろうとおかまいなしだった。腹を六回蹴られ、強烈な一発を股ぐらに食らった。次の一発は頭だった。途中で私は気を失った。

気がついたとき、ココの声が聞こえてきた。彼女の手が袋を取ってくれるのを感じた。私は仰向けにされた。まだ暗かった。見上げると、細い懐中電灯の明かりの中に彼女がいた。

「大丈夫？」

「わからない」起き上がろうとした。「骨が折れているかもしれない」

「お医者さん、呼ぶわ」

「その前にまだ生きているかどうか確かめよう」

「しばらくじっとしてて。唇が切れて、歯が折れてるわよ」

舌の先で歯に触ると、ぎざぎざになっているのがわかった。下唇はあごのほうまで垂れている。

もう一度やってみると、どうにか起き上がることができた。自分の体に関節があることなどこれまで意識したことはなかったが、その関節があちこちで痛んだ。

「大事なものを盗まれたようだな」

「そのことは今は心配しないで」

「あなたも痛めつけられたんじゃないですか？」

「とりあえず我慢できるわ。それより、あなたのほうが心配よ」

「何があったんです？」

「ひっぱたかれて、これで目が覚めたか、といわれたわ。それから頭に銃を突きつけられて、警告するのは一度だけだといわれたの」

懐中電灯を取り、彼女の顔を照らした。夜が明けると、目のまわりにあざができそうだった。

「その警告というのは？」

「警察には知らせるな。知らせたら、戻ってきて殺す、ですって」

私は立ち上がり、歩いてみた。

彼女はいった。「どこか痛くない？」

「痛いのはプライドだけだ」だが、壁に手を突こうとすると、壁はどんどん遠ざかっていった。懐中電灯で彼女を見ると、二重になっていた。「これまでKOされたことは一度もなかった。チャンスは何度もあったが、こんな楽しい目に遭ったのは初めてだ」

「ひねくれたユーモアのセンスだけは健在ね。ここにすわって。お医者さんを呼んでくるから」

「まだいい」

「口答えはよしなさい。診てもらわないと駄目よ」

「その気になれば、傷なんかあっという間に治る。医者にかかる時間はない」私は手を伸ばし、脳震盪を起こしたのだろう、と思った。それくらいで死ぬことはない。家に戻ってコーヒーの濃い彼女の腕をつかんだ。「手助けをしてくれる気があるのなら、家に戻ってコーヒーの濃いやつをポット一杯つくってくれないか。スプーンが立つほど濃いのができたら、呼んでくれ」

「コーヒーはないわ。ごめんなさい。飲まないの」申し訳なさそうに彼女はいった。まるで、瀕死の病人の頼み事を聞けなかったことを悔やんでいるようだった。「代わりに、お茶はどう？」

「いや、それならけっこう」私は顔を手で覆い、笑い出した。その笑いは血を分けた涙の兄弟だった。「あのお茶はおいしかったが、今は飲みたくない。せっかく気を遣ってもらったのに、申し訳ない」

開いた戸口から入ってくる光の中にうずくまった彼女は、母鶏のように私を見上げた。

「こんなことになってしまって、あたし、どうしましょう」

「よくあることですよ。過去の経験からすると、まず死ぬことはない」

私たちは床にすわりこみ、生きていることに感謝していた。

「あの銃はどうした？」しばらくして、私は訊いた。

「まだテーブルにあるわ」

「見つからなかったのか。それはよかった。あれを借りたい」

「なぜ？　どうするつもりなの？」

「できるかどうかわからないが、盗まれたものを取り戻すんだ」

彼女は信じていなかった。私はにっこり笑い、壁際から離れた。彼女は私の背中に腕をまわした。よろめく足取りで、私は家に戻っていった。

17

通りの反対側から見ると、トレッドウェル書店の奥にかすかな明かりが灯っているのがわかった。思ったとおりだ。奪ったものを分析しようとしているのだろう。ロードス島の学者でなくても、それくらいのことはわかる。一足す一は二。二匹の鼠と一匹の鼠を足せば、三匹の鼠になる。それがカールとダンティともう一匹だ。

「勘違いだったらどうするの？」ココはいった。「あの人たちじゃないかもしれないでしょ」

「そのときはそのときだ」

まだ夜明けには間があった。早朝の一番静かな時間。そんな時間に通りを歩いていれば、かなり目立つ。だが、ブロードウェイに車を停めたあと、私たちは堂々とイースタン・アヴェニューを歩き、トレッドウェル書店の向かいにあるビルとビルの隙間に隠れた。夜明け前の冷たい風に震えながら、私たちは寄り添って体を温め合っていた。あの血まみれの麻の袋を肩にかけていたので、ポンチョ代わりに風を防ぐことができた。だが、やられたらやり返せの精神を尊重している私は、夜が明ける前にその麻袋を活用する機会が訪れるのではないかと考えていた。

それにしても、ココはたいしたものだった。これから私がやろうとしていることを知っても怯えることはなかったし、反対することもなかった。それどころか、義務として私と行動をともにする、といいだしたのだ。彼女は大事な資料を盗まれ、小突き回された。だから、危険は承知しているが、泣き寝入りするわけにはいかないという。

叩きのめされ血を流して床に倒れている私を残してダンティたちが去っていったあと、すでに一時間ほどたったので、かなり回復していた。物が二重に見えるのは相変わらずだが、頭はだいぶはっきりしてきた。骨や筋肉は痛んだが、骨折はしていないらしい。だいぶ使い込んだ体だが、いざというときには、立派な働きをしてくれるだろう。いずれ痛みはなくなり、筋肉の凝りも取れる。しかし、いずれ手痛い代償を払うことになるだろう。

「さあ、行くか」

「間違いだったらどうするの？」彼女はまたいった。

「絶対に間違いじゃない。みんな今は店に戻っている。有頂天になって、隠れようともしていない。充分に脅してきたから大丈夫だ、と思っている。ダンティも初めておれと会ったときに凄んだのがまだ利いていると思って安心している。ダンティは情け容赦のないやつで、よっぽど痛いめに合わせるか殺すかしないかぎり、この先、こっちが危なくなる。人を恨んだら忘れないやつだ」

私は彼女の肩を抱き、二人別々の行動を始めた。彼女は車に戻り、私は通りを渡って店の前に行った。麻の布をかぶって身をかがめ、玄関に近づいて、ウィンドウから中を覗いた。明かりが漏れているのは、きのうカールが入っていった奥の部屋だった。ドアは閉まっているが、そのドアの上半分にある古風な明かり採りの窓から光が漏れている。動く影が天井に映っていた。三匹の鼠の影だ。

私はそのブロックの角を曲がり、裏の路地に入った。手探りで暗闇を歩いて行くと、カールの事務室から漏れるさっきの明かりが見えてきた。そこには車が二台停まっていた。立派な新型のシボレーとフォードの新車。こいつらはちゃんとアメリカ車を買っている。立派な愛国者だ。独立記念日万歳の男。だが、くそであることに変わりはない。ドアには鍵がかかっていなかった。ドアノブを回した。やはり有頂天になっているらしい。

不意を衝くのが何よりも大事だった。銃を手にして、ただ入っていっただけなら、ダンティにあっさり殺されてしまう。まず先手を打つこと。最初に強烈な一発をお見舞いすることだ。

中に入り、耳を澄ました。明かり採りの窓の向こうで、ダンティの声とカールの声がする。三人目は、たぶんダンティに雇われたちんぴらだろう。その男さえいなくなれば、だいぶ楽になる。そう思ったとき、不気味なほどの偶然だが、まるで私の思いが届いたように、足音が聞こえてきた。書棚のあいだに隠れたとき、ドアが開いて三人目の男が現われた。そして、私のそばを通りすぎ、裏口を開けて外に出た。さすがに今隠れている場所からは手が出せなかった。やがて、車のエンジンがかかり、男は路地を出て去っていった。私の中の冷静な部分は、あいつはいわれたことをするだけの操り人形だ、と告げていた。叩きのめす相手は、腹話術の人形ではなく、腹話術師だ。しかし、悔しさはどうしようもなく、落ち着くまでしばらくかかった。

その男がドアを開けっ放しにしていったので、中の様子を見ることができた。ダンティとカールは、カセット・プレーヤーが載った机をはさんで椅子にすわっている。プレーヤーから間延びのしたジョゼフィンの声が流れていた。カールは熱心に聴き入っていたが、ダンティのほうは、この死者の声――どんなに脅しても凄んでも、絶対に早くしゃべろうとしない老婦人の声に苛立っているようだった。

ダンティは戸口のほうを向いている。不意打ちをするのはどう見ても無理だった。うまくやれば、勘づかれずに戸口まで行けるかもしれない、と思ったが、楽観はできなかった。ダンティのような男は、防衛システムの一環として体内にレーダーが組み込まれているのだ。たとえ戸口にたどりついても、襲いかかるには机を飛び越えなければならない。ダンティなら、その一瞬の隙をついて、拳銃を手にするだろう。銃を構えて飛び込む手もあるが、それでもダンティはひるまずに銃を取りに行くはずだ。撃ち合いは望むところではなかった。いや、先に撃てばなんとかなるのではないか？

裂けた唇を舌の先で舐めながら、私は考えた。あいつを撃ってしまえば、あとは楽になる。だが、私は躊躇《ちゅうちょ》した。なぜなのかはわからない。

部屋に響いているのはジョゼフィンの声だけだった。そのとき、どこからともなくダンティの声が聞こえた。「おい、こんなのは茶番だよ。聞いたって仕方ないじゃないか。時間の無駄だ」

カールの顔は見えなかったので、うなずいたか、むっとしたかはわからなかった。やがて、カールはいった。「家捜《やさが》ししても、めぼしいものは見つからなかったんだ。何かあるとしたら、このテープにある。あわてて家を離れるときに、この箱だけ持って逃げようとしたんだからな」

「ふざけるんじゃない。百年前の話をだらだら聞かされて、嘘っぱちに決まってるだろうが」

「テープは何本もある」カールはいった。「全部聞くのは時間がかかるが、聞いたら何かわかるはずだ」

「じゃあ、あんただけで聞けよ。おれは忙しいんだ」

「わかったよ。家に持って帰って、一日がかりで聞くことにする」

「まだわからねえのか。全部聞いたって同じだよ」

「たとえそうでも、聞いてみないとわからない。それより、いやな予感がしてきたんだが、いつまでもここにいるのはまずくないか？　たかがコーヒーで、ハーロウのやつ、どこまで行ったんだ」

ダンティは笑った。「警察《さつ》が踏み込んでくるとでもいうのか？　あの二人は通報なんかしないよ。このおれが、あれだけ言い聞かせたんだから」

「それでも、万が一ということがある」

カールは机を片づけはじめた。テープ・プレーヤーはケースに戻し、ノートやカセットは段ボールの箱に戻した。ダンティは椅子を立ち、机のこちら側にやってきた。決断する時間は二十秒もなかった。いくら待っても事態は好転しない。なるようになるだけだ。

私は、戸口に面した本箱のうしろにまわった。ダンティのレーダーは、本当にあったとしても、今夜は電源が切られているようだった。ダンティは奥の壁のほうを向き、掛時計を見ていた。五時十五分前。そろそろ夜明けだ。そんな場違いな思いが、ふと頭に浮かんだ。そろそろ街じゅうで人が目を覚まし、シャワーを浴びたり、着替えをしたり、愛を交わしたりしている。一般人はそうなのだ。その二秒のあいだに、これまで出会った女性の姿が浮かんでは消えていった。リタ・マッキンリー……トリッシュ・アーンダール……エリン。愛を貫けた者もいれば、貫けなかった者もいた。

ダンティの銃を奪うこと。まずそれだ。ダンティは、コートの下、左の背中に近いところに銃を吊している。前に見たときはそうだった。その記憶が正しければいいが、と思った。

カールが出てきて、私のすぐそばを通った。よく見えなかったが、ココの段ボール箱を持っているのは間違いなかった。その箱も取り返さなければならない。持って逃げられたら意味がない。段ボール箱を奪い、ダンティの銃を奪う。そのあと、ほとんど休憩時間なしに、ダンティとテネシー・ワルツを踊ることになるだろう。

ダンティはなかなかドアから出てこなかった。何時間もかかったような気がしたが、実際にはカールより二歩遅れていただけだった。私はダンティの右側にいた。その二分の一秒で、彼はこちらに気がついたらしい。だが、たとえ気がついたとしても、私は暗いところにいたし、たぶん、まさかという思いもあって、ダンティの反応は遅れた。私が殴りかかるまで、ダンティの足並みは乱れていなかった。そのあごを狙って、強烈な右のパンチを叩き込んだ。私がコートに手を入れて銃を探るあいだも、彼は倒れなかった。彼は両手を上げて覆いかぶさってきたが、今度は反対側に左のパンチをお見舞いした。そのとき、銃が見つかり、抜き出そうとして床に落とした。音をたてて銃が床に転がると同時に、ダンティは倒れた。落ちてくるその顔に、膝小僧で挨拶をしてから、もう一方の足を軸にして回転しながら、銃を遠くに蹴飛ばし、カールの手から箱をひったくった。

「ろくでなしのみなさん」にっこり笑いながら、私はいった。「地獄にようこそ」

カールは哀れっぽい悲鳴を上げた。「ま、待ってくれ」その声はひび割れていた。

「そっちこそ、ま、待ってくれ、だ。待つあいだ、退屈だろうから、これをやろう」私が鼻の下を一発殴ると、カールはダンティの横に倒れた。

私は震えた。あまりにも順調すぎる。

そのとき、自動車のドアの閉まる音がした。あのダンティの小型版、肝心なときに持ち場を離れていた、ハーロウという男が戻ってきたのだ。私は、背筋がぞくぞくするような興奮を覚えながら、そいつを出迎えに行った。

ハーロウはドアを開けた。月の明かりで、その手に紙のトレイがあるのが見えた。トレイには、発泡スチロールの大容器に入ったコーヒーが三つ載っていた。

「よう、ハーロウ、おれの分はブラックにしてくれ」そういってから、殴ってやった。あたり一面にコーヒーが飛び散った。まず最初にハーロウが顔にそれを浴びたはずだったが、彼はすでに気を失っていた。

私はその場に突っ立って震えていた。「くそったれめが」

ダンティがうめいた。明かりをつけると、立ち上がろうとしているのがわかった。その上から麻の袋をかぶせ、脚を払った。ダンティは倒れた。その頭は床に叩きつけられた。思慮分別があれば、すぐに立ち去るべきだった。すでに目的を達したのだ。しかし、ぞくぞくするような興奮は消えていた。ちゃんと可愛がってやったのに、まだ満足していない。考えてみれば、こちらだってあれだけのことをされたのだから、腹の虫が治まらないのも当然だ。今や私は不倶戴天《ふぐたいてん》の敵をつくってしまった。その敵に、ちょっとご挨拶をしてから帰っても罰は当たらないだろう。

私はダンティに覆いかぶさった。「自己紹介が遅れて申し訳ない。デンヴァーのクリフ・ジェーンウェイだ。正式に紹介されたわけじゃないが、きのう、この店であんたに脅されて、ぶるぶる震えていた情けない男がいただろう？　あれがおれだよ。あんたはタフが売り物のミスター・ダンティだな」

ダンティが体を動かそうとしたので、腰骨にひびが入るほど強く蹴飛ばした。「やめろよ、ダンティ。動くたびに蹴飛ばされてたら、割に合わないだろう？」

私は身を乗り出し、麻の袋越しに話しかけた。「あんたの考えてることは想像がつくよ。こんなやつ、ぶっ殺してやる、と思ってるんだろう。それは考え違いだぞ。そんなことをしたら、とんでもないことになる。次に顔を見たら、おれはあんたを殺す。見た瞬間に殺す。暗い路地にいても、ピザハットにいても、ロックフェラー・センターの人混みにいても、だ」

私は銃の撃鉄を立て、相手の頭に突きつけた。「これでどうだ。ぞくぞくするだろう、この感触」

銃の先でこめかみを小突いた。強くやったので、かなり痛かったはずだ。「何かの拍子に、おまえがうまくおれを殺したとしよう。そのときも、楽しいことが起こるぞ。おれの友だち――名前はいわんが、おれよりずっと強い男だ――その男に、もうおまえのことを話してある。もしもおれの身に何か起こったら、ダンティ、おまえは終わりだ。事故に見せかけても駄目だぞ。指にさかむけができて、交差点でそれを噛んでいるときに、トラックが突っ込んできて、はねられても、おまえは報復を受ける。もう命はない。二十四時間以内に死ぬんだ」

ダンティの耳もとに顔を近づけて、私はいった。「だから、おれが長生きして、いつまでも幸せに暮らせることを祈ってくれ。わかったか、抜け作」

私は銃をベルトに突っ込み、麻の布ごとダンティの服をつかんで、その場に立たせた。

「ココが死んだ場合も同じことになる」

不意に新しい怒りに駆られ、麻の袋をむしり取ると、私はダンティに力一杯の平手打ちを食らわせた。ダンティは壁に吹っ飛んだ。「今のはココの分だ。二度とココに手を出すな。何かあったら、心臓をえぐり出してやる」

私たちは、手を伸ばせば届く距離に向かい合って、激しい怒りをたぎらせていた。私はゆっくり後ずさりして、ドアに近づいた。「いいか、警告するのは一度だけだぞ。これがその警告だ」

私は箱を取り、部屋から出ると、路地を駆けていった。その先にココの車がエンジンをかけて待っていた。

18

ココは目を丸くして私の話を聞いていた。私はありのままを話した。彼女は、傷だらけの私の顔に手を触れ、何度も私の名前を口にした。「まあ、クリフ。大変だったでしょう、クリフ。とんでもない夜だったわ」一分近くたってから、彼女はいった。「あなたのこと、クリフと呼んでもいいかしら」

私は笑った。笑うだけで傷が痛んだ。「あんたには負けるよ、ミズ・ビュージャック」

ダウンタウンから遠く離れた私たちは、朝食を出す、ごく普通の食堂にいた。彼女のほうは、食べられるものがなかなか見つからなかったようだったが、私のほうは薄汚れた厨房から出てくるものをなんでも食べた。そして、三杯目の本物のコーヒーを飲んでいるところだった。

「あなたは本屋さんでしょう？　本の研究家でもあるわね。それなのに、今は、中世からやってきた凶暴な戦士みたい」

私が苦笑すると、彼女は続けた。「いい意味でいったのよ」

「それはわかってるよ」

「ヒーロー扱いされると落ち着かないの？」

「そんなことはない。好きな歌は『見果てぬ夢』でね。ただし、めそめそしたテノールじゃなくて、深みのあるバリトンで歌ってもらいたい。テノールが歌うのを一度聞いたことがあるが、恥さらしだったよ。滑稽な感じもしたね」私はコーヒーを一口飲んだ。「うまいバスが歌っても、なかなか聴きごたえがあると思う」

彼女は微笑んだ。私には、かなり親愛の情がこもった微笑みのように見えた。「あなたはいつもそうなの？」

「そう、というのは？」

「人が褒めようとすると、ふざけてごまかす」

私は肩をすくめた。「銃で撃たれた古い傷を見てないから、そんなことをいうんだろう」

「それよ、あたしがいってるのは、そういうことなの」

彼女からヒーロー扱いされるのは楽しかったが、私はすぐに真顔になった。今夜、起こったことの意味が、彼女にはまだわかっていない。これで終わり、勝ったのは私たち、と彼女は思っている。

だから、私はいった。「べつに、あんたの気を惹くためにあんなことをしたわけじゃないんだ。自分がどんな状況にいるのか考えたほうがいい。ダンティを痛めつけたのも、うまく効果が上がるように計算した上でのことだ」

「うまくいくかどうか、まだ自信がないみたいね」

その問いには答えを用意していなかった。私はまたコーヒーを飲んだ。

「危険なことにあたしを巻き込むんじゃないかって、心配してるわけね」

「もう巻き込まれてるよ。あとは、これ以上、危なくならないように祈るだけだ」

「選択肢はいくつあるのかしら」

「その一。資料を渡し、尻尾を巻いて逃げる」

彼女は怒りに顔を染め、首を振った。「それは駄目」

その決断力は気に入ったが、西部開拓時代の無縁墓地には決断力のあるヒーローが何人も埋葬されている。私たちの前には新しい難問の山ができていた。

「二人ともあいつらに殺されるかもしれない。だったら、逃げたほうがいいんじゃないのか？」

彼女はまた首を振った。今度は少しためらいがうかがえたが、逃げない、という返事に変わりはなかった。私はいった。「家に戻るのはまずいだろうな。その前に、状況を見極める必要がある」

それを聞いて、彼女は真剣な顔つきになった。本気で考える気になったらしい。

「じゃあ、どこへ行けばいいのかしら」そういったあと、ほとんど間を置かずに彼女は続けた。「チャールストンよ、チャールストンにしようかしら。そのうち行くつもりではいたんだけど、どうせなら、この機会に行ったほうがいいわ」

それはいい、と思って、私はほっとした。「そうだな。ついでだから、おれも一緒に行こうか」

彼女は表情を明るくした。「ぜひそうして」彼女はいった。「お願いするわ」

「じゃあ、そうしよう。ボルティモアの用事は片づいたようだ。どっちにしても、正体がばれたら、動きようがない」

「期待しているものがチャールストンで見つかったら、あなたの調査にも役立つはずよ」

「それがどんなものか、ちょっとでいいから、ヒントをくれないか」

「飛行機に乗ったら、テープを聴いてちょうだい。チャーリーの話をじかに聴いたほうが早いわ」

私が代金を払った。そして、二人で彼女の車に乗った。

「着替えを取りに帰りたいんだけど、それも駄目かしら」

「おれならやめておくね。まだ早い」

「いつまでこんなふうに隠れていなくちゃいけないのかしら」

「永遠に続くわけじゃない。しばらく待っても動きがなかったら、こちらから仕掛けるつもりだ」

私のモーテルに立ち寄り、荷物を取ってきて、空港に直行した。

「テープ・プレーヤーはまだ箱に入ってるか？」

「ええ。イヤホーンもついてるわ」

私たちはそれ以上、話をしなかった。やがて、滑走路や飛行機など、見間違えようのない空港の光景が目の前に広がった。搭乗者用の駐車場に車を停め、私たちはシャトル・バスでターミナルに向かった。

「相手方はこれからどうするつもりなんでしょうね」

「まだなんともいえないね。ダンティは野獣だ。いちおう、できるだけのことはやってきたが」

「本気であたしたちを殺そうとすると思う？」

それはまだ判断がついていなかった。「確率は五分五分だろうな。どっちかを選ぶとしたら……さあ、どうだろう。とにかく、こうやって街を離れるのはいいことだ」

キャンセル待ちでアトランタ行きに乗った。そこで地方便に乗り換えれば東海岸に行くことができる。

「あなたは世界最大のはったりをかましたわけね」途中で、彼女はいった。

だが、私の沈黙が、そうではないことを語っていた。

「はったりじゃなかったの？」

「ダンティのような男にはったりは通用しない」

「じゃあ、殺されるかもしれないわ」

「ダンティは、死ぬかもしれない状況で命拾いした。そのことに気がついていればいいんだが」

「ほかにもいろいろあの人にいったんでしょ」

「それも信じてもらえるといいんだがね」私は暗い顔で彼女を見た。だんだんヒーローの値打ちがなくなってくるのが、我ながら辛かった。「答えを知りたくない質問は、最初からしないほうがいいと思うよ」

「あなた、そういう人と知り合いなの？　電話一本で人殺しを依頼できるような人と」

「頼むよ」私は少し苛立っていた。「おれの知り合いに殺し屋はいない。ダンティに話したのは、子供のころの友だちのことだ。おたがい、正反対の道に進んだが、そいつはおれに借りがあると思っている。子供時代にちょっとしたことがあって、その友だちは前から借りを返したがっている。だから、そろそろすっきりさせてやろうかと思ってね」

しばらくして、私は続けた。「べつにダンティに殺し屋を差し向けるわけじゃない。おれたちが生きていれば、あいつも死ぬことはない。もしもあいつの身に何かが起こったとしたら、それは自業自得だ」

だが、私はまだヴィニーに電話をかけていなかった。まだ引っかかるものがあって、行動に移せないでいた。

その代わり、エリンに電話をかけると、留守番電話が出た。「もしもし」私はいった。「今、街を離れている。いつ戻れるかわからないが、話したいことがある。うちの留守番電話にメッセージを残しておいてくれ」

今回にかぎって、悪ふざけはやめることにした。

一時間後、ココと私は高度三万五千フィートから東海岸を見おろしていた。彼女はプレーヤーを取り出し、五、六冊の分厚いファイルから資料を探したり、二十数本のテープから必要なものを選んだりして、聞けるようにしてくれた。「このテープがいいわ。チャーリー本人が出てくるの。こんなのはこれ一本だけよ」

テープの再生が始まった——老人が自分の体験を話している。男の声だったが、口調にどこか馴染みがあった。

「これは……ジョゼフィンか？」

「とにかく聴いて。チャーリーから聞いたことを、ジョゼフィンがしゃべってるの——何年も前にジョゼフィンが読んだ日誌の内容も織り込まれてるわ」

私は彼女を見つめた。

「これは超自然現象でもなんでもないのよ。これを録音した日、ジョゼフィンは深い催眠状態に入ってたの。お祖父さんから聞いた話を、そのままにしゃべってるのよ。ジョゼフィンの頭の中に、八十年間、保存されていた話なの。声もお祖父さんの声をまねてるわ」

「再生したとき、ジョゼフィンはどういっていた？」

「何もいわなかったわ。ただ泣いただけ」

彼女は、巻き戻しボタンを押して、テープを最初に戻した。

「テープの中で質問をしているのはあたし。ほかの声はみんなチャーリーよ。あたしの声は聞き流して、よく聴いてちょうだい。先入観なしに、じっくり聴いてもらいたいの」

テープ・ノイズがイヤホーンから流れ、続いてココの声が聞こえてきた。

「あなたは誰ですか。名前をおっしゃってください」

一瞬、間があって、甲高い子供の声が聞こえてきた。

「ジョゼフィン」

「下の名前は？」

「ジョゼフィン・クレーン。お友だちは、ジョーって呼ぶの。ジョー。『若草物語』に出てくるジョーと同じ」

「芯の強そうないい名前ね。あなたのこと、ジョーって呼んでもいい？」

「ええ、いいわ」

「ジョー、あなた、いくつ？」

「今日がお誕生日なの。九つになったの」

「今日は何日？」

「一九〇四年の九月三日」

「まだ小さいのに、しっかりしたお答えね」

「ありがとう」

また間があって、ココがいった。「お祖父さんのこと、話してもらえない？」

「どんなこと話せばいいの？」

「お祖父さんの名前は？　名前から始めましょう」

「チャールズ。チャールズ・エドワード・ウォレン」

「お祖父さんがこれまでどんなところで何をしてきたか、知っていることだけでいいから、話してもらえないかしら」

ここで長い間があった。二、三分、テープ・ノイズが続いた。そのあと、かちりと音がして、ぼつっという雑音が二つ三つ入り、ココのささやき声が聞こえてきた。

「マイクをジョゼフィンの前から離した。これは注釈。状況の説明をする。彼女は考えをまとめているような顔をしていた。表情はとても落ち着き、これまでのセッションのとき以上にくつろいでいる。今日は祖父の話を詳しく訊くつもり。ただし、彼女が通常の人格の外に出られるのは、自分がじかに聞いたり読んだりした対象になりきる場合にかぎられる。祖父が生きていたときの彼女の年齢を考えれば、知っていることはそれほど多くないだろうと予想される。ただし、彼女は、自分で告げる年齢よりはるかに大人っぽい返事をすることもある。九歳とは思えないほどの知識があり、大人の言葉も使いこなす。彼女がしゃべっているのは、彼女の前で祖父が実際にしゃべった言葉であり、祖父の死後、彼女が読んだ日誌の中に出てきた言葉である」

遠くから子供の声が聞こえてきた。また雑音が入ったのは、ココがマイクをジョゼフィンに近づけたからだろう。

「ごめんなさい……聞こえなかったわ」

「どこへ行ったの、って訊いたのよ」ジョーの声だった。

「どこにも行かないわ。機械を動かしてただけ。チャーリーのこと、話してくれる？」

間があった。荒い息遣いが聞こえる。

「お祖父さんはもう引退したの。若いときは製図工だったんですって。地図をつくる人よ。そのころはいい仕事だったんですって。開拓地が広がって、新しい土地がどんどんできてたから。ボルティモアからずっと離れないで、地図の仕事をしてたの」

「ワシントンの政府のために仕事をしたこともあったそうね」

「そうよ」また長い間があった。「ジェイムズ・ブキャナン大統領のときに陸軍省にいたの」

「どんな趣味があったのかしら」

「若いころは……ずっと昔は……オペラと歴史と哲学と博物が好きだったんですって。小鳥の観察に夢中になって、最後には一人前の鳥類学者になって、本を一冊書いたり、小冊子を五、六冊出したりしたそうよ。それから、カード・ゲームが好き。楽しみのために、お小遣いを賭けてポーカーをしたり、ホイストをしたり」

「写真を見たけど、まるで大学教授ね」

「よくそういわれてたわ。あたしのママもそういってた」

「ほかに何か知ってる？」

「ええとね……ええと、お祖父さんは本を集めてたの」

「リチャード・バートンの本も読んでたのね」

「そう。会う前から、バートンさんの本を読んでたの。最初のころの本も持ってたわ。よく売れて、版を重ねたり、改訂版が出たりしても、お祖父さんはいつもイギリスの初版を買うことにしてたの。内容に手を入れた再版が出たら、それも買ったわ。バートンさんの自筆の注釈つきの本が、うちにはたくさんあった。三十年分の手紙もあったの。その手紙には、本の内容とか、出版社との揉め事とか、本を書く喜びとか苦しさとか、いろんなことが書いてあった。一八六一年からは、バートンさん本人に頼んで、新しい本が出たら必ず二冊、刷りたてをすぐ送ってもらうことになったの」

「バートンさんとチャーリーはどんなきっかけで会ったの？　一八六〇年の五月に二人で何をしたの？」

またしばらく息遣いだけが聞こえていた。「二人でチャールストンに行ったのよ」

「その旅の話、ここで聞かせてもらえないかしら」

ここでも長い沈黙があった。そして、録音機を動かす雑音が入った。やがて、ココのささやき声が聞こえてきた。

「従前のセッションから、二人の旅の話は、これまでの声より、もっと力強い、自信に満ちたものになると思われた。注記しておけば、似たような実験はすでに何度か行なってお り、そのたびに同じ結果になった。一つひとつの言葉もほとんど同じだった。七番、十二番、十三番のテープと比較すること。

こうしたセッションで、ジョーは大人の知識を持っていることを示している。そのことからこの実験が疑問視される可能性もある。チャーリーは、その時代の祖父が九歳の孫娘には絶対に話さないようなこと——たとえば、マリオンという宿屋の娘とバートンとの性的交渉までジョーに話していたように見える。あるとき、バートンが口にした悪態も、チャーリーはジョーに教えている。別のところで子供相手にしゃべる場合、たぶんそんなことは話さないだろう。不審に思って尋ねてみると——この件については十番のテープ参照——その旅のあいだ祖父がつけていた日誌を読んだのだ、と彼女は告白した。つまり、われわれが聞き出そうとしているのは、祖父の話と日誌の内容とが混じり合った叙述になるものと思われる。その日誌は、残念ながら、チャーリーの死後、蔵書が騙し取られて失われたままになっている」

また、ぼつっ、かちっ、という音がした。

「お待たせ」普通の声で、ココがいった。「もう落ち着いた？」

「ええ、お水、ありがとう」

「チャーリーのこと、話してくれる？」

「お祖父さんから聞いた話？　それとも、日誌にあった話？」

「どちらでも好きなほうでいいわ。でも、お祖父さんの言葉で話せないかしら。お祖父さんから聞いたとおりに。書いてあったとおりに」

「できるかもしれない」

一分ほどして、また声が聞こえたとき、それは老人の声だった。

「それは一八六〇年五月の暖かい日に始まった。私は三十三歳だった。あのころ、世界は今よりも輝かしい、胸躍る場所だった。まだ若い私にはやりたいことがたくさんあった……」

私は目を閉じ、ココにいわれるまま、その話に耳を傾けた。

「私は三十三歳だった。バートンと会ったとき、私のほうが六歳若かった。こんなふうにして、それは始まった……」

バートンとチャーリー

19

陸軍省の長官、ジョン・B・フロイドに

会うため、バートンがワシントンにきた。そこまではわれわれにもわかっているが、そのときにどんな話し合いが持たれたか、それはいつまでも謎として残るだろう。

遠いところから私はバートンを敬愛してきたが、フロイドは前から信用できない人物だと思っていた。それでも日常の職務に支障をきたすことはなかった。私は勤勉だったし、仕事の上でフロイドと関わりを持つこともあまりなかったからである。長官と会わなくても仕事はできる。私は勤めに精を出し、当然の如く仕事にも満足していた。のちにフロイドが裏切り者と呼ばれるようになったときも、私は驚かなかった。自分の立場

を利用して大量の武器弾薬を南部に運び、戦争が勃発したあと南部連合に寝返った男。私は、陸軍省に勤めながら、彼とは距離を置いていた。

だが、その日の朝、バートンがフロイドと会うことを知って、居ても立ってもいられなくなった。帽子を膝に当てがって、不安そうに廊下に立っている若者——おそらく私は、絵に描いたようなそんな姿をしていたはずである。やがて扉が開き、バートンが出てきた。その瞬間、不安は消えた。大胆にも私は近づいていって挨拶をした。そして、彼の数々の冒険をずっと追いかけていること、本が出ると必ず取り寄せていること、本は全部読んでいることなどを話した。すると、彼はおおいに喜んでくれた。あとでわかったことだが、スピークとの辛い一件があり、英国内での評判にも翳りが見えはじめていた時期だったので、私のような賛美者の存在が嬉しかったのだろう。思いもよらない不穏当な出来事が続いたあと、突然、私が現われ、闇夜に光を見出したように喜んだわけである。私にとってリチャードは〝地の塩〟であった。私たちはたちまち肝胆相照《かんたんあいて》らす仲になった。

彼は私の肩に手を置いた。そして、百年の知己のように親しく私を引き寄せた。私は天にも昇る心地だった。

「どうだ、チャールズ——」

「やめてください。友だちは私のことをチャーリーと呼びます。あなたにもそう呼んでいただけると、光栄に思います」

「こちらこそ友だち扱いしてもらって嬉しいよ。で、どうだ、一杯やりに行かないか。近くに居酒屋はないかね」

「通りのすぐ先にいい店があります。エールを頼むと、無料で昼食もついてきます。でも、ぜひ私におごらせてくださいーーあなたはこの国にいらっしゃった客人なんですから」

「それは呑みながら考えよう」

歴史の本によれば、バートンはすぐにワシントンを離れるつもりだったという。だが、あの一八六〇年の春、彼の行方は杳《よう》として知れなくなる。三カ月後、ミズーリのセント・ジョーに現われた彼は、馬車で西部への長い旅に出る。その失われた三カ月について、バートンは各州を見てまわったという証言しか残していない。

だが、最初の一週間はワシントンにいたのである。バートンは我が家に泊まっていた。そのあいだずっと、私たちは一緒に食事をし、暇さえあれば議論をしていた。政治のこと、歴史のこと、アメリカの奴隷制にまつわる諸問題、南部十一州の連邦離脱について、戦争について……話題は尽きなかった。

バートンは黒人を賛美していたわけではなかったが、常に奴隷制を憎んでいた。私はどちらかといえば擁護派だった。その違いは大きく、溝は深かったが、友情を結ぶのにはなんの障害にもならなかった。

何か特別なことが起ころうとしている。私はそれを感じ取っていた。大冒険が始まりそうな予感。手を差し出すだけの勇気があれば、私はその冒険の旅に出ることができるのだ。

三日目に、彼はいった。「しばらく一緒に旅に出ないか。きみの人生観を変えてやろう」

「ぼくのほうがあなたの人生観を変えるかもしれませんよ」私がいうと、彼は笑った。

バートンにもわかっていたように、私は彼を畏れ敬っていた。だが、決して卑屈になったり、盲従したりすることはなかった。それゆえ彼も私に敬意を払ってくれていたはずである。私が心にもないお世辞をいい、相手の歓心を買おうとするような人間なら、彼もこんなふうに旅に誘ったりはしなかっただろう。バートンは媚びへつらう人間にうんざりしていたのだ。

四日目、私たちは激しい議論をした。最後には、二人とも顔を真っ赤にして笑い出した。「すぐにでも出発したい」五日目に、彼はいった。「きみもぜひ一緒にきてくれ」

人生の岐路に立つ者はたくさんいる。だが、その多くは険しい道が目の前に延びているのを見て躊躇する。そして、大半は足を踏み入れるのをやめてしまう。

どうしても私はその道に進みたかった。ここで引き返すのは自分の人生を否定するようなものだった。

私は、暮らし向きには充分気を遣っていた。それ相応の貯えもある。手に職のある私は、ワシントンやボルティモアやニューヨークなどにある何十軒もの個人商店を顧客に持っていた。陸軍省内の腹の探り合いや、何もかも自分たちの思いどおりに事を運ぼうとする官吏たちにはうんざりしていた。しばらくバートンと一緒に姿を消したところで、困る者は誰もいないだろう。

私は使用人に暇《いとま》を出し、妻と娘にしばしの別れを告げた。そして、初めて会った日から一週間後の月曜日に、バートンと連れ立ってワシントンを離れた。

鉄道でリッチモンドに向かう途中、われわれの目的地はどこか、とバートンに尋ねた。すると、ためらうことなく、彼は答えた。「チャールストンだ」

しかし、それはただ訊いてみただけのことだった。目的地がどこであろうと、もはやどうでもよかった。大学を卒業し、結婚して、仕事に就いて以来、すっかり忘れていた素晴らしい解放感に包まれて、私はわくわくしていたのである。もしもバートンが「アフリカだ」と答えても、私はついていっただろう。ただし、まだ物見遊山のつもりでいたことは正直に認めなければならない。当初、私は、これから蒸気船に乗るのだろう、と考えていた。そのほうが楽だからである。一八六〇年の鉄道はまだ途切れとぎれで、全線が開通していない路線もたくさんあった。陸路で旅を続けるには、途中で駅馬車に乗り換えなければならなかったが、少し雨が降っただけで道はぬかるみ、たちまち通れなくなる。船を使えば、それはすべて回避できる。船に乗り、ポトマック川を下って、アッキア・クリークで列車に乗り換え、ウィルミントンでまた汽船に乗れば、あとは比較的楽なのだ。だが、バートンは陸路に執着した。楽ができればいいというものではなかったし、ただの行楽客として旅をするつもりもなかったのである。暗黒大陸アフリカを二年間さまよう苦難に満ちた旅をしてきたばかりのバートンが、たとえどんな災難に見舞われようと、文明国アメリカでの旅を恐れるはずがない。そこで、私たちは汽車でピッツバーグに行き、そのままノース・カロライナに入って、ウィルミントンから先は推奨されている道すじを外れ、陸路でサウス・カロライナに向かった。

そのかんバートンは終始機嫌がよかった。共通の話題でおおいに盛り上がったが、ときにはめいめいが物思いにふけることもあった。鉄道の長旅のあいだ、列車が駅に停まると、バートンは必ずその町の新聞を買い、むさぼるように目を通してから、私にも貸してくれた。ちっぽけな町にも汽車は停まり、水と石炭を補給する。小さな村はまばたきするあいだに通りすぎた。どの町や村でも人が出てきて疾走する汽車を見物していた。愚か者は線路に近づきすぎて危うく命を落としそうになる。運転士がけたたましく警笛を鳴らしても、げらげら笑うだけで、決して下がろうとしない。小さな町では老人や子供が集まり、一瞬のうちに通りすぎる私たちを見ていた。その個々の顔が汽車の中から見えることもあり、そんなとき私はその見物人の性格を読み取ったり、適当に想像したりして楽しんだ。その顔はほんの半秒ほどで窓から消え、永遠の彼方へと遠ざかってゆく。貧しく無知な群衆という印象が、私の中に徐々に形づくられていったが、その旅のあと何年かたってあの人々のことを思い返したとき、そうした印象が不当なものであったことに気がついて、考えを改めた。あの人々を私は見くびっていたのである。彼らこそ南部を背後で支える核心の人人であった。保護者然とした北部人の意識が全国的な広がりで展開された結果、この偉大な国を破滅の縁に立たせたあの戦争が起こったのだと今の私は考えている。

停車時間が長いときには、外に出て地元の人々と交流を持った。誰もが口々に政府の横暴を非難した。私たちの政治的信念に異議を申し立てる者さえ現われたが、バートンはそれを柳に風と受け流し、自分の意見を述べるより、相手の話を聞くことに集中していた。私のほうも良識を発揮して、南部の奇妙な制度に対する感想を述べたり、連邦を離脱して戦争を始めるという妄言に付き合ったりすることは控えていた。フレデリックスバーグより南に行ったことがなかった私は、新聞の記事に煽動的な嘘ばかりが書かれていることを知った。だが、南部の奥に踏み入ると、南部人が何を大事にしているのか、そして、それにはどんな理由があるのか、おぼろげながらわかりかけてきた。風景は不思議に美しい。桃林園や綿農場が遠くまで広がり、ときおり私たちは大農園《プランテーション》のそばを通りかかった。そこには土ぼこりがもうもうと舞い上がる長い道が何本も走り、オークの巨木の林があって、奴隷たちが畑で作業をしていた。だが、私たちは、沼沢地が点在する森、どこまでも続く松の森を通り、未開の原野を旅することのほうが多かった。

どこに行ってもバートンは寸暇《すんか》を惜しんでメモを取っていた。

ウィルミントンで駅馬車に乗ったが、マリオンという村までの賃金しか払わなかった。地図を思い浮かべた私は、サウス・カロライナに入って三十マイルほどのところにある村だ、と見当をつけた。馬車が出発してまもなく、ノース・カロライナ南部の陰鬱な沼沢地帯に入った。私は地図制作者の目で風景を見てしまうが、ふと見ると、バートンもまた地図を手放さず、記憶に焼きつけていた。これまで私は何も訊かなかった。道中の話し相手に選ばれただけなのだから、旅程を決めるのはバートンに任せていたのである。しかし、こんな寒村になぜ立ち寄ることにしたのか、好奇心を刺激されて、ついに私は尋ねた。

「マリオンに何があるんです？ 遠回りしてまで立ち寄るのには、何か理由があるんでしょうか」そのときになって初めて余計者の意識が芽生えてきて、愚かにも私はこう付け加えそうになった。「ところで、ぼくはなぜこんなところにいるんでしょう？」たとえ冗談としても、それは毒気がありすぎる。まだ先は長いのだから、そんな気持ちが続くようなら、あとでまた考えてみればいい。だが、反乱州まであと数マイルというその沼地で、初めて小さな疑問が浮かんだことだけはたしかだった。私の役は単なる旅の友ということになっているが、ひょっとしたら、まだ明らかになっていないほかの役割も担わされているのではないか？ 先ほどの問いに、バートンは気のない返事をした。

「マリオンには居酒屋と宿屋があると思う。一晩泊まって、村人の話でも聞こうじゃないか。食事はどうにか口に合うだろうし、二人で楽しい酒も呑める。翌朝か、その次の日に、フローレンスに出発しよう」

私はまだ納得のいかない顔をしていたのだろう。バートンはこう続けた。「しびれを切らしたのかい、チャーリー。なんだか苛立っているように見えるな。きみの祖国に災難をもたらそうとしている反乱者の巣窟を、一刻も早く見たいのか」興味があることはたしかだった。一年後、戦争勃発の直前に、バートンは『中央アフリカの湖水地帯』全二巻を送ってくれたが、そのページの余白には、スピークを暗に批判したらしい次のような面白い手書きの注釈があった。〝ほんの一瞬だが、きみを見ていると、別の旅の同伴者を思い出した。その人物は目的地にたどり着くことばかり考えていて、身のまわりで起こっていることを見逃していたのだ〟

マリオンには見るべきものは何もなかった。泥だらけの道や、そのまわりの粗末な建物しか記憶にないが、バートンは彼なりに満足していたらしい。予想どおり、宿屋があったので、通りに面した二階の二室を借り、意外に上等な夕食を食べた。バートンは、同宿の旅行者や地元の人々とすぐに打ち解けた。だが、きわめて社交的であった反面、例によって自分のことはあまり話さず、相手からいろいろなことを聞き出して、奴隷制や連邦離脱の話題になると言葉を選んで慎重に会話を進めた。しかも、そのころには、アメリカ人と同じ英語を操るようになっていた。英国の訛りはすっかり影を潜め、あとになってそのことを尋ねると、彼はこう答えた。「それがぼくのやり方なんだよ。どこへ行っても、まず現地の言葉を学ぶんだ」私たちは声を揃えて笑った。すると、彼は続けた。「この先、どんどんぼくが変わっていっても、驚かないでくれよ。言葉で実験をするのが好きなんだよ。ここの白人《クラッカー》は独特の言葉をしゃべるね」

そのとき、私はふと思った。やはりこの旅行には何か裏があるのかもしれない。バートンがいったことは、一種の変装を暗示しているのではないか。しばらくすると、何も知らないのは私だけではないか、と思えてきて、ますます不安が募った。何年もあとになって、未亡人のイザベルや、姪のジョージアナ・スティステッドや、トマス・ライトなどが書いた伝記を読んでいると、インドでバートンが諜報関連の任務に就いていたことが記されていた。初期の本で、バートン本人もそのことを匂わせている。数週間、ときには数日で地元の言葉を憶え、肌も黒くして現地人に溶け込み、地元の人間として情報の収集にいそしむ。もちろん、あの大旅行、アラブ人と見分けのつかない姿でメッカやメディナを巡礼した旅の記録も、すでに公《おおやけ》にされていた。リチャードはどんな人間にも化けることができる。そのことから、またいやな想像をした。ひょっとしたら彼はスパイとして私の祖国にやってきたのではないか。それがこの旅の本当の目的ではないか。内戦の可能性を探り、もし戦争が起こるとしたらいつ起こるか、英国がそれを利用して国益につなげるにはどうすればいいか——そういったことを調べているのではないか。背筋が寒くなるような話だが、あり得ることだ。英国と合衆国とは、一八一四年の戦い以来、表向きは友好関係にある。だが、英国政府の一部には、いまだに怒りを忘れず、アメリカの凋落《ちょうらく》を望んでいる勢力があることは周知の事実である。たとえば、パーマストン卿などは、自分が陸軍省の責任者であったときに英国軍が敗れたことを今でも根に持っているという。そのパーマストン卿が今の首相なのだから、何十年も前の復讐を企み、手先としてバートンを送り込んできたとしても不思議はない。

そう考えると、だんだん腹がたってきて、ぜひバートンを問い詰めなければ、と思った。もしもバートンがそんな密命を帯びているのなら、短かった私たちの友情もこれで終わりだ。ウィルミントンから北に向かう最初の蒸気船に乗って、ここを離れよう。だが、そのときになって私はためらった。夕食のあいだ、問い詰め方を考えていたが、適当な言葉が見つからなかった。もしもバートンが無実なら、私の言葉は大いなる侮辱になって、せっかくの友情も壊れてしまうだろう。これまでのバートンの言動を見ても、私の疑いを裏づけるようなものは何もない。バートンがいうように、いつもと同じことをしているにすぎないのである。食事が終わるころになると、私は、何もいわないでおこうと決心していた。だが、不安は去らず、ときおりバートンの視線を感じた。私の心を読み、疑われていることを知ったかのように、バートンはちらちら私のほうに目を向けていた。

その夜、宿屋では、特筆すべきことが一つ起こった。そのときは取るに足りないことのように思えたが、その出来事はあとで重要な意味を持つようになった。新しく知り合いになった数人と酒場でテーブルを囲んでいたとき、ジェドロ・フィンクという騒々しい大男がやってきた。フィンクは北部人《ヤンキー》が嫌いらしく、すでに酔っていたが、酒杯を重ねるにつれていちいち私の発言に文句をつけるようになった。言葉遣いで、誰が見ても私は北部の人間だとわかるのである。談笑中に〝ヤンキーの犬ども〟という言葉がふと耳に入った。見ると、フィンクの酔眼がこちらに向けられていた。

リチャードもたくさんエールを呑んでいたが、目つきはまだしっかりしていた。私は彼に目配せをして、退出のきっかけを探しはじめた。会話が途切れたとき、私はいった。

「じゃあ、ぼくはこれで失礼する」だが、我らがヤンキー嫌いはその言葉に絡んできた。

「よう、まだいいじゃないか、兄弟。それとも、おれたちが酒の相手だと気に入らないのか。まったく、ヤンキーってやつは」

私は二つの鋭い感情に突き動かされた。怒りと恐怖である。喧嘩の経験がない私は、怪我をすることより、人前で叩きのめされることのほうを恐れていた。それでも、聞き捨てにはできず、私はいった。「きみはずいぶん失礼なことをいうね」そして、相手がどう出るか身構えたが、すぐにリチャードが割って入った。「私も部屋に戻るよ。もう夜も更けた」

テーブルの正面にいるフィンクが嘲るような笑い声を漏らす中、私たちは椅子を引いて立ち上がった。

そのとき、リチャードが身を乗り出した。「まだ何かいいたいことがあるのかね、兄弟」

相手はまた嘲笑った。バートンはいった。「調子に乗るのはやめたほうがいいぞ」

フィンクは鼻の先で笑った。「そっちこそ調子に乗るのはやめたほうがいい。知らなきゃいってやるが、このあたりじゃ人を侮辱したやつは手荒い歓迎を受けることになっている」

バートンは、深い傷のある頬にうんざりしたような笑みを浮かべた。「侮辱された者はどこにもいない……今のところはね。さあ、もういいだろう。寝かせてくれ。あしたになったらここを出て行くから」

「それは結構なことだが」フィンクは、威嚇するように、テーブルから半歩うしろに下がった。「おれたちが寝かせないといったらどうする」

バートンの顔から笑みが消えた。「それは残念だ。しかし、きみがそういうのなら仕方がない。解決できない問題が起こったとき、武器を選ぶ権利はこちらのほうにある。それがきみたちの掟だと思う。私は剣を選ぶことにする」

フィンクはのけぞるような仕草をした。「今どき、剣を持ち歩いてるようなやつがいるわけはないだろう」

「私は持ってるよ」

二人はにらみ合った。「おれは持ってないぞ」フィンクはいった。

「一本、貸してやるよ。そのときがきたらね。だが、まだそのときではない」

急に男は笑い出した。それは先ほどまでの嘲笑ではなく、酒場の酔っ払いの笑い、恐るおそる手打ちのきっかけを探している者の笑いだった。バートンは冷静に待っていた。

「気に入ったぜ、兄弟。おたがい縄張りに線引きするのはいいことだ。そうだよな」

その空威張りを聞きながら、私たちは二階にあがっていった。

廊下で私はいった。「そのときがきたら、一人で喧嘩するつもりだったんですよ」

「だろうね。きみに勇気があることは知っているよ」

「応援してもらう必要はなかったんです。そのことを忘れないでください」

「ちゃんとわかってるよ。余計なことをしたように見えたのなら、あやまる」

「ほんとに余計なお世話ですよ。そう見えたに決まってるじゃないですか。剣なんか持っていないのに、よくあんなことがいえましたね」

「たしかに持っていないが、あの男はそれを知らなかった」

「呑気ですね。決闘になってたかもしれないんですよ」

「そのときは、武器の選択権が相手方に移って、はるかに深刻な事態になっていただろう」

　自分の部屋で、私は黒い天井を見上げたまま、長いことじっとしていた。その日の午後に考えたことがよみがえり、いつまでも頭から離れなかった。そして、怒りとともに、あの疑惑がまた醜い鎌首をもたげてきた。この旅の本当の目的はなんなのか？　せっせとメモを取っているリチャードの姿が天井に浮かんだ。本を書くためにメモを取っているのだと思っていたが、あの手帳にはいったい何が書かれているのだろう。私たちの友情は大いなる危険にさらされている。馬鹿ばかしいことに、それはすべて私の思い過ごしかもしれなかったが、とにかく、近いうちに話し合いをする必要があった。ただし、リチャードがどんな対応をするか、不安は大きかった。まだその性格を充分に理解しているわけではなかったので、微妙な話題をどう切り出せばいいかもわからなかった。個人として英国に恨みはないし、リチャードとも、心からの喜びを込め、友として接してきたが、陸軍省に勤めていると、新聞にはほとんど出ない噂や情報に接する機会も多い。暗い部屋の中で、さまざまな憶測が天井のキャンバスに渦巻いていた。太陽の沈まぬ帝国。そんな言い方があるのを思い出した。英国に太陽は沈まない。今、私たちが女王の支配下に入っていないのは、バンカー・ヒルやサラトガやニューオリンズに埋葬された数多くの無名戦士がいたからだ。われわれは本当に友好関係にあるのだろうか。実をいうと、一八一五年以来、両国間の摩擦は今でも続いている。その元凶は、あの卑劣漢、パーマストンだ。四十年の政治生活のあいだ、彼はずっとアメリカを煽ってきた。その辛辣な煽動の言葉が私の部屋に押し入り、眠りの邪魔をしている。ほとんどそんな感じさえした。そういえば、政府内に出回っていた文書があり、それを読んだときのことを思い出した。何年か前に英国はわれわれの船を拿捕《だほ》し、乗員を無理やりあちらの海軍に入れて働かせているという。この国のインディアンに資金を送り、白人の入植地を攻撃させているという噂も聞いたことがある。テキサスの連邦入りをしつこく邪魔しているのは周知の事実である。我が国とメキシコとの戦争の際に、メキシコ側に資金援助をしたという噂もいっこうに消えない。アメリカ革命のあと、英国が南米に領土的野心を持つようになったことは秘密でもなんでもない。そして、われわれのモンロー主義を蔑視し、その土台を崩そうとしていることも明白である。かつて自分たちを虚仮《こけ》にした新興国家が存亡の危機に立たされているのだから、ちょっかいを出そうとするのも当然だろう。

　そんな想像をする自分を恥じたが、そのまま時は過ぎ、夜明けの前になって、ようやく私は眠りにつくことができた。

　翌朝の私はさんざんな状態だった。ふくらんだ疑惑に睡眠不足が重なって、また神経がささくれだっていた。この泥の穴のようなマリオンという村から出て行ったら、さぞすっきりするだろうと思った。フローレンスに向かう列車は遅れていたので、リチャードは馬車を手配した。それなら夕方近くに向こうに行くことができる。宿屋を出るとき、もう一つ緊迫した出来事が起こった。階段をおりたところで、リチャードのほうを向いて話しかけようとしたとき、反対側から近づいてきた誰かと肩がぶつかったのである。すぐにあやまったが、相手は昨晩の敵役、フィンクだった。魔が差したというのだろうか、気がつくと私はだしぬけにこんなことをいっていた。「おや、フィンクさんですか。肩が触ったのはぼくが悪かった。でも、ついでにいえば、ゆうべのあなたの態度はひどく無礼でしたよ。酒の席でからかわれるのはまだ我慢できるが、生まれた土地のことを何度も侮辱されるのは許しがたいことだ」

フィンクは、私のうしろに立っているリチャードを見上げた。

「こっちを向いて話してください。バートン氏は無関係だ」

一瞬、相手が気色ばむのを見て、いよいよ喧嘩の始まりかと思ったが、そのあとフィンクはにやりと笑った。「あれは酒のせいだよ、兄弟。おれは呑みすぎたらああなるんだ」

私はそれを詫びの言葉と解釈し、一時間後、リチャードと二人でフローレンスに向かう馬車に乗り込んだ。

そこもまた泥の穴のような村だった。こんな場所でバートンが何を見て何を学ぼうとしているのか、私にはさっぱりわからなかったが、とにかく二人揃って投宿した。だが、その宿屋には驚かされた。まさしく嬉しい驚きだった。少なくとも六十年前に建てられたらしい骨董めいた大きな家で、外見にこそ時代が現われていたが、中は暖かく清潔だったのである。宿には〈ホィーラーズ・クロッシング〉という名前がついていた。

何よりも、素晴らしい夕食が出た。ワイルド・ライスなど、ごく一般的な穀物や野菜を添えた簡素ならずら料理だったが、調理に神経が行き届いているらしく、ひどく美味しかった。最近では外でこれほどうまい料理を食べた憶えはなかった。ワシントンの高級レストランもこれには負ける。「いや、実にうまかった」そういうと、バートンは料理人を褒めるために宿屋の主人を呼んだ。主人は喜び、どうぞじかに褒めてやってください、といった。厨房から女性の料理人が呼ばれた。彼女が現われたとき、横でバートンが背筋を伸ばすのがわかった。実に美しい若い女性だったのである。「これは娘のマリオンです」と、宿屋の主人はいった。バートンと私が立ち上がると、娘は膝を曲げ、体をかがめてお辞儀をした。バートンはテーブルから一歩離れ、礼儀正しく腕を伸ばして、彼女の手を取った。「ホィーラーさん」娘の顔から目を離さず、リチャードはいった。「あなたの娘さんは国の宝です。ここにくる前に通りすぎた村は、娘さんにちなんで名づけられたに違いない」「フランシス・マリオンの名前を取ったんだと思いますわ」悪戯っぽい表情で彼女はいった。「独立戦争の英雄なんです。あたしの名前、母方の苗字をもらったんですよ」

「名前の由来はどうあれ、ロンドンの一流レストランでもこれほどうまいものは食べられない」と、バートンはいった。

彼女はその賛辞を神妙に聞いていたが、褒められるのは慣れているようにも見えた。どこで料理を憶えたのか、リチャードに訊かれて、彼女は答えた。「ミセス・シモンズとミセス・ランドルフ――それから、うちのメイドのクィーニーと、祖母から教わりました」ミセス・シモンズとミセス・ランドルフは人気のある料理本の著者だとわかった。奥にある彼女の部屋の棚に、その本が並んでいるという。「機会があればいつも買ってやることにしてるんです」と、彼女の父親はいった。「うちの母はメニューやレシピを古いノートに書き溜めてたんですよ。娘はそれを活用してるわけで。うちみたいな宿は、どんな食事を出せるかで値打ちが決まりますからね」女性には手が早いバートンは、うっとりしたようにいった。「いや、この宿の食事は実に素晴らしかった」マリオンはまたお辞儀をして、奥の部屋に去っていった。

「こういうことがあるから、小さな宿に立ち寄るのはやめられないんだ」腰を落ち着けたとき、リチャードはいった。「予想外の発見があるからね」

私には何か「発見」があったとは思えなかった。少なくとも、バートンがいう意味の発見はなかったはずである。私は幸福な結婚生活を送っている男であり、たとえ相手がマリオンのような美人であっても、ほかの女性を追いかけて妻を裏切ったことはなかった。しかし、こう見えても朴念仁《ぼくねんじん》ではないし、近ごろ苛々することが多いとはいえ、他人の恋路の邪魔をするつもりはなかった。リチャードは三十九歳にしていまだ独身で、まさに男盛りの印象があった。英国にはイザベル・アランデルという深い付き合いの女性がいて、戦争勃発の前に結婚することになるのだが、私には知りようのないことだったし、イザベルの名前もまだ耳にしたことがなかった。リチャードの部屋で私たちはブランディを楽しんでいた。彼は満足しきっていた。「いやあ、本当にここはいい宿だ」と、彼はいった。「裏手には風呂まであるじゃないか。こういう贅沢はなかなかできないもんだよ。一日か二日、滞在を延ばしたくなったな。きみはどうだ」

私もこの宿に馴染みかけていた。「賛成ですね」と、私はいった。「一人で時間はつぶせますから、ぼくのことは気にしないで好きなようにしてください」

私は床に入ったが、その夜もまたなかなか寝つけなかった。三度目に目が覚めたのは真夜中で、アルコールを摂りすぎたときいつもそうなるように、喉がからからに渇いていた。ベッドを出て、まだ下に誰かいれば水を汲んできてもらおうと思いながら、手探りで暗い廊下を進んでいった。階段の上にたどり着いたとき、声が聞こえた。リチャードの柔らかな笑い声。そして、すぐあとにマリオンの笑い声が響いた。仲間入りしようと思って階段に足をかけたとき、私は動けなくなった。二人の姿が目に入ったのである。ほかに人影はなく、湯気の立つビショップ（赤ワインにオレンジや砂糖を入れた飲み物）のカップを前にして、二人はテーブルに椅子を並べていた。バートンはゆったりとくつろぎ、その横でマリオンは召使いになったり、話し相手になったりして、役割を次々に替えていたが、どんな役を演じてもその溌剌とした魅力に変わりはなかった。バートンの右手はカップをつかんでいる。左の手はマリオンの手を親しげに握っていた。手が早いとはこのことで、少なからず私は衝撃を受けた。六時間前に会ったばかりなのに、もう男女の雰囲気を発している。まるで、付き合って何年もたつ恋人同士のようだった。

廊下を戻ろうとしたとき、二人の会話の切れ端が耳に届いた。マリオンが私の名前を口にしたのだ。

「こんなあたしたちを見たら、お友だちのチャーリー、びっくりするんじゃないかしら」

バートンは笑った。「チャーリーよりきみのお父さんのほうが心配だよ」

「もう何時間も前に寝たわ。一度寝たら、地震があっても起きない人だし、朝も寝坊するのよ。毎日十時間は眠るわね」

「チャーリーなら、びっくりしてもすぐに立ち直る」

「そうなの？　でも、なんか付き合いにくそうに見えるんだけど」

「それは勘違いだ」リチャードはいった。「チャーリーは好人物だよ。あんないいやつはほかにはいない。彼は獅子の心を持っている。ときどき持て余すのが難点だがね。それに、彼は名誉というものを心得ている」

「じゃあ、きっといい人なんでしょう。でも、あたしが好きになったのはあの人のほうじゃないわ」

「私は運がよかったと思っていいんだね」

「あたしも運がいいわ」

「マリオン」リチャードは彼女の手に接吻をした。「なんという美しい響きだろう。きみには生まれたときからその名前を名乗る権利がある。修道女マリオンとロビン・フッドがこの世によみがえったようだ」

「サー・リチャード、あなたは恥を知らない嘘つきね」

「サー・リチャードはやめてくれ……頼むから、そう呼ばないでくれ。下手をすると、本物のサーの称号がもらえなくなるかもしれない。女王が気前よくその称号を与えようとしても、女王に代わって噂を集めている側近がいて、あいつには与えないように、と進言をする」

「なぜだかわかるわ。あなたが無頼漢だからでしょう?」

「という噂だね」

彼は名誉を心得ている、と褒められたせいもあって、それ以上立ち聞きするのは気がとがめ、私はその場を立ち去った。暗闇に横たわったとき、さっきの言葉が嬉しくて私は天にも昇る心地だった。自惚《うぬぼ》れたり、二人の濡れ場を想像したりで、二晩続けて私は不眠に悩まされることになった。

曙光が射すころ、半分開いた窓の外から物音が聞こえてきた。私の部屋からは庭を見おろすことができる。リチャードがいっていた風呂もそこにあった。その本体は粗い板で組んだ丸い檻のようなもので、まわりを布で覆われ、穴の開いた金属のタンクが上から吊り下げられている。紐を引けば穴が開いて、シャワーが出てくる仕組みである。召使いがタンクに水を入れるときに使う簡単な階段もついていた。驚いたのはそのあとだ。全裸でリチャードが庭に出てきたのだ。うっすらと染まった東の空の明かりを受けて、その体は蒼白く光っていた。布を開いてリチャードが風呂桶に入ったとき、今度はマリオンが外に出てきた。昨晩と同じ服を着ているが、その服はかなり乱れ、腕には湯の入った大きな水差しを抱えていた。マリオンは階段をあがり、タンクに湯を入れた。バートンが紐を引くと、シャワーの流れる音がした。彼は深々とため息をつき、それを見てマリオンは笑った。バートンが出てきたとき、マリオンは毛布を用意して待っていた。そして、それを彼の肩にかけると、優しく、いとおしむように、艶っぽく、体を拭きはじめた。

「フローレンスでの滞在は、一日、二日と延びていった。三日目には、リチャードとマリオンと私の三人で、彼女の母が葬られている小さな墓地を訪ねた。墓石には簡単な碑銘が刻まれていた。〈ジェニー・マリオン・ホィーラー、良き妻にして母、一八一二―一八四三〉。「あたしが生まれたときに死んだの」と、マリオンはいった。自分の知らない母親への深い悲しみがうかがえるその表情を見ているうちに、私もつい涙ぐんだ。「かわいそうに！」震える声で、私はいった。「そんな死に方をする女性が多すぎる。文明は進歩したそうだが、女性の医療はシーザーの時代からちっとも変わっていない」

マリオンはこちらを見て優しく微笑み、手を差しのべると、私の手を握った。一番強く印象に残っているのは、このときのマリオンの姿である。リチャードとの関係はべつにして、彼女の温かさや、手の感触や、あの微笑みは、三十年たった今でもはっきりと記憶に焼きつけられている。

　その夜、私たちは裏のポーチにすわり、黒人の歌に耳を傾けた。ホィーラー家には六人ほどの黒人がいて宿屋の仕事を手伝っていたが、奴隷であったのか自由民であったのかはわからない。ただし、マリオンの父親は奴隷所有者には見えなかった。バートンはとくにそのメロディに魅せられていた。「アフリカで聴いた部族の歌にそっくりな曲もあるね」と、彼はいった。「違いは、白人文化の影響が入っていることだ。キリスト教の賛美歌みたいなところもある」焚き火の明かりの中で、彼はせっせと歌詞を書き留め、記憶にあるアフリカの部族の歌と比較していた。それ以来、毎晩のように歌詞を収集して、旅のあいだ思い出したように口ずさんでは、南部諸州のほかの場所で集めたものと比較対照していた。

　翌週の早朝、私たちは旅立った。振り返ると、マリオンとその父親が私たちを見送っていた。だが、リチャードは手を振ることもなければ振り返って目礼をすることもなかった。二人は深い関係になっているはずなのに、そして、もう二度と会うことはないはずなのに冷たいものだ、と私は思った。「前にもう別れは告げてあるんだよ」と、彼はいった。「それで充分じゃないか」

　いよいよチャールストンが近づいてきた。だが、私たちはもう一晩ほかの場所で過ごさなければならなかった。それはひどい一夜になった。田舎に素晴らしい宿がそうあるわけはなく、期待するほうが間違っているが、その夜、私たちが泊まったのは地獄の使いが頭の中でこれあげたような最悪の宿だった。フローレンスからチャールストンまでの道のりは、ほとんど荒野だけの百マイルである。これまで見たこともないようなひどい道で、息苦しいほど鬱蒼《うっそう》と樹木が生い茂る中に、ごく少数の薄汚い住人が暮らしている集落がある。どの家も建てっぱなしの掘っ建て小屋だった。集落には厚い苔に覆われた樹木や沼地があり、まわりには暗鬱な松の林が黒々と広がっている。林は容赦なくどこまでも続き、人々の暮らしを圧迫する。チャールストンに到着する前の晩に泊まった場所の名前は記憶にない。バートンはその場所に不満はなかったようだし、日が落ちてどんどん暗くなり、私も贅沢はいっていられなかった。バートンでさえ、そんな恐ろしい森の中で野宿をするのはごめんこうむりたいと思ったのだろう。

その宿屋は老婆一人と、頭の悪そうな大男二人が経営していた。男のほうは老婆の息子であるらしい。老婆は魔女のような顔で、頬はこけ、歯は隙間だらけだった。男たちは低くうめくだけで、言葉らしい言葉は口にせず、歯もすでに抜けかけていた。男の片方はクロイドというらしいが、ほかの二人の名前は最後までわからなかった。老婆は愛想を振りまこうとしたが、かえって私は背筋が寒くなった。食事は粗末なシチューで、正体不明の筋っぽい肉が入っていた。私はどうにか食べたが、バートンはいっさい口にしなかった。早くも疑っていたのである。私たちは到着してすぐ部屋に引き取った。

「この宿は信用できない」と、リチャードはいった。「今夜は同じ部屋で寝て、どちらかが必ず起きていることにしよう」

聞き捨てならぬ台詞だった。そして、次の言葉にはもっと驚いた。「請け合ってもいいが、このあたりの沼には人の大きさの穴が掘られているはずだ。それも一つじゃない」「どういうことです？」愚かしくも私は尋ねた。「宿屋の人がぼくたちを殺すとでもいうんですか？」

「宿の経営者が客を殺して金品を奪うのは、今に始まったことじゃないんだよ」

最初はリチャードが一人で番をするといったが、睡眠不足とはいえ、こんなことでは眠れそうになかったので、私も志願して、最初の六時間を受け持つことにした。自分の部屋は使わず、リチャードの部屋に移って、椅子にすわった。「もし疲れたら、私を起こしてくれ」彼はいった。「時間は気にするな。六時間でも六分でもいいから、交代しよう」灯油の明かりの中で、彼は鞄から銃を取り出した。それを私の手に押しつけると、ベッドに入った。私のほうは戸口に陣取り、明かりを吹き消した。長い夜になりそうだった。私は責任を自覚し、絶対に、絶対に眠るもんか！　と心に誓った。

リチャードはすぐに眠った。私は、信じられないほど深い闇の中で、その寝息に耳を傾けていた。リチャードは、少しのあいだいびきもかいた。時間はのろのろと過ぎてゆく。やがて時間の感覚がなくなり、しばらくのあいだじっとしていた。

だいぶたってから、廊下で物音が聞こえた。足音がひとつ。そのあと、一瞬だけ床がきしんだ。扉の外で何かがぶつかる音がしたので、ノブを回し、ほんの少しドアを開けて、廊下を覗いてみた。最初は何も見えなかったが、やがて大きな人影が二つと小さな人影が一つ目に入った。ささやき声が聞こえたが、かすかな声だったので、話の内容まではわからなかった。私はドアを大きく開き、銃の撃鉄を立てた。静まりかえった闇の中に、かちりという音が響きわたり、突然すべてが凍りついた。私たちはその場に突っ立っていた。ベッドから飛び起きたリチャードは、気がつかないうちに私の隣にきていた。私たちは次に起こることを待ちかまえたが、何も起こらなかった。相手はいつの間にか姿を消していたのである。

部屋に戻り、ドアを閉めてから、リチャードはランプをつけた。「とにかく、これでいちおう片づいたな。これからも警戒は必要だが」眠れたかどうか訊いてみると、彼は答えた。「赤ん坊のようによく眠れたよ」それほどまでに信頼されていたのだ、と思うと、大いなる友愛の素晴らしさが身に沁みて、誇らしさまで感じた。私は、リチャードに時刻を尋ねた。私の時計は八時半で止まっていたのだ。「私の感じでは、深夜零時近くだろう」彼はいった。「今度はきみが寝たまえ」私は抗議した――そんなに疲れていなかったのだ――だが、最初の取り決めどおり、彼は譲らなかった。だから私は、まだ彼の体温が残るベッドに入り、目を閉じた。すると、本当に眠ってしまい、数時間の睡眠を取ることができた。夜が明けたとき、私はまだリチャードとの一体感のようなものを感じていた。愚かなことに、彼の温もりがまだベッドに残っているような気がしていたのである。

私たちが出発するとき、宿の女主人と息子たちの姿はどこにもなかった。「あいつらは腰抜けだ」リチャードはいった。「正体を見破られたことを悟って逃げていったんだろうが、夜の害虫と同じで、われわれがいなくなったらまた戻ってくるよ。悪名高いスコットランドの殺人者、バークとヘアを思い出すね。一人が犠牲者を押さえ、もう一人が窒息させたんだが、あの三人の場合は、もっと手っ取り早い、暴力的なやり方で、われわれを殺すつもりだったに違いない」

こうして私たちはまた旅立った。すでに地図を調べていたので、チャールストンが曲がった長い半島の先端に位置することは知っていた。幅の広い川が町の両側を流れ、入り組んだ湾に注いでいる。地図作りに携わっている者にとって、空を飛ぶ鷲の目でその町を見るのはたやすいことだった。上から見れば、禿鷹の長い首に似ているのである。だから、半島の上の部分が〈首〉と呼ばれているのを知っても、意外には思わなかった。私たちは川の東側から町に近づいた。その道はマウント・プレザント村を通るが、そこから数マイルのところにはムールトリー要塞もある。道中は、踏み固められた土の道が続いたり、板を渡した湿地帯の道になったりした。私たちは、一般に考えられているよりも早く進むことができた。もともとこれはリチャードが選んだ道で、鉄道を使えば一日早く着いたはずだが、それはいわないことにした。バートンと旅をするときにはそれが鉄則なのだ。

今にも雨が降り出しそうな雲行きだった。二日前の雨で道はところどころぬかるみ、でこぼこになっていたので、私たちはますます憂鬱になった。チャールストンはすぐ先だ、とリチャードは何度かいったが、目の前には深い森が広がり、すぐ先といわれてもそこには木があるだけだった。川を一つ渡ると、海が近いことを感じさせる場所に出た。リチャードは渡し船の船頭と熱心に話し合っていたが、何を話していたか、私にはわからなかった。「さっきの川はクーパー川の東の支流だ」馬車がまた動きはじめたとき、彼はいった。「もうすぐ着くぞ」

私はその言葉に飛びついた。この暗く淋しい森を抜けられるのが嬉しかったのだ。「運が向いてきましたね」と、私はいった。「結局、雨も降らなかったし」リチャードは、そんなことどっちでもいいといわんばかりに、曖昧な笑みを浮かべた。もう一カ所、ワンドゥー川でも川越えがあった。川の周囲には沼沢地が広がり、明らかな海の気配を感じた。湿地や沼地には海沿いの土地でよく見る浜黍《はまきび》が密生し、かすかな潮の香りも漂っていた。だが、そろそろ日没が近い。到着はあしたになるかもしれないと思うと、気が萎えた。雲が筋を引く地平線に、壮麗な夕日が沈むころ、私たちはマウント・プレザントに着いた。

そのあと、チャールストン行きの渡し船に乗ることができた。甲板に立った私は、町の灯が近づくのを見ていたが、リチャードは落ち着かない様子で動きまわり、手もとも見えない夕闇の中でメモを取っていた。ついさっきまで、左舷の甲板にたたずんで、黒々とそびえ立つ無人のサムター要塞を見ていたかと思うと、今度は船尾にまわり、北部連邦の守備隊が駐屯しているムールトリー要塞の灯を眺めたりしている。

八時に到着した。「これでもう開拓地の宿屋とは縁が切れたぞ、チャーリー」リチャードは嬉しそうにいった。「これからは贅沢ができる」

リチャードは、最高のホテルに案内してくれ、と御者に告げた。やがて馬車はミーティング通りに入り、四階建ての建物の前に停まった。その区画全体を占領する優雅な建物で、ガス灯がともり、正面はいかにも凝った造りになっていた。大学で一時ギリシャ建築を学んだことがある私は、すぐにそのホテルが気に入った。麗々しい柱廊があり、二階のバルコニーから建物の一番上まで、コリント様式の白い柱が十四本も延びている。チャールストン・ホテルという名前だった。その夜、私は死んだように眠った。

翌日は朝から観光気分で町を散策したり、出会った人に話しかけたり、ホテルに近い市場をひやかしたり、〈バタリー〉を歩いたりした。バタリーというのは町の先端にある壁つきの遊歩道で、裏手には緑が広がり、背景には町でも屈指の素晴らしい古い屋敷が並んでいる。湾の眺めは素晴らしかった。一人の老紳士が自慢げに語ったところによれば、クーパー川とアシュリー川が合流するこの湾から大西洋が始まるのだという。私たちは愉快に笑ったが、本気でそう思い込んでいるらしい老紳士は気分を害したかもしれない。リチャードは礼を失しないように相手の話に耳を傾けていたが、この町こそ西洋世界の中心なり、などといったお国自慢より——たしかに美しい町だが——地勢のほうに関心があるのは明らかだった。バタリーを歩くと、どこからでもサムター要塞を見ることができる。その煉瓦の砦は、湾の河口部にある人工の砂州に造られていた。湾の左右には陸地が迫り、左の沖に浮かぶサリヴァン島にはムールトリー要塞があり、右のジェイムズ島にはジョンソン要塞があって、サムター要塞は瓶のコルク栓のような位置を占めていた。「そのとおりだ」私の喩えを聞いて、バートンはいった。「あの要塞はコルクの栓のようなものなんだ」

「あれが完成したら、この町は難攻不落になりますね」と、私はいった。

「本当に完成して、ちゃんと砲台もすえて、サムターとジョンソンとムールトリーに味方の軍が入ったら、だがね」

「仮定が多すぎますね」

「そのとおり。もしも敵の手に落ちたら――敵、味方というのは、この町の側に立っているんだが、そのときは、町を守るはずの大砲が町に向けられることになる」

ここから見ると、要塞は小さな点でしかなく、いくら強力な大砲でもここまでは届かないだろう、と思った。だが、そういってみると、リチャードは横目でこちらを見た。「きみは現代の戦争を知らないようだね」それはたしかにそのとおりだった。

私たちは町の先端まで歩き、戻ってきた。太陽は暖かく輝き、辛かった道中とは大違いで、本当にきてよかったと改めて思った。偉大な人物が道連れで、しかもその人物は私を可愛がってくれる。これ以上のことはない。だが、海に囲まれた要塞を見ているうちに、リチャードは私のそばを離れ、気がつくと遠くでまたあのノートに何か書き込みをしていた。そのとき、疑惑が一気によみがえった。彼は何をしているのだろう？ スパイが目的なら、なぜ私を連れてきたのか？ 本当にスパイなら、そんなことをするのは理屈に合わない。だが、疑惑は膨れあがる一方で、ついに私はずかずかと彼に近づいていった。ちらっとノートを見ると、メモではなく、スケッチが描かれていた。

「ここで何をしてるんです？」単なる好奇心から尋ねた、というように、さりげなく訊いてみた。

「絵を描いていただけだよ」彼はノートを閉じた。「今日の記念にね」

いかにもありそうなことだったので、私は納得した。だが、それは真実ではなかったのである。

私たちはイースト・ベイ通りを北に向かい、チャーマーズ通りに入って奴隷市を見た。建物の二階に壇ができていて、黒人がそこを歩いて競売にかけられている。世界じゅうで似たような奴隷市を見てきたはずのリチャードも、魅せられたように一時間ほど競りを見守っていた。黒人の家族がばらばらにされて、それぞれ別の主人に買われてゆく。母親の顔に浮かんだ悲痛な表情に心を痛め、だんだん腹がたってきて、私はその母親に代わって怒りをぶちまけた。「このことを本に書いてください」私はそういったが、リチャードは物思いにふけったまま、じっと見ているだけだった。「こいつらは人間じゃない」私がつい声を荒らげると、厳しい顔でリチャードはいった。「チャーリー、きみは別の国にいるんだぞ。そのことを忘れちゃいけない」

私たちは先に進んだ。イースト・ベイのクィーン通りのそばに、写真屋があった。看板には〈バーニー・スタイヴェサント〉とある。写真を撮ってもらおう、と私はいった。

「いい記念になりますよ」

バートンの性格なら、そんなことは馬鹿ばかしいと却下しそうだったので、反対される前に私は店に入り、撮影を依頼した。スタジオで撮る拵《こしら》え物写真より、町の風景や建物を背景にした写真を外で撮ってもらうほうがいいと思った。案の定、バートンは絶対にいやだと反対したが、まだ若い写真屋は仕事熱心で、すでに歩道に機材を並べはじめていたし、私がどうしてもというものだから、ついに彼も折れた。写真屋は明かりを気にしていた。すでに真昼で、太陽はまぶしく照りつけている。乗り気ではないバートンの様子を見て、写真屋は早く片づけようとあせっていた。そして、そばにいる黒人の少年二人を追い払おうとしたが、バートンはそれをやめさせ、少年たちに一セント硬貨を一枚ずつ渡した。写真屋の準備が整うと、私たちはパルメット椰子《やし》のそばに立った。うしろには商品取引所の古い建物が堂々とそびえていた。リチャードは微笑み、私の肩に腕をまわした。遠いあの日に撮った写真は文句なしの出来映えで、今でも私の宝物になっている。

ホテルで昼食をとったとき、私は怖くていいだせなかった話題をついに切り出した。

「パーマストン卿とは面識があるんでしょう？」さりげなくいったつもりだったが、リチャードは厳しい顔で私の目を見た。何もかもお見通しなのだ。答えは曖昧なものだった。

「社交の場で何度か会ったことはあるがね」

私は引き下がらなかった。「どんな人物だと思います？」

「ひと癖もふた癖もある人物だね。冗談は通じないし、敵には回したくない。死んだ国務長官のカルフーンもそんな人物だったんじゃないのかい。血気盛んな今の南部人も、自分の意見が通らなかったら似たようなことをするだろう」長い間があって、彼はじっと私の目を見つめていた。「なぜそんなことを訊くんだ?」

また長い間があった。私は嘘もごまかしも通用しないことを悟った。「リチャード」正面から相手を見すえて、私はいった。

彼は待っていた。

「実は、不安に思っていることがあるんです」

「そこまでは私も気がついていたよ」

全身に震えが走るのがわかった。この友情を失いたくない! それが本心だった。ほんの数秒のあいだにさまざまな思いが脳裏を駆けめぐった。リチャードは深く傷ついて怒り出すかもしれない。リチャードの姿――何もいわずに席を立って出て行く姿が頭に浮かんだ。そして、そのままホテルをチェックアウトし、明るい光の中に飛び出していったリチャードに追いすがり、私は哀願する。誤解しないでください、本気でいったんじゃないんです、と。だが、もし彼が怒ったとしても、それは私の意図を正しく汲んだ結果なのだ。私は気力を奮い立たせ、できるだけ冷静に切り出した。「こんなことをいうのは、斬死《ざんし》に値すると思いますが――」

すると、驚いたことに、リチャードがあとを続けた。「私はきみの国を探りにきたスパイかもしれない。そう思ってるんだろう」

「違います」私はとっさに嘘をついた。「そういうことじゃないんです」

「いいんだよ……チャーリー」

「わかりました。そうです。そのとおりです。ふとそんなことを思いついて、それ以来、気になって仕方がないんです。スパイだなんて無遠慮な言葉を使うつもりはありませんが」

「ときには、ずばりいったほうがいいこともある。遠慮してちゃ先に進まない」

「最初からそんなことを考えていたわけじゃありません。荒野の入植地を通っているときに不思議に思ったんです。あなたは、何一つ見逃さないように目を光らせていた。人のことでも、そのほかのことでも」

「前にも話したと思うが、どこへ行ってもそうするんだよ。それが私のやり方だ」

「もちろんそれは知っています。書き溜めたものを編纂して本のかたちにするのはわかっていますが、それでも……」

「いや」と、彼はいった。「わかっているつもりかもしれないが、一冊の本を書くときにどれだけの材料がこの頭の中を通りすぎていくか、きみには理解できないんだよ。たとえば、インドでは、作家が一万人いても一人しか耐えられないようなひどい環境で仕事をした。とても文章が書けるようなところじゃなかったが、いつまでも降りやまない雨の中、机の下にもぐりこんで書き続けた。暑くて息が苦しくなっても、書く一方から紙がぼろぼろに崩れていっても書き続けた」

「おっしゃるとおり、ぼくには想像もつきません。でも、だからなんだというんです？」

「鍛錬だよ、チャーリー、鍛錬だ！　苦しくてもきっと役に立つ。いったん書いたものは暗記するんだ。メモを持ち帰れなかったときのためにね」

　少なくともそれだけは信じることができた。もう話は終わったと思っていた。「わかりました」しばらく私たちは無言のまま食事を続けた。私は力なく笑った。そうであれば、私としてはまだ納得できなかった。一番難しい問いに、まだリチャードは平明な言葉で答えていないのだ。だが、それはもういい、もう忘れることにしよう、と思った。それにしても、一大決心をして問いただした結果がこれなのか？　一度、心に浮かんだ黒い疑惑は、決して消えることがない。

　そのとき、リチャードはいった。「きみが不安に思うのはよくわかる。この若い国はきわめて悪い時期を迎えている。海の向こうから見ていたときには、これほどまでひどいとは思わなかった。何かの拍子にバランスが崩れたら、一気に戦争が始まる」

　英国がそのバランスを崩すことだってできるじゃないか、と私は思った。一つにまとまった我が国を相手に、これまで全力を挙げて二度戦い、一度も勝てなかった英国だが、われわれ自身が愚かにも国を二つに割ったときには勝ち目があると考えているのかもしれない。だが、私はいった。「結局、何も起こらないと思いますよ。南部の人たちは声の大きな自惚れ屋かもしれませんが、連邦を壊すつもりはないはずです」

「そう思っているのなら、きみは世間を知らなすぎる」

私は首を振った。「実は、本気でそう思っているわけではないんです」

「やっぱりな。事態は一触即発だ。何か一つきっかけがあるだけでいい。南部の人々は口実が欲しくてうずうずしている。もう後戻りはできないよ」

その言葉に、私は身震いした。そのとおりだったからである。リチャードはコーヒーを飲み、私たちはまた黙り込んだ。しばらくして、彼はいった。「きみの知りたいことを教えてやろう。だが、人にはしゃべらないでくれ」

私はまた顔が赤くなるのを覚えた。「しゃべるなというのは無理です。それはおわかりでしょう」

「じゃあ、べつの言い方をしよう。これから話すことは秘密にしておいてもらいたいが、きみの愛国心に反する内容であれば、その限りではない」

「愛国心に反することなら――」

「人にしゃべってもいいし、何をしてもいい」

まだ不安があった。彼はにっこりして、続けた。「要するに、きみの判断にすべてをゆだねる、ということだ。これほど公正の精神と信頼に基づいた条件はないと思うよ。考えてみれば、それだけきみの名誉を重んじているということにもなる」

その言葉に動かされたが、本当の意味は私にもわかっていた。どのような判断を下しても、私の名誉は傷つかない。だが、私たちの友情はそれで終わってしまうかもしれないのである。

コーヒーを一口飲んでから、バートンはいった。「私はスパイではない。このことには個人的な事情、英国に残してきた未解決の問題が絡んでいる。その問題にどう対処すればいいのか、私はまだ判断することができないでいる——あくまでも個人的な問題で、アメリカにやってきたのもそのことと関連がある。こちらで何をしているか人に知られたくないので、隠密裏《おんみつり》に行動している。これで理屈に合うと思うが、どうだろう」

「ええ、理屈には合いますね」そうはいったものの、その口調が説得力に欠けることは自覚していた。

彼は苛立ったように肩をすくめ、煙草に火をつけた。「いいかげんにしてくれよ。この話を始めたのはきみだ。決着をつけなければ、先には進めない。このままだと、おたがい辛いことになる。相手に不信感を抱いたまま袂《たもと》を分かつしかないんだからね」

「それはいやです。そんなことはできません」

「じゃあ、わかってくれるか？」

私は力なくうなずいた。

しばらくのあいだ、詳しい事情はもう話してもらえないのだろう、と考えていた。その説明が始まったときも、横道にそれるばかりで要領を得ない話だと思った。

「アフリカから帰ってきたとき、私が社会から追放されそうになったことは、きみも聞いているだろう。まだアメリカにその腹立たしい知らせが届いていないとしても、いずれ広まる。スピークも意見を発表するだろうから、私の評判はますます悪くなるはずだ。スピークとの見解の相違は、これから私が出す本でもあまり触れていない。スピークと争っても勝ち目はないんだよ。彼は、あの広い湖を発見したのは自分だといっている。あの湖こそが、偉大なナイル川の唯一の水源であるというのが彼の主張だ。しかし、科学的な根拠は何一つない。スピークは膨大な量の水を見ただけで、それが北に流れていればナイル川だが、方角はおろか、湖が川につながっているかどうかさえ確かめていない。つまり、もう一度探検するまでは何もわからないし、なんの証明にもなっていない。ところが、国じゅうお祭り騒ぎで、誰もそんなことは考えない。国民は英雄を求めているんだ。スピークは大急ぎで帰国して、その英雄になった。要するに、私は割を食ったことになる」

彼は軽蔑するように鼻の先で笑ったが、その顔に浮かんだ傷ついた表情は見逃しようがなかった。「われわれは取り決めをした。本を出したり講演をしたりする前に、まず話し合うこと。あれがなんだったのか、何を意味するかということは、二人で議論して決める。ところが、私は熱病に倒れ、スピークはあわてて一人で帰国した。本を出すかどうか、それはまあ無理だろう——あいつは文盲に近い。だが、油断はできない。出版社はとにかく一冊でっち上げようとするだろうし、そういう本の目指すところは一つしかない。つまり、ジャック・スピークの偶像化だ。大衆はすでに信じている。だから、真実を隠蔽《いんぺい》するだけで、その目論見《もくろみ》は達成される」

彼は遠くを見るような目をした。「ナイルか」ほとんど懐かしむように、彼はいった。「ナイルの源がどこにあるのか、何百年も前から人は不思議に思ってきた。しかし、誰もあの奥地には足を踏み入れることができなかった。それをスピークと私がやったんだ」

彼はコーヒーを飲んだ。「ロンドンには私の敵がたくさんいるんだよ、チャーリー。どちらを信じるか選べといわれたら、大多数はスピークの意見を信じるだろう。スピークが口にする誹謗中傷も事実だと思われてしまう」

「ぼくはあなたを信じます。あなたは文章を書くときにも嘘をつける人ではありません」

彼は感謝するように微笑んだ。「人間の本性について、醜い真実を教えてやろうか。もしも一人の男が友を裏切ったら、たとえ些細な裏切りでも、最後には相手を徹底的に攻撃して、破滅させずにはいられなくなる。スピークが今やっているのもそういうことだ。私だけが本当に何があったかを知っている。今や私はスピークにとって最大の脅威だから、排除しなければ自分の立場がなくなる。私がいなくなれば、たぶん自己嫌悪の気持ちも少しは軽くなると思っているんだろう」

彼はコーヒーカップを見おろした。「スピークとの一件があって以来、もう人を信じることはないだろうと思っていた。ところが、今、私はきみを信じている」

また長い沈黙があった。こともあろうにあのバートンが、言葉を失っているのだ。「いいか、チャーリー。私は自分を憐れんでいるのではない。それだけはわかってくれ」

即座に私はいった。「わかってます。そんなことは思っていません」

彼はかすかに横を向いた。「私には結婚を決めた相手がいる」

私は心からおめでとうをいって、きっと幸せな結婚生活が送れるだろうと将来を祝福した。だが、彼は浮かぬ顔をしていた。「相手の家族が猛反対をしていてね。とくに母親が手に負えない」

私は、気の毒に思っている気持ちを表情で伝えた。

彼はいった。「人生とはそういうものだ。もしも英雄として国に帰っていたら、事情は変わっただろう。いや、それより、首相の話をしたほうがいいかな」

「ええ」

「パーマストン卿は、ほかの連中と違って、私に辛く当たったりはしなかった。自宅にも招かれた。二人だけで腹を割って話したことも何度かある。それどころか、このアメリカ行きを勧めたのはパーマストン卿だ」

私は身を引き締めた。先ほどリチャードがいった、袂を分かつかどうかの危うい瞬間を、私たちは迎えている。だが、彼は続けた。「それに関して、陰謀めいたことはいっさいない。パーマストン卿は、自分が同じ立場に置かれたら、どこか新天地を目指して旅をするだろう、といっただけだ。たとえばアメリカに」

彼はまた煙草に火をつけた。「思いがけない助言だったよ。しかし、すぐにその気になった。そうするのが一番だと思ったんだ。ロンドンにいるのはもう耐えられなかったしね」

「それだけのことなんですか」

「だいたいはそういうことだ。実は、出発の前に、また首相の自宅に呼ばれてね。戻ってきたらぜひアメリカの印象を聞かせてくれということだった」

「漠然とした印象を伝えればいいだけで、とくに依頼されたことはなかったんですね」

彼は静かに笑った。「べつに特命を帯びて出発したわけじゃないよ、チャーリー。ただし、会うべき相手のリストは預かってきたがね。それも、会ってよろしく伝えてくれ、というだけのことだ」

「それが南部の人間、チャールストンの人間だったんですね」

「ほかにもいるよ。これから辺境《フロンティア》にも行くつもりだ。それに関しては、陸軍省の長官に便宜を図ってもらった。ムールトリー要塞の司令官に宛てた紹介状も書いてもらったよ」

私はそれを聞き流した。フロイド長官への個人的な嫌悪をバートンに話しても仕方がない。しかも、私の抱いている疑惑とは関係のないことだ。

「しかし、一番の目的は、新規まき直しだ」と、リチャードはいった。「とにかく、一からやり直したい。それはうまくいっているような気がする」

そして、皮肉っぽい口調になって続けた。「これで納得してくれたかな」

「むろんです」

ここは納得しておくべきだ、と私は思った。

その話はそれで終わった。だが、本当に片がついたわけではなかった。


リチャード。

た。その瞳は謎に満ち、その存在は静かに人を威圧する。私の想像と実像とは懸け離れていた。私と一緒にいるときはいつも優しく礼儀正しかったので、脅迫的な態度で人に恐れられているリチャードの姿を思い浮かべることは難しかった。バートン像は、生きているときも死んだあとも、数々の記事や伝記で描かれてきたし、今、話しているこの出来事から三十年もたって書かれた未亡人による追想録もあるが、どれも私が知っているバートン像とはかなりの食い違いを見せていた。だが、私が異議を唱えることはできない。そんな資格などないのである。イザベルと比べたら、そして何年もバートンの生涯を研究している人々と比べたら、私など何ほどのものでもない。せいぜい在野の一読者にすぎないではないか。私たちが一緒にいた時期は短く、その数週間に関しては専門家を自称しても許されるかもしれない。今、振り返ってみると、すべては偶然に支配されていた。私たちが出会うことはなかったかもしれないし、おたがいに得たものも得ないまま終わったかもしれない。だが、私たちは出会った。そして、私はリチャードの人生に少しは影響を与えることができた。彼のほうは、計り知れないほどの影響を私の人生にもたらしてくれた。この四十年間、一日も欠かさず私はリチャードのことを考え、彼に宛てた文章を書き、その作品の好みの一節を読み返していた。

ニューヨークのほこりっぽい古書店で、何の気なしに本を見ていたとき、たまたま私はリチャードの名前に目を留めた。赤いクロース装の小さな本が廉価本の台に転がっていたのである。銃剣の訓練法について書かれた一八五三年の本であった。こんにちでは稀覯本の部類に入るが、その当時は読者のかぎられた特殊な本にすぎず、そのまま台に放り出してもよかった。私はその本のどこに惹かれたのだろう。それが最後にはあの素晴らしい旅につながったわけだが、ひょっとしたらそこには神の手が働いていたのだろうか。私は、クリスマスの贈り物を買いにきた連れが、カウンターのうしろに置いてある革装の高価な書物を選ぶのを待ちながら、何の気なしにページをめくってみたことを憶えている。図版を見て、興味のある題材ではなかったので、また台に戻した。そして、店内の棚を見ていたのだが、やがて何かの力に引かれるように——ほかには説明のしようがない——また廉価本の台に戻っていた。題扉を見ると、著者はボンベイ駐在の陸軍中尉であり、これまでにシンド州やゴアとブルー・マウンテンズを題材にした旅行記を出していることがわかった。そのころの私には興味のないことばかりだったが、バートンは鷹狩りの本も書いており、鳥類の研究家としてちょっと気を惹かれた。ほんの気まぐれで銃剣の本を買い、外に出たとき、私の連れ、近い将来、私の妻になる女性が、その本を見てこういった。「どうしてそんな恐ろしい本を買ったの?」彼女が笑い出したので、私も一緒になって笑いながら答えた。「たいした損失じゃないよ。わずか五セントの本だ」どう説明しても彼女には理解してもらえなかったが、そのあと私はたちまちバートンにのめり込んでいった。それから何年もたって事情がわかっても、依然として彼女は納得のいかない顔をしていた。バートンがインドのひどい環境で本を書いたという話と同じで、体験者でなければわからないこともあるのだろう。雨を避けるために机の下にもぐりこんだとか、字を書くだけで紙がぼろぼろになったという話なら、バートンが私にしたように友に伝えることができるだろう。だが、人は他人の経験の本当の意味を知ることはできない。最初は軽んじていたが、すぐに私は鷹狩りの本を探してきて読み、ゴアやシンドの旅行記にも目を通した。彼の文章には現実を丸ごと捉えてまだ余るものがあり、神秘的な感覚もあって、たちまち私は惹きつけられ、次から次へと彼の本を読むようになった。鷹狩りの本などは、英国の版元、ジョン・ヴァン・ヴォーストに手紙を送って取り寄せたものである。だが、私が本当に心を奪われ、想像力を掻き立てられたのは、メッカやメディナへの旅について語ったあの記念碑的な作品だった。そのときから私は本気でバートンを集めはじめた。

神の手によって私はバートンのもとに導かれ、バートンは私のもとに導かれた。自分勝手な感傷家と呼ばれてもいいし、馬鹿と呼ばれてもいい。だが、それが私の実感なのである。

チャールストンには一週間滞在した。三日目、リチャードは姿を消し、三十六時間近く行方不明になっていた。

酒を呑みすぎた次の朝、彼は頭痛を訴え、私は一人でバタリーまで散歩に出た。ついでにバタリーの先にも足を延ばし、アシュリー川に沿って町を一周する遊歩道を歩いた。人人の様子をながめたり、初対面の相手と話をしたり、太陽の光を体いっぱい浴びたりしながら何時間か歩きつづけた。そのあと、川岸で蟹を捕っている黒人の少年たちと遊んでいるうちに、その手際のよさや不思議な言葉遣いに魅了されて時を忘れてしまった。ホテルに戻ろうとして気がつくと、太陽は川の上に傾いていた。知らないうちに一日じゅう外を出歩いていたのである。

ホテルには私宛ての伝言が残されていた。〝きみを捜して、ぎりぎりまで待った。人と会うことになった。きみが戻ってくれば、一緒に行くつもりだったが、仕方がない。急に決まったことで、もうこんな機会はないかもしれない。あしたまた会おう。リチャード〟

これにはがっかりしたが、もちろん悪いのは私だ。だが、気にすることはない。リチャードがいなくても一晩くらいは楽しく過ごせるだろう。この町はまるで異国のようだ。私一人で珍しいものを食べ、珍しい音楽を聴き、珍しいものを見てまわろう。私はとことん楽しむつもりで着替えをした。何か面白いところはないか、とフロントで尋ねると、音楽寄席や歌芝居はどうか、と教えてくれた。どちらも歩いて行けるところにあるという。まだ間に合うし、開演前にちゃんとした食事をする時間もある。フロントの男はレストランを数軒紹介したあと、こんなことをいった。「今朝、バートン氏の伝言がありましたが、お読みになりましたか？」私は読んだと答え、礼をいった。「残念でしたね、行き違いで」と、男はいった。

外に出たとき、その言葉がふと気になって、足が止まった。フロントに戻り、詳しい話を聞いた。「いや、お客さまがお出かけになって、すぐバートン氏も出られたものですから」それを聞いて、私は意気消沈した。

リチャードが嘘をついたことが明らかになって、私は打ちひしがれた。きみを捜して、ぎりぎりまで待った、などというのは嘘で、実際は私が外出するのを見計らって自分も出て行ったのだ。あの伝言に本当のことが書いてあるとすれば、人に会いにいったという部分だけだった。なるほど、と私は苦々しく思った。彼は私が顔を合わせるとまずい相手に会いにいったのだ。そして、自分がその相手に会ったことも知られたくないのだ。

私は歌芝居のほうを見にいくつもりだったが、こんな憂鬱な気分では楽しめそうになかった。それに、空腹でもない——いつもなら一日に必ず三回食事をとるし、その日は朝食のあと何も食べていなかったが、これから夕食だと思ってもいっこうに食欲は湧いてこなかった。私は街路を歩いた。これからどうすればいいか、考えられることは一つだけだった。ここで旅をやめるのだ。もう巧みな言い訳はたくさんだ。リチャードが何を企んでいるのかはわからないが、その相手をしなければ、これ以上嘘をつかれることもない。南部の気候が合わなくて体調を崩した、とか何とか適当な口実をもうけて、一刻も早く——できれば明日の朝にでも、北に向かう蒸気船に乗ろう。彼が嘘をつくなら、こちらも嘘をつくまでだ。そんな子供じみたことも考えた。むろん、リチャードは私の本心に気がつくだろう。あの理性的な男がお粗末な口実にごまかされるはずはない。だが、私としてはそれが精一杯だった。べつのやり方——素知らぬ顔で旅を続けること——は、私には耐えられなかった。

落胆は激しかったものの、一旦そう決めると、気分は意外なほどよくなった。旅をやめて帰りたいわけではない――事実は逆だった。今すぐにでもリチャードが現われて、納得のゆく説明をしてくれるのならそれに越したことはないが、はたして納得のゆく説明ができるかどうか、私は疑問に思っていた。それよりも、いまだに残っているリチャードへの敬意を大事にしたかった。今のうちに別れておけば、疑惑が真実に変わるのを見なくてすむ。

だが、通りを歩いているうちに、新たな考えが浮かんだ。しかるべきところに連絡するべきではないか。英国が陰謀を企んでいることを警告しておいたほうがいいのではないか。ある程度の力を持った人物、政府の高官に。

だが、売国奴の可能性のあるフロイド長官は駄目だ。それだけは間違いない。

朝になると、船会社まで歩き、時刻表を手に入れた。一時間もたたないうちにウィルミントン行きの便が出ることになっていた。だが、リチャードはまだ戻らない。別れも告げずに出てゆくことはできなかったので、ホテルの周辺でぶらぶらしているあいだに、蒸気船はウィルミントンに発ってしまった。私はかなり空腹だった。きのうから何も食べていないのだ。そこで、ホテルの食堂でしっかりした昼食をとり、通りをはさんだ向かい側にある酒場でエールを呑みながら待つことにした。またずるずると一日延ばしてしまった。

そう思うと、矛盾する感情がいろいろ湧き上がってきた――怒り、落胆、不安。だが、そこには安堵と場違いな希望もあり、ときにはその二つがほかの感情を凌駕《りょうが》した。すべてを捨ててここから逃れたいと心の底から思っていたが、その行為の及ぼす波紋を考えると目の前が真っ暗になる。醜悪な別れは避けられそうにないものの、誰かの一言や行動で局面ががらりと変わってくれたらいいのにと、私はまだ一縷《いちる》の望みをつないでいた。

二杯目のエールを呑み、しばらくして三杯目を呑んで、もう限界になったので、サルサパリラ（サルサの根のエキスで味をつけた炭酸飲料）に切り替えた。今度もまたいつの間にか怒りは消え、私はリチャードの行為の裏に罪のない動機を探そうとしていた。だが、そんなものは見つからなかった。彼は嘘をついたのだ。そのことに疑問の余地はないし、言い訳も通用しない。これ以上、旅を続けるわけにはいかない。本当なら、書き置きでも残して、さっさと出て行ったほうがよかったのかもしれないが、それは臆病者のやり方で、私たち二人には似合わない。だから、私は待った。

三時になると、彼がホテルに帰ってくるのが見えた。私は通りを横切り、彼に続いてホテルに入った。しかし、私はまた躊躇した。どうすればいいのだろう？　どうやって切り出せばいいのか。ロビーに立った私は、軽い足取りで彼が弾むように階段をのぼってゆくのを見ていた。その姿が見えなくなってから、ようやく私はのろのろと二階にあがった。足音を忍ばせて彼の部屋の前を通り、自分の部屋に入った。思い悩みながらベッドに横たわると、いつの間にか私は眠り込んでいた。

ノックの音で目を開けた。私は動かなかった。

彼はまたドアを叩いた。声は聞こえなかったが、彼だということはわかっていた。耳を澄ましていると、彼は戸口から遠ざかり、廊下を通って階段をおりていった。長く待たせるわけにはいかなかった。

ようやく私も下におりていった。ロビーの奥の椅子に、彼は一人ですわっていた。その手には新聞があった《チャールストン・マーキュリー》。奴隷制擁護のロバート・バーンウェル・レットが攻撃的な意見を発表している大衆煽動紙だ。彼は、近づいていく私を新聞の上から見ていた。

「チャーリー、捜してたんだよ」

すぐに私は嘘をつきはじめた。「体調がすぐれなかったものですから」だが、私の声は震え、嘘を続けられそうになかった。自分も嘘をついたくせに、リチャードの嘘を責められようか。私が言葉を継ぐよりも早く、彼はいった。「ここにすわりたまえ。話をしよう」私は向かいの安楽椅子にすわった。彼は私の目を見すえた。「きみに話しておきたいことがある」

怒りが込み上げてきて、思わず私は彼の言葉をはねつけようとした。よしてください、もう嘘はたくさんです。そういおうとしたとたん、手が震え出すのがわかった。だが、その前に彼が話しだした。それは意外な告白だった。「きみ宛ての伝言には本当のことを書かなかった」

私はうなずいた。

「そこまでは気がついていたか？」

またうなずいた。

彼は長いあいだこちらを見つめていた。「私は嘘が下手だ。親しい友に嘘をつくのはとくに難しい」

もうやめてください、ぼくたちがどれほど親しいというんです、と私は思った。ぼくたちはおたがいのことをほとんど知らないじゃないですか。そういいたかったが、口にすることはできなかった。

「要するに、一日きみから離れて別行動を取りたかったんだ。だから、きみが出かけるのを待って、ある人物を訪ねた」

「その理由をうかがってもいいですか」

「きみに反対されるだろうと思ったからだよ。私は、ある役を演じる必要があったんだ」

私は顔を上げ、彼の目を見た。そのとたん、急に言葉が出た。その強い調子には自分でも驚いた。「ぼくがどんな気持ちだったかわかりますか。そんなことをされたら、居ても立ってもいられなくなる性格だということは、すでにご存じでしょう。状況が状況だから、ぼくは——」

「最後まで話を聞いてくれ。やりたいことがあったら、それからでも遅くない」

彼には態勢を立て直す必要などないようだった。自分が何をいわなければならないか、彼にはちゃんとわかっている。その最初の言葉で、私は怒りが消えてゆくのを感じた。疑いは残った。その苦い薬が完全に解けるには何年もかかるだろう。だが、彼の声には真実らしい響きがあった。

「出かけた先はレット氏の農園だったんだよ。パーマストン卿に頼まれて訪ねていったんだが、ひそかに工作をして面談の手筈を整えてくれたのも、そのパーマストン卿だ」

彼はまっすぐ私を見た。「農園には過激な分離論者が大勢集まっていた。州の高官も何人かいて、下らない議論に熱くなっていた。あの愚物どもはそうした議論を心から楽しんでいるようだったな。納屋の庭先の雄鶏のように、気取って胸を張っていたよ。権勢欲に取り憑かれて、大物ぶって、そのくせ自分たちのやっていることが国の悲劇につながるとはちっとも考えていない。州が奴隷制を後押しするのはすでに時代遅れだが、あの連中はそんなこともわかっていないし、奴隷制を表看板にして暮らしていくのがこの先どんどん難しくなることにも気がついていない。その馬鹿げたプライドのために将来のある若者が何万人も命を落とすことになるんだ。想像力がないから、あいつらにはそれが見えていない」

彼は嘆息した。「そんな場所にきみが入っていけるわけがないだろう」

静かに私はいった。「リチャード・バートンを迎えて、みんなはどう思ったんでしょう？」

「私はリチャード・バートンとして参加したわけではない。首相の友だちの友だちという触れ込みだったが、今ごろは名前を憶えている者もいないだろう」

「リチャード……」

「ホテルを一人で出るときにでっち上げた口実が、私のついた唯一の嘘だ。ばれてもばれなくても、ちゃんと説明しておきたかった」

「それだけですむ問題じゃありません。きのう、あなたはスパイかと、単刀直入に尋ねましたよね」

「違うといったはずだがね」

「パーマストン卿から何か依頼されたことはなかったか、とも訊きました」

「あれはいわゆる表敬訪問で、私もそのつもりで出かけた。英国に戻ったら、アメリカはどうだった、という程度の質問はされるだろうし、それには正直に答えるつもりだ。それだけのことであって、諜報活動とはまったく違うと思うがね」

彼はじれったそうに手を振った。「この国で戦争が始まった場合、英国はどうすべきか、などということは私にはわからない。首相じゃないんだからね。パーマストン卿には自分の考えを話すだけだ」

「どういう考えをお持ちなんです？」

「この紛争に英国が介入するのは避けたほうがいい。アメリカ魂を打ち破ることはできない。仮に南部の側が優勢に戦いを終えたとしても——まあ、そんなことはないだろうが、その場合でも連邦復帰を目指す地下活動組織ができるだろう。そんなところに、外国の勢力、それも遠く離れた海の向こうの国が割り込むのは正気の沙汰ではない。そんなことをしたら、おそらく何年も激しいゲリラ戦が続いて、多くの死傷者が出るだろう。たとえ英国でも、そんな戦いをいつまでも続けられるわけがない。もしもパーマストンが介入の決断をしたら泥沼にはまることになって、歴史に汚名を残すことになるだろう。そういったことを進言するつもりだよ」

彼は咳払いした。「きみをだますようなことをして申し訳なかった」

「リチャード……」

次に私がどんな質問をするか、彼にはわかっていたはずだが、何もいわずに待っていた。

「ぼくをここに連れてきたのはなぜなんです？」私はいった。「なぜぼくを巻き込んだんです？　どちらにも不幸な結末になるかもしれないのに」

彼は悲しげに微笑んだ。「チャーリー、きみにはわからないのか？」

私は目をしばたたき、苛立ちを抑えながら手を振った。「何がです？」

「私は新規まき直しのためにアメリカにきた。きみのおかげでそれができたんだよ。初めて会ったその日に、私はよみがえった。ほとんど完全に回復することができた」

それは想像もできないことだった。私は驚きで呆然とし、何かが心に芽生えるのを感じた――それは愛だろうか？　そう思って、あわてて目をそらした。

「英国を発ったときの私は深く傷ついていた。精神的に最低の状態にあったが、あの日、私はまた昔の自分に戻ることができた。きみは初対面の他人として私の前に現われた。異国で育った屈強で知的な人物だった。その人物は、私の本を集めて読んでいるという。しかも、わざわざ時間を割いて挨拶しにきてくれた……」

「それは小さなことじゃありませんか」

「でも、それは……」私は言葉を探した。「それは小さなことじゃありませんか」

「大きな贈り物は、その贈り手からは小さく見えるもんだよ」

一分ほど沈黙があり、彼はいった。「きみの家で過ごした一週間のことは死ぬまで忘れないだろう。きみと一緒にいると、自分が英雄として崇拝されているのがわかる。しかも、きみは人に媚びたり、へつらったりしない。まれに見る才能だと思うね」

「そんなつもりはなかったんですが」

「意図してできることじゃない。きみは知的な考え方をするし、私に対してその意見を堂堂と主張する。だから私はきみの意見を尊重しているし、きみと一緒にいるのを有意義なことだと思っている」

「しかし……」私はまだ呆然としたままだった。「ぼくは、極端な英雄崇拝はよくないと思っています。もちろん、ぼくにとってあなたは英雄だったし、今でもそうです。でも、一方的に崇拝するだけでは友情は育ちません。自分のほうからも何か差し出さなければ」

「私もそのことをいってるんだよ。知ったかぶりをする馬鹿の相手ばかりさせられて、ようやく違いがわかるようになったわけだがね」

彼は掌《てのひら》を上にして肩をすくめた。話はこれで終わりだということを示す英米共通の仕草である。「なぜきみを連れてきたか？　スパイの密命を帯びてこの国にやってきたのなら、絶対にそんなことはしなかっただろうね。きみを連れてきたのは、そばにいてもらいたかったからだ。それに、きみだったら、一日ぐらい行方をくらましても怒らないだろうと思った」

彼は立ち上がり、私の肩をつかんだ。「まあ、ちょっと考えてみるんだね」

その夜、何事もなかったかのように私たちは連れ立って外出した。ミーティング通りから波止場にかけて、市場沿いの酒場に何軒か立ち寄って、私はエールをしこたま呑んだ。過去のどの一週間を取り上げても、それほど呑んだことはなかったし、将来もその記録は破られることがないだろう。飲酒には年季が入っているリチャードは酔っても乱れることはなかったが、私はまだ宵の口からへべれけになっていた。真夜中近くになると、さすがのリチャードも酔いを表に出すようになり、途中で出会った酔漢たちと一緒になって卑猥な船乗りの歌をうたった。何があっても私たちは笑い転げた。酔ったあげくの舌のもつれや失言に、酒場の客たちは爆笑した。場所によっては、男と同じくらい女の客がいる店もあった。その全員がリチャードに魅了され、言葉の訛りで私が北部の人間だとわかっても知らないふりをしてくれた。最後まで開いていた酒場からよろよろ出てきたのが朝の一時か二時で、そのまま私たちはおぼつかない足取りでホテルに戻った。それぞれの部屋に引き上げるとき、リチャードはいった。「あしたはまたどこかに見物に行こう。それから、帰る前に一度ムールトリーの要塞を見ておきたいと思っている」

私もついていっていいのだろうか、と酔った頭で考えていると、リチャードは続けた。

「きみも見たいだろう、チャーリー——中にいる兵士の目で要塞を見ることができるんだ。

要塞を守りながら死んでいく兵士の目でね」

私は、見たい、とだけ答え、その話題を打ち切った。

ムールトリー要塞の司令官はジョン・ガードナー大佐だった。それまで彼のことは何も知らないに等しかった。一方、リチャードにはもっと知識があった。「もうかなりの齢だね」マウント・プレザントの西端にある船着き場に蒸気船が船首を向けはじめたとき、リチャードはいった。「一八一二年の戦争でメキシコに行っているらしい」

それならまだ六十ちょっとかもしれず、司令官が務まらない齢ではない。私がそれを指摘しても、リチャードは何もいわなかった。船は着岸し、サリヴァン島への厄介な移動が始まった。夏だったら、チャールストンで黄熱病が流行りそうな時期を向こうで過ごす富裕層向けに渡し船が出ていて、直接、上陸できるようになっている。だが、今は晩春だったので、沼地に板を敷いた道をとことこ歩き、小さな船を雇って島に渡らなければならない。

暖かい春の日差しを浴びる岸辺は美しかった。私はポーの作品にこの島が出てきたことを思い出した。三十年ほど前ここに配属されていたポーは、黄金虫の話の一部にこの島を背景として使っている。あのころから島の様子はほとんど変わっていないようだった。だが、要塞は古びて荒廃が進み、近づくにつれて、これでは与えられた任務を全うすることは不可能なのではないか、と思えてきた。壁際に砂が吹き寄せられて巨大な山ができている。これでは守りが弱くなる。私でさえその砂山を登って簡単に要塞に忍び込むことができるだろう。

近くまできても歩哨の姿は見えなかった。私たちは海岸に背を向けて向こう側に回り込み、正門を目指した。正門でリチャードは名刺を出し、ガードナー大佐にお目にかかりたいと告げた。私たちは中に案内され、まずアブナー・ダブルデイ大尉と簡単な話をした。「ガードナー大佐は要塞の外に住んでいます」と、ダブルデイはいった。「すぐ近くですので、人をやって都合を訊いてきます」

二人きりになると、リチャードは、天井に向かって目の玉を動かすという、万国共通の軽蔑の仕草をした。「要塞の外に住んでいるそうだ。どう思う?」

「いいことじゃありませんね」私はいった。「フロイド長官と同じように、大佐も南部派の北部人なんでしょうか」

「大佐はマサチューセッツ出身だ」と、リチャードはいった。その知識に、改めて私は驚いた。

十五分後、ダブルデイが戻ってきて、昼食後に面談ができるそうだ、と伝えた。ありがたいことに、昼食はもう始まっているという。「よろしければお二人は要塞の食堂を利用してください」私たちは礼をいい、そうすることにした。

バートンは名前や身分を隠そうとしなかったが、バートンのことをダブルデイが知っているかどうかは見ただけではわからなかった。のちのダブルデイ将軍も、当時は長い休職期間を経て軍に戻ってきたばかりで、この要塞にきてまだ間がなかった。彼は、この荒廃をどう見ていたのだろう。軍紀を乱さないためにはどうすればいいか、彼なりに関心はあったと思うが、要塞の日常業務は誰が監督しているのか、とバートンが尋ねたとき、彼は自嘲と皮肉を込めてこう答えた。「その日の当番将校です。今日は私が当番のようですがね」

私たちは簡素な昼食をとりながら、当たり障りのない話をした。天候のこと、バートンが予定している大陸横断の旅には危険が伴うこと、西部におけるインディアンの動静について。そして、今年の夏もまたチャールストンに黄熱病が流行るかどうか。

「では、要塞を案内しましょう」食事が終わると、ダブルデイはいった。

私たちは壁に沿って歩いていった。私にさえ痛いほどよくわかったことを、誰も口にしなかった。この要塞は防御不可能なのだ。バートンは最後にやんわり指摘した。「砂丘のせいで苦労しているようですね」

「ええ、そのとおりなんです」

「砂を取り除くことはできないんですか？」と、私はいった。

「そういうことをすると、地元民を刺激するのではないかと心配する声もありましてね」と、ダブルデイはいった。「ささいなことでも大事《おおごと》になりかねませんので」

「砂丘がなくなっても、この要塞を守るのは楽じゃなさそうだね」バートンはいった。

「そうなんですよ。この要塞は沈みかけた救命筏《いかだ》で、まわりには鮫《さめ》がうようよしている、といったところですね」

ダブルディは少し気が楽になったようだった。私たち二人が少なくとも精神的同類であるとわかったからだろう。

ぐるりと一周して元の場所に戻ると、ダブルディは海に目をやり、リチャードを見た。

「バートン大尉、あなたならこの要塞をどうします？」

バートンはにっこりした。相手が自分の経歴を知っていて、最近の階級名で呼んでくれたことを喜んでいるのだ。海のほうを見てから、彼はいった。「それは、自分にどれだけの権限があるか、それをどう解釈するかで変わってくるだろうね」

兵士が一人やってきて、大佐がお目にかかるそうです、と告げた。

ダブルディは門のところまで私たちを見送り、握手をした。「帰るときに時間があれば、また立ち寄ってください。海岸の先になかなかいい居酒屋があるんです」

ガードナー大佐とは一時間話をした。大佐はあらゆる意味で歳を取っていた。話題はたちまち政治に及んだ。南部人への共感が北部生まれの出自を上まわり、ガードナーは見苦しいほど南部寄りの発言をした。「きみたちは、ここの人々の怒りを理解する必要がある」と、彼はいった。「領土問題で南部諸州は常に不当な扱いを受けてきた。万が一、リンカーンが当選したら、西方領土全体で奴隷制は禁止されることになるだろう。そうすると、南部人の生活様式は立法の過程で圧殺されてしまう」

バートンはいつものように礼儀正しく、自分の意見を述べないまま、南部の考え方に理解を示した。だが、大佐宅を退去して要塞に戻るとき、彼はいった。「大佐がこの任務にふさわしくないのは、年齢のせいではなく、あの考え方のせいだ。部下がどんな立場に置かれるか、考えてみたまえ。まわりが敵だらけで、五歳の子供でも登れる砂丘に要塞が覆われていることだけでも大変なのに、老齢の司令官が敵の領土に居を構えていて、敵のドグマを得々と口にするんだからね」途中で立ち止まると、彼は哀れな要塞を見上げた。怒りを隠そうともせず、声を荒らげて彼はいった。「どうだ、チャーリー、きみはこんなところに配属されて、命を危険にさらしたいと思うか？」そのあと、声を潜めて続けた。「そんな権威などくそ食らえだ！　あの傲慢な態度はなんだ！　政治も政治家もろくなもんじゃない！」

ダブルデイ大尉は、私たちが戻ってきて喜んでいるようだった。狂気に冒されてゆく世界で、正気に似たものをようやく見つけたといわんばかりである。私たち三人は浜辺を歩き、暖かい五月の日を浴びながらおしゃべりをした。ダブルデイは私たちのような外部の者の声を聞きたかったのだろう。むろん、公然とそれを認めるわけにはいかないし、初対面の相手に本心を語ることも控えている。彼は軍人であるから、自分をここに配属した政治家や、自分たちが命を預けているあの年老いた煽動家を批判することはできなかった。もしものときには見苦しくない死に方をしたい。名誉にかけて彼が望めることはそれだけだった。

私たちはしばらく立ち止まって海を見ていた。港に入ってくる船が、サムター要塞のそばを通りすぎ、町の突端をまわろうとしている。やがて、ダブルデイはいった。「さあ、行きましょう。酒は私がおごりますよ」

居酒屋は砂丘を越えて少し歩いたところにあった。涼しく薄暗い安息所のような店で、同じく涼しげな黒人の女性バーテンダーが二人いた。よく似ているので、たぶん姉妹だろう。ダブルデイによれば、一人はフローレンス、もう一人はフランシスという名前だという。私は、今やはるか彼方に遠ざかったように思えるあの片田舎の小さな村の娘、マリオンのことを思い出した。あの村はフローレンスという名前だった。それに気がついて、私は身震いした。テーブルの正面にいるバートンを見ながら、彼もまたその不思議な偶然に思いを馳せているのではないか、と思った。

ダブルデイは私たちにエールを注文し、自分は紅茶を頼んだ。

私は乾杯の音頭を取った。「連邦に乾杯」

反射的にダブルデイはカップを上げた。一瞬、遅れて、リチャードも乾杯した。

私たちは午後まで話し込んだ。ダブルデイとバートンは大尉同士で軍事戦略全般の話をした。やがて、話の筋道は一本に絞られた。これまでと同じで、具体的な話には立ち入らなかったものの、防衛不可能なものをいかにして防衛するか、というのが話題の中心になったのである。

三時を過ぎたころ、ダブルデイはいった。「そろそろ持ち場に戻らなければ。あなたがたも船の時刻があるでしょう」

最後の最後になって、ダブルディはバートンにいった。「答えが出なかった今朝の話をずっと考えていたんです。自分にどれだけの権限があるか、それをどう解釈するかで変わってくる——あなたはそういいましたね。あれはどういう意味だったんです?」

「私が大佐の立場にあったら、動くなという命令を受けていないかぎり、夜の闇に紛れて、湾の反対側にあるあの煉瓦造りの要塞に兵を駐屯させる——そういいたかったんだよ」

ダブルディのほうは理論的な仮定の話を予想していたらしく、リチャードの返事に驚いていた。衝撃を受けたのか、ダブルディの表情は硬くなっていた。「まさか本気でそんなことをおっしゃってるんじゃないでしょうね」

「これほど重要な問題を茶化すつもりはないよ」

「この町の住人から見れば、戦争行為になりますよ」

「その見方は論理的ではない。要塞は州のものではなく、連邦の資産だ」

「論理の通じない土地で論理的な話をしても無意味ですよ、大尉」

「それなら、どんなに回避努力をしても、危機的状況になるのは目に見えている。狂人に論理は通じないし、相手が戦争をしたがっているのなら、防ぎようがない」

沈黙を破ったのはバートンだった。「つまり、そういう状況においては、部下への忠誠を第一に考えるべきだと思う。もちろん、兵を動かすなという指示があれば別だがね」

「そうですか、あそこに兵を置くんですか」ダブルディはまだ信じられないようだった。

「そうするよ――私が司令官なら、今夜にでもね」

「なかなか面白い」ダブルデイはいった。「考えると気が重くなるが、なかなか面白い話でした」

私たちは海岸に出て、ダブルデイ大尉と要塞の守備隊の幸運を祈り、靄《もや》がかかったような午後の日差しの中で別れを告げた。要塞の姿が遠ざかってから、バートンはいった。

「幸運だけでここの兵士が生き延びられたらいいんだが」その現実を引きずりながら、私たちは沼地を越え、蒸気船に乗り、湾を渡って町に戻った。

私にとって、それが旅のクライマックスだった。長い歳月が過ぎた今でも、私はキャンドルに照らされたバートンの日焼けした顔を思い浮かべることができるし、ダブルデイの驚きもまざまざと感じることができる。炎が揺らめくあの居酒屋の片隅で、ダブルデイは頬をひっぱたかれたような顔をしていた。命を賭けてもいいが、あれほど大胆な戦略は、あのときまでダブルデイも考えたことがなかったのである。南北戦争のきっかけになった出来事は何か？　ほこりまみれの歴史的な文脈において、それはすでに明らかになっている。しかし、歴史学者にとって自明なことでも、その時代に生きていた人々にはっきり見えていたとはかぎらない。たしかに南部人は血気盛んで、非合理で、戦争を望んでいた。サムター要塞での出来事がなくても、べつの機会に別の場所で南部人は戦端を開いていただろう。だが、実際に南北戦争のきっかけになったのは南軍によるサムター要塞への砲撃であり、砲撃が始まる一年前のある静かな午後、その要塞に兵を置くという挑発行為を最初に提言したのがバートンであったという事実は、歴史的に重要な意味を持つだろう。

そろそろ別れのときが近づいていた。そんな話が出たわけではないが、妻に土下座してわがままを聞いてもらった旅行の予定期間はとっくに過ぎていた。リチャードはニューオリンズに行き、川船で北に向かって、適当なところで船を下り、西部の開拓地を目指すという。夕食の席で、彼は熱心に同行を勧めた。

「せめてニューオリンズまでこないか」

「無理なんですよ。ぼくには家庭があるし、これ以上、自分勝手なまねはできません」

私たちは、彼が無断で姿を消したことを話題にするのを避けてきたが、彼のほうからそれに触れた。「おたがい、もうわだかまりはないだろうね」

「もちろんです。この旅に出て、本当によかったと思います」

「それを聞いて、私も嬉しいよ」

彼は煙草に火をつけた。そして、煙の向こうから手を伸ばし、握手をした。「私は感傷的な人間ではないつもりだが、おそらく私たちはもう二度と会うことはないだろう。だから、これだけはいっておきたい。これほど素晴らしい友情を結べたことは、私の生涯でもめったにないことだ」

「その言葉はそっくりそのままお返しします」胸に込み上げてくるものを感じながら、私はいった。

「だったら、セント・ジョーまで一緒にこいよ。そこから先のことは強制しない。名誉にかけて誓う。西部のインディアンにきみが頭の皮を剝がれるようなことになったら、一生、罪悪感に苦しめられるだろうからね」

私は辞退したが、彼は食い下がった。最後にはニューオリンズで妥協した。翌日、私はボルティモアに電報を打ち、妻と幼い娘からさらに二週間の猶予をもらって、その日の午後、チャールストンを発った。海岸線沿いにサヴァンナまで下り、道なき道を西に進んで、コロンバスやモンゴメリーやモービルといった町を通りすぎた。ニューオリンズでは呑んで笑って五日間過ごした。二週間の猶予はあと三日になった。避けられない旅の終わりが近づくにつれて、それ以前もそれ以降も体験したことのない身を切られるような悲しみに襲われた。八三年に妻が死んだときには打ちひしがれるような悲しみに泣き明かしたが、それとは別種の悲しみでありながら、同じように身にこたえた。リチャードとの別れは、鋭いナイフでぐさっと一突きされるようなものだった。

最後の夜、私たちは酔っ払って乱痴気騒ぎをした。リチャードは、一人でこれだけ呑めるのかとあきれるほど大量の酒を呑み、私たちは酔眼朦朧《すいがんもうろう》として部屋に戻った。私はほとんど記憶もなくしていた。翌朝、二人ともそのつけを払うことになった。リチャードは二日酔いで昼過ぎまで寝込み、蒸気船が出る時刻になってようやく起きてきた。私は彼と一緒に歩いて船着き場に向かい、おたがいに手紙を書く約束をした。彼が本を出したときには間違いなく入手できるように、郵送も頼んだ。「二冊ずつ送ってください。一冊には署名と献辞をつけて。いいですか。あなたが本を書いているかぎり、きっと送ってくださいよ。ぼくも生きているかぎりそれを受け取ります」

私はいつまでも彼を見送っていた。川船の甲板に一人で立っている彼の姿は、やがて見えなくなった。その瞬間、もう一度、彼と旅ができるなら、何を犠牲にしてもいいと思った。夜の町は旅行客であふれていたが、私にはひどく空虚に見えた。家に戻る長い旅は、寂寥《せきりょう》に満ちた陰鬱なものになるはずだった。

翌日、ホテルを出るとき、快適にお泊まりいただけましたか、とフロント係がいった。

「ところで、お連れさまとはまたどこかでお会いになるのでしょうか」

「会えればいいが、あいにく彼はロンドンに住んでいて……」

「実は、メイドがお連れさまの忘れ物を部屋で見つけまして」

カウンターのうしろから、男はその忘れ物を取り出した。

それはバートンのノートだった。

むろん、ノートを預かっていることは手紙で知らせた。そして、しばらく私の手もとに置いておいて、機会を見てじかに受け渡しをするほうが安全ではないか、と提案した。それとも郵便で送ろうか。大西洋を越える郵便は信頼できないが、送ったほうがよければ送ることにする。そうでなければ、今度会うときまで預かっておこう。

何カ月もたって届いた彼の返信は、短く謎めいたものだった。いずれ取りに行くから、できれば日誌は、誰にも見つからない安全な場所に保管しておいてもらいたい。「あの晩は記憶もはっきりしない」と、彼は言い訳めいたことを書いていた。「日誌は鞄に入れたつもりでいたが、呑みすぎたのがいけなかったようだ」

それ以外に彼から手紙が届くことはあまり期待していなかった。バートンは世界を股にかけて忙しく動きまわっているし、帰宅して少し熱が醒めてくると、私は否応なしに現実を直視した。バートンの波瀾万丈の人生の中で、私はただの脇役、彼がたまたま出会った賛美者の一人にすぎない。だが、ある日、手紙が届いた。

その手紙には、私の知りたかったことが事細かにしたためられていた。ブリガム・ヤングに会ったときの話、カリフォルニアに行って、そのあと中央アメリカを横断し、蒸気船で故国に帰ったこと。モルモン教の話やアメリカの砂漠を駅馬車で越えてカリフォルニアに行ったときの話は、『聖者の町』という本に書く予定だという。そして、間もなく『中央アフリカの湖水地帯』という本が出版される。「二冊ずつ送れというきみの言葉を守ることにするが、負担になったら気にしないでそういってもらいたい」日誌のことには触れていなかった。その日誌は私の本棚にあり、妖婦のような誘惑の視線でいつも私を見ていたが、それを開いて中を覗いたことは一度もなかった。これほどまでに信頼されているのだから、その信頼を裏切ってはいけない。

私はすぐに返信を書き、できたら新著だけでなく旧著の新版も送ってもらえないだろうか、と頼んだ。とくに増補版や改訂版はなんとしても欲しかった。合衆国のニュースも書いた。リンカーンが大統領になったのを受けて、ムールトリー要塞の守備隊は全国的な注目を集めている。まさに一触即発の状態で、郵便事情が悪くなって本が届かない恐れがあるときは、混乱が収まるまで発送を待ってもらえないだろうか、とも書いた。

私はムールトリーの情勢を追いかけ、感想を日記につけていた。僭越ながら、いつかそれをバートンに送って、私たちの旅の記録を早く本にしろ、とせかすつもりだったのである。「老ガードナー大佐はいなくなり、代わりにもっと若いロバート・アンダーソン少佐が司令官になった」と、十二月の日記に私は書いている。「ダブルディ大尉がその右腕である」同じ月の下旬に、バートンの提案どおり、夜の闇に紛れてムールトリーの守備隊がサムター要塞に船で移動したときにも、私は日記をつけた。バートンを聞き手にして、私はこう書いた。「あのときは二人とも予想していませんでしたが、大尉はあなたの提案を本気で受け止めたんですね。もっとも、ほかに代案がなければ、自分の主義主張にはこだわっていられないわけですが」

「恐れていた事態が起こった」と、一月に私は書いた。「戦争はもう避けられない。あと二週間も保たないだろう」だが、話し合いは四月まで続き、そのあと砲撃が四年間の地獄に私たちを叩き込んだ。

その年の戦争のニュースは暗いものばかりだった。早期解決の見込みはなくなり、血で血を洗う戦いの数々が私たちを新しい憎悪へと駆り立てた。十一月になると、私とリチャードを厳しい試練が見舞った。連邦の戦艦が英国の郵便船〈トレント号〉を止め、乗船していた南部連合国の外交官二人を逮捕したのである。ロンドンのパーマストン卿は激怒した。だが、こういうきっかけをパーマストンは待っていたのだ。何万もの英国の軍勢、なんらかの侵略の意図を持つ尖兵がカナダ国境に集結したという知らせを聞いて、私は怒りに駆られた。その何週間かは例の疑惑が再燃し、リチャードの本など燃やしてしまって、もう関わりを断とうと思ったくらいだった。その本の灰を箱に詰め、あの言葉は嘘だったのか、おまえに道義心はないのかと憤慨のメモを添えてバートンに送りつければ、少しは気が晴れたかもしれない。だが、火をつけることはできなかったし、日誌を読んで真相を確かめることもできなかった。最後に私は、目障りなその日誌を自分の部屋からべつの場所に移し、できることなら忘れてしまおうと思った。成り行きを見守っているうちに一月になり、スーアード国務長官は外交官二人の釈放を決定した。それによって、英国との危機は回避された。

ある日、謎めいた短い手紙が届いた。何カ月も前の手紙で、〈トレント号〉事件が深刻な局面を迎えていたクリスマスのころに書かれたものだった。本文はたった二行。署名はなかったが、そのちまちました筆跡には見憶えがあった。〝私は精一杯努力した。結果を見守ることにしよう。世の中の人がみんな冷静になればいい。きみと同じく私もそう思っている〟。今度も私は自分が恥ずかしくなった。友情を裏切ったのはリチャードではなく私のほうだったのだ。人を信じることを知らない私のせいで、私たちの関係は断ち切られてしまうところだった。この友情は一生大切にしよう、と私は心に誓った。何が起こっても決して疑うまい。その決意の証として、私はリチャードの日誌を取り出し、目の前の本棚に置いた。それ以来、日誌はずっとそこにあるが、むろんまだ読んだことはない。

その後、我が国の戦争が終わるまで、リチャードからの来信はなかった。だが、そのあと宝の山のような荷物が届き、一八六六年で一番嬉しい出来事になった。大きな箱二つに分けて、バートンの本が届いたのである。『中央アフリカの湖水地帯』全二巻には私宛てのサインと献辞とがあって、それを見るたびに今でも心温まる思いがする。〝チャールズ・ウォレンに――わがよき友チャーリー、きみのことを思うたびに、あの動乱のアメリカ南部の旅を懐かしく思い出す〟。『聖者の町』は興味津々だった。なぜ彼はその直前の南部の旅に一言も触れていないのだろう。彼は奴隷制を憎んでいたのだから、この機会にそれが悪魔の所業であることを主張してもよかったのである。私はまた例の疑念にとらわれた。〝それは彼がスパイだったからだ。英国は侵略する隙を狙っている。このまま口を閉ざしていれば、私もその侵略の片棒を担ぐことになる〟。だが、そんな不吉な考えは忘れることにした。結局、リチャードへの信頼は揺らぐことがなかったのである。

箱にはほかの本も入っていた。『大草原の旅行者』は、広大なアメリカ大陸を横断しようという剛胆な旅行者のための助言を書き連ねたもの。『アベーオクータとカメルーン山』の口絵には堂々たるバートンの肖像が描かれていた。堅苦しいポーズをとっているが、思わず惹きつけられるような魅力があった。『西アフリカ放浪　リヴァプールからフェルナンド・ポーまで』と『ダオメーの王ゲレレ訪問記』にはあの暗黒大陸への関心が引き継がれ、いまだに探検を続けているのがわかる。『ナイル流域』という小著は収集家としてぜひ手もとに置いておきたい本だが、スピークとの遺恨がまだ影を落としており、友人としては辛い本である。ただし、スピークはみずからの銃弾を胸に受けてすでに世を去っていた。あとになってわかったことだが、英国におけるその本の評判はあまり芳しいものではなかった。それは私自身の判断を裏づけるものである。死人と議論をしても絶対に勝つことはできない。バートンはその本を出版するべきではなかったと思っている。それに対して、『西アフリカの機知と知恵』は原住民の民話伝承を集めた楽しい本だった。『旅行便覧 図説メッカ、メディナ巡礼の旅（付・アラブの立法者モハメッド略伝）』は、バートンの一番有名な巡礼の旅を略述したものである。二つめの箱の底には、彼が書いたもっとも不思議な本が入っていた。対話形式の長詩で、題名は『石の話』、著者は「フランク・ベイカー」となっているが、文体はどう見てもバートンのものだった。その詩の中でバートンは、ダーウィンの説をそのまま利用して宗教を痛烈にからかい、自分の祖国が世界じゅうで行なっている犯罪と偽善を告発している。バートンが書いてくれた洒落のめした献辞にも〝フランク〟という署名があった。いわく、〝この詩を書いたのが私だとわかったら、英国から永遠に追放されて、モルモンの国へと流罪になるだろう〟。

この驚くべき多作の時期は三年続き、全部で三千ページの原稿を書いたことになる。バートンは恐るべき執筆機械と化したのだ。すぐに私は賞賛の手紙を送り、多作に駄作なし、と洒落をいってから、暇があれば近況を知らせてもらいたい、と書いた。

返信はあった。バートンの手紙は折に触れて世界各地から届き、近況を知らせる長文の手紙も一年に一通ほど送られてきた。そうした手紙の最後には、私たちがともに過ごした数週間の思い出話がいつも綴られ、機会があればまた会おう、と結ばれていた。

歳月が過ぎても、彼が送ってくれる本で私たちの友情は鮮烈に保たれていた。私は彼の言葉の中に分け入り、ブラジルやザンジバルやアイスランドやゴリラの国コンゴへの旅に同行した。彼が探検をやめたあとは、その哲学的考察や翻訳に感嘆しながら読書を楽しんだ。いつも不思議に思っていたのは、二人で南部を旅した日々のことをいっこうに書く気配がなかったことである。一行も、いや一言も書いていない。だが、私は、二度とその動機を疑うまいという無言の誓いを守った。ただし、彼の死後長い年月が過ぎ、私自身老齢を迎えた今になっても、不思議に思う気持ちが消えたわけではない。

一八七七年には、からかい半分に彼の釈明を聞けそうな機会が訪れた。ダブルデイ大尉が――そのころには名誉進級で少佐になっていたが――サムター要塞時代の短い回想録を書き、出たばかりのその本をバートンに送ってみたのである。それに〝五十八ページを見よ〟というノートを添え、〝あなたの一言が我が国の歴史を作りましたね。いずれ戦争は起こったでしょうが、あの話が開戦のきっかけになったわけです〟と、書いた。

ダブルデイの記述によれば、状況が危機的になると、数人の同調者とともに彼は守備隊をサムター要塞に移すように進言したという。だが、アンダーソン司令官の返事は変わらなかった。自分はこのムールトリー要塞に配属されたのであり、命令なしにここを空ける権限はないというのだ。

その司令官が、豹変した。あるいは、最初からそのつもりでいて、部下にさえ本心を明かさないようにしていただけなのかもしれないが、とにかく、あの夜、決行の時刻の二十分前に命令を出し、守備隊は手漕ぎの船で湾を渡った。

その豹変を促したのはダブルデイだったのだろうか？　司令官にはべつの思惑があったのに、ダブルデイに説得されて気が変わったのだろうか？

それとも、アンダーソンは自分にその権限があるかどうか悩んだすえ、バートンがいち早く洞察していたように、〝動くなという命令を受けていないかぎり〟動いていいのだという結論に達したのか。

開戦のきっかけになった出来事の種を蒔いたのはバートンだったのか？

バートン本人は口を閉ざしていた。ダブルデイの本に対する返事もなかった。

もともと読みにくかったリチャードの筆跡は、晩年にいたってますます判読しづらくなった。娘に手伝ってもらい、分厚い拡大鏡の上にかがみこんで読み解いていったが、ときには一ページ読むのに一時間かかることもあった。〝近ごろ体調がすぐれない〟と、一八九〇年の手紙には書いてあった。〝もう一度きみと会って、思い出話に花を咲かせたいものだ。あのころは、二人ともまだ若く、世界はわれわれに発見されるのを待っていた〟

「絶対に行くべきよ！　今、行かなかったら、一生後悔するわよ」

「会いに行きたいなあ」私が心からそういうと、娘はすぐに賛成した。「絶対に行くべきよ！　今、行かなかったら、一生後悔するわよ」

「でも、気が引けるね」私はいった。「なにしろ、何十年も昔の話なんだから」

しかし、その場の勢いで私は英国行きを決心した。午後にはリチャードに長い手紙を書き、春にでも一、二ヵ月そちらに行ってもいいだろうか、と問い合わせることにした。十月一日にその手紙を投函して、返事を待った。

それから三週間もしないうちに、私は激しい衝撃を受けた。新聞の見出しに、こうあったのである。「著名な英国の探検家、サー・リチャード・F・バートン死す。享年六十九」

私は嘆き悲しんだ。三十年近く顔を合わせていないのに、その急な知らせは私の心に深い傷を残した。同じく三十年ほど前にゲティズバーグの戦いで弟が死んだときより辛かった。私が新聞にはらはらと涙を落とすと、その新聞を持ってきた娘は驚いていた。感情を表に出すことを嫌っていた私が娘に涙を見せたのは、妻が死んだとき以来だったのである。だが、そのときは唯一無二の親友を失ったような気がして、声を上げて泣いた。その悲しみようを見て、娘は私の頭を掻きいだき、一緒になって泣いてくれた。

私はなぜ悲しんだのだろう。バートンは無二の親友とはいえなかった。あんなに短い付き合いで真の友情が生まれるはずもない。だが、時間は人間の真実を語らない。何十年も知っているはずの相手なのに、実は何も知らなかった、ということもよくあるし、束の間の付き合いから兄弟以上に強い絆が生まれることもある。

死んだあと、私は彼のことをよく考えた。打ちひしがれてこの国にやってきた若いバートン。この広大な大陸を旅するうちに、バートンは徐々に自分を取り戻していった。そして、この私がその一部を担ったのである。私たちが何をしたか、それは私自身がよく知っている。誰もその思い出を奪うことはできない。今でも私は夜になると彼の声を聞く。音楽の力と永続性に魅せられて、黒人霊歌を口ずさむバートンの声が、二つの大陸に橋を架ける。その声を、私は聞く。


春になると、未亡人から格式ばった手紙が届いた。ロンドン行きを問い合わせた私の手紙を見つけて、事情を知りたいと思ったらしい。文面が妙にくだけているのを不思議に思ったという。正直にいって、彼女は私を知らなかったのだ。

「ちょうどいい機会じゃない。二人のことを書いて送ってあげたらどう?」と、娘はいった。

次の週にレディ・バートン宛ての長い手紙をしたためた。リチャードと知り合った経緯や旅の様子を詳しく書いたが、読み返してみると、本当に偉大な人物の評判に便乗して、自分のことを偉そうに見せようとしている小物、いわば虎の威を借る狐を演じているような気がして、結局、短い手紙を送った。

バートンの日誌には触れなかったし、依然として内容も見ていない。バートンが死んだ今、日誌を見ようが見まいがもうどうでもよくなったはずだが、私たち――私と彼の霊魂とはまだなんらかの絆で結ばれている。信頼を裏切るわけにはいかなかった。

未亡人のイザベルが世を去ったのちも、その問いかけは私の中にこだましている。

あなたはどなたでしょう？

リチャードは私のことを妻に話さなかったのだ。

私は誰か？

私はリチャード・バートンを心から賛美する者の一人である。それだけは間違いなくいうことができる。

あなたはどなたでしょう？

私は短期間だけ彼と付き合い、彼の死を深く悲しんだ。

悲しんだ者は大勢いる。

私たちは、失われた綿の王国へと旅に出た。そして、バートンは、五月のある晴れた日の午後、この国で起こった最大の内戦のきっかけをつくったのかもしれない。

かもしれない。ではないだろうか。と思われる。そんなことはどうでもいい。真実は何か？　たしかなことは何か？

私は肩をすくめるしかない。あの日誌に何が書いてあるのか、私はいつも不思議に思ってきた。バートンがあれを素材にした文章を発表した形跡もない。あの目まぐるしい数週間に自分が何を考え何をしたか、その記録として日誌を私に預けたのではないか。年を取ってから、ふとそんなふうに思ったこともある。

だが、なぜそんなことをしたのだろう。

目をやると、日誌はまだ本棚にある。だが、現実にあるもののようには思えない。

現実とは何か？

バートン未亡人の問いかけだけが現実なのだ。七十歳を過ぎた今でも、その言葉は耳の中に響いている。

あなたはどなたでしょう？

鏡を見ると、しわだらけの老人がそこにいる。そのとき、一つの答えが頭に浮かぶ。

私は……何者でもない。

BOOK Ⅲ
チャールストン

20

チャールストンに着いたときには日が暮れていた。地上整備員が用意したタラップを降りたところは別世界だった。気のせいではなく、気温が高いせいでもなかった。空気の匂いが違い――強い潮の香りを感じた――湿気が猛烈な勢いで襲いかかってきた。滑走路を歩いてターミナルに向かいながら、私はいった。「おれたちがいるのはカンザスじゃないようだぞ、ココ（『オズの魔法使い』でドロシーが愛犬トトにいう言葉のもじり）」彼女は顔をしかめ、私を追い払うように手を振った。

私が車を借りる手続きをしているあいだに、ココは市街地図と観光ガイドと写真つきの歴史パンフレットを買ってきた。数分後、運転席にすわった私は、彼女にいわれるまま州間道路二六号線に入り、市の中心に向かって南に車を走らせた。「〈ハート・オブ・チャールストン〉というモーテルに泊まらなきゃ」観光ガイドをめくりながら、彼女はいった。「一九六〇年代になって、チャールストン・ホテルの跡地に建てられたモーテルだそうよ。

ほら、バートンとチャーリーが泊まったホテル。素敵じゃない？ 二人の幽霊がまだうろついてるかもしれないわね」

まさかそんなことはないだろう、と思ったが、死後の世界についての考え方は違うにしても、素敵という意見には同感だった。

ハイウェイは半島の〝首《ネック》〟を走っている。ココが道案内をしてくれた。南北戦争の当時、半島を横断するようにいくつもの砲台が造られ、北からの攻撃を防いでいた。市の境はずっと南にあって、このあたりは田舎だった。ほかの町と同じように、チャールストンも中心部からはるか遠くまで拡大し、今でも広がりつづけている。陰気な工業地帯を通りすぎると、光に満ちた湾と川をまたぐ壮麗な橋が左に見えてきた。ハイウェイを下りてミーティング通りを十分ほど進んだところにモーテルがあった。モーテルの右側と左側に一つずつ部屋を取った。空き室があったのは幸運だった。町の三カ所で大会《コンベンション》が開かれていて、どこでも部屋は足りないらしい。

時刻はすでに十時を過ぎていた。私たちは疲れていた。あんなことがあったあとだけに、疲れるなというほうが無理だったが、二人ともまだ不自然な興奮状態にあった。心臓が破れそうなマラソンのあと、甘いコーラを飲むとハイになるようなものだった。チェックインしてから五分後、ミーティング通りで待ち合わせをして、一ブロック先にあったパブに入った。驚いたことに、ココはビールを注文した。私はいった。「ビールを呑むと胸毛が生えるぞ」彼女は笑った。「こんな店で呑むものといったら、これしかないでしょ。一杯ぐらい呑んだって死にはしないわ」

そういってから、おそるおそる口をつけた。「テープを聴いた感想は？」

「なかなか実感があったね。だますつもりなら、よほど演技力がないとあんなふうには話せない。嘘だという証拠がないかぎり、本物だと考えたほうがいいだろう」

「ほかのも聴いてみるといいわ。あたしと同じように、ぜったい本物だと思えてくるから」

「録音はあとどれだけある？」

「何十時間分もあるわ」

「要約して話してもらえないだろうか」

「年齢退行実験なら、ほかのテープを聴く必要はないわ。話が一貫しているかどうか確認するために、同じことを何度も訊いたのよ。ジョゼフィンの話はいつも同じだったわ」

「それを信じて、聴くのはやめよう。ほかのテープはどうなんだろう」

「何本もあるわ」

「モーテルの部屋にこもってテープを聴くために、こんなところまで来たわけじゃないんだがね。手始めにどれを聴けばいい？」

彼女は肩をすくめた。「あなたとあたしとでは、目的が違うわ。あたしはジョーの話が本当だということを証明したい。あなたは本を見つけたい」

「といっても、まったく無関係ではない。根っこは同じなんだ」

ココは大きく一口ビールを呑んだ。私は少しずつ呑んでいた。「なぜだかよくわからないが、本探しのほうは筋道が見えてきたような気がする」

「それ、どういうこと?」

「ただの直感で、的外れかもしれないが、この町に本があるのは理屈に合わないような気がするんだ」

「どうしてかしら」

「たとえば、この湿気だ。湿気があると本はひどいことになる。こんなところに保管しておいたら、短期間でもページに跡が残る。密閉式の箱に入れておかないかぎり、百年もったら紙は茶色に変色する。極端な場合は、腐ることもある。しかし、オークションで手に入れた本にはそんな跡は残っていなかった」

あと少し考えてから、私はいった。「まあ、直感の話はこれで終わりだ」

「信念を捨てないで。まだ始まったばかりなんだから」

「あいにく、信念なんて最初からないもんでね。そもそもこの町にはあんたのお供でやってきたんだ。消えた蔵書がここにあると思ったからじゃない。どこかにあることは間違いないだろう。ボルティモアにあるとしても、敵はまだ見つけていない」

「じゃあ、まだ探しようがないわけね」

「とにかく、敵は二手に分かれているらしい。一組はカールと用心棒。もう一組はアーチャーとディーン。どっちも必死で探している。つまり、二組ともわれわれと同じ程度の手がかりしかつかんでいないわけだ。何か理由があってボルティモアに本があると思ったようだが、トレッドウェル書店にジョーが持ち込んだ例の本を見てそう思い込んだだけなのかもしれない」

「ずっとここにあったとしたら、すごいと思わない？　アーチャーのお膝もとのこの街に」

私は悪意のこもった笑いを浮かべた。「そりゃすごいね。おや、グラスが空だぞ。もう一杯どうだ」

21

真夜中になってもまだ寝ないで、彼女の部屋でテープを聴いていた。プレーヤーにカセットを入れ、彼女はいった。「これは、あなたが飛行機で聴いたテープのすぐあとの録音」

ジョゼフィンの普通の声が急に飛び出してきた。「ココ？　どこに行ったの？」

「どこにも行ってないわ。ほら、目の前にいるでしょ」

「また見たの」

「お祖父さんを見たの？」

「そうじゃなくて、いいえ、そう、そうよ。いつものことなの。でも、今度は知らない人が一緒だった」

長い空白があって、ココが尋ねた。「ジョー？　大丈夫？」

「ええ、もちろんですよ。なぜそんなことというの？」

「だって、急に真っ青になったから。気分はどう？」

「そんなことどうだっていいじゃないの。わたしは百歳に近い老人なのよ。気分はどうかですって？　どうだと思う？　どう思ってるの？」一瞬、間があった。「ごめんなさい。癇癪《かんしゃく》を起こすなんて、わたしとしたことが」

「気にしないで」ココがいった。「何か飲み物を持ってきましょうか？」

「それより、もう一回やってちょうだい。また見えるように」

ココはマイクの位置を直した。「これでよさそうね。それより、思い出したことを話してもらえないかしら。あたしが目になるから」

「そんなこと、うまくいったためしはないでしょうに」

「でも、試してみましょう。無理にとはいわないけど」

また空白。四十秒から一分ほど何も聞こえなかった。「三人の人が見えるわ。霧みたいなものの中に立って、話をしている。灰色の煙が渦を巻いて、三人の顔は見えない。でも、急にはっきりすることもある。風が吹いて、そのときだけ霧が晴れるみたいに。そうなったら、顔もわかりそうになる。でも、どうしてもよく見えない」

「でも、一人はチャーリーなんでしょう？」

「ええ、声でわかるわ。でも、わたしが知っているチャーリーよりもずっと若い。わたしが子供のころ、チャーリーはもうお爺さんでしたからね」

「その霧の中で、チャーリーの顔はわかる？」

「ほんの一瞬だけ見えたわ……あっという間にまた見えなくなった。でも、それだけでチャーリーだとわかる」

「チャーリーは何をしてたの？」

「こちらを見て、うなずいたわ」

「じゃあ、ほんの一瞬でもよく見えたわけね」

「いいえ。感じたの。微笑んだのが感じでわかったの」

「同じことじゃないかしら」

「そうね、見るのも感じるのも同じね」ジョゼフィンは嬉しそうだった。「チャーリーは、わたしにまた会えて、とっても喜んでたみたい」

「よくわかるわ。それからどうしたの？」

「チャーリーは、バートンに何か話しかけた」

「あら。じゃあ、もう一人は――」

「リチャード。チャーリーはリチャードと呼びかけてたけど、もちろんバートンのことね。しばらくしたら、彼の顔も見えたわ。口ひげを生やしたとっても怖そうな人。頬にぞっとするような傷もあるし」

「二人はどんな話をしていたの？」

「わからないわ。聞こえなかったから」

だが、ほとんど間を置かず、こう続けた。「三人目の人のことを話してたの。口論するみたいに。そのあと、三人とも霧の中に戻って、もう何も見えなくなった」

「三人目の人の顔は見なかったのね？」

「ええ」

「やっぱり知らない人？」

「そんなこといってないでしょ。名前は知ってるのよ」

「どうしてわかったの？」

「リチャードがその人を遠くに押しやって、名前を呼んだの」

またここでテープが終わったような空白があった。二分ほどたってから、ココがいった。

「ジョー、その人の名前は？　リチャードはその人のことをどう呼んだの？」

「アーチャー」ジョゼフィンはすぐに答えた。

そして、震えるように深く息を吸い込む音が聞こえた。「その人の名前はアーチャーだったわ」

22

九時間ちょっと眠って、九時四十五分、ココのノックで目が覚めた。寝返りを打ち、全身に痛みを感じながらベッドから出たが、休息感はあった。もう物も二重には見えなかった。まだ生きている。鎮痛剤を六錠飲み、シャワーを浴びて、十時半に人と会える状態になった。

「サングラスをかけなくちゃね」朝食の席でココがいった。「その目のまわりのあざ、あたしのといい勝負だわ。一緒に歩いてたら、ボニーとクライドね」

彼女の予定の一番目には、デパートを見つけて服を買うことがあった。「〈ヘケリスンズ〉という店がよさそうね。午後になったら、図書館で調べものを始めるわ」

「何を探せばいいか見当はついたか」

「チャーリーがここにきて、証言どおりのことをしたという証拠の文書。昔からある図書館なの。あの当時も古い図書館っていわれてたらしいわ。一七〇〇年の新聞もあって、非公開だけど、ほんの少し閲覧料を払えば見られるみたい」

「はたして見つかるかどうかだな。二人が到着したときも、出発したときも、新聞社が取材にきたわけじゃないだろう」

「調べてみないとわからないでしょ。外国の人がきたら記事にすることもあったみたいだしね。一段落でも、一行でも出ていないか、探してみるわ」

「あまり期待はできないかもしれないが」

「ほかのことも調べてみるつもりよ。一八六〇年の五月、イースト・ベイに〈バーニー・スタイヴェサント〉という写真屋があったかどうか。その写真屋が撮ったバートンとチャーリーの写真は行方不明だけど、その店が本当にあったかどうかがわかるだけでも役に立つわ」

私自身の予定は、深夜、ジョゼフィンのテープを聴いているうちに固まってきた。いやなやつは必ずまた現われるという諺《ことわざ》がある。まるでアーチャーのことをいっているようだった。

「あのテープを録ったとき、アーチャーっていったい何者なのか不思議に思ったわ」ココはいった。「ジョゼフィンにもわからなかったし」

「それは彼女の言い分にすぎない。怒らせるつもりはないが、ジョゼフィンのいうことを鵜呑みにするのはよくないと思う」

彼女は怒った。「信じちゃいけない理由はないわ。あたしもあのときはアーチャーという名前を知らなかったのよ」

「ただし、今はもう知っている。その時点で、ジョゼフィンを疑わなかったのか？　聞きたくないかもしれないが、あの婆さんは何食わぬ顔をして、実は関係者のことをよく知っていたという可能性もある。ジョゼフィンは墓の中からわれわれを操ろうとしている。そう思ったことはないか？」

そのとき、一気に怒りが爆発した。「ひどい。あなたの顔なんか見たくもないわ！　何いってるのよ、このひねくれ者！」

「厳しいことをいう人間も必要なんだよ、ココ。アーチャーの名前をジョゼフィンはどこで知ったと思う？　ある日、突然、思いついたのか？　電話帳を出鱈目に開いて探したのか？」私は身を乗り出し、正面から彼女を見た。「ひょっとしたら、眠っているうちに超自然現象か何かで頭に浮かんだのか」

「思いついたとか、頭に浮かんだとか、そういうことじゃないし、前にもいったように、これは超自然現象じゃないわ。仏頂面しないで、よく聞いてちょうだい。一度しかいいませんからね。あたしは超自然現象なんて信じてません。まったく信じてません。少しも信じてません。これでわかった？　もう一度いいましょうか？」

「仏頂面といったな」

彼女はこちらをにらんだ。「気に入ったら、ずっとそんな顔してたらどう」

私は無表情に黙り込み、彼女に対抗した。テーブル越しにときおり目が合ったが、高速道路でひき逃げされた犬のような表情を崩さずにいると、ついに彼女は吹き出した。

「ほら、そのほうがいい」私はなだめるようにいった。「そのほうがずっといいよ」

「よく聞いてね、クリフ。あたしが話してるあいだは余計なことといわないのよ。世の中のことはみんな合理的に説明がつく。まずそれを学ぶことね。ジョーはどこかであの名前を聞いた——聞くか読むかした——いつ、どうやってかは、今のところ考えなくていいでしょう。でも、その名前が印象に残って、彼女は夢を見た。テープでは夢の話をしてたのよ。夢がよく支離滅裂になるのは知ってるでしょ？　そんなに難しいことじゃないと思いますけどね。それとも、あなたはまだ間抜けなお巡りさん気分が抜けなくて、人を見たらまず疑うのかしら」

「いやあ、いい勉強をした。きみは純真な楽天家で、おれは間抜けなお巡りさんか」

「仏頂面のひねくれ者の間抜けなお巡りさんよ」意地悪く楽しんでいるような顔で、彼女はいった。

それを潮時《しお》に、私たちは別行動を始めた。

ココのほうは、ほこりだらけの文書保管庫に入って、あてもなく資料の山と格闘することになるだろうが、私のほうは最初に調べることの目星がついていた。公文書が有権者のものだということを理解していない小役人と一戦を交える覚悟をしていたのに、今度にかぎってすんなり事が運んだ。どこで何を訊けばいいかがわかっていれば話は早い。まだ日が高いうちに、アーチャー関係の資料をたくさん集めることができた。

この国は数字が支配する憂鬱な管理国家になってしまったらしい。番号がわかればその人間のすべてがわかる。陸運局に行くと、サリヴァン島のアーチャーの住所と電話番号とがわかった。社会保障番号や自動車のナンバーもわかった。彼が乗っている自動車は青いツートンカラーのポンティアックで、ピュリッツァー賞を取ったときに新車で買ったらしい。だが、信用調査では意外な結果が出た。その車は八五年に代金未払いで回収されそうになって、去年、また回収屋のお世話になっている。アーチャーはもう一冊本を出さなければならなかったとしても、長くは続かなかったらしい。ピュリッツァー賞で羽振りがよくならない。それも、売れる本を。

私は適当な口実をつけて役所をまわった。救いの手を差しのべたくなるような善良な市民を装っていた。顔のあざや傷を話題にする役人がいると、馬鹿話をでっち上げておおいに笑わせてやった。裁判所では、アーチャーが何度か借金を踏み倒して訴えられていたことを知った。だが、書類段階ですべて片がついていた。踏み倒された側が本気になると、いやいや払っていたらしい。相手が善意で貸してくれた金でもせっぱ詰まらなければ払わない迷惑な人間がいるものだが、アーチャーもその一人で、水道屋も、自動車修理工も、数年前の暴風雨で傷んだ家のペンキを塗り直した塗装工も、みんなアーチャーの被害をこうむっていた。債務不履行の前歴もあり、貧乏くじを引かされた相手も多かった。回収できなかった借金もあり、最近では高名なハル・アーチャーに金を貸す者はいなくなったという。海辺の家のローンはきちんと払っているようだが、かなり無理をしているのではないだろうか。その家を買ったのは一九八三年。生まれ育ったヴァージニアを離れて、なぜここに引っ越してきたのか、私には疑問が残った。

マリオン広場のそばの図書館に立ち寄った。予想どおり、アーチャーは最新版の紳士録に載っていた。両親はヴァージニア州アレグザンドリアのロバート・ラッセル・アーチャーとアン・ハワード・アーチャー。短期間ながら過去に結婚歴があり、妻のドロシア・ホスキンズとは男の子が生まれてすぐの一九五七年に離婚している。図書館では地元の名士に関する新聞記事の切り抜きを集めていて、そのファイルの山を調べると、アーチャーは息子とはほとんど交渉がないようだった。成人した息子は妻子とともにカリフォルニアに住んでいるらしい。三人も孫がいるのに、アーチャーはその孫にも会ったことがないという。その情報源はお涙頂戴のタブロイド紙で、一級資料とはいえないが、アーチャーの記事は嘘ではないような気がした。突如、一つの悲劇が見えてきた。報われなかった人生。名誉ある賞も、結局は虚ろな勝利でしかなかったのだ。子供がいるのに、その子供といっさい関わらないで生きていける人間が存在すること自体、私には信じられなかった。

ほかに結婚の記述はなく、所属する会社や団体もないようだった。宗教活動をしているようにも見えなかった。年齢は五十四。十九歳の誕生日にはまだ朝鮮で戦乱が続いていたはずだが、兵役に就いたことは一度もないという。勤務先には自宅の住所が記されていた。陸運局で調べたのと同じサリヴァン島の所番地だった。著作リストもあったが、全部持っているので役に立たなかった。

父親のロバート・ラッセル・アーチャーはヴァージニアの大物政治家で、著名人らしく過去の紳士録に名前が載っていた。一九〇五年、ヴァージニア州アレグザンドリア生まれ。十六歳でハイスクールを卒業した早熟の天才で、一九二五年にはラトガーズ大学を優等で卒業している。一九二六年にボルティモアのアン・ハワードと結婚。子供は二人いて、長男はロバート・ラッセルという父親の名前を継いだ。数年後に生まれたのが、我らのハル、ウィリアム・ハロルド・アーチャーだ。一九二八年にはヴァージニアの法曹界の一員になる。法学を学び、連邦巡回控訴院の有名判事のもとで実務を学ぶ。公務員を経て自分の法律事務所を開く。三〇年代の半ばには地方検事補を務め、第二次世界大戦の直前には連邦検事になる。先の大戦で死ぬには若すぎて、今度の大戦で傷つくには年を取りすぎていた。働き盛りの時期に議員に立候補したことはなかったが、いつも陰の実力者として影響力を及ぼしていたらしい。フランクリン・ルーズベルトの対抗馬、デューイの後押しをして、同じデューイが今度はトルーマンと戦って敗れたときも後援者として大活躍をした。戦後には州の共和党組織の会長を務め、一九四八年にはヴァージニア州の大統領選挙人になる。同じ名前を継いだ長男は、一九四五年、十四歳で死んでいる。死因を調べること、と私はメモに記した。

彼の名前には数多くの名誉がぶら下がっている。それを書き出しているうちに、テネシー・ウィリアムズの芝居におけるバール・アイヴスの役どころのような、強大な家父長の姿が浮かんできた。六〇年代初期には、ついに表舞台に出て、合衆国上院議員に立候補するが、五年間任期を勤めただけで病気のために引退する。一九六六年に死去。享年六十一。

最初から読み直して、どこかおかしい、と思った。

アーチャー家はハクスリー家と似て、財産も地位も権力も持っていた。ところが、ハル・アーチャーはそんなものとはまったく縁がない。リー・ハクスリーは、ハルが子供のころ苦労したようなことをいっていなかったか。大恐慌で貧乏したのかもしれない。あの時代に財産を失った者は珍しくない。

さらに調べると、もう一人、ロバート・ラッセル・アーチャーがいた。やはり法律家で、第一次大戦の時期に州の共和党組織を牛耳っていた。その支配は禁酒法時代を経て一九三九年に死ぬまで続いている。死んだときは五十三歳。ハル・アーチャーの祖父だ。アーチャー家には早死の遺伝子が受け継がれているのかもしれない。五十四歳になって、ハルもびくびくしはじめているのではないだろうか。

ヴァージニアの田園地帯に生まれたその祖父は、まさしく立志伝中の人物だった。自分で学費を稼いでヴァージニア大学を出て、法律を学び、一九〇七年にベッツィー・ロス（冗談ではない）という女性と結婚する。この話は気に入った。まるで《星条旗よ永遠なれ》が聞こえてきそうだ（ベッツィー・ロスはワシントンの依頼で初めてアメリカ国旗を縫った女性の名前）。この夫婦のたった一人の子供が、さっきのロバート・ラッセル・アーチャーだった。この一族は〝ジュニア〟や〝三世〟は使わないことにしているらしい。だが、その重荷を背負わなくてすむので、子供には楽かもしれない。息子の場合と事情は同じで、彼も一九一四年から一八年の大戦に駆り出されるには年を取りすぎていた。だが、もっと若かったら喜んで戦場に飛び出していっただろう。彼は根っからの愛国者で、自由国債を売ることに命を賭け、全国を股にかけて演説をしてまわった。ほかにも、あらゆる問題に取り組んだ。困った市民がいれば進んで助けようとした。無数の有意義なキャンペーンに取り組み、のちに法律家として力を発揮できるようになると、管財人を務めたり、各種調停機関に関わったり、討論研修会を主催したりした。二〇年代には五、六社の大会社の顧問弁護士を務めていた。実生活が忙しく続く中で、彼は趣味にも時間を割いていた。それを読んだとき、私は長々とため息をついた。

初代のロバート・ラッセル・アーチャー――ハルの祖父――は、本の収集家としても著名である、と書いてあったのだ。

もう日が暮れかけていた。ココがモーテルで待っている時刻だったが、私はふとアーチャーの住んでいるところを見物したくなった。そこで、比較的新しいクーパー・リヴァー・ブリッジを渡り、マウント・プレザントに入り、信じられないほど美しい夕日をうしろに受けて沼沢地を東に向かった。跳ね橋を通り、細長い島に渡ると、あたりは黄色いたそがれに染まっていた。道路はなだらかにうねる砂丘で行き止まりになった。地図を見て知っていたが、右一マイルのところにはムールトリー要塞があるはずだった。正面は海岸。アーチャーの家は北二マイルのところにある。私は左にハンドルを切り、島を北上した。島の地理は複雑ではなかった――南北の通りの数はせいぜい六本で、東西には一から三十二まで番号のついた短い通りが走っている。アーチャーの家は島の北端近くにあり、サリヴァン島とその隣のパームズ島とを隔てる小海峡からも遠くなかった。十分もたたないうちに見つけることができた。脚柱の上に建てられた家で、海岸からは八フィートほどの高さにあり、立派なポーチが家のまわりを一周し、その下は歩いたり車を停めたりできるようになっていた。道路の側と海の側の二カ所に階段があった。通りすぎるとき、中に明かりが見えて、ポーチの下に車が一台停まっているのがわかった。アーチャーの車かどうかはわからなかったが、誰かが家にいることは間違いないだろう。私は一ブロック先に自分の車を停め、鍵をかけてから、砂丘の中の道を歩いていった。

この数分のあいだに、海岸は黄色から紫に変わっていた。海は荒く、白い波頭が立って、海岸に大波が打ち寄せていた。小海峡が近くなると、強風が吹きつけてきた。沖の遠くに、近づいてくる船の明かりが見えた。水平線はすでに暗かったが、背後の空では壮麗な夕日の名残が薄い雲を染めていた。私は水際に近づき、散歩に出た観光客のふりをした。

そして、午後に調べたことを思い返し、その意味を考えた。紳士録の編纂者は簡潔な記述を心がける。無駄な言葉や些末な情報は削られる。本の収集家としても著名というのは、リトル・レザー・ライブラリー（一九一四年に創刊されたブック・クラブ形式の古典叢書）や『ローヴァー・ボーイズ、ロ笛でディキシーを吹く』（エドワード・ストラテマイヤーの少年小説）を持っていた、という意味ではない。ハルの祖父は高価な初版本をかなりの数収集していたのだ。海外にも読者がいる紳士録で触れる価値があるコレクションの持ち主だったのだ。そうすると、ジョゼフィンの夢にも新しい光が当たるのではないだろうか。夢に出てきたアーチャーが、ハルではなく、祖父のほうだったとしたら、ジョゼフィンは五十年以上も前に見た夢を催眠術で思い出していたことになる。

私は、湿った硬い砂を踏んで歩いた。すぐ目の前にアーチャーの家があった。車の一部を見ただけで、アーチャーが使っている青いポンティアックでないことがわかった。道路側から見えた明かりとはべつに、海に面した部屋にも明かりがついていた。海岸に立って見ていると、窓を人影が横切った。私は家に近づき、周辺をまわったが、次第に引き寄せられるのを意識していた。もう少し暗くなったらいいのに、と思いながら、暗くなるのが待てなかった。私はアーチャー邸の庭に入り、ポーチの下の暗がりに駆け込んだ。耳を澄ますと、遠くで電話のベルが聞こえ、家の中を誰かが歩く足音がした。足音は止まった。続いて女性の声が聞こえたが、小さくて内容は聞き取れなかった。今、部屋の中で起こっていることは今度の出来事と関係があるような気がした。危険を冒す価値はあると思って、階段の下の薄明かりのところに移動して、上にのぼりはじめた。

女はすぐ上の左側に立っていた。窓が開いていたので、室内に静かな音楽が流れているのがわかった。おかげで話の内容も声もよく聞こえなかった。私はもっと近づくことにした。音をたてないようにゆっくり階段をのぼり、一番上に着くと、忍び足でポーチを歩き、壁際に身を寄せた。何が起こっているのかはわからないが、相手はただ話しつづけている。ええ、とか、そう、とか相槌を打っていたかと思うと、長い沈黙が続く。私は窓のすぐそばの壁にへばりつき、痴漢行為で訴えられそうなほど女に近づいていた。彼女はいった。「わかったわ」はっきり耳に届いたその声に、思わず私はそちらのほうを見た。馴染みのある、よく知っている声だった。

彼女はいった。「ええ、そうね」それを聞いて、最後に残っていた疑いも消えていった。「彼、もうじき現われると思うわ」彼女はいった。「何かあったら、こちらから知らせるから」

間違いない、エリンだ、と私は思った。

23

階段のところまでゆっくり戻り、足で段を探りながら下におりて、家の真下で聞き耳を立てた。上で動きまわっている足音が聞こえる。苛々しているようだ。なぜエリンがここにきたのかはわからないが、思惑が外れて気が立っているのは間違いない。私のほうは二つしか道を選べなかった。堂々と表に出るか、このまま隠れて見張るか。だが、選べるうちが花だともいえる。再考の末、見張ることにした。しかし、用心は欠かせない。車も手近に用意しておいたほうがいいだろう。

もうあたりは暗くなっていたので、隠れる場所にそれほど気を遣う必要はなかった。とりあえず家から離れ、海岸を小海峡まで歩いて、砂丘を抜け、車を停めてあったところに戻った。

一分後、アーチャーの家のある通りに移動し、正面に車を停めた。道沿いには何台もの車が停まっていたので、私のレンタカーはそれほど目立つことなく、すんなり風景に溶け込んだ。アーチャーは、まさかこんなところに私がいるとは思わないだろう。今でも六百マイル離れたところにいると思っているはずだった。

家のこちら側にはなんの変化も見られなかった。エリンは海岸に面した部屋に閉じこもっているらしい。だが、たとえ退屈でも、今は危険は避けたほうがいい。

一時間たった。時計を見て、今ごろココは髪の毛を掻きむしっているだろう、と思った。警官時代の仕事の中で、何よりも嫌いなのは張り込みだった。話し相手になる相棒がいても耐えられないくらいだから、一人だと死ぬほど辛かった。だが、私は待った。シートに低く身をかがめ、目だけを動かして、道路を見たり家を見たりを繰り返した。

十時半、とうとう彼が現われた。道路の先にヘッドライトが見えたとき、私はさらに体を低くした。やがて、ライトが私の車を照らし、彼の車は私道に入っていった。そっと体を起こし、窓の端から覗いてみた。車は家の下に停まり、テールランプが道路を照らしている。ドアの閉まる音が聞こえ、海岸側の階段に移動する人影が見えた。

相手が家に入ると、私は車から出て、私道を歩いていった。彼の車に近づき、ほんの一瞬だけドアを開けて、室内灯の明かりで車種を確認した。八三年型のポンティアック、青のツートンカラーだ。文学界の獅子はねぐらに戻った。これからあとが難しかった。近づかなければ何も聞こえないし、近づきすぎたら見つかる恐れがある。

また私は階段をのぼり、ポーチを進んだ。開いた窓から二フィートほどのところで壁にへばりついた。だが、何も聞こえない。どこかべつの部屋で話をしているような気配もない。

急にドアが開いて、エリンが出てきた。私は息を殺した。もしも家を離れるつもりなら、そうでなくてもポーチの端まできて振り返れば、間違いなく私に気がつく。だが、何か物音がして、彼女は部屋に戻った。続いてアーチャーの声が聞こえてきた。「航空会社は信用できん。だから飛行機はいやなんだ。きみはどうだった」

「べつにいやじゃなかったわ。ちゃんと着いたもの」

「たった二時間の遅れですんだのは運がよかったんだろうな。鍵はすぐ見つかったか？」

「ええ、聞いてた場所にあったわ」

アーチャーがまた動くのがわかった。窓に近づいてくる。やがて、瓶の口がグラスに当たる音が聞こえた。「一杯どうだ」

「背の高いグラスに入ってるのじゃなければいただくわ」

「なんにする？」

「ジン・トニック」

酒を注ぐ音や氷とガラスの触れ合う音が聞こえた。誰かが椅子にすわった。たぶんアーチャーが窓のすぐ左側にある安楽椅子にすわったのだろう。「すわりなさい、エリン」彼はいった。「くつろいでくれ」

酒を手にしてにらみ合っている二人の姿を思い浮かべた。目でフェンシングをやっているようなものだ。

「乾杯」アーチャーがいった。

一瞬、間があった。

「すぐ本題に入りましょうか？」エリンがいった。

友好的な雰囲気で始まった会話は、すぐに雲行きが怪しくなった。アーチャーはいった。

「それは私が決めることだ。話の進め方もこちらで決める」彼の意図は読めた。どちらがボスかを明らかにして、出しゃばりたがる相手を牽制しているのだ。

「いったいどうしたんだ」彼はいった。「デンヴァーからはるばるやって来たばかりなのに、もう帰りたくて仕方ないみたいじゃないか。私といるのがそんなにいやか？」

ためらう気配があって、彼女は答えた。「いやだったらエスコートなんか断わってたわ」

「実は私もそのことを考えていたんだ。たとえば、リーの家でパーティがあった夜、なぜ私を誘った？」

「変かしら」

「数年前の本の宣伝旅行のときは、あんな別れ方をしたことだし」

彼女は何もいわなかった。

「あのとき、礼儀に欠けるふるまいをしたのはあやまる」

「その必要はないわ」

「こちらの気がすまない」

「やめてよ。ほんとにいいんだから」

「あのときのことを盾に取って、私をいいように操ろうとしてるんじゃないのかね。こっちが不利な立場にあることを思い知らせると、自分が偉くなったような気がするんじゃないのか？　そのほうが有利に取引ができると思ってるんだろう？」

「仕事の話だけをしましょう、ハル」

「人が仕事の話をしているのに、きみが余計なことをいうからこじれたんだ。私のような男が詫びを入れるのは、よほどのことなんだぞ。めったにあることじゃないんだぞ」

「だから、ハル……いったでしょ、べつにわだかまりはないって」

「きみは嘘をついている。わだかまりもまだあるようだ」

「それだったら、あやまるわ」

「あやまるか。まあ、いいだろう。きみが欲しがっているものは、今、こちらにあるんだからな」

「こちらにあるといっても、あなただって、まだ自分の目で確かめたわけじゃないでしょ。本当にリチャード・バートンが書いたのかどうかもわからないし」

また気まずい沈黙があった。やがて、アーチャーがいった。「とにかく、今、手の内を明かすつもりはない。今のままでもきみはいい子だが、早く手の内を明かしたくなるくらいの可愛い子ちゃんになりたまえ」ここでまた雰囲気が変わった。

「はっきりいっていい？」エリンはいった。「あたし、今はその気になれないの」

「それでこそ私の知っているエリンだ。遠回しなやり方は大嫌いで、ずばりこちらに斬り込んでくる」

「話す気はあるの。どうなの」

「きみはいくら出す」

「もう金額は提示したでしょ」

「まだ足りない」

「じゃあ、あなたのほうから条件をいってみて」

「まず、提示額の二倍の金額を出すこと。それから、これまでも優しかったきみが、もっと優しくなること」

「それは無理だわ、ハル」

「どっちが？」

「どっちもよ。二倍というと、普通の相場の五倍になるわね。あとの条件に関していえば、あくまでも専門家として礼儀正しくふるまうだけよ。それだけはわかってもらいたいもんだわ」

「あんまりもったいをつけると損をするよ。せっかくの売り物を売りそこねることになりかねない」

「一歩前進ね。あたしも同じことを思ったわ」

「きみは本当に計算ずくの冷たい女だな」

「もう一回そんなことといったら、次の便でデンヴァーに戻るわよ」

「どうぞご自由に」

エリンが席を立つのがわかった。部屋を横切ってドアに近づいてくる。

信じられないようにアーチャーはいった。「本当に帰るのか？　損をしてもいいのか？」

「あなたのほうがもっと損をするはずよ。失礼なことばっかりいうんだったら、本当に帰るわ」

アーチャーは冷たく笑った。「まったくたいした女だよ」

彼女は何もいわなかった。

「わかった。話し合いをしよう」彼はいった。

彼女はすわった。「あなたに提示した条件について、まず意見を聞かせて。ずいぶん有利な条件のはずだけど」

「それはきみの考えだ。こっちは一生の問題なんだからね。額を二倍にしたら、普通の相場の五倍になるという説も怪しいもんだ。物が物だけに、うまく宣伝して競売にかければ、いくらでも値は跳ね上がる」

「最近の競売の記録を見たのよ」

「こういうものはまだ競売にかけられたことがない」

沈黙。やがて、彼は続けた。「世界じゅうに一つしかない品物なんだよ」

「あんまり珍しくて、実在しないのかもしれないわ。あたしは、まだ何も見せてもらってないのよ」

アーチャーは笑った。「時間を無駄にしてるのはどっちだ」

「じゃあ、実物を見せてちょうだい。どっちにしても、見ないと何も始まらないわ」

「その前にまず確認しておこう。私がこれを競売にかけたら、史上最高の額で落札されてもおかしくない。それはいいか？」

「ずっと安い値がつく可能性もあるわ」

「じゃあ、約束違反で私を訴えなさい」

さらに沈黙。

「私のいうことに間違いはないんだ」アーチャーはいった。

「話を蒸し返すつもりはないけど、理由があって、このことは公《おおやけ》にしてもらいたくないの」

「だから、この可愛い子ちゃんは私からそれを買い取ろうとしてるんだろう？」

「少し上乗せしてもいいわ。たくさんは出せないし、二倍は絶対に無理だけど」

「残念だな。まず二倍。そこから始めよう」

「話すだけ無駄ね。それから、〝可愛い子ちゃん〟なんてオジサン臭の漂う言葉、使わないでもらえる？」

アーチャーの笑い声を聞いて、あきれたように首を振っているのだろう、と想像がついた。「法廷で敵に回したら、このお嬢さんはきっと手強いだろうな」

「試してみたくはないでしょう？」

「まるで脅迫だ。きみは私を脅してるのか、エリン？」

「あなたのいったとおりね」彼女は不意にため息をついた。

「これじゃあ埒が明かないわ」

突然、彼女は立ち上がった。部屋を歩く足音が聞こえた。「お酒、ありがとう。仕事の話はできなかったけど、あなたに会うのはとっても楽しいわ」

「はったりは通用しないぞ」

エリンの声はこわばっていた。「これははったりじゃないのよ、可愛い子ちゃん。こっちは理性的に交渉するつもりだったのに、あなたの口からは理性的な言葉なんて一つも出てこない。ついでにいっておきますけど、今提示している条件が有効なのは土曜日の正午までよ。取引が成立しないままあたしがデンヴァーに戻ったら、話は白紙に戻るわ」

「おおこわ。全身がぶるぶる震えてきたよ」

「怖がって損をするのは馬鹿よ、ハル」彼女は歩き出した。「これがうまくいかなかったら、あなたはすべてを失うんだから。あたしのいうとおりにしたら、人には内緒でお金が手に入るのよ」

「エリン、それじゃあ、税金のかからない収入になるというのか？」

「あたしがあなたの弁護士なら勧めませんけどね」

「しかし、きみのほうから国税庁に連絡するつもりはない」

「ええ、そう」

彼女は戸口に近づいた。「よく考えておいて。でも、あたしがどこにいるか、忘れないでね。デンヴァーに戻ったらおしまいよ」

「リーと話がしたいんだが」

「無理でしょうね。自業自得でその道を閉ざしたのはあなたでしょ」

「彼のことはきみよりよく知っている。リーなら話をしてくれる」

「それはただの憶測よ。実行に移したらひどい目に遭うかもしれないわ。あたしだってリーのことはよく知ってるのよ。リーは怒っているし、傷ついている。あなたのことは友だちだと思ってたのよ。子供のころからずっと友だちづきあいをしてきたのよ。それなのに、あんな仕打ちをされて」

一瞬、険悪な雰囲気になったのがわかった。エリンは続けた。「よく聞いてちょうだい。あまり高圧的になるのはよくないわ。あたしのほうから会いにきたからといって、自惚れないでね」

「まあ、とにかく、これからの話次第だ」アーチャーはいった。「あとで電話するかもしれないし、しないかもしれない」

「まだ続きがあるわ。今度また飛行機をキャンセルして話し合いをしても、こんなふうに腹の探り合いが続くんじゃどうしようもないわ。なんでもいいから、証拠を見せて。それができなければ、交渉は決裂よ」

「それはどうかな」

彼女はドアのすぐそばまできた。「エリン」アーチャーの呼びかけで時間稼ぎができて、私はポーチから離れた。

まだ階段をおりているとき、彼女の声が聞こえてきた。「今度はなんなの?」

「おまえなんかくたばってしまえ」アーチャーはいった。

私が下に着くのとほぼ同時に、彼女は外に出てきて階段をおりはじめた。私は家の下の砂に身を伏せた。彼女は車に乗り、バックで道路に出た。

さて、これからどうするか。こんなときには、体が二つあればいいと思う。

私はアーチャーを捨て、エリンを追うことにした。彼女の車は、一直線の長い道路の先にまだ見えていた。どうせ町に戻るのだろうから、尾行も楽だった。

24

橋を渡った彼女は、南に曲がってミーティング通りに入った。一瞬、私と同じホテルに泊まっているのではないか、と思った。方向が同じなのだ。私はすぐうしろに車をつけて尾行した。カルフーン通りに入ったときには、車数台分しか離れていなかった。ウェントワースの交差点では一緒に信号待ちをした。

信号が青になった。彼女は〈ハート・オブ・チャールストン〉を通りすぎ、クィーン通りを渡って〈ミルズ・ハウス〉に向かった。そこは旧世界の雰囲気を今に留める高級ホテルで、南北戦争前の様式そのままに再建されている。ココの旅行案内によれば、南軍のロバート・E・リー将軍は、このバルコニーに立ってチャールストンが炎上するのを見ていたという。

彼女はボーイに車のキーを渡し、中に消えた。通りに車を停めた私は、小走りで玄関に近づいた。彼女は、中に入ってすぐのところにいた。大理石ずくめのホールに立って、パンフレットか何かを眺めている。通りからだと、フロント・デスクはどこにも見えなかった。右のほうに小さな部屋があり、ロビーは左の角を曲がったところにあるらしい。これからどうすればいいのか。ここで彼女を見失ったら、デンヴァーに戻るまで会えないかもしれない。だが、どんなふうに声をかければいいのか。ほんの数秒で次の結論に達した。今すぐに声をかける。そして、思いがけず、まったく偶然に出会ったようなふりをする。彼女はだまされないだろうが、それはそれで仕方がない。とにかく突破口を開きたかったのだ。

たいした作戦ではなかったが、ぐずぐずしていると彼女は部屋に戻り、話しかける機会を逸してしまう。私は扉を開け、彼女に続いてデスクに近づいた。フロント係はすぐ私に気がついた。客ではなく外部の人間だと判断したらしく、顔を上げ、ベルボーイかコンシェルジェを捜した。

「何かご用でしょうか」

「私はロバート・E・リーの幽霊だ。私の馬を見なかったか」

こちらを値踏みするような目は、警戒の表情に変わった。ただの外部の人間ではなく、頭のおかしい外部の人間だと思ったに違いない。だが、エリンも私の声に気がついていた。こちらを振り返り、驚きの表情を浮かべると、すぐにまた真顔に戻り、まじめくさった顔でいった。「馬なら外で見ましたわ。なんていう名前？」

「名馬トラヴェラー号です。大きくて醜い雄で、いつも気取っている」

「じゃあ、違うみたい。あたしが見たのは優しそうな牝馬で、名前はバターミルク」

「そういう馬は軽蔑に値する！　デイル・エヴァンス（女優。歌うカウボーイ、ロイ・ロジャーズの妻）あたりを乗せているのがお似合いだ——ただし、両脚を左に垂らして横鞍乗りをしないと乗せてもらえない。私が横鞍乗りでゲティズバーグに乗り込んだらどうなっていたか、想像できるかね」

「北軍は三日じゃなくて一日で勝ってたでしょうね」

相変わらず頭の回転が速かったが、それは私にもわかっていた。しかも、彼女は緊張していた。見た目ではわからなかったが、そんな感じがした。彼女は首を横に傾け、ほとんど聞き取れないような声でいった。「そうしたら、六万人が死なずにすんだのよ」

そのとき、フロント係の声が飛んできた。「ダンジェロさん、その方はお知り合いですか?」彼女は滑稽に顔をしかめた。「ええ、因果なことにね。まだつまみ出しちゃ駄目よ。その前に話を聞いてあげましょう」彼女はこちらに近づいてきたが、二、三歩進んだところで立ち止まった。「あなた、ここで何してるの? どうしたの、その顔」

「ニキビみたいなものだ。ときどきこうなる。話ができる場所はないか?」

「よろしければ、ラウンジがまだ使えます」余計な口出しをして、フロント係はすぐ後悔したようだったが、彼女は礼をいった。とりあえず、そのラウンジに行くことにした。またゲームが始まった。

「きみこそ、ここで何をしている」私はいった。

「先に訊いたのはあたしよ」

「ちょっと気分転換をしたくてね。荒野に行くという嘘をついて、きみがいなくなってから、気分が滅入ってたんだ。そこで、地図にピンを立てたら、チャールストンに当たった」

「あなたを無視したわけでもないし、嘘をついたわけでもないわ。事情が変わったのよ」

「もっともらしい言い訳だな」私は鼻の先で笑った。「一週間くらいのんびりしようと思って、肥桶もない山の中に入ったのに、その行く先を誰かが突き止めて、仕事を持ってきたというわけか」

「だいたいそんなところね」

私は首を振った。「きみは転職したほうがいい」

「それには反論しないわ。でも、ロック・スプリングズでこき使われたあとだから、〈ウォーターフォード、ブラウンウェル〉の仕事だったら山は下りなかったわ。この仕事は友だちに頼まれたのよ」

「おれの知り合いか？」

「それは話せないの。友だちでも依頼人ですからね」

「守秘義務があるから依頼人のことは話せないわけだな」

「とくに外からぶらりとホテルに入ってきたような見ず知らずの人にはね。職業倫理の面からだけじゃなくて、実際に仕事がやりにくくなるのよ」

「それはよくわかる。おれも人に頼まれてここにきたんだが、依頼人のことは話せない」

「残念ね」彼女はいった。「だったら、何も話すことないじゃない」

ボールはこちらのコートに打ち返されたのだ。私はいった。「じゃあ、どちらにも興味のある話題を探そうじゃないか。他人の秘密を漏らしても、どこから漏れたかわからなければ問題ない。リチャード・バートンが南北戦争の直前にこの町にやってきた、という話はどうだ」

「だから、あなた、ここにきたの？」

「そうかもしれない」私はテーブルに身を乗り出した。もう冗談気分は抜けていた。「本当のことをいうと、おれは秘密は守る。警官時代には、口をつぐんでいられるかどうかが生死の分かれ目になったもんだ」

「それがどうしたの？　あなたはおしゃべり選手権の世界ランクに入れそうに見えるけど、たとえ口が堅くても、あたしが職業倫理に反して依頼人の秘密を人にしゃべっていいということにはならないわ」

「たしかにそれは残念だ。その酒、うまいか？」

「ジン・トニックは世間話みたいなものよ。どこへ行っても似たり寄ったり」

「デンヴァーにはいつ帰る？」

「土曜の午後。あなたは？」

私は肩をすくめた。「さあ、いつ帰れることか。これから何週間もかかるかもしれないし、予定はまだ立ってない」私は酒を一口呑み、持ち札を一枚出した。「殺人犯を見つけるには時間がかかるんだ」

「それ、どういう意味？」

「ちょっと考えてみろ」

彼女は眉根にしわを寄せ、「うーん」となって、滑稽に考えるふりをした。

「この一、二週間のうちに誰が殺されたか思い出してみるといい」

「やっぱりわからないわ。どういうこと？」

「デニスの綴りは知ってるだろうね」

ようやく通じた。「デニスって、ラルストンさん？」

「故ミセス・ラルストンだ」私は彼女の目を見ていた。その目は揺るがなかった。「デンヴァーの新聞に出てたよ」

「さっきもいったでしょ。山に籠ってたのよ。デンヴァーの新聞を最後に読んだのは、ロック・スプリングズに出かける前だったわ。何があったの？」

「誰かが家に忍び込んでデニスを窒息死させた」

「まあ、ひどい。とても上品そうな人だったのに。旦那さんはきっと……」

彼女は肩をすくめた。私はいった。「そう、大変だよ」

「でも、あんないい人を誰が」

「警察はラルストンがやったと思っている」

彼女は首を振った。怒りが込み上げてきたようだった。「いいかげんにしてよ。証拠はあるの？」

「妻殺しは夫が犯人であることが多い、という統計以外にはない。警察は、ラルストンを締め上げて自供を引き出すつもりでいる。何も出てこなかったら、流しの犯行で片づけるだろう」

「つまり、迷宮入りね」

「まあ、そういうことだ。ただし、運がよければ、おれがなんとかできるかもしれない」

私は、奇跡は起こる、という顔をして見せた。沈黙が続いた。

「どうするつもり？　どこから調べはじめるの？」

「あの晩、デニスに預けた本と関係があるような気がしている」

彼女はそのことを考えていた。「警察がラルストンに目をつけたのもそのせい？」

「警官の一人はそう考えているようだ。残念なことに、その警官が捜査の指揮をとっている」

「その人と話せないの？」

私は乾いた笑い声を上げた。「もう話したよ」

「よくいるタイプの警官だったのね。あたしのほうがうまく話せたんじゃないかしら。ラルストンさんに弁護士はついてるの？」

「ラルストンは姿をくらました」

「ますます面白くなってくるわね」彼女は一口酒を呑んだ。「本はどうなったの？　犯人が盗んでいったのかしら」

「おれが持っている」

「だったら、なぜその本が事件のきっかけだと思ったの？」

「ただの直感だよ。ただし、問題が一つある。ラルストン家にあの本があったことを知っていた者は五人しかいない。ラルストンとデニス、医者、おれ……」

「それに、あたし」

意味深長な瞬間というのがあれば、まさにこれがそうだった。

私はいった。「おれは誰にも話していない」

「あたしもよ。次の日の朝早く山に出かけたから。何度もいってるようにね」

「ラルストンが近所の誰かに話した可能性もある。デニスが自分で話したのかもしれない。ホワイトサイドが少しは知恵のまわる刑事なら、もう調べてるだろう」

「ランディ・ホワイトサイド？」

私はうなずいた。

「あらまあ」天井に向かって目を剝きながら、彼女はいった。「それ、ひどいわね。デニスもかわいそうに」

しばらく考えてから、彼女は続けた。「もしラルストンが逮捕されたり、あなたのところに本人から連絡があったりしたら、すぐ知らせて。不利な証拠になるようなことをしゃべる前に、話をしておきたいの」

わが友モーゼズは喜んで弁護人の役を譲るだろう。「ラルストンの弁護は無料奉仕になりそうだぞ」

彼女はむっとしたようだった。「あたし、お金に汚いように見える？」

私たちは急いでまた酒を呑んだ。ラウンジはもうすぐ閉まる。あまり時間がなかった。「そろそろ追い出されそうだ」私はいった。「秘密を打ち明けたいなら、最後のチャンスだぞ」

彼女は、本気でそのことを考えているような顔をしていた。「今夜じゅうにまた依頼人と話をすることになってるの」彼女はいった。「おたがいに情報を出し合う線で考えてみるわ」

「わかったよ」さりげなく、私はいった。「その前に、こっちの知っていることを少し話しておこう。景気づけだと思って聞いてくれ。きみがこの町にきたのはアーチャーに会うためだ」

彼女はまばたきもしなかった。真実を衝いていることを期待しながら、私は続けた。「きみはハクスリー判事に頼まれて、アーチャーが持っているという本を買いにきた」

今度はまばたきをした。勢いづいて、私はもう一押しした。「アーチャーはああいう性格だし、今度もそれを押し通そうとしている。リーとアーチャーは仲違いをした。ほかにもまだわかったことがある。こんな話をしたのは、余計な手間を省くためだ。とっくにわかっていることを蒸し返すのは時間の無駄だからね」

「どこで調べたのかしら。その話が本当だとしたら、だけど」

「おれは優秀な刑事だったんだよ、エリン」

彼女はうっすらと笑みを浮かべた。「許可なしに盗聴するのはどの州でも違法よ」

「ご指摘、感謝します、弁護士どの。頭の悪い元警官の哀れな一般人にも、よくわかりました。ついでにいっておけば、この一週間ばかり違法な盗聴には手を出していない」

彼女はじっと私を見つめていた。頭が猛烈な速さで回転しているのがわかった。

「で、これからどうする?」私はいった。「弁護士の言い草じゃないが、依頼人同士、話し合ってもらうか?」

「とりあえず朝食のときにまた会いましょう。八時にここにきてちょうだい。話はそれからよ。そのときには、髪にもちゃんと櫛を入れてきてね」

25

ドアの下にココの伝言が押し込んであった。図書館での調査報告のようだった。コピーも何枚かある。たぶん、収穫があったのだろう。だが、私はまだ彼女の方面から有力な手がかりが見つかるとは思っていなかった。彼女が追っているのは大昔の出来事なのだ。だから、すぐには目を通さず、テーブルにメモを放り出しておいて、ベッドに腰をおろし、エリンのことを考えた。うまくいけば、あしたには、もっといろいろなことがわかるだろう。彼女の話が本当だったらいいのだが、今は自分が信じたいことだけを信じることにした。デニスのことは本当に知らなかったようだ。彼女の説明は納得できる。リー・ハクスリーはエリンにとって父親より親しい存在だ。リーなら彼女の携帯電話の番号も知っているだろうし、バートンの日誌を手に入れるチャンスが訪れたときに、彼女を代理人に立てるのもわかる。リー自身はチャールストンにはこられないだろう。審理予定表はぎっしり詰まっているし、今も裁判の真っ最中かもしれない。ほかには何がわかったか？　まず、リーとアーチャーとの関係が気まずくなったこと。つい最近そうなったこと。チャーリー・ウォレン＝リチャード・バートン関係の蔵書をアーチャーが某所から手に入れたとしても、その一部しか持っていないことはたしかだった。だが、手もとにあるものを彼は売ろうとしている。アーチャーは金に困っていて、旧友に法外な値段をふっかけている。問題の本には、稀覯本という手垢のついた業界用語では追いつかないほどの値打ちがあるらしい。アーチャーも「世界に一つしかない品物」といっていた。アーチャーの人格が好きではなくても、正しい言葉遣いをする人間だということはわかっている。何かにつけて〝世界一〟を連発する頭の悪い連中とは格が違う。だから、アーチャーが世界に一つしかないといえば、文字どおりそれは世界に一つしかないのだ。つまり、バートンの日誌。それしか考えられない。しかし、いったいどこで手に入れたのか？

リチャード・バートンのノート。それにはチャーリー・ウォレンの話のバートン版が、彼自身の言葉で書き込まれている。ジョゼフィンの語った祖父の思い出話が本物かどうか、その決定的な証拠になる。考えただけでぞくぞくするが、ココだったら、それこそ熱狂と期待で失神するだろう。

それから、もう一つある。エリンは裁判をほのめかしてアーチャーを脅迫するようなことをいっていた。それはどういうことか？　たぶん、アーチャーの持っている〝品物〟は正当とはいえない手段で手に入れたもので、エリンもリーもそれを知っている、ということだろう。アーチャーにはやましいところがある。だが、その先がわからなかった。リーが盗品に手を出すとは考えられないのだ。私が知っているリーの性格とは矛盾している。しかも、何がなんでもそれを手に入れようとして、アーチャーのような詐欺師まがいのケチ臭い男に足もとを見られているのだから、ますます信じられない。よく考えてみたが、とてもリーのやりそうなことではなかった。もちろん、深読みをすることはできる。愛書家は誰でも狂気に取り憑かれる。品行方正な裁判官でもその例外ではない。海千山千のポーカー・プレーヤーが仮面の下に本心を隠すように、禁欲的な好人物のふりをする愛書家もいる。だが、リーがそんな人間だとは思えなかった。彼は愛書家だが、狂気とは縁がない。違っていたら、本屋を廃業してもいい。

だとしたら、どういうことなのか。私は、藁《わら》にもすがる思いで手を伸ばし、奇想天外な仮説にたどり着いた。リーは、何年も前に、いや、何十年も前に本を失った誰かのために、その本を買い戻そうとしているのだ。大昔に行なわれた不正を正そうとしているのだ。あるいは……あるいは、なんだろう？　いったいリーは何をしているのだろう。

もう夜も更けていた。私はテーブルに近づき、ココのメモに目をやった。朝になってから読もうと思っていたが、ちらっと見えた書き出しの言葉からただならぬ興奮が感じられて、思わず手を伸ばしていた。ココは早くも何かつかんだらしい。バートンとチャーリーが泊まった北部の宿屋のうち、一軒は実在が確認できたという。老婆と息子二人が殺人宿を経営していたのは、当時、話題になった有名な事件だった。何年にもわたって旅人を殺し、金品を奪っていた三人は、ついに捕まって、一八六一年に絞首刑になっている。チャーリーの話に出てきた場所――荒野の真ん中にその宿はあり、ココが読んだ記事の内容もチャーリーの記憶と一致していた。老婆の名前はオパール・リチャードスン。息子の名前はクロイドとゴディだった。あの夜、バートンと一緒にチャーリーが闇の中で聞いた名前もクロイド。世の中にクロイドという名前はそうあるものではない。だから、二人がそこにいた証拠になる、とココは書いていた。

だが、最初の興奮が冷めると、疑いが湧いてきた。すぐにその記事が出てきたということは、逆に捏造《ねつぞう》の証拠にもなるのではないか。たとえ長いこと図書館の司書を務めていた経験があるにせよ、ココはたった半日でそれを見つけたのだ。捏造をたくらむ者がいれば、同じようにたやすくその記事にたどりつけるのではないだろうか。ジョゼフィンがほら話をもっともらしく語るためにチャールストンまでやってきて調べものをした、というのは荒唐無稽で、まずありえない。しかし、何年も前、たまたまここにきたときに殺人宿の親子の話を読み、あとでそれを利用したと考えることもできる。自分でも本当の話だと思い込んでいたのではないか。世の中にはよくあることだ。のっぴきならないところに追い込まれたら、人は自分の嘘を信じる。四十歳のジョゼフィンが、古い記録や新聞を漁って、心の中に物語を作り上げているところが頭に浮かんだ。その物語をジョゼフィンは死ぬまで虚しく追いかけていたのだ。だが、それだと本のことが説明できない。これまでに二冊の本が浮上している。私の『メッカ巡礼』とジョゼフィンの『東アフリカ初踏査』だ。私はそれだけで有力な証拠になると思っているが、正式な発表を考えているココにはそれ以上の証拠が必要なのだろう。

次に、コピーを見た。思ったとおり、オパール・リチャードスンとその頭の足りない息子たちは、作家や記者のお気に入りの素材になっていた。もはやカロライナの民間伝承で、新しい読者のために新聞でも数年おきに取り上げられている。

最後のページの下に、ココの手書きの文章があった。「いったいどこに行ったの？　帰ってきたら連絡ください。何時でもかまいません。寝ないで待ってます」

電話をかけたが、返事はなかった。そのとき、またいやな予感がした。

外に出て、モーテルの反対側まで歩き、彼女の部屋のドアを叩いた。

当惑と懸念が一緒になって、不安が高まった。

デスクに行った。フロント係によると、ココは一晩じゅう出たり入ったりして私を捜していたという。だが、この二時間、姿は見ていないらしい。

ロビーから彼女の部屋に電話をかけ、呼び出し音を十回まで数えた。

私は危険を感じた。真夜中を過ぎているのに、彼女はどこへ行ったのか？　ひょっとしたら、私に苦い薬を飲ませようとしているのかもしれない。〝連絡が欲しいのなら、連絡が取れるところにいたらどう、仏頂面のお馬鹿さん〟

これほど不安な状況はなかった。知らない街で急に知人を見失う。心配するだけの理由はある。身に危険が及ぶ可能性もあるが、これほど早く敵がこちらの動静をつかんだとは思えない。ほんの数時間、姿が見えなかった程度で、警察に行くわけにはいかない。だが、何か異変が起こったことだけはわかる。

私には待つことしかできなかった。

香《かぐわ》しい匂いが鼻を刺す南部の夜の中に出て、歩道に立ち、ミーティング通りを見渡した。最後には自分の部屋に戻ってテレビを見ようとした。

スクリーンをじっと見つめた。

二時半、電話が鳴った。悪い予想をしながら受話器を取ったので、彼女の声を聞いて狂喜した。彼女はいった。「こんばんは」その声には抑揚がなかった。震えながら息を大きく吸い込むのがわかった。

「何があったんだ」

返事はなかった。

「ココ、今どこにいる?」

「自分の部屋よ」

「これまでどこにいた?」

「歩きまわってたの」自嘲するように、彼女は笑った。「もう家に帰るわ」

不安に思いながら、私はいった。「そのほうがいいだろう」

だが、よくはなかった。どこか様子がおかしい。「おれも帰るよ」私はいった。

「クリフ……」

「これからそっちの部屋に行く」

「もう家に帰るわ」彼女は同じことをいった。

そのあと、深々とため息をつき、こう続けた。「あいつら、あたしの家に火をつけたの」

26

一時間ほど話をした。ココは悲しみをこらえていたが、私は煮えたぎる怒りをぶちまけた。あの家には彼女の全財産があった。母親から受け継いだ家具、父親から受け継いだ本、そして何年もかけて彼女が集めた本。写真、記録、両親のラヴレターなど、自分が何者で、どこからきたのかを教えてくれるすべてのものがあった。私は彼女のいうことに言葉をはさまなかった。ボルティモアに帰すのはよくないとわかっていたが、黙って話を聞いた。自分で気がつくように仕向けるのが一番いい。だが、万が一のときは引き留めるつもりだった。

彼女は、エリコット・シティに住む知人の女性に電話をかけた。そのときに家のことを知ったという。「植物に水をやるのを頼もうと思って電話をしたの。今ではもうその植物もなくなったのね」

「ココ……」

彼女は私を見た。

「今さらこんなことをいっても遅いかもしれないが、何も知らなければよかったと後悔してないか？　チャーリーのことも、ジョゼフィンのことも、バートンのことも、おれのことも」

「後悔はしてないわ」

私は勇気づいたが、それ以上は何もいわなかった。その意味を考え、その結果なぜこうなったかを自分で理解してもらいたかったからだ。

「そうよ」理解したのか、彼女はいった。「後悔なんかしてないわ」そして、にっこり笑った。「こう見えても、自分一人で考えることだってできるのよ」

私は手を差し出し、握手した。「じゃあ、わかってくれたんだね」

「家に帰っちゃいけないのね」

「今はまずい。危険すぎる」

「警察はどうするの？　通報したら、犯人を捕まえてくれるんじゃない？」

「証拠が残っていればね。たぶん、駄目だろう。専門の放火屋を雇ったんだと思う。証拠を残さないで仕事を片づける放火のプロがいるんだよ。依頼人には火事の時刻のアリバイがあるはずだ」

彼女は床を見つめるだけだった。

「警官も辛いんだよ」私はいった。「人にはわかってもらえないが、警察は規則に縛られているのに、ダンティのようなやつはやりたい放題のことをやる。ぼろを出すのを待つしかない」

「警察に身を守ってもらうわけにはいかないかしら」

「いえばやってもらえるだろう。ただし、一日じゅう、永遠に監視することはできない」

一瞬、間があって、彼女はいった。「あいつらの本当の目的はあなたね」

私はうなずいた。「おれを引きずり出すのが目的だろう。でも、あんたのことを見逃すとも思えない」

「じゃあ、どうすればいいの？」

「とにかく、一つずつ片づけよう。まず、保険には入ってるのか？」

「家は大丈夫。ほかのものは戻ってこないけど」

「弁護士は？　信頼できる弁護士がいればいいんだが」

彼女はうなずいた。「遺言をつくってもらった弁護士がいるわ。父親同士が知り合いだったの」

「その弁護士に代行権限はあるか」

「いいえ。そんな必要はなかったし」

「簡単な手続きですむから、代行権限を持たせたほうがいい。家のことをやってもらえるようになる。保険会社との交渉とか、いろんなことをね」

「いつか向こうに帰れるかしら」

「大丈夫だ」

その意味が伝わるまでに、また少しかかった。彼女は目を見開いた。「あなた、あの人を殺すつもりね」

「それはあんたが心配することじゃない」

「やめてちょうだい。事件とは関係のない、どこかの頭の悪い女みたいな扱いをされると、腹がたつわ」

「あいつには警告してある。やつはそれを無視した。こうなったら、おれたちが生き残るか、あいつが生き残るか、だ」

彼女は恐ろしそうに首を振った。

「あんなやつに同情することはない」私はいった。「あいつは残忍な男だ。何も考えないでおれたちを殺すことができる」

だが、彼女は見過ごせないようだった。「もしあの人じゃなかったらどうするの？」

「今の状況で、それはまずありえないだろう」

「でも、もしそうじゃなかったらどうするの。だいいち、火事の原因がなんだったか、まだ聞いてないし」

「放火に決まってるよ」

「クリフ……あなたの勘違いだったらどうするの？」

「そのときはどうにでもなれだ」

「お願いだから茶化さないで。せっかく真剣に話してるのに」

「あいつと、おれと、二人のどちらが生き残るかという問題なんだ。よく考えてくれ」

「ほかの人たちはどうするの？」

「あの連中のことは考えなくていい。トランプを組み合わせてつくった家と同じで、ダンティがいなくなるだけで崩れる」

そのとき、彼女は急に目を見開いた。「まあ、あたしったら！」

「どうした？」

「思い出したの。あたし、今夜、とんでもないことしちゃったわ」彼女は目を閉じ、悪態のような言葉を小さくつぶやいた。「電話をかけた友だちに、このモーテルのこと話したのよ」

「口止めはしなかったのか？」

「そこまで気がまわらなかったわ」彼女は片手で目を覆った。「そんなこと、考えもしなかった！」

ほとんど一分くらい沈黙があった。

「あたしって、ほんとに馬鹿だわ」

「いいんだよ、ココ」私は静かにいった。「これから対策を立てよう」

27

七時十五分に電話が鳴った。ベッドの上で体をひねり、フロント係にモーニング・コールの礼をいってから、上体を起こし、膝の上に体を曲げて、電話を見つめた。目が覚めてまず思ったのは、デンヴァーに電話をかけよう、ということだった。家に鼠が出て、害獣駆除会社に連絡するようなものだ。チャールストンからデンヴァーに電話をかければ、ボルティモアで鼠が一匹死ぬ。

最初は無感動な自分に驚いたが、やがて正反対の感情がじわじわ込み上げてきた。そのときになって初めて、ことの重大さに思い当たったのかもしれない。私が考えていたのはダンティのことではなく自分のことだった。じっと電話を見つめているこの瞬間に至るまで、私は人生の半分をうかうかと過ごしてきた。今、考えているような行為に手を染めた者が、その行為によってどう変わるか、気にしたこともなかった。今の私に冷血な殺人者になる覚悟はあるのか？　言い訳や自己弁護は通用しない。実際に引き金をひくのは遠いところにいる誰かだ、とか、もっと酌量の余地がある状況でなら自分の手で人を殺したこともある、といった釈明も意味がない。この一本の電話をかけるだけで、私は暗黒の側に転落する。ダンティと同じ野獣になる。そんなことを考える私の弱さを、あの夜、トレッドウェル書店で、暗黒世界に安住する男、ダンティは見抜いていたのだ。私がいくら強がりをいっても、電話をかけることはなく、結局、一対一の対決になることを見越していたのだ。

ひげを剃り、シャワーを浴び、上等な服を着た。エリンのために髪の毛に櫛《くし》も当てた。いい日だ。外に出て、そう思った。暑すぎもしないし、チャールストン名物の湿気もそれほどひどくない。ココには伝言を残しておいた。ぐっすり寝《やす》んでもらおう。彼女には休息が必要だし、エリンと会うときにココが一緒だと本音の話し合いができなくなる。マーケット通りの信号で立ち止まり、ダンティのことを考えた。信号が青になり、ミーティング通りを渡ってミルズ・ハウスに向かった。

エリンは隅のテーブルで《ニュース・アンド・クーリエ》紙を読んでいた。私に気がついて、新聞を畳み、横に置いた。テーブルの向かいにすわった私は、彼女が口火を切るのを待った。注文したコーヒーをウェイトレスが持ってくる前に、エリンはいった。「リーが話をしたいそうよ」

「いいよ。どんなことを話したいんだ？」

「イースト・コールファックスに本屋を出すから、あなたの意見を聞きたいんですって」つまらない冗談だったが、失礼にならないように笑っておいた。「間抜けな質問をすると、ふざけた答えしか返ってこないという実例だな」

「あとで電話するわ」彼女は腕時計を見た。「向こうはまだ六時四十五分だから。そのあいだ、食事をしながら話をしましょう」

「それには賛成だな。ところで、これは仕事の話か？　それとも、楽しい雑談か」

「百パーセント仕事の話よ」

私は指を鳴らした。「残念」

彼女は、面白そうな顔でこちらを見ていた。「お察しのように、あたしたちはリーが欲しがっている本に関して、アーチャーと微妙な交渉をしてる最中なの。急にあなたが現われたら、話がややこしくなって、まとまるものもまとまらなくなる恐れがある」

「今のところ、アーチャーは、おれがこの町にいることには気がついていない」

「これからも気づかれないようにしてちょうだい」

「金を握らせて追い払う、というのはやめてくれよ」

彼女は小さくうなずいたが、本当にそう思っているかどうかは疑問だった。

「そんなことをされたら、がっかりするよ、エリン」

やはり、戦略を変えてきた。手に取るようにわかった。「あなたを侮辱するようなことはしないわ」

「それを聞いて一安心したよ。おれはリーが好きで、尊敬している。きみに関しては……」

彼女は片方の眉を吊り上げた。

「おれはきみも好きだ」

「それはどうも」

「しかし、それだけやりにくくなる」

「なぜかしら」

私は微笑んだ。

彼女はいった。「わかってるくせに」

「あなたがここにいなければいいと思っているか？　答え、思っている。この町から出て行ってもらいたいと思っているか？　答え、思っている。リーは、あなたが考えている以上にあなたのことが好きなのよ。でも、あなたが交渉の邪魔をして、引っかきまわしたら、きっと怒ると思うわ。あたしだって怒るわよ」

「尻尾を巻いてデンヴァーに戻れということか」

彼女は辛そうだった。今度は私も微笑まなかった。「ここまではやり方がまずかったな、エリン。きみはもっと交渉がうまいはずだ。きわどい状況で敵を怒らせるのが一番いけないことは、きみも知ってると思う。何をいってても腹をたてるアーチャーのような阿呆が相手なら、話は別だがね。今はおれがきみの敵だ。仲よくなりたい、というのなら、喜んで手を打とう。だが、こちらは友だちを一人死なせている。はっきりいうが、リーが本を手に入れられるかどうかという問題は、そのことと比べたらたいしたことじゃない。友好条約を結びたいのなら、何もかも正直に話してくれ」

彼女は椅子にすわったまま背筋を伸ばした。「あら、今日はいやに怒りっぽいのね。よく眠れなかったの？」

「まあね。おれだって道徳的ジレンマに悩むこともある」

ウェイトレスがコーヒーを持ってきた。朝食を何品も頼むと、ウェイトレスはそれを書き留めて去っていった。エリンはいった。「あたしたちは、ラルストンさんを殺した犯人を見つける邪魔をするつもりはないわ」

「よし、そこから始めよう」

「わからないのは、あたしたちがなぜ邪魔になるのか、ということね」

「そのためにおれがここにいるんだ。邪魔になりそうなときには教えてやるよ」

唐突に彼女はいった。「わかった。正直に話すわ。どっちにしても、そうしろといわれてるし」

「いついわれた？」

「夕べ、あなたが帰ったあとで、部屋からリーに電話をかけたの。あなたがチャールストンにいて、本のことをいろいろ訊かれた、といったら、〝本当のことを話すんだ〟っていわれたわ」

「さすがリーだな。だったら、きみも最初から本当のことを話せばよかったのに」

「あたしの判断よ。弁護士は、依頼人の案件に第三者が首を突っ込むのを好まないの。たとえ依頼人がかまわないといってもね」

「これでわかっただろう。正直が一番だ。裏切りや欺瞞も正直には負ける。ついでに、話題の本がどういう本なのか、正直に話してもらえたら、もっといいスタートが切れると思うよ」

「リチャード・バートンが南部にきたときにつけていた手書きの日誌よ」

「ほう。まるでチャーリー・ウォレンの書庫にあったような本じゃないか」

「最初の所有者が誰だったのかは、まだわかっていないわ」

私は疑わしげな顔をした。

「あのね」苛立ったように、彼女はいった。「アーチャーは本を持っている。それを売りたがっている。アーチャー本人は、何世代も前から自分の家にあった本だと主張している。決して怪しい素性の本ではないといっている。要するにそういうことよ」

「ミセス・ギャラントの本のことは頭に浮かばなかったのか？」

「もちろん、それも考えたわよ。あたしのこと、馬鹿だと思ってない？　本のことが話題になったとき、まず最初にあたしはリーを椅子にすわらせて、あの老婦人のことを詳しく話したの。もしその本が盗品だったらどうなるかも説明したわ」

「で、きみたちの結論は？」

「盗品ならリーの立場は危うくなる」彼女は肩をすくめた。「でも、危険は覚悟でやってみる、ですって」

「駄目だったら、本はあきらめるのか」

「ええ、そうよ。こういう場合、運まかせの要素はどうしても入ってくるわ。でも、異議を申し立てる人は出てこないかもしれない。関係者はみんな死んでるんですものね」

「きみたちの知っているかぎりはね」

沈黙が長引いた。

やがて、私はいった。「触れ込みどおりなら、たいしたもんだ。歴史を塗り替えることになるかもしれない。実は南部が戦争に勝っていたとか、そんな大袈裟な話じゃないが、本のコレクター以外に、歴史学者も興味を示すだろうね」

「そうね」彼女はいった。

「この本は各界の注目を集める」

「ええ。所有者が望めばね」

「こういう話なら、一面にでかでかと載せる新聞もけっこうあるはずだ。そうすると、貴重な本にますます箔がつく」

「アーチャーもそんなことをいってるわ。あたしたちも同じ意見よ。要するに、値段をどの程度引き上げるかが交渉の焦点になってるの」

「きみたちの提示した金額は？」

彼女は私を見つめた。

「おれには痛い質問をぽろりと口にする癖がある」私はいった。「今もそれが出たようだな」

「そのとおりよ。でも、リーには、なんでも話すようにっていわれてるから、正直にいうわ。二十五万ドルよ」

「へえ」

「どう？　あなた、専門家でしょ。適正な値段かしら」

「交渉の仲裁役になれというのか？　まあ、その金額じゃアーチャーは満足しないだろうね」

「仲裁役とか、そんなことじゃなくて、あたし自身、情報が欲しいの。興味があるのよ」

「二十五万というのは、本の値段にしてはとんでもない額だ。ポーの『タマレイン』だってもっと安く買える。その前に、本がないがね」

「じゃあ、適正な金額だと思うのね」

「現物を見ないかぎり、なんともいえないね。それに、おれは専門家じゃない」

彼女は腹をたてたようだった。

私はいった。「そう怒るな。問題は内容なんだよ。中身を読まないと、当てずっぽうの値段もつけられない」

ウェイトレスがやってきて、私の朝食を優雅にテーブルに載せ、去っていった。

「アーチャーは、五十万ドルなら売るっていってるわ」

私は笑った。「さすがだな」

「まったくよ。百万ドルや、二百万ドルや、一千万ドルを要求されなかったのは、不幸中の幸いかもしれないわね。でも、そんなことといってちゃ駄目ね。五十万ドルでも法外な要求なんだから。リーは決して貧乏じゃない。それはあなたも知ってるでしょ。でも、信頼性が欠けるものに大金を投げ出すわけにはいかないの」

だしぬけに私はいった。「ゆうべのきみは、けっこう強い態度でアーチャーをやり込めてたじゃないか。ちゃんと聞いたぞ」

彼女は鼻の先で笑った。「そう、聞いたの」

「脅迫まがいのことまでいってたな。遠回しに裁判をちらつかせて」

「病院で耳を診てもらったらどうかしら。あたしは最初から最後まで交渉してただけよ」

「交渉には戦略がある、ということか」

「ええ、そうよ」

「しかし、そんな戦略に出た以上は、事実の裏づけがあったはずだ」

「脅迫なんかしてないっていったでしょ。あの人がそういってるのなら別だけど……」彼女は身震いした。「交渉に深入りすればするだけ、いやになってくるわ。もうやめた、おまえなんか消えろって、アーチャーに向かって、リーがそういってくれたらいいのに。でも、リーは今でも、歴史的に重要な本だから絶対手に入れたいって思ってるらしいの」

「その気持ちはわかるよ。誰にだって何冊か絶対手に入れたい本がある。問題の本だが、リーはアーチャーが盗んだものだと思ってるんだろうか？　そうだとしたら、どうやって盗んだんだろう」

「それが問題ね。あたしたちにもわからないの」

「リーとアーチャーは仲違いしたんだろう？」

「ええ、アーチャーがあんまり欲張りだからよ。交渉成立と思ってたら、アーチャーが欲を出した。それは友のすることではない、とリーは思った。子供のころ、二人は兄弟みたいに仲がよかったのよ。そのころのアーチャーは今とは大違いで、とってもいい性格だったらしいの。信じられないけど、リーがそういうんだから、ほんとなんでしょうね。思いやりがあって、親切な、素晴らしい友人だった」

「それがなぜあんなふうになったんだろう」

「何もかもいけなかったのね。まずハルのお祖父さん。その祖父から見ても、父親から見ても、ハルは出来の悪い子供だった。ハルのお兄さんは、お父さんやお祖父さんと同じ名前をもらって、家を継ぐことになっていた。王族気取りの、馬鹿ばかしい話ね。ところが、そのお兄さんは、自動車の事故で死んでしまった。ハルの最初の間違いは次男に生まれたことね。二番目の間違いは弁護士になりたくなかったこと」

「アーチャー一族は本好きだったはずだが、ハルが作家になることには反対していた」

「珍しいことじゃないと思うわ。あなた、自分の息子が作家になりたいっていったらどうする？　娘が作家と結婚したいといいだしたら賛成する？」

「当人が幸せになれるんなら、それでいいじゃないか」

「ところが、幸せになれる人は少ない。あたしの知り合いの作家は、みんな食うや食わずの切り詰めた生活をしてるわ。だいいち、本なんてめったに出版できるものじゃないでしょう？　ニューヨークの出版社には、一年に二万冊分の原稿が送られてきて、そのうち本になるのは二百冊だそうね。出版されない原稿はどれもひどい出来で、出版者側には、どうせどの原稿も屑だろうという先入観がある。かなり出来のいい原稿でも、その先入観を崩すのは難しいわ。最初の原稿閲読者《リーダー》さんは、傑作が届くとは思ってないから、届いても見逃してしまう」

「弁護士を辞めてきみが行きたがっている世界はそういうところなのか？」

「たぶん、アーチャーの父親もそんなことをいったのよ。もっときつい言葉を使って」彼女は肩をすくめた。「あたしには銀行にお金があるわ。飢えることはないでしょうし、また弁護士に戻ることもできる。それでも、典型的な例にはなるでしょうね。ほかの作家志望者と一緒で、エゴは強いし、自分の才能を信じていて、頑張れば壁を乗り越えられると思っている。とっても高い壁だということはわかってるのにね。将来は辛い闘いの連続。それを自覚していることだけが救いね。だから、アーチャーの人生も理解できるの。人間としてあんまり好きじゃなくても、共感する部分はあるわ」

「早い段階でアーチャーは家族から疎外されていたわけか」

「おとなしい表現をすればそういうことになるわね。ハルは、父親の母校、ヴァージニア大学に入れられた。根性を叩き直そう、というわけね。ところが、授業には出ない、家からの仕送りもない。結局、一年で退学して、家族からは縁を切られた。それ以来、ハルはずっと独りで生きてきたことになるわね。まず最初に、ニューヨークに出て、最低の部屋を借りて、小説を書きはじめた」

「しかし、書いても書いても売れなかった」

「ええ、そう。ミランダのいうとおりね。アーチャーはいやなやつだけど、才能だけはすごいのよ。見る人が見たら、そんなことすぐわかったはずだから、たちまち人気作家になってもおかしくなかった。ところが、彼は無関心の壁にぶつかって、家族の思惑どおり、どん底まで堕ちることになった。何年も原稿を書いているのに、ぜんぜん売れない。その気持ちわかる？　自分では特別な人間だと思ってるのに、どの出版社に持ち込んでも没になる。最後には原稿の紙もぼろぼろになる。そんな作家がどうなるか、教えてあげましょうか。ある日、目が覚めて、自分が年を取ったことに気がつくのよ。きのうまであった希望は一晩で消えて、あとには無駄に過ぎていった歳月だけが残る。そんな日は予想よりも早くやってくるの。最初の本が出たとき、アーチャーは四十代になっていた。原稿は出版社から出版社へたらい回しにされて、最後にデイヴィッド・マッケイが買ってくれた。マッケイは小さな会社だから、その本はまったく評判にならなかった。鉛の玉みたいに、本の海に沈んでいったのよ。マッケイに次作の出版を断わられ、また一から出直し。出版社探しから始めることになった。最初の本は三千ドルにもならなかったそうよ。そのお金を少しずつ使って何年分もの生活費にした。ほかの街ならまだいいけど、ニューヨークだもの、大変だったと思うわ」

彼女はまたコーヒーを飲んだ。「次の出版社はセント・マーティンズ・プレス。玉石混淆の本を出すところね。売れそうな本には大金を注ぎ込むのに、小説にはあまりお金をかけない。部数が少ない上に、その半分は図書館が買い上げる。ぜんぜん収入にならなかったから、アーチャーは次の作品をセント・マーティンズに渡さなかった。結局は喧嘩別れ。また一から出直しになったけど、今度はもうどこからも相手にされない。アーチャーはエージェントを馘首《くび》にし、エージェントはアーチャーを馘首にした。同時に、もうやめたってことになったのかもしれないわね。よくわからないけど、そのころにはもう〝定評〟ができてたんでしょう。出版社が噂を気にするのは理解できるわ。売れもしないのに態度がでかい作家の本なんて、どこも出したがらないでしょう? いくら文学的に優れていても、売れなくて作家の態度がでかければ帳消しになる。熱心な編集者だっていやになるわよ。アーチャーは苦労して書き続けながら、手当たり次第に暴言を吐くようになる。最後には、堕ちるところまで堕ちて、ウォーカーから本を出すことにした。ウォーカーのこと、知ってるでしょ」

「まあね。ウォーカーとセント・マーティンズについては、業界のジョークがある。どちらも部数が少ないから、本を出したらたちまち稀覯本作家の仲間入りができる。ほんの数年前の本にも、三百ドル、四百ドルの値がつくんだ」

「それのどこがジョークなの?」

「古書売買で億万長者になる方法。セント・マーティンズとウォーカーから出る本をみんな五冊ずつ買うこと。新刊書売買で破産する方法。右に同じ」

彼女は苦笑した。「じゃあ、わかるでしょうけど、ウォーカーから本を出しても反響はないし、お金にもならなかった。アーチャーはますます傷ついて、聞くに堪えない暴言を吐くようになった。今から思えば、だけど、ランダムハウスやダブルディから本が出てたらこんなことにはならなかったでしょうね。六桁の前渡し金をもらって、サイン会に出て……。ところが、大きな出版社が出すのは、いいかげんなサスペンスものか、どぎついだけで知性のかけらもないロマンス小説ばっかり」

「私怨が交じっているような発言だな。まだ本も出していない作家志望者がそんなことをいっちゃいけない。この世には良書が一冊もないような口ぶりじゃないか。もっとよく考えたほうがいい」

「アーチャーに成り代わって発言したのよ。訊かれたから答えただけじゃないの」

「で、彼はノンフィクションに転向して、ヴァイキング・プレスに拾われた」私はいった。

「ところが、ピュリッツァー賞も効き目がなかった」

「ええ、毒舌は相変わらずで、意固地になっただけ。とうとう成功したんだから、喜べばいいのに、これまでこつこつ書いてきた苦労を思って、世間を恨むようになった。ピュリッツァー賞は、自分が偉大な作家であることの証拠でもあるし、世の中の人が見る目のない馬鹿ばっかりだということの証拠でもある」

「まだ現役の作家にそれはないだろう。新作はどうなってるんだ。ヴァイキングはいちおう大手だから、前渡し金もかなり出してると思うが」

「そのことは話したくないわ。そのへんの事情は、リーだけが知ってるの。ミランダさえ知らないわ。リーに直接訊いてちょうだい」

朝食を食べながら見ていると、エリンは考え込んでいた。コーヒーを飲みながら、もしアーチャーが折れなかった場合、どういう戦略を採るのか、と尋ねた。彼女は首を振った。

「交渉の進め方は話せないわ。それもリーに訊いて」

「じゃあ、電話してくれ」


彼女はテーブルから電話をかけた。「エリンです。今、朝食がすんだところ。微妙な問題が出てきて、困ってるの。わかるでしょ。たとえば、アーチャーの新作のこと。あたしは、まだ話さないほうがいいと思うの。理由はおわかりでしょ」

彼女は私の目を見ながらしゃべっていた。「ええ、それはわかります。でも、まだその時期じゃないと思うわ。アーチャーがこのまま折れなかったらどうするか、という話も出て」

短い沈黙のあと、彼女はいった。「もう一度いうけど、それはやめたほうが」

しばらくして、続けた。「ちゃんと約束してもらいましょう。ええ、信用できると思うわ」

私は大真面目な顔でうなずいた。

「そういう問題じゃないでしょう」彼女はいった。

そのあと、リーの言葉に彼女は首を振った。「あたし、反対します」

彼女は眉をひそめた。「あたしはただ雇われてるだけですけど、こちらが何をして何を避けるつもりか、ジェーンウェイさんに話す必要はないと思います。とくに、何を避けるか、はね。彼の知りたいこととは無関係だし、賢明なやり方じゃないと思うわ」

彼女は首を振った。「そうくるだろうと思った。でも、あたし、反対ですからね」

彼女は電話を差し出した。

「おはようございます」私はいった。

「クリフか」リーはくたびれたような声を出した。「こんなごたごたに巻き込んで申し訳ない。きみの知りたいことは、エリンが話してくれるはずだ」

「彼女は立派ですよ。いいたいことはあるようですが、それなりに理由があることですし」

「弁護士として、私の利益を守っているだけだ。わかってやってくれ。許可を出したから、もう大丈夫だ」

電話線の雑音が耳についた。そのノイズが私たちの距離をあらわしていた。

「エリンから聞きましたが、何か話があるとか」

「いや、ちょっと確認しておきたかっただけだよ。必要な情報があれば、きみに教える。心配しなくていい。きみのやっていることは理解しているつもりだ。こちらの事情より、きみの事情を尊重しよう」

「申し訳ありません」

「帰ってきたら、一度会おう。幸運を祈ってるよ」

私は電話を切った。

「質問に答えるわ」エリンはいった。「でも、人には話さないでね。ここだけの話よ」

「わかった。誰にもしゃべらない」

「アーチャーの新作の話だったわね。デンヴァーにきたとき、彼は酔っ払って、リーの肩にもたれて泣いたの。そのとき、あとできっと後悔するようなことを口走ったわ。あの大作家の先生が、スランプに悩んでるんですって。ピュリッツァー賞を取ってから、一行も書けない。たとえ書いても、あとで読み返したときに絶望して破り捨ててしまう。ピュリッツァー賞の影響で、何を書いてもこれは違う、こんなもんじゃないという、何か、その……」

「自分の文学的地位にふさわしい文章ではないような気がしてくるわけだ」私は、その唾棄すべき業界用語を苦々しい思いで口にした。

アーチャーの病が伝染したように、彼女は悲しげな顔をしていた。「作家が行き詰まることは珍しいことじゃないわ。アーチャーは二ページの梗概を書いて、出版社から多額の前渡し金をもらった。決められた期日までに画期的な作品を書くはずだった。ところが、締め切りはとっくに過ぎてしまった。ヴァイキングは我慢強かった。またお金を渡したのよ。ピュリッツァー賞受賞作家というだけで部数が出るから、どうしても本を出したかったのね。ところが、我慢にも限度がある。六年たっても、アーチャーはまだ何も書いていない」

作家のスランプについては、あちこちで読み齧《かじ》っただけの知識しかない。それにしても、創作力が減退して書けなくなる、というのはよく聞くが、ノンフィクションでスランプになるのは不思議な話だった。「最初からないものを、あるように見せかけていただけかもしれないな」私はいった。「たぶん、今も同じことをしてるんだ。今度は、ヴァイキング・プレスじゃなくて、リーを相手にして」

「あたしもそれは考えたわ。リーはあまり心配してないようだけど、日誌を買うことになったら、お金を払う前に徹底的に調べるようにいうつもりよ」

「買うことにはきみも抵抗があるのか」

彼女はうなずいた。「大金を出して危険なものを買うことはないのに。友だちとして、あなたならどんなアドバイスをする?」

「出所《でどころ》を確かめること。五回も六回も確かめること。それに尽きるね」

28

テーブルに身を乗り出して、彼女はいった。「今度はあなたの番よ。何があったか話して」私はココのこととボルティモアのことを話した。そのあと、ごく控え目に、ダンティとの一件と、チャールストンまでくることになった事情とを説明した。そして、アーチャーと彼女のやり取りを知ることになったのは、盗聴器ではなく、ひそかに自分の耳を使ったからだ、と白状した。彼女は首を振り、顔をしかめようとしたが、つい笑みがこぼれて、うまくいかなかった。だが、ダンティがココの家に火をつけたことを聞くと、笑みは消えた。

「鬼ごっこの相手はその男?」彼女はいった。

「そのつもりでいる」

「あたしにできることはない? 弁護士の職権で痛い目に遭わせることもできるけど」

「そんなことは考えなくていい。あいつのそばには絶対に近づかないでくれ」

「なんの手も打たないで勝てる相手だとは思えないわ」

「おれだってそう思ってるが、きみのことは知られたくない。名前を知られるだけでもまずいことになる」

彼女は気分を害したようだったが、私は怖い顔をして反論を抑えた。「いいか、よく聞くんだ。きみがいると、助けになるどころか、かえって足手まといだ。ココと自分を守るだけで手一杯なんだからな」

彼女は両手の指先を合わせ、顔の前に持っていって、懇願の仕草をした。私は彼女をにらみつけた。「同情を買おうとしても無駄だぞ」

「おおこわ。でも、あたしには通用しないわ」

「いうことを聞いたほうがいい」

彼女は椅子にすわったまま背筋を伸ばした。「いうことを聞かなかったらどうなるの？お人形さん、取り上げられちゃうの？」

次に私がいったことは、間の抜けた失言だった。「エリン、きみが心配してくれるのはありがたいが――」

丸めたナプキンが、頭の上にいきなり飛んできた。「そんなこと、男の横暴だわ。馬鹿ばかしい。あたしが邪魔だったら、男らしくはっきりそういいなさいよ。どう、邪魔なんでしょう？　一言で答えて」

「邪魔だと思ってるわけじゃない」

「じゃあ、礼儀を守って。お行儀よくして。言葉で人をねじ伏せようとしないで。保護者づらしないで」

どんなことをいおうか考えたが、結局、次の言葉に落ち着いた。「きみが生きている世界では、どんな紛争にも法律が答えを出してくれる。デンヴァーの地方裁判所に訴訟事件摘要書を提出しただけで、ダンティが真人間になると思ってるんだろう。だが、そんなもんじゃない。個人攻撃だとは思わないでもらいたいんだが、きみでは力不足だ」

「あなたなら大丈夫なの？」

「それはわからない」

彼女は首を振った。「何もしないで、じっとしてるのはいやなのよ」

「そうするしかないんだ」

「あなたが殺されて、そいつが何も証拠を残さなかったら、どうすればいいの？」

「なにもしなくていい。動いたらきみも殺される」

「そんなこといわれても納得できないわ」

「じゃあ、どうするんだ」

「あたしが押さえつけておくから、そのあいだに八つ裂きにして」

予想外の珍答だったので、私たちは腹を抱えて笑った。涙を拭いながら、彼女はいった。「やめてよ、冗談じゃないのよ」それでまた私たちは笑った。私はいった。「いいから、おれに任せろ」それでまた二人とも馬鹿みたいに笑いだした。「きみが出しゃばると、よけい面倒になるだけだ」私たちはまた笑った。

私は咳払いした。「悪かったな、これも男の横暴だ」

「そうね。でも言い方が謙虚だったから許してあげる」彼女は、どこか遠いところから微笑むような笑顔を見せた。「相手がこちらの居場所を突き止めるまで、どのくらいかかるかしら」

「それもわからない。今のところ、ここにいることはまだ知られていないようだが」

「希望的観測ね」

私は落ち着かなく塩の容器をいじっていた。

「怖いの？」

「というより……警戒する気持ちのほうが強いな。前にも敵をつくったことはあるし、どいつも札つきだったが、今度の相手は桁が違うような気がする。一番怖いのは、不意討ちされることだ」

さっきの笑いは醒め、彼女は真顔になっていた。「それに比べたら、あたしたちの対立なんて遊びみたいなものね」一瞬、間があった。「リーと相談してみるわ」

「そんなことしてどうなる」

「どうにもならないかもしれないけど」彼女は顔をそむけた。そして、また私を見て、続けた。「でも、三人で考えたらいい知恵が出るかもしれないわ」

「じゃあ、相談してみるんだな。おれが思っているとおり、リーに良識があったら、きみが首を突っ込もうとするのをやめさせるはずだ」

「あたしはリーの所有物じゃないし、あなたの所有物でもないわ。ほんと、腹たつわね。

自分の思いどおりにならないからって、人を小馬鹿にしたみたいなことといわなくてもいいじゃない」

「こういう性格だから命を狙われるんだ」

彼女は手を上げてウェイトレスに合図を送り、クレジットカードを取り出した。「じゃあ、まだ生きているうちに聞いてもらいたいことがあるの。あの老婦人が大がかりな嘘をついているという可能性はない？」

「それは前から問題になっている。なぜ今そんなことをいうんだ」

「ただちょっと気になっただけ。なんだかしっくりこなくて。本に書いてある献辞、筆跡は調べた？」

「自分では調べていないが、オークション・ハウスは信頼できるところだし、バートンの筆跡もいちおう知っている」

「でも、あなたは専門家じゃないでしょ」

私はうなずいた。そして、この商売が信頼の上に成り立っていることを痛感した。

「それだけでも調べてみたらどうかしら」彼女はいった。「何か裏があるような気がするの。変だと思わない？」

「この業界でしばらく仕事をしたらわかるだろうが、本の世界は変なことだらけなんだよ」

「でも、あなたは最初から信じ込んでるわ。品のいいお婆さんだったし、悪い想像はしたくないけど、避けて通れないことだと思うわ」

「彼女は九十を過ぎていた。詐欺をたくらむには歳を取りすぎている。それに、死ぬときに詐欺をする者なんているか？　嘘で塗り固めた人生を送ってきた者でも、死に際には本当のことをいう。ジョゼフィンは、蔵書を取り返して、お祖父さんの名前で図書館に寄付したかっただけだ」

「ちょっと頭がおかしくなってたのかもしれないわ。その可能性は考えたことない？　何年も前にあの話を聞いて、その世界に自分を投影したんじゃないかしら。お祖父さんは別にいるのに、チャーリーを本当のお祖父さんだと思い込んで」

「彼女は本を持っていた」

「ええ、一冊だけね。おまけに、いつ、どこで、どうやって手に入れたのかわからないでしょ。たまたまあの本が手に入って、妄想が始まったのかもしれないわ。バートンのことを考えすぎて、気が変になったとか」

「それはココが何度も確かめている」

「だったら大丈夫かもしれないわね。でも、あたし、その人のことよく知らないし。重役会議に出るお偉方が使う言葉でいうと、一人だけ違う議事日程で動いているのかもしれない。とにかく、受け身じゃ駄目。よく考えてみて」

私は男性の横暴な性癖を抑え、彼女が勘定を払うのを見ていた。「きみが帰るまでもう会えないかもしれないな」私はいった。

「今夜の予定はあるか？」

「誘ってもらえないのかと思ってたわ。夜はホテルの部屋で一人淋しく壁を見つめるだけよ」

「チャールストンのレストランを試してみるか?」

こうして私たちは初めてまともなデートをすることになった。


モーテルに戻ると、ココの姿はなかった。捜すと図書館にいて、イースト・ベイの写真屋の記録を求めて古文書を漁っていた。前日、殺人宿の経営者を突き止めただけで、新しい発見はないようだった。暗い顔で、彼女はいった。「こんなことをしても時間の無駄かもしれないわ」

私も図書館に残り、彼女の指示に従って新聞や記録に目を通した。彼女はときおり司書の一人に声をかけた。すると、司書は地下の書庫から綴じた新聞やファイルを持ってきて、私たちはまた調べ物を始めた。正午に彼女はボルティモアの弁護士に電話をかけ、家の後始末を依頼した。簡単な昼食のあと、また作業を始めたが、不満が高まるだけで、四時半になっても収穫はなかった。「やっぱり時間の無駄ね」彼女はいった。「あなたは頭を殴られるし、あたしは家を焼かれるし、そのあげくがこれ。もう二人とも家に帰れないかもしれないわ」

モーテルで彼女は、バートンとチャーリーの写真が撮られたと思われる街区の見取図を見せてくれた。その自作の見取図には、通りに沿った建物が四角で描かれ、そのすべてに几帳面な字で名前が書き込まれていた。「こういうことよ」彼女はいった。「一八六〇年五月のイースト・ベイ通りにあった店は、全部調べがついたわ。ところが、写真屋はどこにもない」

カフェがあり、ビヤホールがあり、ガラス屋があり、鍛冶屋があり、薬局があった。店主の名前だけが書いてある店もあった。フィリップス、ジョーンズ、ケラハー、ウィルコックス。「フィリップスは絨毯を扱っていたことがわかったわ。ジョーンズは肉屋。ケラハーは歯医者で、ウィルコックスは八百屋の主人。バートンとチャーリーが写真を撮ってもらったのなら、写真屋はどこにあるの？」

エリンの話を伝えると、彼女は無表情に聞いていたが、そのあと一時間ほどでだんだん不機嫌になってきた。「あしたサムター要塞に行ってみるわ」彼女はいった。「単調な調べ物が続いたから気晴らしになるし、あなたもそのお友だちと楽しんでいらっしゃい」そういったあとで、とげのある言い方になったことを渋々詫びて、気を奮い立たせようとした。「あたしのことなら気にしないで。その人、弁護士なら、この泥沼からあたしたちを助け出してくれるかもしれないわね」

「ダンティと一対一で殴り合いをしたがるような弁護士なんだが」

「それならあなたがもうやったじゃない。こんなことになっただけだけど」

彼女はサムター要塞に話を戻そうとした。「司書の一人に聞いたけど、サムター要塞にはバートンのことで何か知ってる管理官がいるんですって。新しいことがわかるかもしれないわ」私は何もいわなかったが、期待はできないと思っていた。そのあと、私は今夜の予定を尋ねた。「あたしだったら大丈夫よ」健康食品の店を見つけたので、今夜は部屋に閉じこもり、一人で食事をして、瞑想とエクササイズにふけるのだという。どこにも出かけないし、電話にも出ない。「地震でも起こらないかぎり邪魔しないでね」

六時になると、車を取ってきて、三ブロック先のミルズ・ハウスに出かけた。部屋からおりてきたエリンはとても美しかったので、そう伝えた。ダークコートにネクタイ姿の私は、ゴマすり男と慇懃な紳士の中間くらいのところにいた。彼女が車に乗るときにはドアを開け、手を添えた。しばらくはきつい冗談をいいあうこともなかった。マウント・プレザントのシェム・クリークにシーフード・レストランがあるのを調べてあった。まだ時刻が早かったので、沼沢地の素晴らしい風景が広がる窓際の席にすわることができた。料理は上々だった。眼下を釣り船が通りすぎ、夕日が入江を炎のリボンに変えていた。

久しぶりの楽しい夜になった。ダンティ一味の亡霊が遠いところに去っていったようなくつろいだ時間もあった。外に出ると、彼女はいった。「あたしが何をしたいか、教えてあげましょうか。靴を脱いで、海岸を歩きたいの。アーチャーに出くわす恐れがないような海岸を」地図を調べ、数分後、私たちは、アシュリー川を越え、海側に出るため、街の反対側に向かっていた。木の生えた小島が点在する沼沢地を何マイルも走るのは爽快だった。発展という現代病に冒されて、一様に郊外と呼ばれるようになってしまったこのあたりの、はるか昔の姿も想像できるような気がした。

フォリー・ビーチはささやかなネオン街があるだけの小さな町だった。射的場、ゲーム・センター、パビリオン形式の遊技場、遊園地の乗り物。ネオン街を南に抜け、星空の下に出たとたん、そのカーニバル的な雰囲気は消えた。適当な場所に車を停め、二人とも裸足で月明かりの波打ち際におりていった。風が強く、この時期にしては肌寒かった。エリンは私の手を握り、体を寄せてきた。私は、繭のようにコートで自分たちをくるんだ。ぴったり寄り添って、そのまま私たちはじっとしていた。やがて、私は、彼女のあごに手を当て、キスをした。彼女は私にしがみつき、私はその髪に顔を埋めた。若いとはいえない心臓が早鐘を打つのがわかった。

「あなたが悪いんだわ」彼女はいった。「これでもう喧嘩友だちに戻れなくなったじゃない」

「さっきぐらいのことなら、友だちでもするだろう」

「でも、これからどこまで突っ走るつもり？」

「難しい質問だな。答えは……」

「……星の数ほどある」

「そして、私はその可能性に呆然としているのです」

「どの答えを選ぶの？　投票で決める？」

「二人だと、いつまでたっても一対一だ。投票にならない」

「簡単にベッドに入るような関係は苦手よ」さりげなく彼女はいった。

「こっちも同じだよ。もう若くないからね」

「ひょっとして、あなた、いざというときに……」

「いや、今のところ、ちゃんとできそうだ。ただし、男の体は長い禁欲生活に耐えられるようにはできていない。しばらく使っていないと、思いがけないときに急に萎えてしまう恐れもある」

「じゃあ、大丈夫なうちに、早く話を切り上げようかしら」

私は吹き出した。

彼女はいった。「セックス・フレンドはやめるとして、ほかには何がある？」

「なんだか真剣な雰囲気になってきたな」

「真剣になってきたら、どうするの？」

「愛してる、とでもいえばいいのかな」

「本心じゃないならいってもらわなくてもいいわ」

「おれがいいたいのもそのことだ。仮に、その言葉をおれが口にしたとする……」

「それで？」

「そのとき、おれのほうに下衆な下心があったらどうする？　ちゃんと見抜けるか？」

「直感でわかるわよ」

「これまでの経験から学んだわけか」

「まあ、失礼ね！　男と知り合うたびにこんなことしてるわけじゃないのよ」

「それでも、何か見分け方が——」

「四十日の昼と夜」

その言葉をしばらく検討してから、私はいった。「もしかしたら、次にヒントが出るのか？」

「ある段階まで進んだら、四十日の昼と夜をかけて相手のことを知るようにしているの。最初の質問に戻るけど、あなたが〝愛してる〟というとき、本当に愛してるかどうかわかるの？　これまで誰かを愛したことあるの？」

「あるよ。一人だけだが」

「どんな人だったの？」

「きみとよく似てたよ。きみほどぶっ飛んでたわけじゃないが、頭の回転は同じように速かった。打てば響く感じだったな」

「なぜ別れたの？」

「おれの日ごろの行ないに至らないところがあったらしい」

「肉体的ハンディキャップがないことはさっきわかったから、たぶん粗野で独裁的なところが嫌われたのね」

「面目ない」

「曖昧なことをいって逃げちゃ駄目。〝そのとおり〟か〝それは違う〟かどっちかでしよ」

「信用できなかったんだよ、彼女のことが」

「それは問題ね。大問題だわ。同じような目に遭いたくなくて逃げてるわけ？」

「努力はするつもりだ」私はいった。だが、歴史は繰り返すことも事実だった。

彼女はますます強く体を押しつけてきた。爪がシャツに食い込むのがわかった。

「自分で何もかも仕切ろうとする癖は直したほうがいいわ」彼女はいった。「あたし、やってられないのよ、そんな人とは」

「直してみる」

「ほんとに？」

「この世の中に、やってできないことはないんだ」

「じゃあ、温かく見守ることにするわ。だとしたら、これからいうことは、あなたには厳しい試練になるかもしれないわね。心の準備はできてるかしら」

できていなかったが、彼女は続けた。「今日の午後、飛行機をキャンセルしたの。デンヴァーには帰らずに、あなたと一緒にいることにしたわ。あたしたちに手を出したりしたら、ダンティ氏は一巻の終わりよ」

彼女は体を離し、背を向けると、風の中で震えていた。「どう、ご感想は？　いつも喧嘩腰だから女の人に逃げられるのよ――一度、失敗してるのに、また同じことをするつもり？」

彼女は横目で腕時計を見た。

「あら、四十日の昼と夜が、たった今、始まったみたいよ」

29

私には忘れられない人生のときがいくつかある。その十字路で違う道を選べば、私の人生は変わっていただろう。思いつくままに挙げてみれば、次のようになる。警官になったとき。警官を辞めたとき。ヘミングウェイとファウルズとモームの愛すべき三冊を、同じ月に発見したとき。本屋になったとき。いつまでも忘れられないある女性と出会い、付き合って、別れたとき。そして、今もそうだ。突如、私の世界は激震に襲われた。すべてがきのうとは違って見えた。

私たちは夜明けにまた会った。暗闇の中で電話が鳴り、受話器を取ると、彼女の声が聞こえた。「まだ起きてたみたいね」私はいった。「起きてるよ」彼女はいった。「眠れた？」あまり眠れなかった、と私は打ち明けた。眠ったとはいえないほどの眠りだった。彼女は時刻を尋ねた。時計を見て、四時二十七分と答えた。彼女の時計も同じ時刻を指していた。世の中にあるすべての時計が信じられなくなった、といわんばかりだった。「バタリーで会いましょう」彼女はいった。どうせ通り道だからホテルに迎えに行く、といったが、夜が明けるときに階段の一番上で会いたい、というのが彼女の希望だった。そこは二筋の川が一つに交わる場所で、壁も高くなっている。「そのほうがドラマチックでしょう?」

昨夜の風で黒い雲が街の上空に吹き寄せられている。そのうち雨になりそうだった。十五分歩いたあと、東の空に最初の光が差すころ約束の場所に着いた。彼女は、フランス軍中尉の女のように海を見ていた。私がきたことがわかっても振り返らず、手だけをひらひら動かして「おっはよ」の挨拶をした。高い壁のところまで階段をのぼり、彼女を抱き寄せた。すると、もたれかかってきたので、首筋にキスをした。「気分はどうだ」私はいった。

「今のところ最高よ。ゆうべは発作を起こすのを我慢してくれて、ありがとう」

陪審員はまだ別室で審理を続けているのだ、と私は思った。彼女はいった。「あたしたち、今、人生が変わろうとしているのね、おじさん」早々と審理を終えた陪審員が戻ってくる足音が聞こえた。

「これからは二人なのね」彼女はいった。「まだ慣れてなくて、戸惑っちゃうわ」

「慣れなくちゃな」

「あたし、ずっと独りで生きてきたの」

「つまり、男に声をかけられても振り向かず、独りで人生の設計図を引いてきた、ということだな」

「キャリア志向が強すぎたのかもしれないわ。これからは生き方を変えて、もっと……どういえばいいのかしら」

「無茶をいわないようにしたほうがいい」そっけなくそういってから、無茶、という言葉をゆっくり繰り返した。

「ほんとにあなたって生き字引ね。その言葉、どういう意味かしら」

「きみは、口も悪いし、気も荒い。こうと思い込んだら、ほかのことは目に入らない」私は彼女の腕を軽く握った。「しかし、きみにはいいところもある」

「あたし、差し出がましいことといった?」

「口ではいわなくても、態度にあらわれるんだ」

「態度って何よ。あなたにはやりたいことをやってもらいたいと思ってるのよ。でも、あなたが決心したら、あたしもどうするか決めないといけないでしょ?」

その決め方が問題だ、といってやってもよかったが、私は何もいわなかった。彼女は夢中になって私を愛してくれるかもしれないし、このまま去って行くかもしれない。どう転ぶかまだわからなかった。

「だから、四十日間かけて考えるの」

「今は、男と女がすぐにくっついたり離れたりする寛容な時代だ。四十日は長いな」

「あたしもそう思うわ。でも、効果抜群なのよ。麦と籾殻《もみがら》をちゃんと選り分けることができるの」

「じゃあ、やってもらおう。籾殻だとは思われたくない」

「悲観しなくてもいいわ。気恥ずかしいけど、あたし、なんだか……雲の上を歩いてるみたいな気分なの」

「それはよかった」私はいった。「よかったよ」

「よかったのなら、そんな陰気な顔しないで」

「理由はきみにもわかっているだろう。ダンティのことが気になってるんだよ。ちょっとその話をしてもいいかな」

「ええ、いいわよ。どう、無茶なことといわなくなったでしょ」

「やっぱり、きみは帰ってくれ。早ければ早いほどいい。きみがここにいることを人に知られたくないんだ」

「ほら、また独裁がはじまった。あたしがおとなしく引き下がると思ってるの？」

「じゃあ、もっと適切な話し方に切り替えよう。お願いだから、デンヴァーに帰ってもらえないだろうか」

「わかったわ。二人分の航空券、取りましょうか？　それとも、ココも入れて三人分？」

私は手すりにもたれかかり、悄然と海を見つめた。あの灰色の海のどこかで、サムターー要塞の廃墟が新しい一日を迎えようとしている。その場所にチャーリー・ウォレンが立ち、ノートに何を書き込んでいるのか、リチャード・バートンに尋ねたのだ。エリンは私の肩に腕をまわし、荒っぽく私の髪をいじった。「元気出して。また楽しいこともあるわよ」

「そういう見方もできないわけじゃないがね」

「あたし、弁護士の仕事は辞めることにしたの」少し沈黙があって、彼女はいった。「廃業するわけじゃないから、依頼人によってはまた引き受けるかもしれないけど、大きな法律事務所で働くのはもういやになったの。月曜日に辞表を出すわ」

「そのあとどうするんだ。作家になりたいのはわかるが、生活があるだろう」

「その問題はもう片づいたと思ってたわ。あなたの店の権利を半分買い取るつもりよ」彼女は私の袖を引っ張った。「あなたが商売にしているのとはまったく違う本の世界があるような気がするの」

「たしかにレベルの違う世界がいくつもあるが、どれも金がかかるぞ」

「お金なら少しはあるわ。今、道の前に転がっている障害物を乗り越えたら、また楽しい人生になるんじゃないの。本の業界のこと、教えてくれない？」

「勉強することがいっぱいあって、苦労するぞ」

湾の彼方に太陽が顔を出し、サイケデリックな霧の中に、小さな黒い点が見えてきた。サムター要塞だ。

「ココは今日これからサムター要塞に行くそうだ」

「あたしのこと、彼女に話した？」

「話したよ」

「声が暗くなったわね。彼女、不機嫌になったんでしょ」

「おかしな女性だよ。自分の考えをまとめるのに、だいぶ時間がかかるらしい」

「彼女のこと話して」

私が話すと、彼女はいった。「あたし、もう嫌われてるみたいね」

「嫌うはずがないだろう。まだよく知りもしないのに」

「あたしが無茶な女だということは聞いたはずよ」

私は彼女を突き放し、また抱き寄せた。

「あなたは一緒に要塞に行って」彼女はいった。「あたしは残るから」

「残ったら何かいいことがあるのか」

「アーチャーから電話があるかもしれないわ。あなたも、あたしのことをココによく話しておいて。彼女のこと、好き？」

「ああ、好きだよ。誰かと同じで、いいだしたら聞かないが、ちゃんと個性がある」

「彼女もあなたのことを好きだと思うわ。意味深な言い方だけど」

「エリン、ココはおれより二十五歳も年上なんだぞ」

「ただの直感よ」訳知り顔で彼女は微笑んだ。「とにかく、努力してみて。しばらく三人で行動することになりそうだから、おたがいにいやな思いはしたくないわ」

30

雨雲は吹き飛ばされ、昼には晴天になった。私たちは二時半の連絡船に乗り、暖かい海のそよ風が吹く上甲板の席にすわった。目的地までは三十分。優雅な海沿いの邸宅のそばを過ぎ、湾を渡れば、国定公園のサムター要塞だった。ココは弁護士と保険会社に電話をかけていた。家の後始末はこれで動き出した。あとはこのまま突き進むしかない。船の案内人はスピーカーを使って名所旧跡を紹介し、西の方角を示して、これから行く南北戦争の戦跡についての話を始めたが、私はほとんど聞いていなかった。それより、将来のことを考えていたのだ。この町での探索が終わったあと、私たちの道はどこに続くのか。

ココは北のフローレンスに行きたがっていた。ホィーラー一家の記録、バートンとチャーリーが百二十七年前に数日を過ごしたあの宿の記録が見つかるかもしれないと考えているのだ。チャールストンには失望したようだった。「こんなに難しいとは思ってなかったのよ」彼女はいった。「この町の人は歴史を大切にするし、記録もたくさん残っているから、写真屋ぐらいすぐ見つかると思ってたのに。なんだか先行きは暗いわね」

私は、元気を出せ、まだ死んだわけじゃない、といった。だが、その言葉でたちまち不吉な予感にとらわれ、大きくうねる白い雲のあいだに死に神の顔が見えてきた。すべてを押し流す川の流れのように、ダンティとの対決はもう避けられなかった。彼が私を見つけなくても、私が彼を見つけるだろう。

湾は人を欺くように静かだった。百二十数年後の今日という日から見れば、この穏やかな湾に砲艦が満ち、砲弾が飛び交ったとはとても信じられなかった。国を覆う狂気がその事態を招いたことも、今となっては理解しがたいものがある。孔雀のように気取って歩きまわっていた南部人は、自分自身や子孫にこれほどの災厄が降りかかることを知っていたら、何か別の手を打っただろうか。そんな思いが胸をよぎった。だが、私は知っている。破滅への道をあえて突き進むのが南部人というものだ。

要塞は海にそびえ、今でも命脈を保っていた。だが、赤煉瓦造りの五角形の建物は、時の流れでさすがに色褪せている。連絡船は迂回してゆっくり船着き場に向かった。上甲板も下の甲板も満員だったので、私たちは乗客の大半が下りるまで太陽の中で待っていた。公園の管理官二人が波止場で観光客を出迎えた。ルーク・ロビンソンという人を捜している、とココがいうと、私たちは要塞の中に案内された。そこには制服姿の男がいて、観光ガイドを務めていた。

サムター要塞の本体は外壁しか残っていない。その影の中には、古式の大砲が納められた銃器陳列室があり、壁の下の暗い場所に続く日の差さない通路があり、煉瓦で造られた将校室の廃墟があった。古い練兵場の一辺には黒々とした砲台が並んでいる。この要塞の中の要塞は、明らかに別の時代の産物だった。私たちが入っていったとき、管理官はその砲台の説明をしていた。これは米西戦争当時の沿岸警備システムの一環として造られたもので、ヒューガー砲台と呼ばれている。今、そこは記念館になっていて、管理官夫妻の狭い居住スペースや休憩所がある。すぐそばにある廃墟は小火器が保管されていた武器庫の残骸で、一八六三年に爆発し、十一人が死亡して四十人が負傷したという。爆発の衝撃で、今でも壁は黒ずみ、傾いている。

二十分ほど待つと、ツアーは終わり、観光客は自由行動を始めた。ココは管理官に近づいていった。三十四、五の痩せた男で、立派な口ひげを蓄えている。

「ロビンソンさんですか」

「ええ、そうです」

ココは私たちの紹介をした。「リチャード・バートンがチャールストンにきたときのことを何かご存じだとうかがったんですが」

「あ、そうですか。どこで聞いてきたんです？」

「街の図書館協会で」

「一人でこつこつ調べているだけなのに、図書館の人の耳に入っていたとは驚きましたね」

「あたしも図書館の司書なんですよ。あなたの許可がないかぎり、ここで聞いたことは誰にもしゃべりません。図書館の人にも約束しました。あたしたちは一八六〇年の五月にバートンがこの街にきた証拠を探してるんです」

「ご愁傷さま。幻を追い求めているんですね。今のところそんな証拠はいっさい見つかっていません」

「でも、あなたは信じてるんですね」

「信じるも信じないも、それが私の説です——私とリビーの。リビーというのは家内ですが」

「その説の根拠を話していただけませんか」

彼は軽く笑った。「時間はありますか？　いや、連絡船の時刻ならわかってます。あと二十分ですね。それだけの時間で話せるようなことじゃありませんよ」

「うかがえるだけうかがいます」

「じゃあ、二階にどうぞ」

狭い階段をのぼると、砲台の上層に出た。考えられるかぎり最小の住居がそこにあって——その狭い空間に、ベッドと本箱と電子レンジとテーブルと二脚の椅子と小さなドレッサーとクローゼットが詰め込まれている——私たちは彼の細君に紹介された。黒い髪の女性で、しわ一つない制服を着ている姿は可憐に見えた。公園管理官の制帽を手に持っているところを見ると、これから出かけようとしていたのかもしれない。本能的に本箱を目で追った私は、一番上の棚にバートンの伝記がすべて揃っているのを知った。

「リビー、ビュージャックさんとジェーンウェイさんだ。バートンに興味があるんだそうだ」

彼女はすぐに目を輝かせた。私たちはまた最初から説明した。図書館で名前を聞いてきたこと、何が知りたいか。バートン研究を始めたのは細君のほうだった。その研究がきっかけになって、夫と知り合ったという。彼女は小妖精のようだった。温かい人柄で、社交性があり、すぐに人の心をつかむ。「おすわりになって。ゆっくりしていってください」彼女がそういうと、私たちは吹き出した。外では観光客がぶらぶら船着き場に戻りはじめている。あまり時間はなかった。

二人は椅子を勧めてくれた。リビーは床にあぐらをかいてすわり、ルークは本箱に寄りかかっている。「バートンにはずっと興味があったんですよ」彼女はいった。「子供のときから、世界で一番ロマンチックな人だと思ってたんです。ここにきたことを知ったのは、偶然のきっかけからでした」

「その偶然というのは？」ココが尋ねた。

「この街にバートン・クラブがあるんです」

「ファン・クラブみたいなものですか？　昔の人なのに」

「まあ、そんなものですね。バートン・クラブは世界じゅうにあるんですよ。ここに配属されたとき、あたしは真っ先にバートン・クラブに行って、会員の人と友だちになりました。どのグループにも、突飛な説を唱える人っているでしょう？　だいたいはただの出鱈目だったり、机上の空論だったり、大風呂敷を広げただけだったりするんですけど、この街のバートン・クラブにも、ルーロン・ホエイリーというお爺さんがいたんです。自分の意見ばかりしゃべるから、煙たがられてたんですが、元気いっぱいで、つい話を聞いてしまうんです。ルーロンは昔からバートン神話にのめり込んでいました。バートンは本当にこの街にきていた、しかもイギリスのためにスパイをやっていた、というのが彼の説なんです。それを立証しようと頑張っていましたが、とうとうできませんでした。今年、亡くなったんです」

「どこからその説を思いついたんでしょう」

「昔、お年寄りから聞いたんだと思います。ルーロンは、何か思いついたら、そのことばかり考えて、絶対に譲らない人でした」

そのあとに続いた話は歴史の語り直しで、私たちもすでに知っていることばかりだった。ココとリビーが話をして、管理官と私は黙って聞いていた。私はとくにリビーの様子を観察していた。その声にはある種の響きが交じってきた。その目には、私が何度も見せられてきたある種の表情が浮かんでいる。警官時代の私は、そんな表情を〝話している以上のことを知っている顔〟と呼んでいた。ココは気がついていない。質問に答えるのが彼女の人生だったし、質問をするのが私の人生だったからだ。

私は一つ訊いてみた。「昔、話を聞いたというそのお年寄りは、どういう人だったんでしょう」

リビーは首を振った。「わからないんです。ずっと前に亡くなった人だから、調べよう

ね」
「それもわからないんです。あったとしても、きっとあたし、見逃してきたんでしょう
「書類か記録は残ってないんですか」
がなくて」

ココが立ち上がった。「ありがとうございます。貴重な話を聞かせていただいて」

私は彼女をにらんだ。動くな、じっとしてろ、と私の表情は告げていた。

「まあ、おかまいもしませんで」リビーはいった。「コーヒーでもお出しすればよかったのに。もっとゆっくりなさいませんか」

「そうしたいと思っています」私はいった。

「時間がありませんよ」ロビンソンがいった。「もうじき船が出るんだよ、リブ」

「また今度いらっしゃればいいでしょう」

「またきてもらっても、船の時間があるから同じだよ。われわれが知ってることもあまりないし」彼は詫びるように私を見た。「いつでも歓迎しますが、無駄足になるのは申し訳ない」

「ええ、いつでもまたいらっしゃってください」リビーがいった。「一晩泊まってくださいな。そうすればゆっくり話ができますよ」

「いいんですか?」

「ええ。ただ、寝袋を持ってきてくださいね。あいにく、ここはホリデイ・インじゃない

ものでー」

私には何かの予感があった。リビーもそれを感じ取ったらしい。エネルギー場のようなものが私たちのまわりに広がろうとしていた。「バートンはこの街で何をしていたと思います？」彼女はいった。

「合衆国を見たかったんでしょうね」

「ただの旅行者としてきたと思います？」

「違うでしょうね」

彼女は夢見るように微笑んだ。私は隣でココが身をこわばらせるのを感じた。ココは情報収集のためにここにきたのだ。しゃべりすぎるのはよくないと思っているらしい。この成り行きが気に入らないようだった。硬い口調で彼女はいった。「もちろん、ただの想像ですよ。あたしたちも何も知らないんです」

だが、リビーはココではなく私を見ていた。私はいった。「一緒に力を合わせれば、思ってもいなかった証拠が見つかるかもしれませんね。ギブ・アンド・テイクの精神がないと、大きなものを手に入れることはできない」

「証拠？」リビーはいった。「あなた、何かご存じなんですか？」

「この人、刑事だったんです」軽くいなすようにココがいった。「その癖がまだ抜けないんですよ」

「本当ですか？」リビーは私を見て、気に入ったようににっこりした。

「ここにきたとき、バートンには連れがいたと思っています」私はいった。

「そんなこといっちゃ駄目よ」ココがいった。「まだ証拠は何もないのに」

「話してもいいじゃないか。ただの仮説だと思えば」

「話すって、何を?」リビーがいった。

「私たちは、バートンは、ワシントンで会った人物と一緒に旅をしていたと考えています。この町には一八六〇年の五月にきて、一緒にニューオリンズに向かった。二人は固い友情で結ばれていた」

ココの顔は怒りで紅潮していた。顔をそむけ、要塞のほうに目をやった。

リビーはいった。「そのバートンのお友だちって、どんな人相だったんでしょう?」

おかしな質問だ、と私は思った。名前を訊くのなら理解できるが、当時、写真はまだ珍しくて、ほとんどの者がカメラの前に立ったことなどない時代だったのに、人相を尋ねるとはどういうことか。

「どんな人相だったかわかるか、ココ」

「あたしに訊かないで。わかるわけないでしょ」

またリビーが私の視線を捉えた。私が肩をすくめると、ロビンソンがいった。「連絡船に乗り遅れますよ」すると、悪戯っぽくリビーがいった。「乗り遅れたら、もう時間なんて気にしなくてもよくなるわ」

「要するに、家内は、日を改めてまたきてもらいたい、といってるんです」ロビンソンが通訳をしてくれた。

「いつくればいいんです？」

「あしたもあさってても予定があるんですよ」リビーはいった。「学校に行くんです。論文を書いている最中だし、試験勉強もあるし。いっぺんに忙しくなって」

「火曜日はどうです？」

「火曜日なら大丈夫。柔らかい寝袋を持ってきてくださいね。床が堅いから」

二人に送られて、船着き場に向かった。波止場に着くと、握手をした。時間がなかったことを改めて二人は詫びた。最後の最後になって、リビーは、さっき私が予測した質問をした。「バートンと一緒にこの町にきた人の名前、ご存じですか？」

私が答える前に、彼女は自分で答えた。「ひょっとしたら、チャーリーという人じゃありません？」

31

連絡船で、ココはいった。「あの人、何を知ってるのかしら」

「なかなか賢いやり方だな。わざと気を持たせるようなことをいったんだよ。おれたちがまた戻ってくるように、船が出るぎりぎりの時間を選んで爆弾発言をしたんだ」

「なんだか癪ね。はっきりいえばいいのに」少し間があって、彼女は続けた。「でも、あなたのいうとおりだったわね。あたしは粘りが足りないわ」

「別のやり方をしたほうがもっとうまくいったかもしれない」

「気を遣ってくれてありがとう。あなたのやり方のほうがよかったはずよ」

私たちは風を避け、閉めきられた下甲板に入っていた。強風のせいで湾には白波が立っている。ココはガラス窓のそばにすわり、白い波頭を見ていた。

「このごろ、あたしって駄目ね。年のせいかしら。自分でもわかってるのよ。あなたには申し訳ないと思ってるわ」

「心配事が多すぎたんだよ。おれのほうは家がなくなったわけじゃないし」

彼女は話題を変えた。「変な日ね。雨が降るかと思ったら、日が照って、今度はまた雨が降りそうになっている。神さまって、こんなこともうまくできないのかしら」

「やっぱり心配事が多すぎるんだよ。神さまだって辛いときがあるんだ」

「聞いたことあるわ。それ、なんの台詞？」

「『緑の牧場』。〝いくら神さまでも、いつも楽してるわけじゃないんだぜ〟」

彼女は微笑んだ。だが、それは悲哀に満ちた微笑みだった。

「しっかりするんだ」私は身を乗り出し、彼女の顔を見た。「おれにできることがあったらいってくれ」

「何もないわ。とっとと消えてちょうだい。自分がかわいそうになってめそめそするのって大嫌いなの」

「すぐ新しい家が建つ」

「もう戻れないのに、家ができたって仕方ないでしょ」

「そのうち戻れるようになるはずだ」

「ほんとかしら」

「そのためにこれから頑張るんだ」

彼女は納得していないようだった。「家はまだいいのよ。中にあったものがなくなったこと、それが辛いわ」

「辛いのはよくわかる」そのあとすぐ、馬鹿な気休めをいったものだ、と思った。彼女のほうも、馬鹿な男を見るように冷たい視線を向けてきた。「あなたにわかるわけがないわ」そういって、彼女は私を愚者の殿堂に祭り上げた。「これまであたしがどんな人生を送ってきたか知ってるの?」

「知らない。あんたのいうとおりだ。おれには何もわかっていない」

「想像してみて。当てずっぽうでいいから答えて」

「勘弁してくれよ、ココ。ほんとにわからないんだ」

「オールドミスの図書館司書。そう思ってるんでしょ?」

「そんなことといってないじゃないか」

「でも、人に訊かれたらそう答えるでしょう? あたしにも結婚してた時期があったのよ。可愛い子供も二人いたわ。息子はあなたと同じくらいの歳かしら。あのころは、あたしも若くて、幸せで、けっこう美人だったのよ。今とはまったく別の人生ね。あのころは、あたしは文学修士号を取るために勉強していた。夫はエンジニア、ヴァイオリンも得意で、オーケストラのオーディションを受けたこともあるのよ。あのころ、あたしたちにはなんでもあったし、未来への不安もなかった。ところが、ほんの一瞬のうちに、酔っ払い運転の車がそれをみんな奪ってしまったの」

「ココ……」

「何もいわないで」ガラス窓のほうを向いた彼女は、そこに映った私の姿に向かって話しかけた。「哀れんでもらおうと思ってるわけじゃないのよ。でも、変な同情はしないで。よくわかる、なんていわないで。あの家には、子供たちの写真をあの家に置いてあったの。

初めて歩いたときの8ミリや、言葉を憶えたときに声を録音したテープもね。もう一回、殺されたようなもんだわ」

こんなときにはどんな言葉をかければいいのだろう。私は彼女をそっとしておくことにした。だが、ダンティのことを考えると、正真正銘の怒りが煮えたぎってくるのを覚えた。そのためにも、絶対に、もう一度会わなければならない。

その日の午後遅く、私はレンタカーに乗り、前の晩に電話帳で調べた店に向かった。小さな銃を買い、手に馴染むまで射撃場で試し撃ちをした。全部で一時間もかからなかった。そのあと、銃がぴったり収まるホルスターを買い、上着の奥に忍ばせた。私は命を狙われている。だが、今の私は武器を持った危険な男だ。銃を身につけたのは、ずいぶん久しぶりのことだった。

32

その夜、二人を初めて会わせた。頭痛を口実にしてココはいやがったが、私は街で一番高級なレストランを予約し、部屋から出てこなければ包囲戦を仕掛けると脅迫した。「車で行こうか。それとも歩くか」私はいった。「歩いてもそんなに遠くない」

「じゃあ、歩きましょう。あの間抜けな神さまが、また雲を吹き払ってくれたようだから」

行く途中で彼女はいった。「なんだか気味が悪いの。誰かに見張られているような……」

詳しく訊いてみたが、具体的な根拠はないようだった。「なんとなくそんな感じがするのよ。買い物をして、外に出ると、通りの向こう側に人がいて、うしろからつけてくるような気がしたこともあったわ」

「顔は見たか？」

「ええ、一度だけ」

「見憶えは？」

「なかったわ。でも、この前の人たちの顔もよく憶えていないしね。あのときは夜で、よく見えなかったから」

エリンはホテルのロビーで待っていた。ココと会う準備はすでにできていた。その日の午後に電話をかけて、ココの話をすると、エリンはすぐに心中を察し、思いやりを示した。

「彼女、今とっても追いつめられてるんじゃないかしら。よく知らない人だけど、精神的に参っちゃいそうな気がするわ。必死になってバートンを追いかけてたのに、いい結果が出なくて、緊張の糸が切れたのよ。もう追いかけること自体に魅力がなくなったみたい。心理学の成績はよかったのか、なんて訊かないでね。ただの勘よ。でも、彼女を刺激しないように、扱いに気をつけたほうがいいわ。とにかく、ボルティモアの精神異常者との一件は、早く片づけなくちゃ」

私は二人を引き合わせた。エリンは温かい笑みを浮かべた。「はじめまして、ココ。あなたの話はよく聞いてるわ」エリンがそういうと、ココはいった。「こんにちは」二人は握手をした。私たちは出発した。

レストランはイースト・ベイのそばのエクスチェンジ通りにあった。ブロード通りの歩道は広かったので、私たちは横に並んで歩いた。二人はチャールストンの魅力や天候のことを話していた。暴力や殺人で脅かされることのない生活を送っている人たちがするような世間話だった。私は通りの両側に目を配っていた。

レストランは騒々しく、すでに混んでいた。だが、横のほうに静かなダイニング・ルームがあった。私たちは喧噪を離れ、奥の席についた。ココがトイレに立ったあと、ウェイターがワインリストを持ってきた。

「さて」私はいった。「彼女のこと、どう思った」

「いい人だと思うわ。意見は修正します。意外にしっかりした人ね」

「尾行されているような気がするそうだ」

エリンはそのことを考えた。「ほんとにそうかもしれないわよ。たとえ気のせいでも、神経が参ってるんだから責められないわ」

「問題は、彼女の前で、何も隠さずに話をするかどうか、だ」

「してもいいと思うわ。するべきよ。決めなくちゃいけないことがいくつかあるんだし、彼女にもそれに参加する権利がある」ココが戻ってくると、エリンはにっこりした。「それより、ちょっと進展があったのよ」

その進展の一つは、アーチャーの件だった。アーチャーから電話があり、新たな提案を持ちかけてきたという。「日誌を見せてくれるんですって。見せてもらえたら、ざっと読んでみるつもりよ。あなたの知りたいこと、そのときに調べられるかもしれないわ」

「チャーリーのことが書いてあるはずよ」ココはいった。「ほんのちょっとしたことでも助かるわ」

「アーチャーを法廷に引きずり出して、とっちめることができるなら、あたし、一年分の収入を投げ出してもいいわ」

エリンはリーに電話をかけてすべてを話したという。「もちろん、リーは心配してたわ。すぐデンヴァーに戻ってきて、改めて戦略を考えたほうがいいっていってたけど、それにも一理あるわね」

「でも、納得できないところもあるわ」ココはいった。「バートンのことはあきらめろ、という意味ですものね」

「今はあきらめて、またあとで続ける。そう考えるといいんじゃないかしら。百年以上も前の話だし、今さら消えてなくなることはないと思うわ」

「きみたち二人はデンヴァーに戻ればいい」私はいった。「おれは残って、サムター要塞の人の話を聞いてくる。二、三日でまた合流できるよ」

エリンは目を閉じ、また両手の指先を合わせた。「ねえ、ココ、どうしましょうね、この男」

「あたしたち、角材を持ち歩くことにしましょう。彼がまた保護者みたいなことをいいだしたら、思い切りぶっ叩いてやりましょうよ」

「あなたは、あの分厚い面の皮を正面から叩いてね。あたしは後頭部を狙うから」

「二人で自由に話せるように、席を外そうか」

「あのね、ちょっといい？　せめて今夜は、そのジョン・ウェイン気取りはやめてちょうだい。そんなの時代遅れよ――ジョン・ウェインは死んだんだし、あたし、苛々して頭がおかしくなるの」

「あたしたちがいないと、あなた、なんにもできないわよ」ココがいった。

「あなたにもしものことがあったら、あたし、一人でそのダンティというやつと対決するわ」エリンがいった。「考えてごらんなさい。そいつが強いのは知ってるけど、あたしだって喧嘩の仕方を知らないわけじゃないし、きっと勝てるわ」

ココは身震いし、同時に笑い出した。「ジェーンウェイ、あなたのガールフレンドはたいしたものね」

ウェイターがやってきたので、料理を注文した。ココはベジタリアン料理に惹かれたようだったが、私たちはすでに命を危険にさらす日常を送っていたので、魚料理の中からマハタのグリルを選んだ。ワインを飲みながら相談をして、いくつかのことを決めた。私たちはあと数日チャールストンに残ることにした。エリンはアーチャーと交渉を進め、私とココはロビンソン夫妻の話を聞く。エリンはミルズ・ハウスを出て、ハート・オブ・チャールストンに移り、私たちのそばに部屋を取ることになった。先のことは水曜日にまた相談をして決めることにした。

気持ちのいい夏の夜だった。だが、帰り道に二ブロックほど歩くと、空気が急に重くなって湿気に包まれた。海の沖のほうで雷が光った。私たちは、ホテルのロビーでエリンと別れた。エリンは、私たち二人を抱きしめた。

「きっと大丈夫よ」彼女はいった。

「もちろんそうよ」ココはいった。「そうに決まってるじゃない」

エリンはエレベーターに姿を消し、ココと私は歩道を歩いた。

「彼女のこと、気に入ったわ」ココはいった。「好きになるもんかって思ってたけど、いい子ね」

「エリンもあんたのことが好きになったようだ」

モーテルに、ココの友人、ボルティモアのジャネットから伝言が届いていた。消防署は出火原因を放火と断定した。ジャネットは、まだ近所を嗅ぎまわっている新聞記者と話をした。きのう、その記者は、ココがチャールストンに行ったらしい、という記事を書いた。

「おれたちがここにいることは、もうばれたわけだ」私はいった。

少なくとも二日前から知られていたと考えなければならない。

33

朝になると、ついに雨が降り出した。土砂降りの雨がミーティング通りを打ち、濡れた世界はからっぽに見えた。夜が明けるとすぐ、私はエリンと連絡を取った。彼女は九時にこちらのモーテルに移ってきた。チェックインは午後という決まりだったので、一日分多く宿泊料を払い、ココの部屋のそばに部屋を取った。あと二時間でアーチャーと会うことになっているという。彼女はもう一度リーに電話をかけ、アーチャーが文句をいったり怒り出したりしたときには交渉を打ち切るようにという指示を受けていた。「リーよりいい条件を出す相手はいないと思うわ」

十時、エリンとココはココの部屋でトランプをしていた。雨が窓を叩いている。私は、音量を絞り、ぼんやりテレビを見ていた。泥棒の目をした好色そうな説教師が5チャンネルに出ていた。2チャンネルでは政治演説会らしきものをやっていたが、出演している上院議員はさっきの説教師と同じ目をしていた。その顔つきから、話の中身の空疎さも想像がついた。わざわざ音量を上げる気にもなれなかった。この国は破滅に突き進んでいる。そう思って、私は目を閉じ、退屈なときを漫然と過ごした。

十時半、私は立ち上がり、戸口に向かった。「ちょっと外に出てくる」

エリンはたちまち警戒した。「どこへ行くの？」

「見たい映画があるんだ。〈失神女学院〉シリーズの《変態じじいエロエロ大作戦》というやつだ」

「あんまり面白くないという評判よ。ほんとはどこへ行くの？」

「男に必要な物を買いに行くんだ」

二人は顔を見合わせ、笑いをこらえていた。

「あんたたちだって女に必要な物を買いに行くだろうが」

「馬鹿なことはしないでね。あたしたちを残して、自分だけで殴り込みをかけるとか」

「きっと銃を買いに行くのよ」ココはいった。「飛行機に乗るときにこれまで身につけていた銃は置いてきたから、新しいのを買うんだわ」

「ねえ、そうなの？」

「馬鹿なことというなよ。日曜日に銃は買えないぞ。カミソリの刃を買いに行くんだ」

「しつこいようだけど、町によっては隠して銃器を持ち歩くことが犯罪になるから、弁護士として確認しておきたいの。裁判で弁護したり、保釈金を払ったりするときのためにね」

「今日は日曜なんだよ」私は繰り返した。「お二人さんはトランプを楽しんでいてくれ。すぐに戻る」

私は雨のミーティング通りを歩き、怪しい者がいないかどうか、道路の両側に目を光らせた。銃は頼もしく腰のあたりに収まっていた。

これぞジョン・ウェイン。ご婦人方にはわかるまい。


私が戻ると、エリンはアーチャーとの交渉に出かけていた。ココは、やはり音量を絞って白痴的なテレビを見ていた。「あなた、何口径のカミソリの刃、買ってきたの?」

「三二口径のカミソリにぴったり合うやつだよ」

「日曜日でも買えたのね」

「〈レクソール〉は年中無休だ」

彼女はにやりとした。「あの男、また見かけたわ。このあいだあたしの跡をつけていた男よ」

「どこで?」

「外の通りよ。女に必要な物を買いに行ったときにね」

「けっこう切り返しがうまくなったな、ココ。その男のこと、詳しく聞きたいんだが」

「とくに話すことはないんだけど、あたしが気がついたときには、どこかの店に入ろうとしてたわ」

「このあたりに住んでいる普通の市民かもしれないな」

「ほかに何か考えられない?」

「きっと、そいつはチャールストンの市長だ。一人で歓迎会をしてくれるんだよ」

彼女は考え込むような顔をした。「エリンだったらどういうかわからないけど、あたしは、あなたがカミソリを持っててよかったと思うわ」

彼女はベッドから起き上がった。「図書館に行ってくる。何も見つからないでしょうけど、この部屋に閉じこもってたら頭がおかしくなるわ」

「図書館は閉まっている。日曜日だ」

「だったら、一緒に映画に行きましょう」

「賛成だな。例の男をまた外で見かけたら教えてくれ」

私はすでに決心していた。今、エリンはアーチャーに会いに行っているが、彼女に単独行動をさせるのはこれで最後にしよう。ココも一人にしておくわけにはいかない。私は、エリンの部屋の前に行き、自分たちはこれから郊外のショッピングセンターにある映画館に行くが、戻ってきたら部屋で待っているように、と書き記したメモをドアの下に入れた。

三時間後、私たちは不満たらたらで戻ってきた。映画は今日の天気と同じで、最低だったのだ。「まあ、時間つぶしにはなったわね」ココはいった。「あと一日、こんな日が続くのかしら。あのサムター要塞の女管理官、これでいいかげんな話しかしなかったら、承知しないから」

モーテルに戻ると、すでにエリンは帰ってきていた。

「どうだ、昼食は楽しかったか」私はいった。

「食事は美味しかったわ。一人で食べて、二時間待ったの。こなかったのよ、アーチャーは」

翌朝、私たちはその理由を知った。

34

その記事は、《ニュース・アンド・クーリエ》第一面の二番目の欄に載っていた。〈作家、殴打され入院〉という見出しがあった。サリヴァン島在住のピュリッツァー賞作家、ハル・アーチャーは、何者かに襲われて重傷を負った。ローパー病院に運ばれたが、命に別状はないという。事件の背景はまだわからず、被害者も報道関係者へのコメントを避けている。

「会いに行くわ」エリンはいった。

「三人で行こう」

「それはよくないと思うわ」

「そうかもしれないが、とにかく一緒に行く。きみの邪魔はしない」

ローパー病院はカルフーン通りにあり、アシュリー川に近かった。エリンが受付で尋ねると、アーチャーの病室の番号がわかった。治療の経過は良好だという。ココと私はロビーにすわり、病院に出入りする人の流れを監視することにした。エリンは一人でエレベーターに乗った。

その数分後、ディーン・トレッドウェルが現われた。「きたか」私はそうつぶやいた。そして、立ち上がり、手振りでココを誘うと、二人で跡を追い、ロビーの奥にあるエレベーターの前まで行った。数人の集団と一緒に待っているうちにエレベーターが着き、全員が乗り込んだ。上にあがりながら、途中で医者や看護婦を拾っていったので、中はぎゅうぎゅう詰めになった。ディーンは床に視線を落としていた。扉が開き、彼は外に出た。少し間隔を空け、私たちも通路を進んでいった。そのときまでどうするか決めていなかったが、病室からエリンの声が聞こえてきたのをきっかけに、私はディーンの横に並んだ。

「やあ、ディーン」

彼は立ち止まり、私を見たが、思い出せないようだった。「どこかで会ったか？」

「おれには超能力があってね。あんたの顔を見たとたんに、この顔はディーンという名前だとひらめいた」

「面白い話だな」抑揚のない口調だったので、面白がっていないことはすぐわかった。

「人に会いにきたんだ。失礼するよ」

私は彼の腕をつかんだ。「ちょっと待ってくれ」

彼は目を見開いた。

「先客がある。お見舞いは一度に一人だ」

彼は、痰が絡まったような喫煙者の咳をした。この咳は最初に電話で聞いた。「おまえは何者だ」握りこぶしを手に当て、咳をしながら彼はいった。「医者には見えないが」

「見損なってもらっちゃ困るな。こう見えても暴力と乱痴気騒ぎで博士号を取っている」

「じゃあ、インテリだ」目が細くなった。「前に会ったことがあるな」彼は、助言を求めるようにココを見た。

「こちらはマー・バーカー（三〇年代の女ギャングで、息子を従えて強盗を繰り返した）」私はいった。「マー、こちらはディーン・トレッドウェルだ」

「こんにちは、ディーン」ココの声は、楽しそうでいて、凄みが利いていた。意図してできるような演技ではなかったが、私はココに向かってウィンクをした。

ディーンはシャツのポケットを叩いて煙草を探したが、ここが病院だということをすぐに思い出したようだった。「二人とも頭を診てもらったらどうだ」

「たしかにおれは頭がおかしい。思いどおりにならなかったら、もっとおかしくなる。今がそうだ。すまんが、おとなしく一緒に下におりてくれないか。静かで落ち着けるコーヒー・ショップを探そう。腰をすえて、穏やかに話をしようじゃないか。おれは静かで穏やかなことが好きだ。あんたは、まさか、そういうのが嫌いじゃないだろうな」

「いいたいことはわかったが、いったいどういうつもりだ」

「それは話しているうちにわかってくるよ」私たちは下におり、静かに待った。

続いてすぐにエリンもおりてきた。「こちらはどなた？」

「こちらはディーンだ。ボルティモアで書店を経営している。ディーン、こちらはリジー・ボーデン（十九世紀末に斧で親を殺した女）だ」

「リジー・ボーデンだと。人を馬鹿にするのもいいかげんにしろ」

「そのつもりはないが、議論するのはやめておこう。言葉遣いに気をつけてくれよ。ご婦人の前なんだからな」

「そうか、わかったぞ。あとの二人は知らんが、おまえの声には聞き憶えがある。やっと思い出した」

「いいから、ちょっと顔を貸してくれ」

ディーンは何かわめこうとした。私は彼の足を踏み、ひとにらみして黙らせた。彼はいった。「どこにも行くつもりはないぞ」腕をつかんだ手に思い切り力を入れると、彼はいうことを聞いた。ラトレッジ・アヴェニューにドラッグストアがあった。私たちはコーヒーを注文したが、ココだけはいかにも不味そうなキャロット・ジュースを頼んだ。

「健忘症じゃなくてよかったな、ディーン」私はいった。「あんたにちょっと訊きたいことがある」

ディーンはとぼけようとしたが、それは予想できたことだった。会話はこんなふうに続いた。

「アーチャーのことを話してくれ」

「アーチャー？　何者だ」

「アーチャーが何者か知らないはずはないだろう」

「なんのことだかさっぱりわからん」

「あんたが見舞いにきた患者がアーチャーだろうが。見え透いた芝居はやめてくれ」

「あんたの話は意味不明だ」

「腎臓の具合はどうだ、ディーン」

「腎臓がどうした」

「トイレが近いんじゃないか。一緒に行ってやろうか」

「おまえと一緒にトイレに行く？　気はたしかか」

「じゃあ、アーチャーのことを話してくれ。おれだってそんなに暇じゃない。早く片づけよう」

「アーチャーはうちの客だ」

「なるほど。あんたは客のためなら飛行機で国じゅうを飛びまわるのか？」

「航空運賃を客が払ってくれたらな」

「じゃあ、アーチャーは払ったんだ。アーチャーから何を頼まれた？」

「おまえも本屋ならわかるだろう。その質問には答えられない。職業倫理に反する」

「倫理だとさ。ディーンの口からそんな言葉が聞けるとは思わなかったよ」私は女性陣にいった。

「おまえだったら、客に何を頼まれたか、人にしゃべるのか？」ディーンがいった。

「しゃべらないよ。だが、あんたにはしゃべってもらう。いやなら、ここで、このドラッグストアで、ちょっと痛い思いをしてもらうことになる」

そのとき、聞こえよがしにエリンが咳払いした。彼女の目を見て、私はいった。「ご婦人方は先にホテルに帰ったらどうだ。車を使っていいぞ。おれは歩いて帰る」

ココがいった。「ねえ、リジー、あの角材、持ってる？」

「どういうことだ、それは」ディーンがいった。

私はいった。「情報を提供しなければ、困った立場に置かれる、ということだよ。リズが説明してくれるはずだ」

急に話題を振ったが、彼女はすぐ理解して、ぺらぺらしゃべりはじめた。はったりも交じえ、即興で話をつくっていった。「あなたは本泥棒の共謀者よ、ディーン。そんじょそこらにある安い本の話じゃないわ。歴史的に重要な意味のある本で、少なく見積もっても、五桁の値段がつくでしょうね。なんのことだか、あなたにはわかってるはずよ。メリーランドでも、コロラドでも、サウス・カロライナでも、重い罪になるわ。どこの州でも、重窃盗罪が適用されるでしょうからね。でも、いやなことばかりじゃないわね。一日三回、ちゃんと食事が出るし、十年くらいは生活の心配をしなくていいんだから」

「なんの話をしてるのか、さっぱりわからん」

彼女は目の動きで「残念ね」という意味を伝えた。「じゃあ、もうこれ以上おたがいに話すことはないわね」

ディーンは煙草を取り出したが、私はその頭上にある〈禁煙〉のサインを指さした。

「命が縮まるぞ、ディーン。売り物の本にも臭いがつく。うちの店にヘミングウェイの署名入り限定本を持ってきた客がいたが、買い取れなかった。その客はヘビースモーカーで、かなり離れていても本はぷんぷん臭ったよ」

「わかったよ、わかったからお説教はやめてくれ。それから、そこのお嬢さん」ディーンはあごの先でエリンを示した。「いいたいことがあったら、普通の言葉でしゃべってくれ」

「あなたのお友だちのアーチャーは、盗まれた本を持っている。あなたもその仲間だと信じるに足る理由がある。どう、これだったら普通にわかる？」

「おれは、あんなこととは無関係だ」

「あんなことと？　なんの話をしているのかさっぱりわからないんじゃなかったの？」

「窃盗とはなんの関係もない、という意味だ。実際にあったことか、仮定の話かは知らんがね」

「この小鳥はもうさえずってくれない」私はいった。「フォークでぐさっと一突きにしよう」

「落ち着きなさいよ」エリンはいった。「問答無用じゃ可哀想だわ。まず物の道理をわかってもらう。それが無理なら裁判、という順番よ」

「裁判だと？」ディーンはいった。

「裁判をするにしても、管轄の問題があるわね。窃盗事件はどこで起こったか、盗品が処分されたのはどこか。それによってどの州で裁判が行なわれるかが決まる。でも、あたしにはどこだって同じよ。一緒に行ってあげる」

「一つだけはっきりさせておこう。おれは違法なことは何もしていない」

「言葉だけで身の証がたつなら、そんな楽なことはないわ。今いったこと、裁判官にもいってごらんなさい。法廷に提出される証言は証拠によって裏づけられたものでなければならない、という法則に反すると思うわよ、ごめんなさいね。あなたに悪気がなかったのはわかってるわ」

ほかの三人は黙り込んだが、私は雨のことや暑さのことを話し、観光のことを話題にした。レインボウ・ロウ沿いの家並み、有名なアザレアの咲き誇る季節を逃したこと。エリンはコーヒーを飲み終え、ココもキャロット・ジュースを飲み終えた。

「そろそろ帰るわよ」エリンはいった。「いいたいことがあったら、今のうちにいっておきなさい」

「おれは心配していない」ディーンはいった。「あれは自分の本だと、アーチャーはいったんだ」

「嘘をついたのよ」

「おれはアーチャーを信じる。盗んだとかなんだとかいう話はいっさい聞いていない」

「情状酌量の余地があるわね。あなたが協力すれば、の話だけど」

「なんに協力するんだ。あんたは検事じゃないだろう。いったい何者だ」

「見てのとおりよ。被害者の代理人。こういう手続きに関してあたしがいうことは、それなりに影響力があるのよ。どう、協力する気になった?」

「そっちが何を知りたいかによるがね」

彼女は手帳とボールペンを取り出した。「まず、質問に答えて。そのあと、あたしが書き取ったことを読んで、署名をしてちょうだい。コピーを取って、あなたに渡すわ」

彼は気に入らないようだった。首を振り、咳をすると、そのまましじっとしていた。

「ねえ、どうするの」

「話してもいいが、あとで文句をいうなよ。あいにく、アーチャーを悪くいうような材料は何一つ持ってないもんでね」

「本当のことを話して。それだけでいいわ」

「ああ、わかったよ。あんたらもほかのやつらと同じだな。アーチャーと付き合いきれないもんだから、こてんぱんに叩こうとする」

一瞬、間があって、彼はいった。「とにかく、わかってくれ。アーチャーは特別なんだ。あんたやおれとは違うんだ。それがわかってないと、話にならない」

「わかってるわ」エリンはいった。「彼の本は読んでるから」

ディーンは一分近くエリンを見つめていた。そして、話しはじめた。

サウス・カロライナに越してくるずっと前から、アーチャーはトレッドウェル書店を知っていた。一九四〇年代の後半、まだ十七、八だったアーチャーは、ボルティモアにあった別荘に滞在しているとき、ディーンの父親から本を買った。

カールもディーンもまだ子供で、棚に本を並べたり、棚の場所替えをしたり、店の雑用を手伝っていた。ある日、アーチャーがディーンにささやいた一言がすべての始まりだった。二人は似たような年ごろで、アーチャーが店にくると言葉を交わすようになった。二階の椅子にすわったアーチャーが、若いディーン・トレッドウェルに向かって、自分は偉大な作家になるんだと夢を語ることもあった。

「あのころは誰も信じなかった。信じたのはおれだけだ。絶対にそうなると思っていた」

ディーンはアーチャーの最初の客観的な支持者だった。アーチャーには子供時代の友人が何人かいたが、その当時、数少ない友人も彼から離れようとしていた。その中には、のちに裁判官になった友人もいた。「アーチャーはハクスリーの良識が怖かったんだろう。二人は親しすぎた。ほんとに小さいころからの友人だ。ハクスリーはいつも優しかった。アーチャーはそんなふうに保護者然とした態度を取られるのが一番いやだったんだ。おざなりに褒められても、傷つくだけだったんだよ。おれの場合は、彼の書いたものが良かろうが悪かろうが、正直に意見をいうだけだ。アーチャーはおれみたいに無知な読者を探してたんだろう。最初に原稿を読んだときから、いい作家だと思ったがね」

アーチャーは原稿を持って店にくるようになった。彼が必要としていたのは建設的な批評ではなかった。彼は英雄崇拝や褒め言葉を求めていたのだ。誰かのアイドルになりたかったのだ。そして、ディーンはただアーチャーの才能にひれ伏していた。

「アーチャーに必要なものをおれが与えて、代わりに素晴らしい作品を読ませてもらう、という関係だったと思う。彼はおれの忠誠を疑わなかった。本当に崇拝してたんだから、疑いようがなかったんだ。アーチャーにごまかしは利かない。嘘はすぐ見抜く。しかし、嘘をつく必要はなかった。彼には世界を丸ごと創造する力があったんだよ。まるで神だ。彼の朗読を聴いていると、絶対に飽きなかった。彼が店にくるのを心待ちにしたものだ。彼の書く文章はみんな好きだった。それは今でも変わらない。

おれたちは、親父に見つからないように気をつけないといけなかった。うちの親父は偏屈で、怠け者が嫌いだった。ぼんやりしていたり、怠けていたりすると、鞭で尻を叩かれたものだ。だから、アーチャーがくると、二階に上がったんだ。親父は二階に上がれない。喘息の持病があって、階段をのぼるだけで発作が起こったんだ。土曜の忙しいときには、子供のことなんか忘れてたしな。

アーチャーと夢を見ながら、夕方まで過ごしたものだ」

さらに時が過ぎると、アーチャーはリーとの付き合いが重荷になり、ついには耐えられなくなった。ただし、友情を壊すようなことをリーがしたわけではない。「品行方正なハクスリーを見ていると、自分が何から何まで駄目なくそ野郎だと思えてきたんだろう」

彼は片方の眉を上げ、エリンを見た。くそ程度で驚くようなエリンではないので、にっこり笑って聞き流した。

「ハルにはおれが必要だったんだ。今でもそうだと思う。誰といても心が安らぐことはなかったんだ」

「やがて、ついに認められるときがきて……」

「そのときは怒り狂ったよ。ピュリッツァー賞の選考委員会に賞を突き返すとまでいった。今ごろになって何いってやがる、思い上がるのもいいかげんにしろ、というわけだ」彼は咳をした。「なんとか説得して、賞を辞退するのはやめさせたよ」

「これまでの付き合いで、一番いいことをしたわけね」

「おれがした一番いいことは、ハルを信じたことだ。彼は辛い人生を送ってきた。賞を取ったあとで近づいてくる者は、みんな偽りの友だと思っている」

「彼にはリーがいたわ。昔からずっとリーが彼の味方だったのよ。アーチャーに通じなくても、信じてもらえなくても、最善を尽くそうとしてきたわ。それが、今、あんな関係になって」

「昔から引きずってきた何かがあったんだと思う。ハクスリー判事は絶対に道を踏み外さない。アーチャーが貧乏暮らしをして身も心もぼろぼろになっていたときでも、順調に出世街道を歩んでいた」

「それはリーの責任じゃないわ」

「彼が悪いとはいっていない。しかし、正反対のところにいた者にしこりが残るのは仕方ないと思う」

沈黙のあと、エリンはいった。「本のことを話してちょうだい」

「話すことはないな。ハルは自分の本だといっているし、おれも信じている」

「どこで手に入れたか聞いてない？」

「いや、聞いてないね。訊こうとも思わなかった。はっきりいっておきたいが、あれは盗品ではないと思う」

「そう思うのは勝手だけど、図に乗らないほうがいいわよ。自分に跳ね返ってきて、痛いめに遭うから」

「あの本については何も知らないし、聞きたくもない。そのメモにはっきり書いておいてくれ。ディーン・トレッドウェルは世間でささやかれているハル・アーチャーの悪口ならみんな聞いている、とね。また新しい悪口を聞かされるのはうんざりだ。さあ、もうこの店、出ないか。煙草が切れて、そこらじゅうのものを手当たり次第に殴りはじめそうだ」

外の通りに出ると、ディーンは煙草に火をつけた。そして、私たちが見ている前で、大きく三服、吸いつけた。「おれが知っているのはそれだけだよ」彼はいった。「気に入らないなら、どうぞ訴えてくれ」

「感謝するわ。今のところはこれで充分よ」

「ちょっと訊いてもいいか」私はいった。「あんたの兄弟のことを話してくれ」

「カールは大馬鹿野郎だ。一緒にしてもらいたくないな。店は半分ずつ継いでいるが、仕事を離れたら他人と同じだ」

「カールには悪い友だちがいるな。その一人が、こちらのご婦人の家に放火した。その話、聞いてないか?」

「初耳だな。しかし、いかにもやりそうなことだ。だからカールには近づかないようにしてるんだよ。十年前からあいつはギャンブルに狂って、悪い仲間と付き合うようになった。ある年、大勝ちしたことがあったが、ギャングとの付き合いにみんな使ってしまった。今ではあのちんぴらに、いいように利用されている。はっきりいって、カールなんかどうなってもいい。自業自得だ。おれにもできる商売がほかにあったら、店はあいつに譲って、転業するんだが」

彼は、煙草の先に新しい煙草を近づけて火をつけ、古い吸い殻を溝に投げ捨てた。「おれは十二のときからこの商売をしている。今は五十五だ。くだらない本にはうんざりしている。昔、本屋は立派な商売だったよ。今では、ほかの商売と同じように、すっかり品格がなくなっている。金目当ての作家と駄本の山だ。ジェーンウェイ、あんたも本屋だ。それにまだ若い。今の商売がうまくいかなくなったら何をする」

彼はまた大きく煙を吸い、二本の筋にして鼻から出した。その煙に顔が隠れた。「その沈黙が答えだな。そうだよ、本屋になった者は、ほかの商売なんか考えられないんだよ」

車でエリンがいった。「ちょっと期待はずれだったわね。そう思わない?」

「さあ、どうかな。きみは何を期待してたんだ」

「アーチャーを神格化する話だけは期待してなかったわね」

「そのアーチャーはどうだったんだ。話を聞く時間はあまりなかったようだが」

「あごの骨が折れたんですって。顔が針金で固定されていて、しゃべれなかったわ。犯人は、アーチャーの指を何本か折って、鎖骨も折ったらしいの。とても痛がってるわ。あたしを見たときにはひどく興奮して、おかげであたし、看護婦さんに追い出されそうになったわ」

「動機はなんだろう」

「アーチャーを殴るのに動機はいらないわ」

「それもそうだが、あの性格は今に始まったことじゃない。なぜ今になって殴られたんだろう。本を盗んだのがばれた、ということも考えられるな。その場合、犯人が本を持っていったかどうかも問題になる」

「まだ答えはわからないの。アーチャーに訊くつもりだったんだけど」

私たちは縁石に車を停めて、交通の流れを見ていた。オープンカーだったので涼しい風が吹き抜けた。今、急いで動かなければならない理由はなく、どこへ行くあてもなかった。ちょうど正午になったところで、私はこれから何をして、どういうふうに時間をつぶそうか考えていた。だが、その思考に、なぜかディーンの言葉が繰り返し割り込んできた。私は、警官のときに何度もやったゲーム、〈もし……だったら〉というゲームを始めていた。このゲームには規則が一つしかない。思いつくことをなんでも心の壁にぶっつけてみること。遠慮をしてはいけないし、奇想天外な考えが浮かんでもすぐには捨てないこと。

「いやんなっちゃうわね」ココとエリンはあしたのサムター要塞行きの話をしていた。「三ついるわ」うわの空で私はうなずいた。そう、寝袋は三ついる。だが、私の頭の中には、誰が心置きなく憎める男とディーン・トレッドウェルとの、生涯にわたる不思議な友情物語が居すわっていた。

「また一日じゅうトランプかしら」ココがいった。

その言葉は耳に届いていたが、脳の半分でしか聞いていなかった。ココはいった。「寝袋を買わないとね」ココはいった。

要塞の島に渡る準備を本格的に始めたのはもっとあとになってからのことだった。その昼下がりは、あてもなく郊外をまわり、捜していた店——スポーツ用品店を見つけた。その店はチャールストンの北部にあり、建物の両側が駐車場になっていた。そのときは駐車場に入らず、目印を記憶するだけに留めた。そのあと、大きくUターンして、街の中心部に戻った。

35

どこにいるかわからない相手の裏をかいて逃げるにはどうすればいいか？　しかも、その相手が本当にいるのか、何人いるのか、どんな人相風体をしているのかさえわからないのだ。その夜、エリンの部屋に集まり、私たちはあらゆる可能性を三人それぞれの立場から検討した。警察に通報するか？　「通報するだけの中身がある話か？」私はいった。「ボルティモアのギャングがここまで追ってきているかもしれない——そんな曖昧な話をしても仕方ない」アーチャーのことを警察に教えるか？　「何を教えるんだ」私はいった。「アーチャーを半殺しにした犯人に、今度はわれわれが狙われる、とでもいうのか？」もしもアーチャーの協力が得られたら、これはそんなに悪くない手かもしれない。警察が本気で守ってくれたら、われわれは南部の風土に溶け込み、敵の目を欺くことができる。あるいは、サムター要塞行きのあの連絡船にひそかに乗り込み、翌日、戻ってきて、そのまま街を離れる方法もある。どこか北部にでも行けば身を隠すことができるだろう。

私たちは結論を下した。あしたの午後、あのスポーツ用品店に行き、レンタカーを東の駐車場に置いて、三人分の寝袋を買う。そのあと、駐車場とは別のドアから外に出て、待たせておいたタクシーでマリーナに向かう。連絡船のチケットを買ったあとは、賭けをすることになる。行列に並ばなければならないのだ。船に乗り込んで出港するまで、誰でも私たちの姿を見ることができる。トロイを破った木馬のような優れた作戦ではないが、これが私たちにできる精一杯のことだった。

私たちは〈ピザハット〉のディナー・セットを二人分届けてもらった。戸口で代金を払った私は、モーテルの敷地と外の通りの様子をうかがった。異状なし。エリンと私はピザを食べた。ココはナッツや種子をつまみ、ビニール袋に入った灰色の美味そうなものをすくっては口に入れていた。私たちは気が滅入るテレビ番組を見た。あとになって女性陣はまたトランプをした。二人とも九時に自分の部屋に引き取った。そのあと、私は長いこと窓際に立って中庭を監視していた。怪しい動きはなかった。

三人ともよく眠れなかった。朝、会ったとき、二人は疲労困憊し、やつれて見えた。昼まで長い待機の時間があった。周囲に目を配りながら、少しずつ荷物を車に運んだ。正午になると、私はタクシー会社に電話をかけ、一時十五分ちょうどに、スポーツ用品店の南側の駐車場まで迎えにきてもらうように頼んだ。そのあと、クレジットカードの番号を伝え、時間を厳守してもらいたいこと、待ち時間も含めて料金は二倍払うこと、二時にマリーナに到着したら、あと五十ドル追加料金を払うことなどを告げた。

モーテルのチェックアウトはしなかった。モーテル側は私のクレジットカードの番号を知っている。あとで電話をかけて精算すればよかった。部屋を出て車に乗り込むまでちょうど十秒。私はゆっくりミーティング通りに入り、右に曲がってノース・チャールストンに向かった。

すべては予定どおりだった。私はしっかりと目を見開き、頻繁にミラーを見ていた。うしろには、監視者も尾行者もスパイもいないようだった。もしもダンティたちがつけてきているとしたら、よほどうまく尾行しているのだろう。

店に入ると、私は混み合った店内の様子をうかがい、そのあいだにエリンが三人分の寝袋を買った。最後になって、私は懐中電灯と電池を買うことにした。私たちは急いで別のドアから外に出た。タクシーはメーターを動かして待っていた。ココとエリンがうしろに乗り、私は前に乗った。タクシーは、私たちがきた道を逆戻りして街に入り、〈サムター要塞ツアー〉という看板の前で停まった。「一緒にこのまま待ってくれ」私は運転手にそういった。私たち三人と運転手は十五分間タクシーの中でじっとしていた。私は料金を払い、追加の五十ドルを渡して、運転手に礼をいった。船が出る数分前に私たちは船着き場に駆け込んだ。

連絡船が沖に出て、ガイドが名所案内を始めたとき、エリンが近づいてきて、手を握った。「うまくいったようね」彼女はいった。だが、遠ざかるビル群に目をやりながら、私は船着き場の人込みにいる一人の男に気がついた。次の瞬間にはチケット販売所の向こうに消えていた。遠かったので、顔立ちまではわからないが、どこかで見たような男だった。うまくいったかどうか、心許なくなってきた。

今度はリビーが波止場で待っていた。不意に顔が緩んで、明るい微笑が浮かんだ。まるで、もう戻ってこないのではないかと思いながら、三日間その場に突っ立っていたようだった。私たちのあいだには友情が芽生えかけていた。先日は三十分も一緒にいなかったが、初対面のぎごちなさはもう消えていた。私たちには共通の目的がある。連絡もなしにエリンがやってきても、彼女は気にしなかった。二人はだいたい同じ年ごろで、波止場から要塞までの長い道を歩きながら、気安そうにおしゃべりをしていた。「今はルークがガイドをしているんです」彼女はいった。「だいたい交替でやるんです。本当だったら、一日置きにあたしがガイドをするんですけど、まだ勉強が終わらなくて、二日続けて彼にお願いしたんです。荷物を置いたら、このあたりを案内しましょう」

彼女が特別にミニツアーをしてくれることになって、私たちは壁の下の影に入った。

「ここはサリー・ポート――出撃門といいます。軍事用語の〝サリー〟が語源で、侵入者を攻撃して追い払うことなんです。昔の出撃門はあそこにありました」彼女は右の壁の低いところを指さした。「あれは後部入口の壁。今、通り抜けてきた通路が左の側堡《そくほう》です。要塞の反対側、砲台の向こう側に、右の側堡があります。ほかの二つの壁は右の斜面《フェース》と左の斜面《フェース》。ここ、試験に出ますから、ノートを取っておいてくださいね。落第したら夕食は抜きですよ」

「要塞のことを知らないと、今晩、敵が攻めてきたときに困るものね」エリンがいった。

「そのとおりです」にこりともしないでリビーはいった。「左の側堡《フランク》に援軍を送れ！と叫んでも、通じなかったら困りますよ。波止場の船の舷側《フランク》に集まったりして」

エリンは笑った。「あたしたち、気が合いそうね」

「夕食といえば」リビーはいった。「みなさん、食事にうるさいほうですか？たいしたものは出せないんですが」

私たちは顔を見合わせた。どちらかといえば、みんな虚を衝かれていた。食事のことなど誰も考えていなかったのだ。

「心配しないでください。最低でも冷凍の夕食セットぐらいは出せますから」

「なんだって食べられるよ」私はいった。「そうだろう、ココ」

「ええ、そうよ」ココはいった。「生の鱶肉《ふかにく》にだってかぶりつけるから」

「鱶の肉はないんですよ」リビーはいった。「代わりに缶詰のイカならありますけど」

リビーは、静かに、と身振りで告げて、ルークのそばを通りすぎた。ルークは一段高いところに立って、土曜日に聞いたのと同じ話を観光客に聞かせている。リビーは左側堡の壁の下に私たちを案内し、低い声で講釈を続けた。

「これが二階建てか三階建てになっているところを想像してみてください。すぐ上の層には銃器室や居室があって、左右の側堡には三階建ての下士官兵の兵舎がある。そして、それぞれの壁の上には大砲がある」

私たちは左斜面のすそを歩いた。「当時は堂々とした要塞だったんです」彼女はいった。

「それが北軍の包囲戦で木端微塵にされた。南軍はここを砲撃してヤンキーを追い出したあと、この要塞に四年近く立てこもっていました。ほとんど廃墟だったんですけどね。最初の二年間は、砲艦の攻撃を受けたり、モーリス島からの砲撃を受けたりしました。その砲撃の記念物は次に見学します。歴史学者によると、七百万ポンドの鉄がこの島に撃ち込まれたことになるそうです。ヤンキーたちは、徹底的にここを砲撃すれば自分たちのものになると考えたのです。でも、この島は頑強だった。叩かれれば叩かれるほど強くなった。最後には煉瓦の山と、その下に埋もれたものしか残らなかった。この壁と、あそこの廃墟が、誇り高い昔の砦の残骸なのです。廃墟になったあと、南部連合側は砲兵隊の代わりに歩兵連隊を駐屯させたので、やはり北軍はこの島を奪うことができませんでした」

歩きながら、彼女はそばにある大砲を身振りで示した。「この大砲の一部は、北軍がここを砲撃するときに使ったものです。モーリス島にあったのを、何年もたってからこちらに運んできました」

私たちは砲台にある彼女の狭い居室にあがった。「そのへんに、荷物、転がしておいてください」そのあと、また外に出た。右の側堡に沿って歩き、立ち止まって海を見た。

「これがあたしのうちなんです」彼女はいった。

いつからこの島にいるのか、とココが尋ねた。

「一年になります。管理官は順番に公園をまわることになっています。一ヵ所に長くいると気が変になる、というんですけど、別のところに移されたら、きっとこの島のことを懐かしく思い出すでしょう。今でもよく考えるんですよ。人は過去を忘れて先に進む。昔のものには目もくれずに。この島には過去の遺跡がたくさんあります。やがてそれは私の過去の一部になるんです。何年もたってから、ルークと一緒にこの島に戻ってくるかもしれません。観光客として。そのときも昔のことを思い出すでしょうが、もうその過去の一部にはなれないんです。だから、ここにいるあいだに、毎日、精一杯思い出をつくろうと思っています」

彼女は、右を向いて、海峡の向こうに広がる長い海岸を指さした。「あれがモーリス島。その突端の、街に向かって湾曲したところに、ワグナー要塞がありました。一八六三年に北軍はその要塞を落とそうとしました。ワグナーを取って、サムターを取る――それが北軍の狙いです。サムターを取ったら、チャールストンも取れる。チャールストンを押さえたら、南部の海岸線を押さえることができる。結局、北軍の思惑どおりにはなりませんでした。南部連合がチャールストンを明け渡して、ようやく北軍が入ってきたわけです。一八六五年のことですね」

私たちは、彼女が右の後部入口《ゴージ》と呼ぶ斜面に立っていた。そして、彼女の視線を追った。

「モーリス島のあの狭い海岸は、第五十四マサチューセッツ黒人歩兵連隊が南軍を追い払おうとして全滅したところです。黒人兵の働きも立派なものでしたが、南部の軍人も賞賛に値します。主義主張が気に入らなくても、兵士の勇気と武勲は称えられるべきです」

私たちはしばらくそこに立っていた。ほとんど完璧な一日だった。太陽は暖かく、湾にはヨットがたくさん浮かんでいる。すぐそばを小型のモーターボートが飛ぶように走っていった。リビーは右の後部入口まで歩き、掌で日をさえぎりながら、細長く平らな島に目をやった。「あそこにはおびただしい亡霊が歩きまわってるんです」彼女はいった。「この島にもいますよ。うなじに亡霊の息がかかるのを、今も感じます」

「あらいやだ、あたしも感じるわ」ココがいった。「風じゃなくて、ほんとに誰かの息みたい」

リビーはココの腕を取った。「怖がらなくてもいいんです。あなたに悪さはしないでしょう。女性が崇拝されて大事にされていた時代の亡霊ですから。あなた、霊感があるんですね」

「ええ、前からそう思ってたの」

「感じない人もいるようですけど、あたしはいつもぞくっとするんです。この壁に立っていると、急に誰かがそばにいるような気配を感じる……指先が触れたような、耳もとで何か不思議な言葉をささやかれているような。あとの二人はどうです？　何か感じます？」

エリンは首を振った。ココは、心の底を見透かすような目で私を見た。「そういうことは縁がなくてね」私はいった。「考えたこともないんだ。幽霊どころか、生きている人間も信じていないくらいでね」

「それは可哀想に。いろんなところに霊がいるのなら、この島にいてもおかしくないでしょう？　ここで死んだ人たちの思いを、あたしはいつも感じてるんです……あら、ルークがきたわ。ゴングに救われましたね。これからツアーの予定にない心霊講義をしようと思ってたのに」

左の斜面からルークがやってきた。壁の端をいそいそと歩いてくる。土曜日の控え目な態度は消え、彼は私たちを歓迎した。「よくいらっしゃいました」握手しながら、彼はいった。「リビーはあなたたちを待ってたんですよ。ごく控え目にいっても、そわそわして、何も手につかないくらいでした」

「やめてちょうだい。そわそわしてたんじゃないわ。働き過ぎだったのよ。やることがいっぱいあるのに、時間がなくて」

私はエリンを紹介した。ルークはエリンの手を握った。「人数が増えるのは大歓迎です。それだけ楽しくなる」

「あたし、ちょっと失礼します」リビーがいった。「家事もあるし、あした、論文を提出するまでに調べておきたいこともあるんです。ルークが案内しますから、このあたりの地理を頭に入れておいてください。いいですか。日が沈んだら、ここは足もとも見えないくらい暗くなるんです」

「晴れた夜でも真っ暗になるんですよ」ルークはいった。「今夜はまた雲が出そうだ。どっちにしても、足もとに気をつけてください。くれぐれも脚の骨を折らないように」

少しずつ日が傾く中、彼は私たちを引き連れて廃墟をまわった。壁の下の地下墓地を通るときには、そこに葬られている人のことを一人ひとり説明してくれた。また城壁の上に出たとき、連絡船ははるか沖合を進んでいた。

「もう船は出ましたね」彼はいった。「あなたたちは、あしたまでここに島流しですよ」

ルークには片づけなければならない仕事がまだ残っているので、そのあいだ記念館でも覗いてきたらどうかという。「今夜はそこで寝てもらうことになるでしょう。去年の夏には本を書いている人が泊まりにきて、そこで寝たんですよ。当時の軍旗を飾ってある傾斜路のところでね」

次の二時間、私たちは観光客として過ごした。古い軍服やマスケット銃やミニー式銃弾や銃剣を見て、展示の説明を読んだ。外に出ると東の空は暗い灰色に染まり、西の水平線には紫の線が走っていた。すでにヨットの姿はなく、街の教会の尖塔が遠くかすんで見えている。完全に暗くなるにはまだ間があると思い、まだ明るいうちに私一人で壁や廃墟を見てまわることにした。後部入口の壁に沿って歩き、本来の出撃門のところで足を止めた。壁の高さは十数フィート、下には小さな海岸堡があり、その先では海峡の水が引き潮で海に向かって流れている。まだ一艘だけボートが残っていた。半マイルほど沖で、緩やかな弧を描いて湾を横に走っている。天蓋つきの小型のモーターボートで、三、四人の人影が見える。太陽が最後のオレンジ色の光を海に投げかける中、私は何かが光るのを目にした――煙に光が当たったのか、どこかで照明のテストをしているのか、何かの故障を直そうとして取り出した工具が光ったのか。あるいは、双眼鏡かもしれない。なんなのかわからなかったが、私はじっと立ったままそれを見ていた。

しばらくして、ココがそばにきた。私たちは街の姿を探そうとしたが、もう暗くなっているので何も見えなかった。「それで、どうするの？」彼女はいった。「どういうふうに話すつもり？」

見ていると、モーターボートは街のほうに向きを変えた。低くうなりながら、私はさまざまな可能性を考えた。やがて、私はいった。「正直に打ち明けたほうがいいと思う。細君のほうは何か情報を持っているようだ。でも、あんたと同じで、相手を見て話すか話さないか決めようとしている」

「彼女の代弁はできないけど、できるだけおとなしくしてるわ」

「そのほうがいい。落ち着いて話ができるようになる前に、いきなりぶん殴られたんじゃどうしようもない。気をつけていれば、こちらのほうが有利だ」

「何か例を挙げてもらえると、ありがたいんだけど」

「おれたちはチャーリーのことを知っている。それは彼女にもわかっている。しかし、彼女のほうは名前くらいしか知らないはずだ。このあいだも、一生懸命探りを入れてきていた。こちらから情報を引き出そうとしてるんだ」

「たいした情報じゃないかもしれないけどね。でも、それは憶測だし、もし彼女が名前しか知らないんだったら、なんの役にも立たないんじゃない？」

「どこでその名前を聞いたか、それがわかるだけでも役に立つじゃないか。彼女の知っていることは、こちらの知っていることと突き合わせて初めて意味を持ってくることかもしれないしね。おれと同じように、彼女も直感でわかったんだ。だから、土曜日は、チャーリーの名前を最後まで伏せていた。だから今日も船着き場で待ってたんだ。堂々としているようだが、おれたちがこなかったら、がっくり肩を落としていたと思う」

「あたしより読みが深いのね。それでも、どこまで話していいか、まだ判断がつかないわ」

「持ちつ持たれつというじゃないか、ココ。まずこちらから正直に話すことだ——チャーリーが何者で、どこからきたのか。ジョゼフィンがきみの人生に関わった経緯。あとでおれも巻き込まれたこと。何か訊かれたら答えよう。彼女の前に人参をぶら下げるようなことをしちゃいけない。こちらの知っていることをみんな話して、信頼関係を築くことが大切だ」

「見返りは少ないかもしれないのに、洗いざらいしゃべっちゃうわけ？」

「おれたちがいないと彼女は何もできないし、彼女がいないとおれたちは一塁ベースに逆戻りだ。彼女は真っ正直な人間だと思う」

「わかったわ。何も口出ししないで、あなたに任せましょう。あなたのほうが上手に彼女を扱えることは実証済みだし」

　湾のモーターボートは動かなくなっていた。どこへ行くでもなく、波間を漂っている。

「真剣に何見てるの？」ココはいった。あのボートが気になるんだ、故障でもしたんだろうか、とだけ答えておいた。反射的に私はココの肩に手を回し、その不幸な人生から苦しみを絞り出すように、きつく抱き締めていた。私の腕の中で、彼女は震え、顔をそむけた。いつものように感情を表に出すまいと必死になっている。私はいった。「ところで、最近は元気か？」私は彼女の手を握った。彼女はいった。「馬鹿ね、元気に決まってるじゃないの」また抱き締めると、こちらを見上げながら、彼女は笑った。「元気だっていってるでしょ。どっか行ってよ。あたしのことなんかほっといてちょうだい」私はさらにつきまとい、島の突端まで一緒に行った。「何かしゃべってくれ」私はいった。彼女はため息をついた。「知り合ってほんとによかった、とでもいってもらいたいの？　あなたたち二人と知り合って本当によかったと思っています。これでいい？　気分よくなった？　これからどうなろうと、決して後悔はいたしません。どう、安心した？」私はまたココを抱き寄せた。「ああ、今日のところはそれで安心したよ」

彼女は戻っていったが、私はもうしばらくその場に残り、例のモーターボートを見ていた。誰が乗っているにしても、案ずるようなことではないのかもしれない。だが、私は心配していた。漠然とした遠い不安を感じていた。

いよいよ日没になり、ルークとリビーが出てきて旗を降ろしはじめた。私たちは右の側堡に集まった。そこには一八六〇年代の北軍の旗と南軍の旗があり、サウス・カロライナの州旗があって、中央に今のアメリカ合衆国国旗がはためいていた。ルークが国旗を降ろしはじめると、リビーは直立不動の姿勢になり、きびきびと敬礼をした。エリンとココと私は横でそれを見ていた。二人は丁寧に国旗を畳んだ。それをリビーが腕に抱え、私たちは二人の狭い居室に戻っていった。ちょうど西に太陽が沈んだところだった。

「食事の時間ですよ」陽気にリビーはいった。「フカヒレ料理はどなた？」


全員が揃うと、その部屋はますます狭くなった。その大きさは普通の家のユーティリティー・ルームと大差なかった。丸めたままの寝袋を片づけて、床を有効的に使うことにした。空いた場所に私たちがすわると、リビーはサラダにする野菜を切りはじめた。「手伝いたいけど、邪魔になるだけでしょうからやめとくわ」エリンがそういうと、リビーはにっこり笑った。それをきっかけにして、社交辞令の応酬が始まった。何も手土産を持ってこなかったことをエリンが詫びたとき、リビーは軽くいなすように手を振った。ルークがいった。「当然ですよ。夕食に招かれたんじゃなくて、史跡を見物にきたんだから、手土産持参のお客さんなんていいるわけがない。その代わり、いつかわれわれがデンヴァーに行ったときには、王侯貴族みたいに歓待してくださいよ」すると、エリンはいった。「じゃあ、デンヴァーにくるって約束して。そしたらだいぶ気が楽になると思うわ」私たちはたがいの人柄を探る第一段階にあった。見知らぬ者同士が一緒に楽しく過ごせる場所を探している。

「上着を取ってくつろいでください」ルークはいった。「この部屋はすぐ暑くなりますよ」

だが、私は上着を取らなかった。下にある銃の説明をするよりは、汗をかくほうがましだった。とにかく、たがいに打ち解けることはできた。今のところバートンの話は出ていないし、私たちがここにきた理由も話題になっていない。一度、リビーが私の視線を捉え、しばらく目を合わせていたことがあった。本当の相手が私であることに気がついていたのだろう。そろそろ話したがっている。そう感じたが、ルークの冗談めかした発言に邪魔されて、バートンの話題は夜更けに回された。その前に、自己紹介の時間があった。私たち四人は大学時代の同級生のように笑い合った。ココはドアのそばの椅子にすわり、学生寮の寮母のように、そんな私たちを愉快そうにおとなしく見つめていた。

ルークはミネソタの出身。リビーは陸軍将校の娘で、たまたまセント・ポールで高校を終えた。リビーの父親は娘の生き方に口をはさんだが、それを乗り越えて二人は六年後に結婚し、夫婦で国立公園局に入った。チャールストンに配属されたとき、二人は、血の気の多い人種分離主義者や、ジョン・バーチ協会の会員や、貧乏白人や、無学な農園労働者のあいだに放り込まれた自由主義者のような気がしたという。「リビーから見た南部人はそんなものだったんですよ」ルークはいった。

「違うわ」彼女はいった。「とてもいい人たちばかりだということに最初に気がついたのはあたしよ」

「人種や宗教や政治の話をしないかぎり、みんないい人たちだよ。現実の話をしはじめたら、とたんに性格が変わる。ここの人はリビーのことを共産主義者だと思ってるんです。

保守派の言動には堂々と反論する。流血の騒ぎにならないですんでいるのは、南北戦争から百三十年たった今でも、南部の人は騎士道を守り、若く美しい女性を大事にするからなんです」

「この人、ひどい女性差別主義者なの」食事の支度をしながら、リビーはいった。「頭が空っぽの性的対象にまで人を貶める発言だわ」

「ここの人たちはそう思っている、というだけの話だよ。ここの老人たちは、自由主義の若い女性を更生させるのが何よりも好きでね。相手が美人であればあるだけ、性根を叩き直してやろうと一生懸命になるらしい」

「やってられないわ」壁に向かってリビーはいった。

私たちは真面目な顔で同情の意をあらわした。その後、冗談めいたやり取りもあった。やがて食事の支度ができた。ドアは開けっぱなしだったので、要塞の中が灰色から黒に変わり、漆黒の闇に包まれるのを見ながら、私たちは食事をした。それでもまだバートンの話は出なかった。だが、まだ宵の口で、おたがいにまだ本心を探り合っていたし、無口になるのも当然だった。リビーは私を見てかすかに笑った。そろそろあの話をしましょうか、と目が語っていた。私は、急がなくていいと態度で示した。とにかく、がつがつするべきではない。ここは、仕事よりも洗練された社交に重きを置く街、チャールストンなのだ。

一時間近くたって、その話題を初めて口にしたのはルークだった。「リビーは優等生でね」彼はいった。「ワグナー要塞の論文を書いてるんです。本当はバートンの論文を書きたかったのに」

「――書くことがなかったの」リビーがあとを引き取った。「無責任な噂話で論文を埋めるわけにはいかないでしょ。そんな論文を書いたら、優等で卒業できなくなるわ」

「ただの無責任な噂じゃないかもしれない」私はいった。

「ええ、でも、〝かもしれない〟じゃ論文にならないんです。バートンがここにきたことは間違いない。物証はないけど、充分な心証はある。ここにきたのがたしかでも、ひょっとしたら酔っ払ったり、女性を追いかけたり、湾で船を見たりしていただけかもしれない。みんな想像だし、学問の世界では想像なんて値打ちがないと思われている。でも、いつどこにいたかがわかったら、論文になるんです。とくに大事なのは、なぜここにきたか、ですね。先生たちは、脚注や参照文献を見たがる。お馴染みの古い学者の引用ばかりだと相手にされない。バートンの新しい資料を掘り起こすことができたら、先生たちも背筋を伸ばして論文に注目してくれる。でも、無理みたいだから、第五十四歩兵連隊の勇敢な黒人兵の話でお茶を濁そうと思ってるんです。べつに画期的な新説を思いついたわけじゃないんですけど、関係者の日記が手に入ったし、これまであまり引用されたことのない資料も持ってるから、なんとかなるだろうと思って。もともと、いつまでたっても色褪せない、興味津々の話ですからね」

彼女はだしぬけに私を見た。「ジェーンウェイさんはどんなことをご存じなんですか？泥沼から救い出してもらえるんでしょうか」

「チャーリーがどんな人物だったかは知っている」

「それがわかるだけでも助かります」彼女は嬉しそうにいった。

「ただし、彼がバートンと一緒にここにきたことを証明するのは難しい」

「びっくりするかもしれませんが、あたしの立場はその逆なんです。チャーリーがどういう人かは知らないけど、この街にきていたことはわかっているし、バートンが一緒だったこともわかっている」

「しかし、その証拠はない」

「歴史を変えるような証拠は見つかっていない。でも、チャーリーという名前は空から降ってきたわけじゃないんですよ」真剣なまなざしになって、彼女は私を見た。「知っていることを教えてください。こちらも話しますから」

「それなら不公平はないようだ」

うしろでココが咳払いした。私はいった。「まず最初に、全体像がつかめたら誰の手柄にするか、誰が発表するかということを決めておいたほうがいいと思う」

「そんな考え方があるとは気がつきませんでした」リビーはココを一瞥した。「あなたは本を書いていらっしゃるんですよね」

「資料をつくっただけよ」ココはいった。「本にするとしても、つい最近亡くなった老婦人の回想録というかたちになるでしょうね。本当の著者はその老婦人よ」

「その老婦人、どういう人なんでしょう」

「チャーリーの孫よ」

「まあ、すごい」リビーの顔に笑みが浮かんだ。「ほんとによく調べたんですね。じゃあ、ただの学生にその特ダネを取られるなんて、いやなんじゃありませんか。論文に協力してくれっていわれたら、腹がたちますよね」

「ただ、その前に――」私はいった。

「――証拠を固める必要がある。そういうことですね。じゃあ、どうすればいいんでしょう」

「論文が書けるだけの材料は提供できると思うわ」ココがいった。「残りの材料だけでもジョゼフィンの本は書けるでしょうから」

「そういっていただけるのはありがたいんですけど、楽観はできないんじゃないでしょうか。あたしの論文はすぐにでも書かないといけない。ところが、そちらの本はあとしばらく出そうにない。もしも論文が先に出たら、ちょっとした騒ぎになる。審査に通って単位をもらう前に、先生たちは、書いてあることが間違っていないかどうか確認したいから、参考資料を見せろというでしょう」

「それは無理ね。どこの古文書館にもない資料だから」

「どういうことです?」

「テープとそれを起こした原稿はあたしが持ってるの。コピーはないわ」

「資料の公表ができないなら意味がないと思います」

「そのうちに公表するわ」

「でも、あたしの論文には遅すぎますね。間違いなく本物の資料なんですか」

「それをたしかめるために飛びまわってるのよ」

「どこまで確認できたんです?」

「かなり近づいている」私はいった。「近づいているが、まだ遠い」

「最後にはおたがいに信頼しなくちゃいけないんでしょうね」リビーはいった。「あたしたちも名誉は重んじているつもりです。約束したことは守ります」

「うちの叔父のリチャード・ニクソンもそんなことをいってたよ」ルークがいった。

「とにかく、ぜんぶ知りたいんです」リビーはいった。「そちらの知っていることをみんな教えてください」

沈黙が続き、私たちは彼女の真意を考えていた。

「全体がわからないと論文は書けないんです」彼女はいった。

私たちはしばらく静かに食事をした。リビーが必死になっているのは手に取るようにわかった。

「わかっていただけますよね」彼女はいった。

「ええ、わかるわ」不意にエリンが口を開いた。「誰でも調べられるように引用元の資料が公開されていないと、論文は審査に通らない。少なくとも斯界《しかい》の権威が調べて、正真正銘の本物だと太鼓判を押した資料でないといけない」

「それ以外にないんです。どこで手に入れた資料か、訊かれるに決まってますから」

「ただ、もう一つの別の資料もある——そちらだと、真贋の鑑定は簡単に決着がつくかもしれない」

リビーは何もいわず待っていた。慎重にエリンは切り出した。「実は、日誌なんだけど」

「ひょっとしたら、リチャード・バートンがつけていた日誌ですか？　バートン本人が書いたものですか？」

エリンは、目だけでうなずいた。

リビーは深呼吸した。「いったいどんなことが書いてあるんでしょう」

「ココのテープの内容が裏づけられるんじゃないかと思ってるんだけど、その日誌はまだ手に入っていないの」

「じゃあ、いずれ手に入るんですか」

エリンは肩をすくめた。「手に入った場合でも、実際の所有者になる人は別にいるの。内容を公開するかどうか、するならどこを公開するか、それを決めるのはその人よ。何もかもその人次第ね」

「見通しはどんどん明るくなってきますね」

「立派な人物よ。それだけは請け合うわ。たぶん、その人なら……」

「その人なら？」

エリンは首を振った。「駄目駄目。彼と話すまでは何もいえないわ。これでもしゃべりすぎたくらい」

「だったら」リビーはいった。「アイスクリームでもいかがです?」

私たちはアイスクリームを食べてさらに考えた。やがて、エリンがいった。「今夜ここではっきり答えを出したいのなら、おたがいに信用するしかないわよ。直接あるいは事後の経過によって相手方から手に入れた情報は、その相手方の許可なしに利用してはいけない。これを最低限のルールにしたらどうかしら」

「まるで弁護士みたい」

「そんな悪口はいわないで」

「じゃあ、どうします、自分の血で署名しましょうか」

「握手して約束するだけでいいでしょう」

「弁護士さんらしくない提案ね」リビーはいった。「あたし、それでいいです」

「ココは?」

「いいわ」まだ納得のいかないような声だった。

私はいった。「信頼の証として、まずこちら側から知っていることを話そう」考え直そうとする者が現われないうちに、私は話を始めた。自分が経営している書店にジョゼフィンがやってきたこと。デンヴァーの裁判官の家でエリンに会ったこと、私たちより前からボルティモアでココが聴き取り調査をやっていたこと。老婦人が死んだときのことや、臨終のときの約束も話した。デニスの死やボルティモアの犯罪組織のことやアーチャーが殴られたことは伏せておいた。

「まあ、すごい」またリビーはいった。「あたしよりずっといろんなことを調べてるんですね」

私は肩をすくめた。沈黙が続いた。

そのとき、私が望んでいた言葉をリビーが口にした。「役に立つかどうかわからないけど、あたしが知っていることを話します。よかったら利用してください。両方で役立てることができたらいいですね」

彼女はコーヒーを注いだ。「初めてここにきたとき、バートン・クラブに行ったことは、このあいだお話ししましたね。ルーロン・ホエイリーという老人がいて、バートン・スパイ説を唱えていたことも。ルーロンはチャールストンで有名な奇人でしたが、妙に説得力のある話し方をする人で、聞くほうはつい信じてしまうんです。ルーロンはイースト・ベイ通りの写真屋の話をしてくれました。一八六〇年の五月に、その人は二人の男の写真を撮ったそうです」

「バートンとチャーリーね」ココは興奮していた。「その人、どうやってそれを調べたんでしょう」

「かなり前――四十年以上も前に、財産整理の競売会に出て、書類を一束買ったんだそうです。会計台帳とか、記録文書とか、ほとんどはただの紙屑でしたが、中には手紙も何通かありました。普通なら誰も見向きもしない手紙です。歴史に埋もれた無名の人の手紙。ちょっと見ただけだと、誰でもそう思うでしょう。ルーロンはそのころ二十七、八で、弁護士の仕事を始めたばかりでしたが、バートン関係の本には残らず目を通していました。そのとき見つけた手紙が、ルーロンの一生を支配したんです。南北戦争が始まったころに、ある若者が昔の同級生に書いた手紙です。学校時代の親友だったようですね。手紙を書いた若者は、必死で写真家になろうとしていました。

ところが、思いどおりにはいかない。貧しい彼には高い機材なんて買えません。おまけに、まだ若いから、誰にも信用してもらえない。たいがいの人には写真そのものがまだ怪しいものでしたからね。彼はその友だちからお金を借りてカメラを買い、世間の人に認めてもらおうと努力していました。お客さんがくれば肖像写真を撮る。街の風景も撮る。いろんなことをして、技術を磨こうとしていたんです。

ある日、二人の男がやってきた。一人はこざっぱりした感じの紳士、もう一人は……世界を股にかけてきたような世馴れた人物。二人はイースト・ベイ通りで写真に収まった。そのときのことを彼が憶えていたのは、世馴れたほうの人物の頰に、恐ろしい傷痕があったからです。あたしも写真を囓ったことがあるからわかるんですけど、そういうことってつい目が行って、あとあとまで記憶に残るものなんです。正確な日付は憶えてませんが、メモに書いておきました。それを見れば、写真が撮られた時刻までわかります」

「正午だったはずだ」私はいった。「太陽がまぶしくて、写真屋は明るすぎるんじゃないかと気を揉んでいた。バートンは苛々して、そのまま帰りそうになった」

「そうそう！　なぜ知ってるんです？」

「あたしのテープを聴いたからよ」ココがいった。「ジョゼフィンの家にはその写真の複製があったんだけど、今はどこにあるかわからなくなってるの。その街筋に写真屋があった証拠を見つけたくて、徹底的に調べたのに、何もわからなかったのよ」

「それは店を出していなかったからだと思います。彼は姉夫婦の家に同居していたんです。ケラハーという夫婦で、同居していた時期も短かったはずです。たぶん、一ヵ月くらいでしょう。ウィンドウに手書きの看板でも出してたんじゃないかしら。六月にはケラハーに追い出されたそうです」

「ケラハーという人は歯医者さんね」ココがいった。

「ええ、そうです。奥さんの旧姓はスタイヴェサント」リビーはいった。「写真屋はバーニーと呼ばれていました——バーニー・スタイヴェサント。写真が芸術として成り立つことに気がついて、意欲満々だったんですね。ルーロンはもう先が長くないと知ったときに、その手紙を譲ってくれました」

エリンがいった。「あなたの知り合いは、それだけの証拠でバートンがこの街にきたと信じてるの？」

「ええ、そうです。だって、頬にそんな傷のある人なんてめったにいないでしょう？　ルーロンはバートン関係の本をみんな読んでたから、バーニーの手紙を読んで、これはバートンだと思ったんです。バートンがアメリカにきたことはわかっていました。バートンの伝記作家が誰も解き明かせなかった空白の時期があることも知っています。バートンが南部まで足を延ばしたこともわかっています。証拠は何もありませんでしたが、ルーロンの信念はどんどん強くなっていきました」そういう人だったんです。

「つまり、現状はこういうことだ」私はいった。「ココのテープには逸話やエピソードがたくさん記録されている。しかし、学界も出版界もそのままでは受け付けてくれない。きみは写真屋の手紙を持っている。われわれの資料の裏づけになりそうだが、まだ弱い。エリンには日誌を入手する手立てがある。その日誌があれば両方の問題が解決されるかもしれない」

「もう一つありますよ」リビーはいった。「あたし、例の写真を見たことがあるんです」

彼女は最後までその証言を取っておいたのだろう。誰もが愕然としたが、彼女は衝撃を打ち消すように手を振った。「バーニー・スタイヴェサントは、義兄から見れば定職にも就いていない怠け者だったんでしょう。でも、そのあとすぐに亡くなってるんです。生きていれば写真創世記のカメラマンとして名前が残ったかもしれませんが、一八六一年に南部の陸軍に入り、その年の七月にブルランの戦いで戦死しました。記録や書類や手紙や本なんかの遺品は、お姉さんが持っていたようです。写真のガラス板もあったんでしょう。ずっと彼を応援していたお姉さんも、一八六二年、子供を産むときに亡くなっています。ケラハーは遺されたものをみんな処分しました。

南北戦争のあと、そうした遺品がどうなったのかはわかりません。ところが、一九六〇年代になって、ノース・チャールストンの古物屋に出たんです。噂を聞いて、ルーロンは見に行きました。店主は全部で五百ドルの値段をつけていました。大安売りですよ。ガラス板だけでも軽く五百ドルは超えるはずですから。ところが、ルーロンは、何を買うときにも値切らずにはいられない厄介な性分だったんです。買えない額じゃなかったと思いますが、ルーロンは値切って、店主は腹をたてた。次に起こったことは、何を信じるかで解釈が違ってくるでしょうね。放り出されたか、自分から出て行ったかで、いったんは帰ったルーロンも、すぐに考え直したんです。でも、自尊心が人一倍強いほうだったから、自分の非を認めるのは癪に障る。そんなこんなで、また古物屋に出かけたのは二週間後のことでした。ところが、店主は、ほかの客にそれを売ったあとだったんです。もう売れたよと、嬉しそうにいったんですって」

「誰が買ったんだろう」

「オーリン・ウィルコックスという人です。たまたま街にきていて、仕事は……」彼女はルークを見た。「なんていったっけ。本の……探し屋とかなんとか」

「掘出し屋だね」私はいった。

「そうそう。廃品回収みたいな仕事だけど、本だけじゃなくて、手紙や写真も扱っているそうです。変わった人ですよ」

「本の掘出し屋はだいたい変人ばかりだ」

「そのときには、調べられるところまで調べてみようと決心していました。すると、その人がシャーロットに店を出しているのがわかったんです。あんなに乱雑な本屋は見たことがありません。普通の意味で本屋とはいえないような店でした。いってみれば本の洞窟で、何室あるか知りませんが奥までずっと部屋があって、どの部屋にも身動きできないくらい本が詰まってるんです。一冊抜き出したら、建物全体が崩れるんじゃないかって思いました。閉所恐怖症の人は入れない店ですね。そこで写真を見たんです。何か大発見の寸前まできていったような気がしました。本当にそうだったのかもしれませんが、今となってはよくわかりません」

「どんなことがあったんだ」

「あたし、お金を掻き集めて、ルークに仕事を任せて、ノース・カロライナ行きのバスに乗ったんです。ウィルコックスさんの店はすぐに見つかりました。ウィルコックスさんは背の低いしわだらけの老人でしたが、変人で、怒りっぽくて、いつ怒鳴られるかとひやひやしました。でも、ちゃんと相手になってくれて、しばらくは会話も弾みました。上手に話をしたつもりですが、大事なところに差しかかると、さすがに肝を冷やしましたね。バーニー・スタイヴェサントの遺品はまだあるかって訊いたら、〝いったいどうしたと思うんだ。ゴミと一緒に捨てたとでもいうのか〟と、もう喧嘩腰なんです。実は写真を捜していて、この店にあるという話を聞いたんです。そう用件を伝えて、男の人が二人写っている屋外の写真で、と説明を始めたところ、いきなり彼はこういったんです。〝チャーリーとディックだな〟

もう信じられませんでした。心臓が裏返るかと思いました。そこで、〝そうなんです！〟といったら、気味の悪い薄笑いを浮かべて、じゃあ、ついてこい、というんです。あたしたちは洞窟の中を歩きました。ずっと奥の部屋に向かって。その部屋もほかの部屋と同じで——きっとジェーンウェイさんにはわからないと思いますが」

「いや、わかるよ」

「そこにあったんです、ガラス板の入った箱の山が。本のほうは売り払ったんだと思います。でも、写真のガラス板は全部揃っていました。木箱に入れて、積み上げてあったんです。あたしが欲しいものを、彼はすぐに見つけました。もとからあったラベルが、まだ残っていて——粘着テープか古い紙みたいでしたが、それにバーニーが字を書いていました。〈イースト・ベイのチャーリーとディック〉と。ファースト・ネームだけ書き留めて、タイトルにしたんでしょう。日付はまだ読めました。一八六〇年五月の何日か。老人はそれを電球にかざして、〝お望みの写真はこれかね〟といいました。それを聞いて、思わずそばに寄って、ほんとはその人に近づきたくなかったんですけど、腕が触るくらい近くに寄って、ガラス板を見上げたんです。すると、そこにチャーリーとディックがネガで写っていました。ネガでもバートンの頬に影があるのはわかりました。二人のうしろにあったのは商品取引所——ネガであろうが、ポジであろうが、シネマスコープであろうが、あの建物は一目でわかります。私は、〝ええ、これです〟といいました。どきどきと脈打つ心臓が飛び出してきて、老人に当たったり、跳ね返って自分に当たったりするんじゃないかと、本気で心配しました。でも、彼の顔を見ると、そこには薄笑いが浮かんでいました。思わず、死人を連想しました。皮膚が薄く、頭蓋骨が透けて見えそうな顔で、にやっと笑うと、彼はいいました。〝気に入ったんだな。気に入ったんだろう、この写真が〟私は答えました。〝ええ、買います。おいくらですか〟すると、彼はいったんです。〝安くしとくよ。千ドルでどうだ〟」

思い出したのか、彼女の顔は蒼ざめていた。「そんなに高い額じゃないと思うかもしれませんが、論外でした。そんな大金、うちでは払えないんです」

彼女は肩をすくめた。「でも、あなたなら買えるんじゃありません？」

36

あとしばらく話をしてから、十一時少し前、お開きになった。そのころにはおたがいのことがよくわかってきたので、ルークとリビーも本気でコロラドにくることを約束してくれた。「運がよければそちらに配属されるかもしれませんね」ルークはいった。「前から山で仕事をしてみたかったんです。メサヴァードや、ロッキー・マウンテン国立公園で」自分の家だと思って、いつでも泊まりにきてくれ、と私はいった。そして、リビーには、バートンのことで進展があったらすぐに連絡すると約束した。そのあと、寝袋で床に寝るため、すぐそばの記念館に向かった。外に出ると、深い闇があった。ブラックホールのような荒涼とした漆黒の闇に、海から激しい風が吹きつけてくる。空には雲があるらしく、世界を覆う天蓋の裂け目から一筋の星がのぞいているだけだった。その光があっても、湾の闇には届かない。遠くの霧に隠れて、チャールストンは見えなかった。

入口に立つと、エリンが私の名前を呼ぶのが聞こえた。

「ねえ、こないの？」

「すぐに行く。二人で先に入っていてくれ」

二人が中に入ると、私は懐中電灯を取り出して砲台の端をまわり、後部入口の城壁に向かった。モーターボートのエンジン音がまた聞こえたような気がしたのだ。寝る前にもう一度だけ安全を確認しておきたかった。不安を感じたり怪しいと思ったりする理由はなかった。いくらダンティでも、管理官が常駐しているサムター要塞に攻撃を仕掛けるほど馬鹿ではないだろう。ダンティのような男は馬鹿だったら生き延びることができない。だが、それはその昔、連邦脱退論者についてペティグルー判事がいったことと同じだ。サウス・カロライナは国には小さすぎるし、精神病院には大きすぎる。それでも南部は負けたのだ。不安がしつこく増してくる中、私は黒い廃墟を見おろす砲台の向こう側に出た。

さっきの音はもう聞こえなかった。激しい風が耳を打ち、不気味な黒い浅瀬を波が洗う音だけが聞こえている。私はまだ納得できなかった。要塞の端に立って、何もない闇を点検したかった。そのためには、いったん練兵場の跡までおりて、一番高い右の側堡のあたりに登らなければならない。そこに着くと、三方を見渡すことができた。こんな深い闇は生まれてこのかた見たことがない。電灯で正面を照らし、古い城壁をひとまわりした。そのあと、電灯を消し、じっと立っていた。何もない。

何も。

ただ風があるだけ。まるで死の世界だ。

後部の壁に沿って歩き、左の側堡から下におりた。そこからだと、リビーとルークがいるあの小さな居室を覗くことができた。二人は話をしながら、食器を洗ったり、出しっぱなしのものを片づけたりしている。その部屋は宙に浮かんでいた。数分後、正面の窓にリビーがカーテンを引いた。たちまち明かりは見えなくなった。

私は海峡のほうに戻った。何も見えなかったが、感じることはできた。モーリス島だ、と私は思った。ワグナー要塞。闇に包まれている今、そこで起こったことを想像するのは難しい。南北戦争の大激戦。それに匹敵するのはヴィクスバーグの戦いだけだ。ヴィクスバーグのときは兵士の数が多かったし、戦略も大規模で、大物が参加していた。南北戦争の大団円とも重なっていた。私は虚無を見つめ、目を閉じた。閉じても開けても同じだった。また目を開けたとき、東の空に昔の火矢が光るのを見たような気がした。一瞬、戦場の様子が脳裏に浮かんだ。死に向かって浜辺を突撃する黒人兵たちの姿。

私は死を思った……。

デニスのことを考えた……。

そして、その場所にもその時間にもふさわしくなかったが、誰もが嫌うハル・アーチャーに揺るぎない崇拝の念を捧げてきたディーン・トレッドウェルのことを考えた。

ディーンとハル……。

私は考えられないことを考え、風の中で身震いした。

足もとに気をつけながら廃墟を歩き、砲台に戻った。記念館の入口でエリンが待っていた。

「何してたの？　捜しに行こうと思って出てきたのよ」

「懐中電灯もなしにか？　きみはもっと賢いかと思っていたのに」

「電灯なんかどうでもいいじゃない。何があったの？」

「何もない。もう寝よう」

私のぶっきらぼうな言い草に、彼女は腹をたてていた。「こういう関係が続くの？　いつまでも特別なお友だち？」

「それはわからない。そのために四十日の昼と夜があるんだろう」

「夜が明けたら三十八日よ。これだと三十七日目が思いやられるわ」

薄暗がりの中で彼女が近づいてくるのがわかった。闇にその姿が浮かんだ。

「はっきりさせましょうよ」彼女はいった。「あたしの性格だと、こんなのは耐えられないの。頭のおかしな人が何をするか心配で、一日じゅうはらはらしてるなんて」

「おれもはっきりさせたいと思っている」

「どうやって？」

「初心に返るんだよ。ちょっとした勇気と、ちょっとした厳しさ、それにちょっとした友だちの助けがあればいい」

「わかったわ」彼女は冷静だった。「よくわからないけど、あたしはずっとそばにいるわ」

「こういう仕事に弁護士はいらない」

馬鹿なことをいったものだ。言葉が口から出た瞬間、私は後悔した。彼女は頬を引っぱたかれたような反応を見せた。壁に私を突き飛ばし、背を向けて斜面を駆けおりていった。

「あなたなんか死んじゃえばいいんだわ」

「おい、エリン、ちょっと待て」

彼女は立ち止まり、振り返った。

「さっきのは失言だ」

「そうよ、失言よ、この野蛮人」

「悪かった」私は手を伸ばした。

彼女は両手を振りまわした。「あなたってほんとに馬鹿なんだから」

「そうだ、そうだ」私は首をすくめ、大馬鹿者がお手上げになっている仕草をした。「そのとおりだ」

「女性差別の役立たずのインポ野郎。ほんとに、どうしてやろうかしら」

「どうとでもしてくれ。ただし――」

「ただし、何よ」

「いつまでもおれのそばにいてくれ」

彼女は不意に肩の力が抜けたようになり、斜面を駆けのぼってくると、私に抱きついた。

その豊かな髪に、私は指を当てた。

「機嫌は直ったか」私は恐るおそる尋ねた。

「あたしは邪魔者扱いされるのがいやなの。その硬い脳みそを削れる道具があったら、刻みつけておいてちょうだい。エリンは保護者面をされるのが嫌いです、子供扱いされたら暴れますって」

「悪かった。傷のあるレコードみたいだが、何度でもいう。ほんとに悪かった」

「いいわ。で、なんの話だったかしら」いつものエリンに戻っていた。

「おれは現実に即したことをいおうとしていたんだ。これは男の仕事で、女は邪魔になるだけだ」

「そこであたしが余計なことをいったわけね。死んじゃえばいいんだ、とか何とか」

「これまで見たことがないような発作を起こしたな。とんでもない言葉も口走ったし」

「いつもは罵詈雑言なんか口にしないのよ。言葉遣いが悪いのはお行儀が悪いのと同じ。結局、心が卑しいのよ。子供のころリーからそう教わったし、今でも信じてるわ。でもね、あなたと一緒にいると、最悪の部分が引き出されるみたい。このつむじ曲がりで時代遅れの色魔。ほらね」

「それはもうすんだはずだろう。土下座して泣いてあやまったじゃないか。時代遅れの色魔、役立たずのインポ野郎か。ココが気が強いのはわかっていたが、〝仏頂面のひねくれ者〟といわれたのは今でもこたえてるよ」

「ココは上品よ。残念ながら、あたしはそうじゃない。それで、あたしたちが雇う殺し屋ってどんな人？」

　私は曖昧な表現を使いながら、誰にどんなことを頼むかを説明した。相手が金のためではなく、何十年も前の借りを返すために頼みを聞こうとしていることも話した。「その男は保険のようなものだ」私はいった。「こういうことに保険があればの話だがね」

　不意に彼女は私が本気だということに気がついたらしい。「その人には名前があるの？」

　それはこちらの問題だ、といいそうになったが、考え直し、名前を教えた。

「まあ」彼女はいった。「すごいじゃない。ほんとにいい友だちがいるのね」

「そういうことだ。昔は兄弟みたいな仲だったよ。おれも同じ道に入ると思われていた」

「絶対にそんなことはできなかったと思うわ」

「十五のころのおれを知っていたら、考えも変わるだろう。よくあんな生活から抜け出せたと思うよ。自分でも驚くね。最後には警官になったんだからな」

「本当にあなたはその人の命を助けたの？」

「正真正銘の命の恩人だ」

「どんなことを頼むのか、もう一度話して」

「彼の力を借りて、チンピラに礼儀作法を仕込む。リーがきみに礼儀を教えてくれたようにね。まあ、仕込み方はだいぶ違うが、いい結果が出ることを期待しよう」

「まあ、悪い話じゃないわね」彼女はどこか不満そうだった。

「じゃあ、もっといい話をしてやろう。しばらく前から考えていたが、ようやく結論が出た。あまり愉快ではない結論だ。おれたちの関係はこじれすぎている。たとえ手打ちの機会があっても、冷戦中の国と違って、緊張緩和で共存をはかるのは難しい。おれはとりあえず痛み分けでもかまわないと思っていた。ところが、あいつがココの家に放火して事情が変わった。やっぱり決着をつけるべきだと思った。何もなかったことにして忘れるわけにはいかない。一時はそうしようかとも思ったが、できなかった」

「じゃあ、どうすれば満足するの、と彼女は恐れおののきながら尋ねました」

「ダンティがココの新しい家を建てることだ。そうすれば丸く収まる。考えてみたが、それがいいかもしれない」

次に彼女が口を開くまで、長い時間が過ぎたように思われた。「あなた、どうかしてるわ」

「たしかにどうかしている」

「頭の中身が心配だわ」

「そのとおりだ」

「ダンティという人がそんなことするわけないじゃない」

「するかもしれない」私は彼女の肩に腕をまわした。「ダンティのような男は一つのことしか理解できない。ただし、その一つのことは身に染みてわかっている」

「最初はわからなかったんでしょう？」

「わかっていたが、信じなかったんだ。おれのせいだ。演技に何かが欠けていたんだろう。

いくら悪党ぶっても、最後の最後で演技と見抜かれたんだろうな。ああいう連中はなかなか目が利くんだ」

「演技じゃ駄目なのね」

「そうだ」

「今度は本気ね。殺すつもりでやるのね」

「そのつもりだが、まだココには内緒にしておいてくれ。期待されると、うまくいかなかったときのショックが大きくなる」

急に彼女は話題を変えた。「あたしたちが最初に会った夜のこと、憶えてる?」

「忘れるもんか。あれは人生最高の瞬間だ」

「あたしのいったこと、憶えてる?」

「もちろん憶えてるよ。たとえば、きみはおれのことを臆病者といった」

「そんなことといってないわ。あなたがバートンならどうするかって、無邪気に尋ねただけよ」

「答えようとしたが、馬鹿にされたり、嘲笑されたりして、まともに相手にされなかったな」

「じゃあ、今話してみて」

「おれだったら、担架から起き上がって、熱冷ましに武者震いすると、大きな湖を発見して、王立地理学協会でも文句がつけられないような地図を作って、スピークが暑い太陽の下で死んでもほっといて、大至急イギリスに帰って、遅蒔きながら自分にふさわしい栄光を手にするだろう。で、きみは何をいいたいんだ」

「べつに。いいたいのは愛してるってことだけよ」彼女は爪先立って熱烈なキスをした。

「これをいいたかったの」

「いい思いをさせてもらった。これでそんなに悲しまないですむ……みんな一緒に死ぬことになっても」

37

記念館に入って、次にどうするか相談をした。エリンとココは傾斜路の下に寝袋を置いていた。手すりに衣類をかけ、寝袋に入ったココは、床から眠そうにこちらを見上げながら、ときどき意見をはさんだ。私とエリンは立ったまま話をしていた。バートンの日誌の件が曖昧になったままチャールストンを離れるのは三人とも気が進まなかった。エリンは街を出る前にもう一度アーチャーに会うといったが、そんなことをしても危険が多いだけで収穫は少ないような気がした。「日誌がどうなったか、わかるだけでも立派な収穫になるじゃない」エリンはいった。そのとき、私は、リーが大金を積んでもアーチャーには日誌を手放す気などないのではないか、と疑問を呈した――これまでにも、新しい条件を出してきたり、中途半端な理由をつけたりして、本を渡そうとしなかったではないか。エリンはその疑問をはねつけた。「これまでリーはアーチャーを保護して、才能を褒めちぎってきたのよ。そんな友だちを困らせて、アーチャーにいいことがあるの？　本を売らないことに何か意味があるの？　とうとう二人は仲違いして、口も利かなくなったのよ。アーチャーにはなんの得もないじゃない」

とにかく、アーチャーはいやなやつだ。それに関しては意見が一致した。「アーチャーは、恵まれた家庭に生まれたリーをひそかに憎んでいたのかもしれないね」私はいった。そんな歪んだ関係は、歴史や文学に繰り返し登場する。何年も前から誰かが足を引っ張っている。妨害工作をしている。誰だろうと思ったら古い友だちだった。そんな例はごまんとあるのだ。もしもそうだとしたら、唯一の謎は、ほかのときではなく、なぜこの時期にアーチャーが本性を現わしたか、だ。ココがいった。「リーのほうが先にアーチャーの本性を見抜いたのかもしれない。だから、もう隠す必要がなくなったのよ」エリンは首を振った。「それだったら、リーもあたしに話したと思うの」想像力を発揮すれば、アーチャーはもともとそんな本など持っていなかった、とも考えられるし、持っていたのにダンティに奪われた、とも考えられる。だが、ダンティが本を奪ったのなら、その足でボルティモアに戻るだろう。まず本を処分して、金を受け取り、そのあとで仕返しや復讐に取りかかる。証拠はないが、そんな気がした。だが、確信できない以上、油断は禁物だった。

エリンは、アーチャーに会いに行く考えを捨てきれないようだった。「あなたの意見は聞くけど、あたしがここにきた目的はアーチャーなんですからね。また門前払いされてもいいから、もう一度会っておかないと気がすまないわ」心配なのは、病院が張り込みに最適の場所で、出入りが目立つことだった。ダンティをどうするか、すでに対策は立ててあるが、その計画は自分の時間割で進めたかった。ここで死んだら、その計画が功を奏するところを見られなくなる。結局、いくら話しても無駄だった。しかも、こちらの居場所などダンティはとっくに知っているのではないか、という疑いも心から離れなかった。要するに、何もかもダンティの時間割で進んでいるのだ。

私たちが下した唯一の結論は、チャールストンにこれ以上いる必要はない、ということだった。ここではもう何も見つからないだろう。順調に物事が進んで、あしたの朝、誰にも見られずにここを出ることができたら、あとはだいぶ楽になる。まず私のレンタカーを取ってきて、北のフローレンスに向かう。そこからシャーロットに寄って、デンヴァーに戻る。ココは、自分がデンヴァーに行く理由はない、といった。「しばらくは三人で一緒に行動したほうがいい」私はいった。デンヴァーは私の本拠地だ。「うちに泊まってちょうだい」エリンがいった。「好きなだけいていいのよ」「よし、それで決まりだ」私はいった。ここまで話がつけば、見通しは多少明るくなった。私も攻撃に専念できる。そのあたりで話を切り上げ、私は寝袋を置いてある記念館の入口に向かった。

寝袋を目にしても、ちっとも眠くならなかった。体の芯まで疲れているのに、ぱっちり目が覚めているのはいやなものだ。私は長いあいだ砲台の端にすわり、城壁に脚を垂らして、夜空を見上げ、風の音を聞いていた。リビーのことが頭に浮かび、なぜこの場所が気に入ったのか理解できたような気がした。だが、最初はよくても、私には耐えられなくなるだろう――私はこの時代の産物であり、それが数多い欠点の一つになっている。エリンのように長い休みを取って山籠りするのも楽しいと思うが、そのうち山小屋に閉じ込められているのが耐えられなくなり、薄汚れた文明社会に戻ろうとするだろう。そして、デンヴァー界隈で本を漁り、人と話をして、頭のおかしな仲間と交わり、ミランダの家で開かれるような愛書家のパーティに出たり、古馴じみと二人で酒を呑みに行ったりする。身近に崇高なものがあるかと思えば、はるか遠くに滑稽なものがある。それくらい私の人生は幅が広い。それが私の理想なのか、いや、そもそも理想などというものを私は知っているのか、自分でもよくわからないでいる。しかし、別の機会に、時間を限ってここに滞在すれば、きっと好きになるだろうと思った。

東の空から遠雷が聞こえてくる。だが、また静かになり、風の音と潮騒だけが残った。目を閉じた私は、いつの間にかヴィンス・マランツィーノのことを考えていた。ヴィニー。私たちは古くから歴史を積み重ねてきた友人だった。私から見た彼はヴィニーというイメージではなかった。ヴィニーはギャングの名前だ。新聞を読んだり、署の同僚から話を聞いたりして、彼のことは知っていたが、私にとって彼はいつまでもヴィンスであり、ギャングのヴィニーではなかった。ワグナー要塞の亡霊の声に交じって、彼の声が聞こえてきた。〝本の商売は気に入ってるのかい、クリッフィー〟ほんの一瞬、湾にその幻が浮かんで、消えた。その幻に一言声をかける。すると、ボルティモアで一人の人間が死ぬのだ。

私は手帳を取り出し、短いメッセージを書いた。〝ヴィンス。ボルティモアでダンティという男と会って、落とし前をつけることになった〟これだけでヴィンスには通じるだろう。たとえこれから命を落とすことになっても、それがわかっていれば少しは気が晴れる。

私は紙を折り畳み、外側に彼の名前を書いた。オーセージ通りの住所も書いて、靴の中にしまった。検屍解剖が終わったら、警官はそのメッセージが宛先に届くように計らってくれるだろう。

ダンティがおれを消したら、自分も死ぬのだ。

「いよいよ現実になったぞ」誰にともなく私はいった。

記念館の外に置いた寝袋に入り、夜空の雲の裂け目を見ていた。厚い雲が広がるにつれて、その裂け目はだんだん目立たなくなっていった。雨粒が落ちてくるのを感じた。本当なら中に入ったほうがいいのだが、そうしないで私は寝袋にさらに深くもぐり込んだ。絶対に眠れそうになかったが、そんなことはどうでもよかった。車に乗って北に向かうときがきたら、エリンに運転を任せて眠ることができる。

そんなことを考えていたが、時間は遅々として進まなかった。いつの間にか眠っていたが、すぐに目が覚めた。時間の感覚は鋭いほうなので、午前三時に近い時刻だろうと見当をつけた。何かの物音、吹きすさぶ風の中にある何かの気配が、頭のまわりに漂っていた。風向きは東から南東に変わっている。そのとき、体の中で警報が鳴り響いた。ただの勘だ。それ以上のものではない。さっき聞こえたと思った物音も、実はこの黒い世界の中でなんの実体も持たない架空の物音だったのだ。私の現実的な部分は、これは夢だ、それだけのことだ、と語っていた。モーターボートの人影とダンティのことを考えながら目覚めたのがいけなかったのだ。その二つが結びつく根拠など何一つない。気のせいだ。だが、不安は消えず、寝袋から出た私は、爪先立ってモーリス島のほうに目をやった。

ダンティ。濃淡さまざまな影が渦巻く中に、ダンティの顔が浮かんできた。あいつは頭がおかしい。それがほかの魅力と一緒になって、警官時代に対決してきたどの悪党よりも危険な存在にダンティを仕立てている。私は手下の前でやつに恥をかかせ——そのことも恨みの一因だろう——顔が潰れるほど痛めつけた。顔の痣はどんどん醜くなるだろう。いずれはもとに戻るはずだが、憎しみは消えない。痣だらけの自分の顔を一週間も鏡で見ていると、ふつふつと怒りが湧いてくる。怒りはどこまでも膨れあがる。決着をつけなければならない。その思いが強くなり、解決が長引けば長引くほど憤怒が溜まり、ダンティは危険になる。これは推測するしかないが、やつはどこまでやる気だろうか。私一人を殺すために、城壁をよじ登り、この島にいる者全員を殺そうとするだろうか。まさしく狂人の所業だが、そんなことはべつに珍しいことではない。すべては怒りの深さと生存本能とのバランスにかかっている。私は数学の公式をでっち上げた。私の死＝犯罪者の生存本能÷犯罪者の憎悪の二乗。今ごろ彼の怒りは四倍、五倍、いや、五十倍になっているだろう。自己保存本能など吹っ飛んでいるに違いない。そうだとしたら、どんなことが起こっても不思議はない。狂人は前後の見境なく憎悪の対象を破壊しようとする。だが、ダンティはちゃんと逃げ道を用意してあるはずだ。そして、無事に逃げられるかもしれない。ダンティと私たちとのいきさつを知っている者は少ない。ボルティモアにはダンティの仲間がいて、彼が街を離れなかったこと、ずっと一緒にいたことを証言する。挙句の果ては、六百マイルか七百マイル離れた場所で不可解な殺戮が始まったころ、ダンティは何十人も目撃者のいるところで食事をしていた、ということになる。おれはなんの関係もない、とダンティは証言する。警察は、それが嘘だということを立証しなければならない。だが、ヴィンス・マランツィーノのような男は立証など必要としない。私は死んで勝利をつかむのだ。虚しい勝利だが、死後の私はそれを喜ぶだろう。

続いて、ルークとリビーのことを考えた。まさか二人を危険に巻き込むことになろうとは思ってもいなかった。だから朝の三時という時刻はいやなのだ。

しかし、それはありそうもないことだった。私たちの動きをすべて予測していなければ、今ここにボートでこられるはずがない。連絡船が午後遅く私たちを乗せずにサムター要塞から戻ってきたのを見て、あわててボートの手配をして、計画を立てる。ありそうもないことだが、不可能ではない。ダンティのような男には似た者同士の知り合いがどの街にもいる。二日前に地元の組織に協力を依頼したのかもしれない。そして、この街ではボートは比較的楽に手に入る。

空を見ると、真っ暗になっていた。襲ってくるなら、今だろう。

不安が心に満ちるのがわかった。砲台の前を行ったりきたりして、見えないものに目を凝らし、聞こえない物音に耳を澄ました。

階段の上に立ち、じっとしていた。

やがて、私は下におりていった。懐中電灯の光に導かれて、砲台をまわり、古い壁にのぼった。一番低いところには木の仕切り壁があった。要塞に忍び込むには、ここではなく、高い壁にはしごをかけるしかないようだった。地理がわかってきたのだ、あとは楽に端まで歩くことができた。海のほうから見られないように、懐中電灯は手で覆い、光を下に向けていた。後部の壁から五十ヤードのところで立ち止まり、電灯を消した。

暗い明かりがそこにあった。壁の基部がぼんやり照らされている。

何かが動いた。夜の物音。船の艪《ろ》のきしみ。あるいは……。

そのとき、声が聞こえた。やつらがきている。勝ち目を無視してやってきたのだ。

私はコートを脱ぎ、銃を抜いた。両膝を突いて、ごつごつした地面を端まで這い進んだ。

雨が降ってきたが、ほとんど何も感じなかった。

端から下を覗くと、小さな海岸堡のところにやつらはいた。四人だ。最初に島に上陸したのはダンティだった。あの無駄にでかい体には見憶えがある。暗くてもわかった。ぼんやりした明かりを背に受け、彼はいった。「よし、ここにはしごをかけろ。早くしやがれ。夜が明けるぞ」その鼻にかかったバリトンはまさしくダンティだった。親分風を吹かせ、ほかの人間が呼吸をするように命令を出している。金属的な短い音が聞こえ、さっきのぼんやりした明かりの中で、アルミのはしごがボートの船首を越え、手渡しで陸揚げされているのが見えた。

そのときなら四人とも殺すことができただろう。樽に入った大きな四尾の魚のように、こいつらは撃たれるのを待っていた。私は銃を構えた。なぜ撃たないのか？　まだ間に合う。誰かが銃を抜く前に四人とも倒すことができる。昔から射撃は得意だったし、まだ腕は落ちていない。いまなら倒せる。こっちのものだ。だが、最後の最後になって、なぜか私は撃たなかった。

いや、理由はわかっている。こんなふうに人を撃ったことがないからだ。やつを殺すにしても、こんなやり方はいやだった。

城壁にはしごがかけられ、私はうしろに下がった。誰が最初に壁を乗り越えるだろう。ダンティだったらずっとやりやすくなる。だが、おそらく地元のギャングだろう、と思った。足場の悪い練兵場を抜けると、私たちがぐっすり眠っている部屋に行くことができる。そう思って地元のギャングが道案内に立っているのだ。下のボートからの暗い明かりの中で、はしごが揺れ動くのが見えた。私は、銃を持ったまま、うつぶせになってうしろに下がった。じっとしていると、頭が見えてきた。思ったとおり、ダンティではなかった。だが、たぶん次がダンティだろう。やつの性格を考えると、一番最後は嫌うはずだった。道案内の肩から上が城壁から出た。口にペンライトをくわえている。そのとき、やり方がひらめいた。運がよければボルティモアの再現になるだろう。

男は横を向いた。私の背中の上を光が通った。男は下を見てうなずいた。そして、壁を乗り越えると、立ち上がって周囲をうかがった。

そして、またうなずいた。続く仲間に、異状なしを知らせたのだ。

戦いの太鼓のように心臓が高鳴っていた。銃を持った手が震えているのがわかった。耳もとで鼓動が響いた。はしごが動いた。ダンティがのぼってきている。体が冷たくなったかと思うと、眩暈《めまい》を感じた。私は思わず笑いそうになった。こいつらは馬鹿だ。遠い昔、私が街角で喧嘩をした不良たちより頭が悪かった。向こうの動きは手に取るようにわかる。十秒前に読めるのだ。道案内は腰をかがめ、のぼってくるダンティに礼儀正しく手を貸そうとする。その瞬間、二人は隙だらけになる。一押しすれば下に落ちるだろう。さっと近づいて、足を出すだけでいい。そうすると、はしごごと二人は宙に舞う。ダンティが尻から落ちないかぎり誰も死にはしないだろうが、かなりのダメージを与えることはできるし、一瞬、相手は気が動転する。そのあと、撃ち合いになる。そうなったらこっちのもので、全員を片づけ、あしたから私はまたぐっすり眠れるようになるのだ。さぞ愉快だろう。緊張が高まる中、本当にやろうか、と思った。

見ると、ダンティは壁を乗り越えていた。ホイットワース銃を構えた南軍兵士なら、一マイル離れたモーリス島の掩蔽壕《えんぺいごう》からでも、ダンティのでかい頭を撃ち抜くことができるだろう。彼は絶好の標的だった。一瞬、間があって、私は身構えた。そして、行動に移るきっかけを待った。はしごがまた揺れた。三人目の男がのぼってきたのだ。手をこまねいて見ているわけにはいかなかった。

私は二人の横に出た。体はまだ影の中にあった。二人とも下を覗いていた。どちらもまだ銃は抜いていない。私のほうが断然有利になった。私が撃鉄を立てると、風が吹いていてもその音は運命の合図のように響いた。二人が緊張するのがわかった。「動くな」私はいった。「動いたらその場で撃ち殺す」

それと同時に、三人目が壁から顔を出した。何が起こったのか、まだわからないようだった。一瞬、呆然として、ようやく理解した。「おい」その瞬間、私は男の頭を蹴った。男は宙に舞い、手足をばたばたさせて、手がかり足がかりを探していた。やがて砂浜に落ち、体の上にはしごが倒れた。そのあいだ、私はダンティの顔に懐中電灯の光を当てていた。「またか。懲りないやつだな」

そのとき、加勢をしようと思ったのか、道案内が動こうとした。「方向が違うぞ」そういうと、私は左の足で男を蹴飛ばした。まるで千尋の滝に突き落とされるような悲鳴を上げ、男は落ちていった。

ダンティと私は、おたがいに不倶戴天の仇敵をにらみつけた。やつは私の銃を見て、また私を見た。私は挑発して、やつが何かするのを待った。

「こいよ、太っちょ。タフが売り物だったら、この銃を奪ってみろ」

「おまえはそういう男だ。口実が欲しいんだろう。ただ引き金をひく度胸がないんだ」

強がりもそこまでだった。明かりの中に身を乗り出して、私はいった。「そう思うか？」その瞬間、私はこの殺し屋と同じ野獣になっていた。私たちのあいだにあったはずの違いはなくなっていた。こいつを殺す。ためらいはいっさいなかった。相手にもそれがわかったようだった。顔にあらわれていた。人が怯えるのを見て喜んできたこの生まれながらの威嚇者は、いまだかつて死に直面したことがなかった。だが、今は自分の死を目の当たりにしている。

口のまわりの肉が緩み、目の下がたるんできた。逃げようとしたが、私はシャツをつかみ、正面を向かせた。「おまえの負けだよ、抜け作」そういって、私はダンティの口を銃身で殴った。やつは小さな悲鳴を上げ、うしろに下がろうとした。だが、足がもつれて尻もちをついた。ふたたび私はやつの口に銃を突っ込んだ。その口は歯が二本折れて血まみれになっていた。私の手は震えていた。つい引き金をひいてしまいそうだったが、それでもよかった。

「待ってくれ」彼はいった。

喉の奥まで銃身を突っ込んだ。「何を待つんだ？」

ごぼごぼという声にしかならず、よく聞き取れなかったが、「とにかく待ってくれ」といったようだった。

私はしゃがんでやつの顔に口を近づけた。「何を待つんだ？　さあ、いってみろ。いいたいことがあったら、今のうちにいっておくんだ」私は銃身を口から引き抜いた。「これでしゃべれるな。いえよ。おれにいいたいことがあるんだろう？　さあ、いえよ」

「取引をしよう」

「笑わせるな。おれはなんにも欲しくない。おれはおまえの命を握ってるんだ。代わりに何を差し出すというんだ。バートンの日誌か？　それだったら、あと五分、生かしてやってもいい」

急にダンティは情けない顔をした。まるで、串刺しにされたイタチ、水があふれた下水道に閉じ込められたドブネズミだった。死にかけているのに自分が死ぬとは信じられない犯罪王リコのような目をしていた。慈悲深い神よ、おれは死ぬのか。同じような死んだ目だ。同じように信じられない顔をしている。眉間に銃口を当てると、この世の見納めを覚悟したように震えはじめた。

「怖いのか、ダンティ」

それでも言葉が出なかった。

「怖いのか?」

下唇が震えた。肩のあいだに首がめり込み、目を閉じた。

「そのちっぽけな脳みその中で何が起こっている? 恐怖が広がっているのか? おまえは怖がっているのか?」

しゃべるのはやめろ。殺《や》るんだ。

いたぶるのはもうやめて、さっさとやれ。歴史や日誌なんかどうでもいい。さあ、殺せ。

私は深呼吸した。「あばよ。くそったれ」

その瞬間、彼は言葉を発した。めそめそ泣くような、情けない声だった。「頼む……やめてくれ……」

「頼む? 頼むといったのか?」

私は耳に銃口を突きつけた。すると、「いやだ……頼む……」といううめき声が漏れて、私はまたためらった。

　私はベルトに銃を挿した。飛びかかればダンティにも奪えるはずだったが、そんな勇気はもうないようだった。自分の銃を抜こうともしなかった。私はその銃を取り、海に投げ捨てた。

　私は、ダンティのシャツをつかんで引き寄せた。「最後に一度だけチャンスをやろう。これからいうとおりにしろ。夜が明けたら、おまえは飛行機に乗ってボルティモアに戻る。そのあと、連絡を待て。一週間か一ヵ月かはわからない。だが、そのうちにおれの友だちがおまえに会いにいく。そいつに会えば、おれが本気だということがわかるだろう。しばらくは痛みが引かないような目に遭わされるだろうが、もし用心棒や鉄砲玉を集めて抵抗したら、もっとひどいことになる。そいつのいうことをよく聞いたほうがいい。チャンスはこの一回だけだからな。これは冗談じゃない。信じたほうが身のためだ。どうすればいいかはその男が教えてくれる。死ぬまで忘れられないようなやり方で、わからせてくれる。死にたくなければ、いわれたとおりにしろ。決めるのはおまえだ。今ここで死ぬか、連絡を待つか」

　私はまた銃を抜き、撃鉄を立てた。ダンティは涙声で「わかった」といった。

「何がわかったんだ？」

「……おまえの……おまえの指示に従う」

「ちゃんとわかったようだな、ダンティ。だったら、もう用はない。この要塞から出て行け」

城壁の端まで連れていって、突き落とした。その手は空《くう》をつかんだ。巨体が地面に落ちる音が響き、猛烈なうめき声が聞こえてきた。肺から空気が抜けたらしく、転がりながら口をぱくぱくさせていた。骨も二、三本折れているのかもしれない。私にはわからなかったし、どうでもよかった。私は暗闇に身を隠し、あぐらをかいてすわった。しばらくしてこっそり下を覗くと、手下たちがダンティをボートに運んでいるのが見えた。かなりひどい怪我をしているようだった。船は海に押し出され、艪をこぐ音が響いてきた。ボートは朝靄にまぎれ、海に出ると見えなくなった。数分後、エンジンが響き、ダンティたちはチャールストンに戻っていった。

38

海上に朝日が昇っても、私は同じ場所にすわりこんでいた。夜明けの湾に船の姿はなかった。マリーナを出ようとするヨットが二艘見えるだけだった。エリンが外に出てきた。違う方向を見ていたので、その姿は見えなかったが、壁をのぼってくる足音でわかった。彼女は放り出したままの私のコートを取り、隣にきた。

「何があったの?」

「なんでもない」だが、彼女の顔を見ると、下手な言い訳は通用しないし、ごまかしても無駄だとわかった。「夜中にやつらがきたんだよ。壁から三人突き落とした。ダンティは重傷かもしれない」

彼女は横にすわった。「そうなの」それだけで、しばらく何もいわなかった。

「これであきらめてくれればいいが……」私は肩をすくめた。

「あたしも力になってあげたかったのに」彼女は私の肩に腕をまわした。「赤ん坊みたいにぐっすり眠ってたわ」

「それはよかった」

「クリフ」

「なんだ」

「あたしたち、どうなるの」

「まだわからない」

要塞に打ち寄せる波の音を聞きながら、私たちは太陽を見ていた。

「これからどうする?」彼女はいった。

「チャールストンに戻って、車を取ってこよう」

「これからもびくびくうしろを見ないといけないの?」

「先のことは誰にもわからない。相手が相手だからな」私は肩をすくめた。「少なくとも、今日一日は大丈夫だろう」

「アーチャーはどうするの?」

「きみに任せる。病院に行きたければ行ってくれ」

彼女は私にもたれかかった。「大変な闘いだったみたいね」

「もうちょっと楽に闘えたはずだ。地の利はこちらにあった」

「南軍と同じね」

「そうさ。この古い要塞は今でも攻めにくい」

ルークが出てきて、旗を掲げた。リビーは物思わしげな顔で窓から外を見ていた。

　私たちはロビンソン夫妻と簡単な朝食をとった。私はコートを脱ぎ、袖をまくっていた。銃は寝袋に隠した。私たち三人は最後にもう一度だけサムター要塞を見てまわり、これからも連絡を欠かさないことをリビーに約束して、朝の連絡船で街に戻った。

　タクシーに乗り、ローパー病院で降りた。そして、全員で上の階にあがった。見舞客の椅子にディーン・トレッドウェルがすわっているのを見ても、私は驚かなかった。

「アーチャーに会いにきたのなら、まだ話せる状態じゃない。怪我がひどくて、鎮静剤で眠っている」

「これから帰ることを伝えにきただけよ」エリンはいった。「何か変わったことはないかしら」

「実は、あるんだ。アーチャーはあんたに本を渡すそうだ」

　エリンの最初の反応は無反応だった。沈黙が続き、やがて彼女はいった。「ほんとに？」あっと驚くような知らせだったが、彼女は落ち着いていた。

「いくら大金がかかっていても、ひどい目に遭っちゃ割に合わないからね」ディーンはいった。「もちろん、判事のオファーはまだ生きていると思うが」

「そう考えていただいて結構です。電話で連絡を取りますから、よかったら書面にして渡しましょうか」

「いや、その必要はないだろう」

「じゃあ、心配しなくていいと伝えてちょうだい。リーだって悪いようにはしませんから」

「とにかく、さっさと持っていってくれ」ディーンはいった。「手もとに置いておきたくない」

ポーの黄金虫がサリヴァン島の砂の中に埋められていたのと同じだった。アーチャーは、日誌をビニールで三重にくるみ、金属の箱に入れて、まわりにビニール袋を詰め、自分の家の裏手にある階段の下の乾いた砂に埋めていた。

「アーチャーには予感があったようだね」ディーンはいった。「遅かれ早かれあのちんぴらたちがやってくると思っていたらしい」

私は、なぜ今やってきたのか、と疑問を呈した。

「本を奪いにきたんじゃないんだよ。目当てはあんただった。アーチャーは間違いを犯した。いってはいけないことをいった。彼のことはあんたも知ってるだろう。柄にもない強がりをいう。今回は詫びを入れるチャンスがなかったわけだ。あいつらは本のことなんか訊きもしなかった」

「もしアーチャーが死んでいたらどうなったんだ。日誌はそれっきり行方不明になっていたかもしれない」

「本人が死んでしまったら、日誌が見つかろうがどうなろうが知ったことじゃない」

私たちは暑い正午の日差しの中で見つめ合った。私たちはどちらも書店人だが、違う世界に住んでいる。その二人が同じ本を求めてほんのいっときだけ同じ道を歩いたのだ。ディーンは煙草に火をつけ、私は先日の非礼を不器用に詫びた。「あんたのいったことをあれからずっと考えていたよ」

「あのときはいろいろなことをいったからな。しゃべりすぎるのがおれの欠点だ」

「一つだけ心に残った言葉がある」

説明する必要はなかった。彼にもわかっていたのだ。「ハル・アーチャーはおれに一度も嘘をついたことがない。少なくとも、おれはそう思っている。そんな友だちがあんたにはいるか？　何人いる？」

たくさんはいない、と私は思った。いや、一人もいないかもしれない。

彼は居心地悪そうに身じろぎした。「これで終わりなら、もう帰ろうじゃないか」

十五分後、私たちはクーパー川を渡り、ノース・チャールストンを目指していた。郊外に出るまで、口を開く者はいなかった。

レンタカーは停めた場所にあった。ディーンは握手の手を差し出さなかったし、私からも握手はしなかった。駐車場を出ると、彼の車はチャールストンに戻っていった。その直後、私たちの車は反対の方向に走り出し、北のフローレンスに向かった。

39

今では道路沿いにはかならず街がある。これまではどの街にも属していなかった場所も、まとまりのない街並みに変わっている。商業施設やドラッグストアや新興住宅地が並んでいるところは、その昔、原生林や沼や農地にすぎなかったのだ。その荒野のところどころに、旅人をなぐさめる辺境の居留地があった。今はモーテルがあり、ガソリン・スタンドがあり、デアリー・クィーンがあり、バーガーキングがあり、ピグリー・ウィグリーがあり、ウィン＝ディクシーのスーパーマーケットや古道具街がある。ポルノ雑誌の売り場もあれば、銃砲店もあり、人が祈りを捧げるあらゆる神の神殿もある。手っ取り早く酔っ払うための店や、車が急に故障したときに直してくれる店も並んでいる。腹を空かせたり、喉が渇いたりすることもない。性的な欲望も、精神的な不安も、適当な方向に数分間、車を走らせれば、たちまち癒される。一八六〇年には二日がかりだった道も、今は空調の効いた車で楽に走ることができる。だが、原生林は今でもあり、密生する松の林に迷い込めば、そこは空の見えるトンネルになる。舗装もなかった時代に夜こんな道を走るのはどんな気分だったのだろう、と私は思った。しかも、これが百二十マイルも続くのだ。北に向かいながら、私はリチャード・フランシス・バートンとチャールズ・エドワード・ウォレンの旅を頭の中で追体験していた。後部座席でバートンの日誌を読んでいると、北からこちらに向かってくる二人の姿が目に浮かび、遠い昔の旅人の感覚がおぼろげにわかるような気がした。

昼下がりにフローレンスに着いた。それからあとの旅程は幸運に恵まれていた。何よりも楽に進むことができた。

図書館で司書に尋ねると、探し物はすぐに見つかった。街道の交わる四つ辻は今でもホィーラーズ・クロッシングと呼ばれていた。そこは町外れで、今では何もなかった。道路わきの道標に名前が書かれているだけだった。

図書館にはホィーラー家の資料がいくつか残っていた。手紙や台帳、そしてマリオンが書いたメニューが数枚。ホィーラー家の人々は四つ辻のそばの古い墓地に葬られていた。マリオン・ホィーラーの母親は彼女より早く埋葬され、父親は妻や娘より長生きして一八八一年に死んでいた。「これを見て」ココがいった。「マリオンも母親と同じでお産のときに亡くなってるわ……バートンとチャーリーがここにきてちょうど九カ月後。父親は娘が私生児を産んだことを隠さなかったのね」

子供は無事に生まれていた。マリオンの父親は娘の遺志を尊重し、その男の子をリチャードと名づけて、自分の息子として育てていた。

リチャード・ホィーラー。その子のことは、ほんのわずかながら資料に残っている。マリオンの父親が死ぬ間際に書いた手紙に、数行だけ触れられていた。三年間学校に通ったというのは、当時としては普通のことだったのだろう。金髪で腕力が強かったが、語学にも堪能だったという。独学でラテン語を学び、六ヵ月で自由にこなせるようになると、次にはスペイン語を勉強した。情熱的で、踊りがうまく、娘たちに愛された。その手紙には、長身で、肌が浅黒く、名誉を重んじたと書いてあった。

女性にもてないわけがない。

十六歳で船乗りになり、その後の消息は途絶えている。

午後遅く、私たちはホィーラーの宿屋の跡地を訪ねた。今は道の曲がり角になっていて、〈ホィーラーズ・クロッシング〉という州の道標があるだけだった。墓地はそこから未舗装の道を少し行ったところにあった。ホィーラー家の墓所を見つけたときには、すでに暗くなりかけていた。父親と母親は並んで葬られ、少し離れたところにマリオンの墓があった。質素な墓石にはこう刻まれていた。〈愛されし娘マリオン・ホィーラーここに眠る　一八六一年一月三十日　生を享《う》くること二十四年十一ヵ月十四日にして地上を去る〉。ココはそれをメモし、暗い中でなんとか写真を撮ろうとした。

いつまでも離れようとしなかったので、墓地から引きはがすようにして連れて帰った。

そのあと初めて彼女はバートンの日誌について私の意見を尋ねた。本物のように見える、と私は答えた。専門家ではない、という留保をつける必要はもうなかった。印象に残ったのは、おびただしい黒人霊歌や奴隷の歌を採譜しているところだった。チャーリーと南部を旅しているあいだに、方言のまま歌詞も綿密に書き記してあった。それが何ページも続き、どこで聴いたか、アフリカのどの部族の歌に起源がありそうか、詳細な注釈をつけていた。

バートンがチャーリーと初めて会ったときの記述も詳しかった。私たちがすでに知っていることとも符合し、チャーリーの話はさらに精彩を帯びてきた。チャールストンを散策した日の話も詳しく書いてある。バートンはバタリーからサムター要塞をスケッチし、奴隷市でチャーリーが憤慨したことを面白そうに語っていた。一番の収穫は、イースト・ベイ通りの歯医者の外で写真を撮ってもらったという記述だった。

日が暮れかかる中、西を目指した。

キャムデンで北に向きを変え、州間道路の七七号線に入った。そこからはシャーロットまで一直線だったが、私たちはロック・ヒルに車を停め、川を望むモーテルに部屋を二つ取った。エリンはデンヴァーのリーに電話をかけ、進展があったことを告げた。彼女は私の部屋に電話をかけてきて、一階のバーに誘った。

「リーは大喜びだったわ」彼女はいった。

「それはよかった」私はぶっきらぼうに答えた。

「どうしたの？　あなた、気がついてないかもしれないから教えてあげるけど、あたしたちは勝ったのよ」

私は、ゆうべのことがあったので疲れている、と見え透いた言い訳をした。だが、それだけではないことを彼女は感じ取ったらしい。

「デニスのことね。そうでしょう？　この騒ぎで、すっかり忘れられた格好ですものね」

「おれは忘れていない」

「でも、どうするつもり？」

「まだわからないが、何かするつもりだ」

「ダンティを始末するチャンスがあったのに、逃がしたことが気にかかってるの？」

「違う。さっきもいったように、疲れてるだけだよ」

だが、それだけではなかった。

私たちは部屋に引き取ったが、まだ眠れなかった。真夜中に私はディーン・トレッドウェルのことを考えた。そして、もう何十回もやってきたことだが、アーチャーとディーンとの不思議な友情に改めて思いを馳せた。またしても私は考えられないことを考え、すぐにそれを頭から追いやろうとした。だが、それはしつこく居すわりつづけ、私はますます目が冴えてきた。少なくとも数時間は眠ったようだ。急に目が開いて、その直前まで夢を見ていたことに気がついた。それはアーチャーと母親のベッツの夢だった。そして、しばらくたってから、ベッツはアーチャーの母親でもなんでもないことに気がついた。

朝になって、カフェで静かな朝食をとった。エリンのもとにはすでにリーから電話があり、飛行機の相談をしていた。「今夜七時のアトランタ行きに乗れるわ。混んでるかも知れないけど、デンヴァー行きに乗り換えるにはそれしかないみたい。リーの指示で、航空運賃は三人分全部あたしのクレジットカードで払いますからね。あとでリーから返してもらうから大丈夫」

「駄目だ」私はいった。「きみの分は自分で払ってくれ。おれはココの運賃と自分の運賃を払う」

彼女は引かなかった。「クリフ、リーがそうしたいといってるのよ」

「それはやめさせてくれ」

私たちはシャーロットに着き、オーリン・ウィルコックスを見つけた。リビーの描写はきわめて正確で、食人鬼めいた古本の掘出し屋が信じられないほど散らかった店に巣くっていた。一見すると世の中のことには何も関心がないようだったが、私が金を見せると敏感に反応した。

「ミセス・ロビンソンには千ドルといったそうだね」私はいった。

「あんときに買えばよかったんだよ。もう値上げした。千五百だ。経費がかかっている」

「二枚焼いてもらいたい」

「二枚目は二百五十ドルだ。現像代は別だよ」

私たちは店から遠くない写真館に行った。私はガラス板から目を離したくなかったし、プリントが出来上がるところも見ていたかった。写真屋にチップをはずみ、横で見せてもらった。暗室に立って、私はバートンとチャーリーが現像液の中で息を吹き返すのを見守った。徐々にバートンが姿を現わしてくる……最初はぼやけた輪郭、続いて街路と立ち木とうしろの子供たちが見えてくる。まるで印画紙を二ヵ所ですぱっと切ったように、突如、バートンの頬に傷が浮かんだ。続いて、帽子が、目が……そして、チャーリーが隣に現われた。一度も見たことはないが、想像していたとおりの人物だった。コントラストは鮮明で、画像はくっきり浮かび上がっていた。二人は街路に立ち、すでに遠く過ぎ去った一日を楽しんでいる。だが、それはこうして不滅の一日となり、二人が強い友情の絆で結ばれていることも手に取るようにはっきり伝わってきた。バートンは仕方なく付き合っているような顔をしているが、それでも嬉しそうにしている。チャーリーのほうは友といることをひたすら楽しんでいた。パルメット椰子のそばに黒人の子供が二人いて、写真屋とその不思議な機材に目を丸くしている。半ブロック先では犬が道を渡っていた。画面奥にはこちらに向かって荷馬車を引いてくる馬が写っている。商品取引所に出入りする人や道行く人々も捉えられていた。それをすべて目にしたあと、私の視線はまたバートンに戻っていった。きのう撮られたばかりの写真のように、その表情は鮮やかだった。そして、チャーリーの肩にかけられた手には、たった今私が読んでいる、あの日誌があった。

二枚のプリントのうち、一枚は封筒に入れ、サムター要塞のリビー・ロビンソンに送った。数時間後、私たちはレンタカーを乗り捨てた。追加料金は私が払った。そのあと、アトランタ行きの飛行機に乗り、九時三十八分発デンヴァー行きとの乗り継ぎがうまくいくことを祈った。

デンヴァー

40

飛行機は混んでいたが、さいわいキャンセル待ちで乗ることができた。私たちの席はまちまちだった。私はエリンの三列うしろにすわり、三つの席を占領する不機嫌な太った女性に窓際に押し込められていた。ココは見えなかったが、どこか前のほうの席にいるらしい。離陸してしばらくすると、エリンは十分ほど機内電話を使っていた。あとで知ったが、またリーと話をしていたのだという。「よかったら今夜みんなに会いたいんですって」デンヴァーの混み合ったターミナルを歩いていたとき、エリンはいった。「急ぐ用事じゃないから、堅苦しく考えないでいいそうよ。お礼のしるしに飲み物をご馳走したいんですって。飛行機代は払うっていいだすかもしれないけど」

「飲み物は歓迎だな」私はいった。

三時間の大揺れのフライトのあと、ステイプルトン空港に着いたのはマウンテン・タイムで十一時半だった。タクシーに乗り、パーク・ヒルには真夜中過ぎに着いた。お馴染みの家並みや影に包まれたお馴染みの通りが目に入ったが、なぜかどれもみんなこれまでとは違って見えた。窓を開け、乾いた空気を味わった。家に着いたのだ。ずいぶん長いこと留守にしていたような気がする。

エリンの反対を押し切って、私がタクシー代を払い、判事の家の玄関まで三人で小道を歩いた。戸口にリーの影が見えた。玄関が開くと、常夜灯がともり、前庭が照らし出された。リーはポーチの一番上の階段で私たちを出迎えた。

「よかった。よく帰ってきたね」彼はエリンを抱き締め、強い力で私の手を握った。私がココを紹介すると、全員でリーの書斎に向かい、素晴らしい本が揃った親しみあふれる環境の中で、それぞれが柔らかい椅子に腰をおろした。エリンは甘い飲み物を、ココは水を、私はバーボンのオンザロックをもらうことにした。

「ミランダは会えなくて残念がっていたよ」リーはいった。「ゆうべ遅くまで古い友人がきていて、とても疲れたらしい。タイミングが悪かったが、何週間も前からの約束だったんだ。最近では休む暇もないよ。我慢比べみたいなややこしい裁判にまだどっぷり浸かっているし——すべて片づいたらミランダも喜んでくれるだろう。少なくとも私はそう願っている。そのときにはまたみんなで集まろうじゃないか」

エリンは鞄からバートンの日誌を取り出し、リーに渡した。

「とうとうやったか」彼はいった。「よくあいつを説得できたもんだね」

「われわれの力じゃないんですよ」私はいった。「ダンティが叩きのめしてくれたんです。

エリンから聞いてないんですか」

「もちろん聞いたよ。それでもまだ信じられないくらいだ」

私たちはしばらく世間話をした。エリンがココに書庫を見せているあいだ、リーと私は本の話をした。

「きみは立派な探偵だね、クリフ。前からそう思っていたよ」

「昔の話ですよ」いつものように、私は謙遜した。「あのころは馬力もあったし、勘も鈍っていなかった。まだ少しは勘が働くかもしれませんね。本に埋もれて忘れてしまったわけではないらしい」

「きみが何をいいたいのかわからないが、今度のことで報酬を――」

「直感の話ですよ。集めた事実が予想と違ったときには、勘を頼りに動くんです。いやなことを探り当てる場合もありますがね」

本当ならここでやめておけばよかったのだ。私もやめたかったが、リーがさらに質問をして、あの考えられないことがまた浮上してきた。

「そういうときにはどうするんだ」彼はいった。「理屈が合わないときに、勘を頼りに動くとは、どういうことだ」

「理屈は合うんですよ。合わないように見えるのは、まだ何かが足りないからなんです。だから、みんなにいやがられるまで、しつこく質問をしてまわる。大事なのは、昼も夜も考えつづけることです。そして、相手が悲鳴を上げるまで質問攻めにする」

「まだ現役のようだね」

「そうですね。自分ではどうしようもないんです。できればそんなことはしたくない。忘れてしまいたい。縁を切ったらせいせいするでしょうが、なぜかできない」

彼は顔をそむけた。

「リー？」

「いや、すまん。ついぼんやりしていた。あの裁判のせいだ。叩かれすぎて、パンチ・ドランカーになったようだ」

「ちょっと質問をしてもいいですか」

「今かね。今夜ここで？」

「時間はかかりません。ここで訊いておかないと、眠れそうもないんです。もしデンヴァーにあなたと同じくらい疲れている人間がいるとしたら、それはおれでしょうね」

急に部屋の空気が変わり、険悪な雰囲気になった。リーはいった。「それなら聞かないわけにはいかないね」だが、その肩はこわばり、口のまわりに緊張が走っていた。その表情は何度も見たことがある。心とは裏腹のことを口にすると、人はそんな顔になる。

「アーチャーは、あの日誌は最初から自分のものだったといっています。私たちが会ったボルティモアの書店主も、そのアーチャーの言葉を信じていました。でも、エリンの交渉の仕方は、まるで最初から盗品だと確信しているように見えました」

「エリンがそういったのかね」

「エリンは最低限のことしか教えてくれませんでしたよ」

「彼女はなんといったんだ」

私は苛立ってくるのを感じた。時刻は遅いし、私は疲れている。のらりくらりと話をかわされるのはごめんだった。「あなたとアーチャーとは親戚なんですか」

彼は目を見開いた。「いったいそんなことがなんの――」

「この二十四時間で、ふと思いついたんです。アーチャーにはベッツィー・ロスという祖母がいた。いつだったか、あなたのお祖母さんのベッツという人の話が出たこともある。似たような名前の祖母が二人出てくるのは、出来過ぎた偶然だと思うんです」

「私たちは従兄弟だよ。べつに後ろ暗い秘密でもなんでもない」

「でも、二人ともおおっぴらに宣伝することもありませんでしたね」

「そんなことしてどうなる？　しようがしまいがどうでもいいことじゃないか」

「そうかもしれません」だが、私はさらに食い下がった。「ベッツィー・ロスはアーチャーの祖父と結婚した。でも、それは二度目の結婚でしたね。違いますか？　最初はあなたの祖父と結婚したんでしょう」

彼は肯定も否定もしなかった。ただ私を見つめるだけだった。

「アーチャー家の男が次々に若くして世を去ると、ベッツ祖母さんが家の実権を握った。家の財産には本も含まれています」

会話を聞き齧って、エリンが近づいてきた。「そんなこととなんの関係があるの？」

私は彼女に笑いかけた。「いかにも弁護士がいいそうな言葉だね。まあ、落ち着いてくれ。リーとおれは今度のことの後始末をしているだけだ」

「もう始末はついたはずよ」

「答えのわからない質問があるうちは、まだ駄目だ」

「どの質問のこと？」

「誰がデニスを殺したか。なぜ殺したか」

リーはこちらに背を向けてバーに近づいた。「だがね、クリフ」グラスに酒を注ぎながら、彼はいった。「これ以上きみに話せることはないんだよ。だいいち、きみが何を知りたいかさえ私にはわからない」

「殺人犯を捜してるんです」

「だったら、場違いよ」エリンがいった。

それを聞き流し、私はリーを見た。「今朝、目が覚めたとき、アーチャーと祖母のベッツのことを考えていたんです。そのとき、ベッツというのはアーチャーの祖母ではなくて、あなたのお祖母さんだと気がつきました。思い出すのにちょっと時間がかかりましたが——最初にアーチャーと会った晩のことでしたね。アーチャーは、あなたの本はお祖母さんのベッツが遺したものだといっていました。親切で優しいお祖母さんだったな——その言葉を口にしたときの口調には毒があった。思い出すのもいやだとでもいいたそうな口調でした」

「アーチャーの言葉にはいつも毒があるんだよ。あの晩に限ったことじゃない」

「サウス・カロライナでアーチャーの背景を調べていたとき、ベッツィー・ロスという祖母がいたことを知りました。新しい情報でしたよ」

「二人は従兄弟だったんでしょ」エリンがいった。「それだけのことじゃないの」

「きみは二人が従兄弟だということを知っていたか」

彼女は何もいわなかったが、知らなかったと認めたようなものだった。

「そうなると、本の話も考え直す必要がある」

「どういうことか、私にはわからんね」

「ずっと気になってたんですよ。ベッツィー・ロスはどんな女性だったんでしょう」

「ベッツは……」リーは小さく笑った。「実に精力的な女性だったよ。誰もベッツにはかなわない。アーチャー一族にしても、誰にしてもね。それに、娘を本当に可愛がっていた」

「最初の結婚で生まれた娘ですね。たぶんその娘が産んだ男の子も可愛がっていたんでしょう」

「ああ、そうだよ」彼は微笑んだ。「私はベッツの掌中の珠だと、よくいわれたものだ」

「あなたのお母さんは？」

「世界で一番美しい女性だ。誰からも愛されていた。ただし、ベッツと違って、いかにもひ弱だった」

「お祖母さんは、もう一方の系統の孫のことはどう思っていたんです？」

「ハルはいつも除け者だったよ。とくにベッツとはうまが合わなかった。ベッツもそれなりに愛していたと思うが、その愛情を表現することができなかった。彼女から見れば、ハルはいつも道を踏み間違えている孫だった。落ち着きのない怠け者だった。本当にやりたいことがあって、ハルが一生懸命努力していても、彼女にはわからなかった」

「クリフ、あなたの話にも何か意味があるのかもしれないけど」エリンがいった。「お願いだから、今のこの時代の話をしてくれない？」

「わかった。そうしよう。デニスがあの本を持っていたことは、われわれ五人しか知らなかった。きみは次の日に山籠りしたから、本のことは誰にも話していないといった。でも、それは違うね？」

「そのことについては、私と少し話をした」リーがいった。

「だからどうだっていうの？」エリンはいった。「二人だけで話をしたのよ──あなた、何がいいたいの？」

「同感だね。訊きたいことがあったら、はっきりいいたまえ」リーはいった。

「初代のアーチャーは、トレッドウェルを雇って、ジョゼフィンの母親からバートン関係の蔵書を騙し盗ったんですか？　手紙や書類はどうなったんです？」

「そんなこと私が知っているわけがない」

「あなたなら知ってるでしょう」

「失礼なことというもんじゃないわ」エリンはいった。

「そのとおり。おれも胸が痛い」

リーの顔に、一瞬、苛立ちの色が走った。「まるできみは何かの罪で私を告発しているようだね」

私たちは黙り込んでいた。ココさえ聴き耳を立てていた。部屋に響いているのは時を刻む時計の音だけだった。

「まさかきみは、私があの女性を殺したと思っているんじゃないだろうね」

私は何もいわなかった。

「クリフ！」リーは声を荒らげた。「クリフ！　きみは自分のいってることがわかってるのか！」

沈黙が続いた。私は疑問が氷解する言葉を聞きたかった。目が合ったが、リーは顔をそむけた。

「リー」私は静かにいった。

彼は仕方なく振り返った。

「ベッツ祖母さんが死んだとき、本はあなたが継ぎました。あなた一人が。その代のアーチャー家の男はみんな死んでいる。ベッツだけが長生きして、財産を一人で管理していた。アーチャー家の孫は追放同然だったから、あなたがすべてを継いだ——財産も、本も、栄光に満ちた法律家への黄色い煉瓦道も。でも、あなたは慎みのある人間でした。本心からそう思っています。だからあなたは、アーチャーにも本を分けてあげたんでしょう。家族には内緒で、一番価値のあるものを二冊。問題は、二人ともその蔵書の出所を知っていたことです。それは、誰もが知っているのに、おおっぴらには話題にできない、一族の暗い秘密でした。あなたたちはみんな知ってたんでしょう。初代のアーチャーは本の噂を聞きつけて、トレッドウェルを雇い、二束三文の値段でその蔵書を買い取った。ウォレン家には少なくとも一人相続人がいた。そのことはみんな知っていたはずです。その相続人が現われたときが過ちを正すチャンスだったんです。ところが、あなたたちはそれを無視して本を手放さなかった。すべてはそこから始まったんです」

私は反論を期待してエリンを見た。

「あなたとアーチャーは沈黙の申し合わせを結んだ。あなたたちの手もとには素晴らしい本がある。だが、どうすることもできない――法的に正当な所有権を主張できる人物が、まだ生きている可能性がありますからね。ところが、困ったことに、アーチャーは一文無しになった――銀行預金も創作力も底をついた。だから、彼は、バートンの一冊をオークションに出したんです。本を売って、なおかつ秘密が守れるのは、オークションぐらいのものですからね」

突然、部屋が暑くなった。「そこで、質問したいことがあります」私はいった。「本当だったら慎重にならないといけないところですが、なれそうにありません。無骨に、まっすぐに訊くしかないと思います」

エリンの燃えるような視線を顔に感じたが、私はリーを見つめた。彼は顔をそむけ、これ見よがしにまた酒を注いだ。その顔には見憶えがあった。何人もの人間がそんな顔をするのを何度も見ていた。それに押され、虚飾を捨てて、私は核心の問い、あの考えられないことを初めて口にした。

「教えてください、リー。デニスを殺したのはあなたですか」

エリンが抗議の声を上げるのが聞こえたが、私の目はリーから離れなかった。だが、彼は私を見ることができなかった。その瞬間、答えを聞く必要はなくなった。

「リー」私の声はひび割れていた。

彼は挽回しようとした。「私は誰も殺していない。きみはなぜそんなことを考えたんだ」

「どうしても訊いておかなくてはいけない質問だったんです。 慙死に値します」

リーは気力を振り絞り、私の目を見ようとした。「じゃあ、正直に答えてくれ。きみはどこからそんなことを思いついたんだ」

「途中からアーチャーの話を信じるようになったんです。簡単なことなんですよ。あなたの話とアーチャーの話は両立しない。つじつまが合わないんです」

「アーチャーの話というのはなんだ。わかるように説明してくれ」

「そんなに複雑なことじゃありません。バートンの日誌は自分のものだとアーチャーは主張した。四十年も付き合いのある本屋にそういったんです。その本屋はアーチャーのたった一人の友だちかもしれません」

「自分が盗んだものを自分のものだと主張しない泥棒がいたら、連れてきてくれ。この話には裏があるはずだ」

「そのとおりです。あなたが証拠です。その表情はなんですか。こちらの目を見ることさえできない。ずっと目をそむけている」

ようやく彼は私を見た。凄まじい努力が必要だったはずだが、私の目を正面から見た。

「私には自分の正当性を主張する必要もない。きみは誰に向かって話をしているつもりだ」

彼はエリンを見た。「どうだ、きみはこんな話を信じるか」

「信じません」だが、その声には、本来あるべき自信が欠けていた。彼女は揺さぶられていた。あの落ち着き払った専門家の物腰も、今ではまったく見られなくなっている。

「彼が知りたがっていることに答えてください」彼女はいった。「それだけで片づくんです。あとはみんな安心して寝られるんです」彼女は私を冷たく見た。その目は、あなたともこれっきりよ、といっていた。

だが、リリーはいった。「クリフ、私からもきみに訊きたいことがある。それに答えたら、もう帰ってくれないか。私は一冊の本のために人を殺すような人間に見えるか？　そこまで馬鹿な人間だと思うか？　どうしても欲しい本があったら、買えばいいだけの話だ。それくらいの財力はある。それとも、金に目がくらんで頭がおかしくなったとでもいうのか？　どうだ、答えてくれ。そうすれば、おたがいに納得するだろう」

「では、推測を話します。はるか昔にあなたとアーチャーは、この素晴らしいバートン・コレクションの共同相続人になった。実際はあなた一人で継ぐことになりましたが、こっそりアーチャーにも分けてやった。怪しげな同盟を結んで、リチャードの日誌を含む何冊かをアーチャーに渡したんです。その日誌だけで、ほかのコレクションを全部合わせたくらいの値打ちがあることは、そのころからあなたたちは知っていました。そして、最後の相続人が死ぬまで、本を売るのはやめようと申し合わせた。二人ともその出所を知っていたからです。自分たちの一族が不正をして、ウォレン家から巻き上げたものだということを知っていたからです。

　簡単な方法、正しいやり方は、ミセス・ギャラントを捜し出して金を払うことだった。卸値で計算して、代金を渡すだけで、ミセス・ギャラントの人生はがらりと変わったでしょう。でも、あなたはそうしなかった。本を持っていることを認めるのが怖かったんです。そうすると、本を手放すことになるかもしれない。初めてあなたは自分の道徳観や正義感に反することをしてしまった。あなたとアーチャーは誰にも話さないことにした。この本は法律的にもあなたのもので、ミセス・ギャラントにも誰にも金を払う必要はない。あなたがアーチャーに情けをかけたように、あの老婦人に誠意を見せていれば、今度の事件は起こらなかったかもしれません。しかし、あなたは口をつぐみ、危険から逃げた。黙っていれば、いずれ彼女はいなくなる。死ぬかあきらめるかで、おとなしくなる。そう思ったんです。

誠意を見せるべきでしたね。あなたの本心はわかっています。ミセス・ギャラントに金を払って、人生の汚点を取り除きたかったんでしょう。ところが、時が過ぎて、その機会は失われてしまった。あなたは裁判官になり、全米屈指の判事になった。もう引き返せない一線を越えたのは、たぶんレーガンの面接を受けたときだったと思います。あなたはコレクションを処分し、手放すつもりだった。大統領があなたを最高裁判所の判事に指名しようとしていたんですから、あの本は心の重荷になったはずです。それが動機だったんですよ、リー。あの時期に危ない橋は渡りたくなかった。ほんの小さなスキャンダルも命取りになる。バートンのコレクションを持っていたところで、法律的に問題はありませんが、道義的な責任を問われたら、連邦最高裁判所判事のポストは水の泡と消える」

私は酒を呑み干した。

「リー」エリンだった。頼むから否定してくれと哀願するような口調だった。「この人にいってやって。おまえは頭がおかしいんだっていってやって」

「彼にはそんなことはいえないはずだ」私はいった。「私は彼女を殺していない」

「私は彼女を殺していない」リーはいった。

そのあと、彼はつづけた。「彼女が……勝手に死んだのだ」

「まあ、どうしましょう」エリンはソファーに沈み込んだ。「そんな馬鹿な」

「エリン、クリフ、聴いてくれ」リーはいった。「私は誰も殺していない。私は彼女に会いに行った。そんなことをするべきではなかった。自分でもそれはわかっている。しかし、絶対に本を渡してもらえると思っていたんだ。貧しい夫婦だということは知っていた。きみから聞いたんだよ。充分な額の金さえ払えば、人はなんでも売ってくれる。私は金を積んで、本はなくしたことにしてくれと彼女に頼んだ。きみに訊かれたらそう答えてくれと。あのとき、私は何を考えていたんだろうね。あの家にはほんの数分しかいなかった。だが、何か行き違いがあって……彼女は私がいったことに怯えはじめた……なんでもなかったんだ。私がここにきたことを人にしゃべったらどうなるか、遠まわしにちょっと脅してみただけだ。彼女や夫を傷つけるつもりはなかったのに、彼女は怯えた。私は黙らせようとした――頼む、と私はいった。頼むから静かにしてくれ。すると彼女は叫びはじめて、すべては台無しになった。私は枕を手にした――窒息させようとしたんじゃない。静かにするようにいいきかせるつもりで、そのあいだちょっと黙っていてもらおうと思っただけだ。私には彼女を殺す理由なんかない。静かにしてもらいたかっただけだ。あとはすぐに帰るつもりだった。信じてくれ！」

「信じますよ、リー」私はいった。「そういうことだったらいいなと最初から思っていました」

「私は理性的に話し合おうとした。私がきたことは忘れてくれといった――本は持っていてもいい、金も受け取ってくれと。金はみんな彼女に渡すつもりだった。もう私にはどうでもよかった。だから、無理にでも金を渡そうとして……」

「だからシーツの下に紙幣があったんですね。警察が押収しましたよ」

「私は正しいことをしたかった。それだけが望みだった。私は最初からハルとは意見が合わなかった。あの老婦人を見つけて、金銭的な補償をするべきだと思っていた。相当な額を渡せば、私たちの人生の汚点が消えると思った。ハルに訊いてみるがいい。私がどういうつもりだったかは彼がよく知っている」

私は空のグラスを置いて戸口に近づいた。どこかうしろからリーの声が聞こえた。「あれは犯罪ではないぞ、クリフ。あれは事故だったんだ。誓ってもいいが、あれは事故だ。殺意はなかった。私があんなことのできる人間でないことは、きみ自身よく知っているはずだ。私には人は殺せない」

私はドアに手を触れた。

「クリフ、お願いだ……私は、彼女の夫を金持ちにすることもできる」

振り返って、私はいった。「あなたは彼が欲しかったものをすべて奪ったんです」

「償いはする」

「無理ですよ」

「できるとも！　このことを人に知らせる必要はない」

「ええ、そうですね。残念です。私がどれほど残念に思っているか、あなたにはわからないでしょう」

「エリン。きみからも話してくれ。話してくれ！　これはここだけの話にしておけばいい」

私はエリンを見た。彼女は力なくソファーにすわったまま、滂沱《ぼうだ》の涙を流していた。

「さようなら、リー」私はいった。

そして、外に出た。その直後、うしろから歩道を駆けてくるココの足音が聞こえた。

「ああいう状況だから、今夜はあなたの家に泊めてもらおうと思って。空いた部屋があればだけど」

私は彼女の肩に手をまわした。「あんたのために部屋はいつも空けてあるよ」

同じ日の夜明け前、リー・ハクスリーはガレージに閉じこもり、エンジンをかけたままの自動車の中で死んでいた。それが幕引きだった。

二日のあいだ彼の名前は新聞の一面を飾り、ラジオのトーク番組のトピックになった。おしゃべりなコメンテーターが勝手なことをしゃべりまくり、突拍子もない憶測が飛び交った。暇だけはたっぷりある内容空疎な馬鹿レポーターが例によってデンヴァーに襲来し、悪趣味なたわごとを垂れ流していった。馬鹿にマイクを持たせても、昔の馬鹿が口にした言葉を昔の馬鹿より大声でしゃべるだけだった。

感動的な光景もあった。同僚にとってリーは一番の秀才だった。常に慎重な判断を下し、理非曲直を明らかにした人物。アリーン・ウェストン判事はインタビューで故人を誉め称えた。彼は立派な人物で、教養があり、誰からも好かれていた。みずからこのような行為に及ぶとは誰にも想像できないことだった。これによって、かの大詩人ジョン・ダンにさえ間違いのあることが立証された。なんぴとも島にてはあらず、とダンは歌ったが、実は人間はそれぞれが一つの島であり、深い個人的苦悩と幸福な人生を構成する要素とは共存することができる。

大統領にリーを連邦最高裁判所の判事に指名する意向があったという噂が流れたとき、おしゃべりなコメンテーターたちは、指名されなかったから自殺したんだと色めき立った。ホワイトハウスのコメントはなく、報道官のマーリン・フィッツウォーターはリーがレーガン大統領と二度面談を行なったことを認めた。だが、どんな話し合いが持たれたか、大統領がどこまで本気で考えていたかについての言及はなかった。

葬儀には大勢の人が詰めかけた。地元の法曹界のメンバーは全員が顔を見せ、教会は人であふれ、通りに立っていた人々はいっせいに墓地に移動し、教会から墓地への行列のせいで、二十ブロックにわたって交通渋滞が起こった。

私はココとテレビでそれを見た。リーはクラウン・ヒル墓地に埋葬され、たちまち記憶の彼方に忘れ去られた。

葬儀のあとの土曜日、私の店の前に一台の車が停まった。ミランダが飛び出してきたのを見て、私は身がすくんだ。店内には二十人の客がいたが、ミランダは私しか見ていなかった。そして、勢いよくドアを開けると、こう叫んだ。「この大馬鹿野郎！　くそったれ！　おまえなんか大嫌いだ。おまえなんかと知り合わなければよかった！　おまえなんか死んでしまえ！」突進してきた彼女は、握りこぶしで私に殴りかかり、最後には失神した。

どうやらリーは書き置きを遺していたらしい。内容は想像するしかなかった。一週間後、中傷の手紙が届いた。もしも私を殺せるのなら、彼女は喜んで殺しただろう。最後にはこうあった。「あの日誌はもう見られません。わたしが燃やしました」

本当に燃やしたかどうかは誰にもわからない。ミランダは以前から金銭的な興味が強いほうだったし、あの日誌の価値も少しは知っていたと思う。だが、憂鬱で空しい後味が残った。あの本や手紙のことは今でもよく考える。リーは署名入りのバートンの本をどこに保管してあったのだろう。ミランダは怒りに我を忘れてそれも燃やしてしまったのか。未亡人のイザベルがバートンの原稿を燃やして百年後に、ミランダはバートンの日誌を燃やした。その皮肉に、頭痛がした。

真相はまだ表沙汰になっていない。絶望の中で、リーは希望をつないだのかもしれない。私ならたぶん彼の名前に泥を塗るようなことはしないだろう、と。聞いたところによると、デニスの死に関するホワイトサイドの捜査はまったく進んでいないようだった。新しい殺人事件が起こり、ホワイトサイドの関心はよそに移っている。リーはあの部屋に何か証拠を残してきたに違いない。気が動転しているときに隠蔽工作などできるはずがない。だが、警察は、被害者となんの関係もなさそうな高名な法律家に、髪の毛や指紋の提出を求めたりはしないものだ。もしもホワイトサイドの捜査に誰かの名前が浮かび、その人物に疑うに足る理由があれば、この事件は数時間で幕が引かれていただろう。もしデニスがデンヴァーの大物なら、ホワイトサイドも仕方なく考えられないことを考えただろう。だが、現実にはそんなことは起こりそうにない。結局これは未解決の事件として残るだろう。容疑者らしき人物はラルストンだけだった。

この一連の出来事はどこから始まったのか。それは誰にもわからない。リー・ハクスリーの悲劇は、彼が生まれるはるか以前の、リチャード・バートンがアメリカにきてチャーリー・ウォレンと出会ったときから始まるという説を唱える者もいるだろう。私だったら、そんな悠長なことは考えていられない。そんな気宇壮大なことを考える柄でもない。私にとって、それはリーとアーチャーが密約を交わしたときから始まる。すべてはそこから広がっていった。

どこで始まったにしろ、それはリーのガレージで終わった。

後日談がある。レーガンは、第九連邦巡回控訴院のアンソニー・M・ケネディを指名した。ケネディは一九八八年の二月に連邦最高裁判事になっている。

リーが死んで数週間のあいだに、いろいろなことがひとりでに片づいていった。ヴィニー・マランツィーノから電話がかかってきた。挨拶もなしに、彼はいきなり切り出した。「よう、クリフ。うまくいったぞ。また何か揉め事があったら、おれにいってくれ」

礼をいおうとしたが、彼は遮った。「昔の親友にそれはねえだろう。またそのうち会おう。昔のよしみでメシでも食おうや」

だが、そんな機会が永久に訪れないことは彼も知っていた。

エリコット・シティの火災現場には作業員が集まり、後片づけが始まった。不思議なことに灰の中から新しい家が生まれ、ココの友人のジャネットは毎日のように報告を送ってきた。下りた保険金をどうするかはココ次第だった。もらうもよし、返すもよし、ポトマック川に投げ込むもよし。ただし、川に捨ててもいいか、規則がどうなっているかは私にはわからない。請求書はまだ誰のところにも届いていなかった。永遠に届くことはないだろう、と私は思った。「資料の一部は図書館に寄付しようかな。管理はあたしがやる、という条件で」ココはいった。「チャールズ・ウォレン記念室というのがあってもいいじゃない。無名人だし、本もないけど」

　彼女は一カ月私の家にいた。

　エリンがどこへ行ったのかはわからない。ラスヴェガスには一度行って、カジノでカードのディーラーをやっているラルストンを見つけた。デニスの葬儀の費用を出したので、ラルストンの取り分は少なくなっていたが、帳簿を操作して少し上乗せしておいた。「銀行に一万ドルある。いつでも使ってくれ。ただし、デンヴァーに戻ってきて受け取るんだ。ここに送るのはやめる。約束してくれよ。ギャンブルに注ぎ込んだり、酒に代えたりしないってな」

「あんたの取り分は少ないじゃないか。欲しくないのか」

「デニスもこれくらいでいいというはずだよ、マイク」

私は彼に真相を語った。リー・ハクスリー判事のことを話した。彼はまだ金を取りにきていないが、先は長い。いずれ自分のやりたいことを見つけるだろう。

人生は過ぎてゆく。私はまた仕事を始め、イースト・コールファックス・アヴェニューの本屋の親父に戻った。

こんな暖かい日や夜には、いつもリーのことを考える。ときにはジョゼフィン・ギャラントとの臨終の約束を思い出し、大事なことが終わっていない空しさに襲われることもある。

初秋のある夜、私は店にすわって街灯がともるのを見ていた。この意気の上がらない出来事で勝者がいるとしたら、それは私だろう。私の手もとにはバートンの本が二冊ある。染み一つない初版本で、作者が注釈を書きこんでいる。こんな本を所蔵したり取り扱ったりできるのは、ごく少数の書店だけだったが、私にはどうでもよかった。所有の喜びは薄れ、手放してもいいと思うようになった。こんなことがなければ喜んで転売していただろう。リーも本を奪っていたら、途中にある五、六軒の店のどこかで売り飛ばしていたに違いない。今でも私は彼を信じている。心の底では礼節を重んじる人物だったが、祖父の罪や自分の罪につぶされた。その人生で彼は一度だけ自分の道徳観に反することをして、その恐ろしい代償を払ったのだ。

私は通りに目をやった。今夜は亡霊に満ちた長い夜になりそうだった。

シェイプアップをしなければならない。何週間も走っていなかったし、酒量も増えてきた。人と会うのを避け、貧しい食事をとり、将来の展望もなかった。遠い未来の自分に思いを馳せると、シャーロットにいたあの頭のおかしな掘出し屋のように、狂気の世界に閉じこもり、人を怒鳴りつけて、銭勘定ばかりしている老いぼれの姿が浮かんできた。それは幻覚なのか、予知夢なのか。どちらともつかなかったが、夜の憂鬱はいっそう深くなった。

外には夜行人種が出歩き、通りを闊歩していた。店仕舞いの時刻だ。そのとき、電話が鳴った。日付が気になって、つい受話器に手が伸びた。

「こんばんは」

彼女の声はすぐにわかった。私は、あんなことになって残念だった、といった。

「ええ、そうね」彼女は優しくいった。「あたしも残念だわ」

「最近どうしてる」

「小説を書き上げようとしているの。そんなによくないけど、なんとか完成しそうよ」

「自分の小説だから、きみはいい判事じゃないかもしれないな」

「判事はあたしだけよ」

その判事という言葉に長い沈黙があった。

「たとえ出来がよくないとしても」やがて、私はいった。「こんなときに書いたんだから、状況が悪かったんだよ」

「自分をごまかすのがいやになったの。出版社に送るのもよそうかしら」

「もっと時間をかけるんだ。短気を起こしちゃいけない」

「そうね」

続いて、彼女はいった。「前にある賢者からいわれたの。この世には作家に向いていない人間もいるって」

「賢者がすべてを知っているとはかぎらない」

「相変わらずね。なんにでも答えられるんだから」

「じゃあ、これはどうだ。きみは本屋に向いているかもしれない」

「それは考えたわ」

「芸術の女神が戻ってきたら、また書きはじめればいい」

「戻ってきたら、ね」

もう会話はこれで終わりのようだ。そう思って、気が滅入った。だが、しばらく電話料金を無駄にしたあと、彼女はいった。「今日がなんの日か知ってる？」

もちろん知っていた。だから電話に出たのだ。私は一日じゅうそのことを考えていた。今日が四十日目なのだ。

私はしばらく電話線の雑音に耳を傾けていた。やがて、彼女はいった。「そこにいて。これから行くわ」

著者覚書

リチャード・バートンのことをもっと詳しく知りたい読者には、優れた伝記が三冊ある。フォーン・ブローディの『悪魔が駆り立てる』（ノートン、一九六七）は、ならず者という風評からバートンを切り離した最初の伝記で、今でも読む価値がある。エドワード・ライスの『サー・リチャード・フランシス・バートン大尉』（スクリブナー、一九九〇）はバートンの生涯の細部と謎とを見事に捉えている。マーク・S・ロヴェルの大作『生きる情熱』（ロンドン：リトルブラウン、一九九八）はリチャードとイザベル両方の伝記で、調べがよく行き届いている。

ウィリアム・ハリスンの伝記小説『バートンとスピーク』は『愛と野望のナイル』（一九八九）として映画化された。これは推奨に値する。

ノーマン・ペンツァーの『サー・リチャード・フランシス・バートン注釈付き書誌』（ロンドン：一九二三）は、今でもバートンの膨大な著作に関する最良の情報源である。

訳者あとがき

本書は『死の蔵書』から始まるクリフ・ジェーンウェイ・シリーズの三作目である。元刑事の古書店主が古書にまつわる事件に巻き込まれる、というのがこのシリーズの基本設定だが、パターンは同じでも、マンネリを嫌う作者はそれぞれの作品に趣向を凝らしている。

『死の蔵書』は古書売買にまつわる殺人事件というそのものずばりの話だったが、二作目の『幻の特装本』になると作者は少し切り口を変え、豪華限定本の世界とそれを支える職人にまつわる殺人事件を神話的なタッチで描いていた。そして、この三作目では、なんと歴史ミステリに挑んでいるのだ。十二年で三作のかなり悠長なシリーズだが、このスローなペースは量産を拒む職人気質のあらわれとも解釈できる。

さて、本書の歴史ミステリの部分では、十九世紀イギリスの探検家、リチャード・バートンが主役を張っている。日本ではもっぱらアラビアやインドの艶笑的な古典文学を英語圏に紹介した翻訳家として知られているが（今ではちくま文庫で刊行されている『バートン版千夜一夜物語』の「バートン」である)、それは晩年の仕事で、青年期・壮年期にはインド、アフリカ、アラブ世界を旅してまわり、四十三冊もの旅行記・探検記を書いている。バートンはアメリカにも渡って、ソルトレイク・シティでモルモン教の指導者と会い、ミズーリ州セント・ジョゼフからサンフランシスコまで駅馬車の旅をした。その旅の様子やそれによって得られた見聞は、旅行記『聖者の町　そしてロッキー山脈を越えてカリフォルニアへ』で克明に描かれているが、なぜか意図的に省かれたらしい部分もある。

本書にも名前が出てくるフォーン・ブローディのバートン伝には、次のように書かれている。

「だが、バートンの記述には空白の部分があり、一八六〇年の五月初旬から八月四日までの行動はほとんどわからない。ただし、ワシントンで陸軍省長官のジョン・B・フロイドに会い、西部の軍事指導者への紹介状を手に入れたことだけはわかっている……」

この一節を読んで、作者は、これだ！　と小躍りし、その空白の時期にまつわる歴史ミステリが出来上がった――というのが訳者の無責任な想像だが、あるいはこれは有名な話で、ずっと前からダニングも聞き及んでいたのかもしれない。

とにかく、リチャード・バートンという、ある意味でミステリアスな人物に目をつけた時点で、この作品の成功は半ば保証されたようなものである。あまりにも有名な歴史上の人物を小説で取り上げると、既成のイメージが邪魔になるし、逆に誰も知らない人物であれば、フィクションで取り上げる意味がない。そのことからも、日常会話に出てくるほど有名ではなく、また無名でもないバートンは適任なのである。

作中に「探検家リチャード・バートンですね。俳優じゃなくて」という台詞があるように、数十年前まではリチャード・バートンといえば俳優のリチャード・バートンのことだった。だが、俳優のバートンも、没後二十年たった今、若い世代にはすでに馴染みがないかもしれない。そこで、一言いいそえておけば、こちらのバートンは女優エリザベス・テーラーと結婚・離婚・復縁を繰り返したことで有名で（その前に名優なのだが）、バートン、テーラーの共演作には『バージニア・ウルフなんかこわくない』がある。

さて、最初に「十二年で三作のかなり悠長なシリーズ」と書いたが、実は、二〇〇五年の三月に、*The Sign of the Book* という四作目が出ることになっている。本書で新しく登場したキャラクターの一人が続けて四作目にも登場するらしい。期待しながら出版を待ちたい。

二〇〇四年十二月

著作リスト

〈小説〉

The Holland Suggestions（1975）『封印された数字』（ハヤカワ・ミステリ文庫㉟-3）
Looking for Ginger North（1980）『ジンジャー・ノースの影』（ハヤカワ・ミステリ文庫㉟-5）
Denver（1980）
Deadline（1981）『名もなき墓標』（ハヤカワ・ミステリ文庫㉟-4）
Booked to Die（1992）『死の蔵書』（ハヤカワ・ミステリ文庫㉟-1）
The Bookman's Wake（1995）『幻の特装本』（ハヤカワ・ミステリ文庫㉟-2）
Two O'clock, Eastern Wartime（2001）『深夜特別放送（上・下）』（ハヤカワ・ミステリ文庫㉟-6、7）
The Bookwoman's Promise（2004）本書
The Sign of the Book（2005）『災いの古書』（ハヤカワ・ミステリ文庫㉟-9）

The Bookwoman's Last Fling（2006）近刊予定

〈ノンフィクション〉

Tune in Yesterday（1975）黄金期のラジオ番組の研究書

On the Air : The Encyclopedia of Old - Time Radio（1998）*Tune in Yesterday* にさらに情報や資料を追加した改訂版

（二〇一〇年二月）

名作ハードボイルド

赤い収穫
ダシール・ハメット／小鷹信光訳
悪党どもに牛耳られた鉱山町。コンチネンタル・オプは抗争の果ての共倒れを画策する。

マルタの鷹
ダシール・ハメット／小鷹信光訳
黄金の鷹像をめぐる金と欲の争い——探偵サム・スペードの非情な行動を描く不朽の名作

コンチネンタル・オプの事件簿
ダシール・ハメット／小鷹信光・編訳
コンチネンタル・オプの初登場作「放火罪および……」をはじめ選りすぐりの六篇を収録

長いお別れ
レイモンド・チャンドラー／清水俊二訳
殺害容疑のかかった友を救う私立探偵フィリップ・マーロウの熱き戦い。ＭＷＡ賞受賞作

さらば愛しき女よ
レイモンド・チャンドラー／清水俊二訳
出所した男がまたも犯した殺人。偶然居合わせたマーロウは警察に取り調べられてしまう

ロバート・B・パーカー　スペンサー・シリーズ

失投
菊池光訳
大リーグのエースに八百長試合の疑いがかかった。現代の騎士、私立探偵スペンサー登場

ゴッドウルフの行方
菊池光訳
大学内で起きた、中世の貴重な写本の盗難事件の行方は？　話題のヒーローのデビュー作

アメリカ探偵作家クラブ賞受賞
約束の地
菊池光訳
依頼人夫婦それぞれのトラブルを一挙に解決しようと一計を案じるスペンサーだが……。

ユダの山羊
菊池光訳
老富豪の妻子を殺したテロリストを捜すべくスペンサーはホークとともにヨーロッパへ！

レイチェル・ウォレスを捜せ
菊池光訳
誘拐されたレズビアン、レイチェルを捜し出すため、スペンサーは大雪のボストンを走る

ロバート・B・パーカー　スペンサー・シリーズ

初秋
菊池　光訳
孤独な少年を自立させるためにスペンサーは立ち上がる。ミステリの枠を越えた感動作。

誘拐
菊池　光訳
家出した少年を捜索中、両親の元に身代金要求状が！　スペンサーの恋人スーザン初登場

残酷な土地
菊池　光訳
不正事件を追うテレビ局の女性記者。彼女の護衛を引き受けたスペンサーの捨て身の闘い

儀式
菊池　光訳
売春組織に関わっていた噂のあるエイプリルが失踪した。スペンサーは歓楽街に潜入する

拡がる環
菊池　光訳
妻の痴態を収録したビデオを送りつけられた議員。スペンサーが政界を覆う黒い霧に挑む

ハヤカワ文庫

競馬シリーズ

本命
ディック・フランシス／菊池 光訳
親友の騎手の不可解な死を調べはじめるヨーク。書評子の絶讃を浴びたシリーズ第一作。

興奮
ディック・フランシス／菊池 光訳
〔CWA賞受賞〕不正レースを暴くため、牧場主のロークは厩務員として調査を開始した

大穴
ディック・フランシス／菊池 光訳
騎手生命を絶たれたシッド・ハレーは、調査員として競馬界にうごめく黒い陰謀に挑む！

重賞
ディック・フランシス／菊池 光訳
競走馬すり替え事件に巻き込まれた玩具屋スコットは愛馬の奪還をかけ、罠に立ち向かう

混戦
ディック・フランシス／菊池 光訳
ジョッキーらを乗せた小型機が不時着した直後に炎上した。命を狙われているのは誰か？

競馬シリーズ

奪回
ディック・フランシス／菊池　光訳

女性騎手が誘拐され身代金の要求が！　誘拐対策のプロと、冷徹な誘拐犯の頭脳戦を描く

名門
ディック・フランシス／菊池　光訳

名馬を種付けした子馬に次々と奇形が。名馬の血統に賭ける生産牧場と名門銀行家の苦悩

利腕
ディック・フランシス／菊池　光訳

〔MWA・CWA両賞受賞〕調査員シッド・ハレーを恐怖のどん底へと突き落とす脅迫。

敵手
ディック・フランシス／菊池　光訳

〔MWA賞受賞〕馬の脚が切られる残忍な事件。容疑者はハレーのかつての好敵手だった

再起
ディック・フランシス／北野寿美枝訳

競馬の八百長疑惑の裏には一体何が？　不屈の男シッド・ハレーが四たび登場する話題作

訳者略歴　1954年早稲田大学政治経済学部卒，英米文学翻訳家　著書『煮たり焼いたり炒めたり』，訳書『黒い犬』マキューアン，『死の蔵書』ダニング，『英国紳士、エデンへ行く』ニール（以上早川書房刊）他多数

HM=Hayakawa Mystery
SF=Science Fiction
JA=Japanese Author
NV=Novel
NF=Nonfiction
FT=Fantasy

失《うしな》われし書庫《しょこ》

〈HM㉕-8〉

二〇〇四年十二月三十一日　発行
二〇一〇年　三　月二十五日　二刷

（定価はカバーに表示してあります）

著者　ジョン・ダニング
訳者　宮《みや》脇《わき》孝《たか》雄《お》
発行者　早川浩
発行所　株式会社　早川書房
郵便番号　一〇一 - 〇〇四六
東京都千代田区神田多町二ノ二
電話　〇三 - 三二五二 - 三一一一（大代表）
振替　〇〇一六〇 - 三 - 四七七九九
http://www.hayakawa-online.co.jp

乱丁・落丁本は小社制作部宛お送り下さい。
送料小社負担にてお取りかえいたします。

印刷・信毎書籍印刷株式会社　製本・株式会社川島製本所
Printed and bound in Japan
ISBN978-4-15-170408-6 C0197

＊本書は活字が大きく読みやすい〈トールサイズ〉です